АННА МАЛЫШЕВА

ДЕТЕКТИВ

АННА МАЛЫШЕВА

НЕЖНОЕ ДЫХАНИЕ СМЕРТИ

РОМАН

МОСКВА
«ИЗДАТЕЛЬСТВО АСТРЕЛЬ»
«ИЗДАТЕЛЬСТВО АСТ»
«ЛЮКС»
2004

УДК 821.161.1-312.4
ББК 84(2Рос=Рус)6-44
М20

Оформление и дизайн обложки
Ольги Новиковой

Подписано в печать 21.07.2004.
Формат 84×108[1]/[32]. Гарнитура «JournalC».
Усл. печ. л. 24,36. Доп. тираж 5000 экз. Заказ № 2592.

Общероссийский классификатор продукции
ОК-005-93, том 2; 953000 – книги, брошюры

Санитарно-эпидемиологическое заключение
№ 77.99.02.953.Д.000577.02.04 от 03.02.2004

Малышева А. В.

М20 Нежное дыхание смерти: Роман / А. В. Малышева. — М.: ООО «Издательство Астрель»: ООО «Издательство АСТ»: ОАО «ЛЮКС», 2004. — 460, [4] с.

ISBN 5-17-020714-X (ООО «Издательство АСТ»)
ISBN 5-271-09087-6 (ООО «Издательство Астрель»)
ISBN 5-9660-0704-7 (ОАО «ЛЮКС»)

Ей дорого пришлось заплатить за право любить. Сперва — утратить иллюзии, затем — душевный покой, ну а дальше... Даша, медсестра наркологического центра, пытается выяснить, отчего погиб в Венеции, во время карнавала, ее возлюбленный — талантливый скульптор. Она ведет собственное расследование и заходит слишком далеко... На ее пути появляются люди, с которыми трудно спорить.

УДК 821.161.1-312.4
ББК 84(2Рос=Рус)6-44

ISBN 5-17-020714-X (ООО «Издательство АСТ»)
ISBN 5-271-09087-6 (ООО «Издательство Астрель»)
ISBN 5-9660-0704-7 (ОАО «ЛЮКС»)

ГЛАВА 1

Мужчина сидел прямо на камнях мостовой, прислонившись спиной к парапету набережной. Длинные ноги, обутые в тяжелые ботинки, он подобрал под себя, так что не мешал редким прохожим сворачивать с набережной канала на мост Риальто. Лицо его украшала белая карнавальная маска. Из-под светлой, сильно испачканной куртки виднелась голая грудь. Длинные русые кудри, падающие на плечи, были темны от короткого предрассветного ливня, пролившегося над Венецией и смывшего все хмельные следы карнавала. О дожде сейчас не напоминало почти ничто — город был необычайно тих, чист и пуст. А может, казался таким после десяти дней карнавального безумия.

— Обрати внимание, — говорила маленькая американка с ярко-голубыми глазами своему спутнику. — Город вымер. Я не узнаю Венецию!

— Ты ее тут же узнаешь, как только покажут счет в гостинице, — буркнул он в ответ, борясь с одолевающей его зевотой. — Я сдохну, если не выпью кофе... Голова раскалывается!

— Не надо было пить то скверное вино, — упрекнула его девушка. — Мне тоже нехорошо... Смотри, вот еще одному не повезло!

Она кивнула на мужчину, сидевшего у парапета.

— Жертва пищевого отравления, — хладнокровно заметил ее знакомый. — Слушай, этот тип отморозит себе одно место, если не пойдет спать к себе в отель. Давай-ка разбудим его.

— Синьор! — Девушка осторожно склонилась над мужчиной. — Вставайте, очень холодно! Ричард, он меня не слышит...

Парень склонился и потряс мужчину за плечо. Что-то, видимо, не понравилось Ричарду, потому что он тут же отдернул руку.

— Слушай, Сюзан, синьор-то совсем ледяной.

— Замерз? — сострадательно спросила девушка. — Конечно, никому из этих венецианцев и в голову не пришло поинтересоваться, что с ним такое. Он ведь не итальянец?

— Не знаю, — ответил парень. — Эй, друг, вставай!

— Мне страшно! — взвизгнула девушка. — Ричард, сними с него маску.

— За это можно схлопотать по морде, — заметил тот, но все же протянул руку и осторожно взялся за низ белой маски. Не встретив со стороны мужчины сопротивления, Ричард продолжил начатое дело и сдвинул маску ему на лоб. Глазам американцев открылось лицо, почти такое же бледное, как маска, которая его закрывала. Самыми яркими местами на этом лице оказались круги под закрытыми глазами — темные, почти черные. Все же остальное — щеки, губы, опущенные веки — было ослепительно-бледным и совершенно неподвижным.

— Что с ним? — сдавленным голосом спросила девушка. — Ричард, позовем кого-нибудь. Нет, не трогай его! — остановила она движение приятеля, который попытался растолкать незнакомца. — Ричард, пойдем поищем кого-нибудь! Врача, карабинера! Все равно!

Внезапно раздалась итальянская речь, и оба резко обернулись.

Перед ними стоял карабинер, неизвестно какими судьбами оказавшийся этим утром возле моста Риальто. Ни парень, ни девушка не видели за время карнавала ни одного представителя итальянского правопорядка и уже успели вообще забыть о том, что таковые существуют, поэтому появление карабинера их ошеломило. Но тут же они вспомнили, что карнавал как-никак кончился и обыденный жизненный уклад вступил в свои права.

Первым пришел в себя парень. Он решительно указал на незнакомца и произнес:

— Вот!

Карабинер и сам уже видел, что «вот», и потому дальнейших разъяснений не потребовал. Он наклонился и сделал несколько легких хлопков по щекам мужчины. От этих манипуляций голова последнего упала на грудь, и стало ясно, что в горизонтальном положении незнакомец чувствует себя увереннней. Он упал.

Девушка вскрикнула. Парень обернулся и обнаружил присутствие еще нескольких зрителей, которые стояли поодаль и оживленно переговаривались, показывая пальцами на тело у парапета. Карабинер нехорошо посмотрел на американцев.

— Он не с нами, — на ломаном итальянском принялся объяснять Ричард. — Он был здесь, когда мы пришли.

Рядом возник еще один карабинер. Представители закона обменялись оживленными репликами, после чего первый принялся вызывать по рации какого-то Джулиано, а второй сделал попытку отогнать любопытных, которые уже приблизились к парапету на расстояние нескольких шагов.

— Виа! Виа! — прокричал он.

Американцы старательно прислушивались к тому, что говорили между собой полицейские, пока им не удалось разобрать слово, повторявшееся чаще всего. «Морто!» — говорил карабинер в рацию. «Морто!» — отгонял зевак его товарищ. «Морто! Морто!» — слышалось в толпе. Парень сжал руку своей подруги.

— Сюзан, он мертв, — пробормотал он. — Вот тебе и каникулы, мама миа!

— Нам вечером улетать! — испугалась та. — Они ведь не задержат нас, Ричард?! Какой ужас!

А по Канале-Гранде уже приближались, рассекая тяжелую серую воду, два полицейских катера. Девушка плотнее запахнулась в куртку и притихла.

Американцев не задержали. Час спустя они уже сидели в кафе на площади Сан-Марко и уныло пили утренний кофе. Синее небо над лагуной постепенно затягивалось плотными облаками. Резкий февральский ветер катал по площади остатки карнавального хлама — маски, серпантин, разноцветный бумажный мусор. Еще через полчаса снова хлынул ливень, но американцев в кафе уже не было. Они ушли упаковывать чемоданы.

А мужчина, найденный рядом с мостом Риальто у Немецкого склада тем утром, 16 февраля, лежал в в полицейском участке и с терпеливостью, свойственной всем мертвецам, ожидал, когда установят его личность. Личность довольно скоро была определена, что, однако, никого особенно не порадовало.

— Русский! — с досадой произнес комиссар Арицци, вбрасывая в рот сигарету и шаря по столу в поисках зажигалки. — Этого мне только не хватало... Пусть им занимается Интерпол!

— Мы все хотим того же, комиссар! — фамильярно заметил его помощник Нино. — Но Интерпол пальцем не пошевелит, пока не будет доказано, что парень — международный преступник. Помнишь, мы пытались спихнуть им голландца?

Напоминание о голландце не улучшило настроение комиссара. Карнавал прошел для него невесело — за десять дней пришлось удостовериться в том, что жена окончательно потеряла к нему интерес. Сейчас он больше всего хотел знать, к кому она этот интерес обрела, но возможности выяснить это пока не представлялось. Русский турист волновал его очень мало.

— Вот, комиссар, что говорит Джакометти. — Нино постучал согнутым пальцем по листку бумаги. — Парня звали Демин...

— Ужасно, — отметил комиссар, исчезая в клубах дыма. — Это имя или фамилия?

— Кто их знает? — вздохнул Нино. — Нет, вроде фамилия. А имя — Ар-ка-дий...

— Что он тут делал? — спросил Арицци, проникаясь ненавистью к обладателю заковыристого имени, ворвавшемуся в его личную жизнь в мирное февральское утро. — Турист, конечно?

— Вот и нет, комиссар. — Нино провел пальцем по листку. — Джакометти говорит, работал у него в мастерской, ну, знаешь, у Палаццо-Грасси.

— У меня нет монет, чтобы заказывать маски у Палаццо-Грасси, — не совсем впопад ответил комиссар, тщетно пытаясь вспомнить, что именно сказала ему жена ночью. «Ты мне надоел»? «Хватит издеваться надо мной»? «Нам нужно развестись»? «Это невозможно переносить, — подумал комиссар. — Фульвия сошла с ума этой зимой, но я ее вылечу... Узнать бы только, кто у нее завелся...»

А Нино тем временем продолжал:

— Парень приехал месяц назад из России, чтобы научиться делать карнавальные маски. Приспичило ему, видишь ли...

— Да? — рассеянно откликнулся Арицца. — В другое время не мог приехать?

— Джакометти говорит, парень хорошо поработал. — Нино рассматривал листок. — Сделал несколько статуй и послал их своему заказчику в Россию. Претензий он к русскому не имеет. Очень удивился, когда узнал, что с ним случилось. Говорит, парень собирался домой.

— Он немножко опоздал, — пробурчал комиссар, постепенно собираясь с мыслями. — Слушай, Нино, пусть Джакометти явится сюда часам к двум, когда станет ясно, что стряслось с парнем.

— Я и сейчас скажу, комиссар. — Нино скривился. — Страшно смотреть, клянусь, все руки в синяках, вот отсюда досюда...

Арицци поморщился и кивнул.

— Наркотики, ребенку ясно, — подтвердил он. — Ну, если только выяснится, что он ими приторговывал во время карнавала, — прощай, русский! Им займется Интерпол!

— Хорошо, комиссар. — Нино закурил и взял в руку телефонную трубку. — Я звоню Джакометти и приглашаю его к двум часам.

— Будь вежлив, — предупредил Арицци. — Нет ничего хуже, чем иметь дело с аристократами. Смотри не нажимай на него... Если будет нужно, я найду, через кого его прощупать.

Когда Луиджи Джакометти, хозяин крупнейшей в Венеции мастерской по изготовлению карнавальных масок, явился в комиссариат, эксперт уже дал предварительное заключение.

— Он умер от слишком большой дозы некачественного наркотика, — сообщил комиссар вызванному свидетелю, закуривая десятую за день сигарету. Жена до сих пор не позвонила ему, и он все больше убеждался в том, что она и не позвонит. — Демин этой ночью наширялся так, что впору трем наркоманам сразу.

Джакометти — полный, очень бледный человек с оплывшим лицом — кивнул, не сводя с комиссара сонных водянистых глаз. Глаза были того же цвета, что лагуна в феврале — серо-синие, нечистого оттенка и такие же холодные. Комиссар, слушая его тяжелое, прерывистое дыхание, подумал, что человек этот очень болен и ему стоит уехать из Венеции. «Нам всем стоит уехать, — малодушно заключил он, опять вспомнив ночной разговор с женой, но заставил себя переключиться. — Во сколько обошелся ему этот костюм?»

— Вы знали, что Демин кололся? — в упор спросил Арицци.

Джакометти медленно кивнул.

— Да, знал, — просвистел он своим ненатуральным, игрушечным голосом. — Русский кололся каждый день, но притом работал как зверь. Меня не касается эта история, комиссар.

— Конечно, — согласился тот. — Меня тоже. — Джакометти на миг прикрыл глаза, и комиссар понял, что он разозлился. Однако хозяин мастерской ничем этого не выдал. Напротив, заговорил еще спокойней.

— У меня обучаются десятки скульпторов в год, — свистел и задыхался он. — Из всех стран. Из Америки, из Китая, из Японии, из Скандинавии... У меня обучались и русские. Он заранее написал письмо, мы договорились об оплате за обучение и практику. Он сам выбрал пору карнавала.

— Странное время, так ведь? — подхватил комиссар. — Чему он мог научиться, когда мастерская завалена заказами и времени в обрез?

Джакометти пожал плечами и медленно вытащил из кармана шелковый цветастый платок. Методично отер им щеки и шею и возвел к потолку синие глаза.

— Я даром денег с него не брал, — снова засвистел он. — Русский научился всему, чему хотел. Я предлагал остаться на некоторый срок после карнавала, чтобы закрепить навыки, но он отказался.

— Обучение влетело в копеечку, а? — Арицци растянул губы в улыбке. — Сколько он заплатил?

— Три с половиной тысячи долларов, — скромно отозвался Джакометти. — Месяц обучения в мастерской. Практика. Диплом, все, что полагается. Он знал, зачем ему это нужно, не так ли? Я не заставлял его приезжать сюда, верно? Я поздно узнал о том, что он наркоман, а то бы не согласился принять его даже на три дня... Что поделаешь?

На лице Джакометти появилось нечто похожее на улыбку, но комиссар не был уверен, так ли это на самом деле.

— Мне очень жаль, — продолжил хозяин мастерской. — Надеюсь, все обойдется без последствий.

— Без последствий уже не обойдется, — мрачно возразил комиссар. — Он иностранец.

— Я понимаю, — вкрадчиво протянул Джакометти. — Я имел в виду репутацию мастерской. Нельзя ли не упоминать ее в прессе?

— Пока я не собираюсь ничего упоминать в прессе, — заявил Арицци. — Нино, ты переписал?

— Да, комиссар, — официально отозвался тот, выглядывая из соседней комнаты и показывая ему бумаги. — Все данные на Демина, да упокоит Мадонна его душу... У него хотя бы не было детей.

Джакометти сохранял непроницаемое выражение лица, комиссар же уточнил:

— Жена была?

— Да, есть жена, и даже не с таким ужасным именем, — отозвался Нино. — Алла. Вполне съедобно.

— Сообщите жене, пожалуйста, — оживился Джакометти. — Я совершенно не знаю, что ей сказать. Кроме того, я ведь не обязан это делать, верно? Разговор с Петербургом стоит недешево...

— Мы сообщим, — кивнул Арицци. — Скажите, Демин имел друзей такого же пошиба? В вашей мастерской или еще где-нибудь?

— Что вы имеете в виду? — отозвался Джакометти, неприязненно глядя на него.

— Наркоманов я имею в виду. — Комиссар терял терпение. Нино весело подмигнул ему из соседней комнаты, но тому уже трудно было сдержаться. — Неужели вы не замечали, с кем он проводит время? У кого покупает наркотики?

Джакометти оскорбленно выпрямился на стуле.

— Я не нанимался следить за наркоманами, — свистнул он возмущенно. — Если русский и сошелся с кем-то, то не у меня. Я не держу у себя гадости. Спрашивайте у какой-нибудь из этих шлюх мужского пола, что шляются по Сан-Марко!

— Так он из этих?! — не выдержав, встрял Нино. — Вы уверены?

— Я, юноша, уверен только в том, что не стоит искать наркотики у меня в мастерской. Подумать только! Слава Венеции! Традиции трех веков! Меня знают во всем мире, и никто не смеет сомневаться в моей непричастности к таким гадостям!

— Прошу вас, успокойтесь, — миролюбиво произнес комиссар. — Нино, пойди погуляй! Никто не говорит, что наркотики могли покупаться у вас в мастерской. Более того, я абсолютно уверен в вашей непричастности ко всему случившемуся. Парень погиб из-за собственной глупости и вы тут ни при чем! Я только хотел бы узнать, у кого он мог приобрести некачественный наркотик и с кем проводил время весь этот месяц...

— Значит, хотите опросить моих работников? — Джакометти сменил гневный тон на усталый. — Пожалуйста, только подъезжайте к концу рабочего дня, у нас еще несколько заказов.

— Заказы? — удивился Арицци. — Но ведь карнавал уже кончился?

— Многие хотят увезти маски на память, — пояснил хозяин мастерской. — Я не допущу, чтобы заказ был сорван. Мне довольно того, что случилось. Люди станут болтать об этом целый день, а работать будет некому. Очень прошу, не тревожьте их сегодня.

— Хорошо, постараемся, — ответил комиссар, едва сдерживаясь. — Если дело позволит. Но предупреждаю вас, если окажется, что парень торговал наркотиками, огласки не избежать. Вами станет заниматься Интерпол, а им-то не стоит рассказывать про венецианскую славу! Что касается меня... — Комиссар сделал паузу и перевел дух. — Как всякому венецианцу, мне прекрасно известно, какое значение имеет ваша мастерская. Прошу извинить.

Джакометти молча поднялся и вышел, опираясь на толстую вызолоченную палку весьма карнавального вида, совершенно не вязавшуюся с его безупречным голубоватым костюмом.

«Этот полутруп одевается у Версаче, — подумал комиссар. — А Фульвию я убью!»

В мастерскую они наведались поздно вечером. Весь персонал был еще там, как и обещал Джакометти. Шесть мастеров, девять подмастерьев и один уборщик безмолвно взирали на полицейских, которые также безмолвно оглядывали помещение мастерской.

— Я в нокауте, комиссар, — прошептал Нино. — Какие рожи!

При этом он имел в виду не персонал, а слепки с масок, в изобилии украшавшие стены и грудами наваленные на столах. Мастерская размещалась в полуподвале, и здесь ощутимо чувствовалась сырость. Арицци закурил, не спросив разрешения, и перевел взгляд на один из столов, который, по-видимому, недавно был очищен от картона и гипса. На этом столе стояла черная дорожная сумка, а на сумке — пара мужских ботинок.

— Его вещи, — сказал один из мастеров, встретив взгляд комиссара. — Все, что он оставил.

— Где они были? — спросил Арицци, не вынимая сигареты изо рта.

— В его комнате, — пояснил мастер. — В комнате рядом с мастерской, где он жил.

Комиссар обернулся к Джакометти.

— Да, он жил тут же, — кивнул тот. — Как и все, кто приезжает на обучение. Мы могли бы их расселить и в другом здании, но там часто не бывает воды. Здесь, по крайней мере, он мог помыться.

— Если хотел, — отозвался кто-то, и комиссар отыскал говорившего глазами.

— Что это значит? — спросил он. — Русский что же, не мылся?

— Он даже не всегда ел, — продолжал молодой подмастерье. — Ему нужны были только наркотики, больше ничего.

— Все об этом знали? — уточнил Арицци.

— Об этом трудно было не знать. — Парень пожал плечами. — Он ведь мог колоться у всех на глазах.

— И тем не менее работал? — удивился комиссар.

— Да... Работал... — ответил ему дружный хор голосов.

— А где его работы? — Комиссар огляделся по сторонам. — Он делал что-то в таком же роде?

— В таком же роде ему было не нужно, — пояснил мастер. — Он делал гротескные скульптуры, если знаете, что это такое.

Комиссар нахмурился.

— Это что-то вроде вот таких штук, — пришел ему на помощь Нино. Он указал на небольшую статую, изображавшую странное существо, с птичьим клювом, львиными лапами и крокодильим хвостом. Остальные части тела тоже были позаимствованы у разных животных, но Арицци не смог бы сказать, у каких именно.

— Русский приехал в Венецию, чтобы обучиться делать что-то подобное? — спросил он после некоторого раздумья. — Ему необходимо было именно это?

— Наши понятия о прекрасном не всегда совпадают с понятиями о нем других людей, — вежливо заметил ему Джакометти. — Вы, как истинный венецианец, понимаете красоту карнавальной маски, даже уродливой. Это у вас в крови. Подобные же статуи не являются собственно венецианскими, но что делать? — Он развел руками. — Именно они пользуются огромным спросом в качестве сувениров. Мы изготавливаем их едва ли не в большем количестве, чем сами маски. Венецианцы их не покупают... — Он тонко улыбнулся. — Это для туристов.

— Понятно, — ответил комиссар, не отводя глаз от статуи. — О вкусах не спорят. И много он сделал таких вот работ?

— Что-то около десяти, — ответил Джакометти. — Могу вам признаться в частном порядке, что качество этих статуй меня не удовлетворяло, но, в конце концов... Это вопрос таланта...

— Скорее — добросовестности, — поправил его самый старый мастер. — Он больше думал о наркотиках, чем о работе, иначе сделал бы больше и лучше... Талант у него был, и несомненный.

— Тем хуже для него, — пробурчал Арицци. — Теперь перейдем к делу. Когда он был здесь в последний раз?

Общими усилиями вспомнили, что Демин исчез из мастерской накануне вечером. Можно сказать — в самый разгар работы. Джакометти пояснил, что именно заключительный день карнавала бывает самым напряженным — даже те туристы, которые до сих пор не обзавелись масками, в последний момент желают их заиметь. Заказы сыплются потоком, мастерская работает в очень напряженном режиме. Ни у кого нет времени смотреть по сторонам. Русский исчез незаметно. Его всегда тянуло на наркотики к вечеру, когда основная работа уже была закончена. Потом он приходил из города и спал, а утром принимался за дело снова.

— У него были наркотики с собой или он покупал их у кого-то? — задал ключевой вопрос комиссар. Ответ он получил самый философский.

— Неужели для вас новость, что в Венеции можно приобрести все, что душе угодно? — мягко заметил подмастерье, который собрал вещи Демина. — Он мог купить отраву. Деньги у него были.

Перешли к вопросу о деньгах. Выяснилось, что Демин расплачивался исключительно наличными, о какой бы сумме ни шла речь. У него всегда были при себе деньги, и он охотно угощал коллег по мастерской в кафе или пиццерии.

— Вы сообщили его жене? — вкрадчиво поинтересовался Джакометти.

— Еще нет, — ответил комиссар, некстати вспомнив Фульвию. — Но скоро сообщим. Нам надо знать, что говорить ей.

— Комиссар, а вы не слишком усложняете? — мягко спросил хозяин мастерской. — Скажите, если бы это был не русский, а итальянец, как мы с вами, что бы вы сделали?

— Я сказал бы, что парень сам виноват, и положил бы дело на полку, — отозвался комиссар. — Но это иностранец, и мне надо убедиться, что его никто не убивал.

— А что показала экспертиза?

— Смерть в результате дозы некачественного наркотика, — на этот раз ответил Нино. — Парень потерял чувство меры — обычное дело для наркоманов. Рано или поздно они уже не понимают, что вытворяют с собой. Им кажется, что доза в самый раз, а на деле ею слона можно убить.

— Нино, отнеси вещи в катер, — приказал Арицци. — И возвращайся быстрее. Осмотрим его комнату. Проводите меня, синьор Джакометти.

Тот с тяжелым вздохом поднялся с кресла и двинулся в глубь помещения. Комиссар пошел за ним.

— Вот. — Джакометти остановился перед запертой дверью в конце коридора. — Это его комната, но ключа у меня нет.

— У кого ключ? — обернулся комиссар к сопровождавшему их персоналу мастерской, сгоравшему от любопытства. — Кто-нибудь имеет запасной ключ?

— Я, — радостно отозвался уборщик — молодой парень заморенного вида. — Я убирал там. Ну и бардак же у него всегда был!

— Вчера или сегодня убирали?

— Я был на Сан-Марко! — гордо возвестил парень. — Я пришел только сегодня к вечеру!

— Отоприте! — приказал Арицци и пропустил уборщика вперед.

Тот, волнуясь от сознания собственной значимости, поковырялся в тугом замке и распахнул дверь настежь.

— Вот!

Комиссар шагнул в комнатенку. Огляделся и хмыкнул:

— Да, это не отель «Даниель Эксельсиор»! Вы уверены, что убирали тут хоть когда-нибудь?

Парень гордо кивнул.

— Три дня назад, — уточнил он. — Но это все равно бесполезно. Наркоман, я ведь вам говорю.

Комнатка представляла страшное зрелище. Заношенное белье кучей валялось в углу. Стол украшали оплывшие огарки свечей. Комиссар, нахмурившись, смотрел на них.

— Здесь не было света, — пояснил Джакометти. — Проводка, знаете ли, старая...

— Проводка времен Казановы, — подтвердил внезапно вернувшийся Нино. — Комиссар, я не думал, что у нас в Венеции столько населения. И по крайней мере половина собралась перед мастерской.

— Чего они хотят? — ужаснулся Джакометти. — Комиссар, вы обещали!

— Я ничего никому не сообщал, — отрезал Арицци, продолжая оглядывать комнату. — Нино, позаботься о том, чтобы синьора Джакометти не беспокоили.

— Они не уйдут, — сделал гримасу Нино. — По-моему, что-то узнали журналисты. Карнавал кончился, и они перед мертвым сезоном хотят чем-нибудь поживиться... Представляю заголовки! «Русских убивают!», «Смерть в Венеции!», «Скульптор-наркоман встретил утро 16 февраля в маске!».

Джакометти посерел.

— Комиссар, я на вас надеялся, — продолжал он. — Моя мастерская ни при чем.

— Скажите это журналистам, — пожал тот плечами. — Черт, как жаль, что сегодня именно шестнадцатое! Все они еще крутятся в Венеции. Не будь карнавала, никто бы ничего не узнал. Я сожалею, синьор Джакометти.

Пока он расшаркивался с хозяином мастерской, Нино обшарил комнату. Это не отняло много времени — мебели было всего ничего: стол, стул, кровать и умывальник с мраморной доской, вделанной в стену. Из-под кровати Нино выдвинул какую-то посудину, неосторожно открыл ее и тут же захлопнул, переводя дух.

— Мадонна! — простонал он, тяжело дыша. — Ну и свинья же был этот Демин, упокоится он с миром!

— Что такое, Нино? — бросил в его сторону комиссар, продолжавший толковать с хозяином.

— Это ночной горшок! — не унимался тот. — Давно я такого не видел!

— Ничего удивительного, здесь нет канализации, — спокойно пожал плечами Джакометти, на губах которого возникла чуть заметная улыбка. — Мы все страдаем из-за средневековой планировки, не так ли?

— Как истинный венецианец, не могу с вами согласиться, — язвительно заметил Арицци. — Я нахожу прекрасным все, что говорит о нашей исключительности и самобытности. Даже если это ночной горшок.

— Ну, так далеко я в своей преданности родному городу не захожу, — еще милее улыбнулся Джакометти. — Комиссар, вы все осмотрели? Мы можем уйти?

— Пока — да, — сказал комиссар, бросая беглый взгляд на часы. — Нино, у тебя все?

— Все, — отозвался тот, моя руки под краном. Вода, как ни странно, шла. — Нет наркотиков, зато есть восемьсот шестьдесят пять долларов. У парня не было нужды в деньгах.

Джакометти навострил уши, и комиссар рассердился на помощника, который порой был излишне откровенен в присутствии посторонних. Однако сейчас выговаривать ему за это некогда — надо возвращаться в управление и разузнать у доктора подробности смерти Демина, если таковые появились. Потому Арицци только кивком позвал Нино к выходу. Дверь они за собой заперли, и комиссар попросил в комнату не входить. Полицейские покинули здание и в молчании уселись в катер. Только тут Арицци снова открыл рот:

— Твое мнение, Нино? Мы в этом деле лишние или нет?

— Лишние, комиссар, — лениво ответил тот, закуривая и глядя на канал несколько осоловевшими глазами. — Парень подох от наркотиков, но я могу поклясться, что он ими не торговал. Знаешь, на кого он похож? На человека, который внезапно дорвался до денег и не смог удержаться... Барахло у него паршивое, не похоже, что он располагал такими деньгами, чтобы платить за обучение и прочее... Думаю, комиссар, что он получил за работу деньги и сорвался...

— Получил где? — уточнил комиссар, прерывая поток домыслов Нино. Тот часто пускался в такие фантазии, что невозможно установить — где реальность, а где вымышленные им самим факты. — Не в Венеции же? Иначе откуда бы он взял деньги на обучение? Джакометти говорит, заплатил сразу.

— Очень просто, комиссар, — выпустил дым Нино и мгновенно поменял версию. Дым тут же рассеивался на резком ветру, дувшем ему прямо в лицо. Нино поднял воротник штатской куртки. Форму он носил в очень редких случаях. — Он приехал уже набитый бабками, как все они, русские... Может, оделся похуже, чтобы тут не обчистили, ведь знаешь, как бывает...

Арицци кивнул:

— Это точно, они специально рядятся в оборванцев, русские денежные мешки. Так ты думаешь, что парень был не так беден, как прикидывался?

— Как дважды два, комиссар! — улыбнулся ему помощник. — И вот он приезжает; учится делать этих уродцев, до поры до времени держится, а потом срывается.

— И этому способствует карнавал?

— Конечно!

— Верно, все как будто дуреют в это время. — Арицци вспомнил жену. — Я сам тоже... А ты?

— О, я нет! — Нино отрицательно помотал головой. — Нет возможности, комиссар! Итак, этот парень сорвался раз, другой, третий, потерял чувство меры, купил дрянь вместо наркотика!

— Послушай, чтобы дойти до всего этого, большого ума не надо, — несколько раздраженно заметил комиссар. — Но вот что, Нино... Как он мог столько сделать, находясь в подобном состоянии?

— О, комиссар! — Помощник помахал рукой. — Разве это невозможно? Я знал одного парня, он расписывал туристам физиономии на Сан-Марко, тот работал под такой наркотой... А все же работал!

— Одно дело — физиономии, другое — скульптура. Для этого требуется точность руки, глазомер, наконец, трезвость мысли... Да просто физическая сила. Откуда все это у наркомана?

— Он русский, не забывайте. Никогда не знаешь, чего от них ждать. Может, он всегда так работал. Под кайфом!

— Ладно, — проворчал Арицци. — По крайней мере, мы знаем, что наркотиков у него не было. Он ими не торговал. Интерполу дело не спихнешь.

— Не бери в голову, комиссар! — дружески посоветовал Нино. — Скоро мы избавимся от парня! Мало ли таких помирает ежедневно в Венеции! Будь это итальянец, мы бы уже закрыли дело, правильно сказал Джакометти... Забавный, кстати, старик.

— Куда уж забавней! — буркнул комиссар. Дело и вправду переставало его занимать. Арицци все больше убеждался, что речь идет об обыкновенной смерти в результате передозировки. Теперь он выслушает в управлении, что скажет врач, а потом... Потом отправится к Фульвии... Если она, конечно, дома. А если нет? У кого тогда ее искать? Ее мать живет в Генуе, Фульвия могла отправиться к ней... Оттуда, издалека, ей будет лучше ставить условия. Сколько раз уже так бывало. Но захочет ли она того же и на сей раз? Что сделалось с женщиной после тридцати лет, уму непостижимо! Опасный возраст...

— Приехали, комиссар! — вывел его из оцепенения голос Нино, несколько охрипший на ветру. Полицейские вылезли из катера и вошли в управление.

Через полчаса Арицци получил окончательное медицинское заключение.

— Как мы и думали. — Нино удовлетворенно откинулся на спинку стула. — Парень весь нашпигован этой гадостью и колоться явно начал не в Венеции. Комиссар, а вот тут еще интересная штука... — Он провел пальцем по печатной строчке заключения. — На левом рукаве куртки обнаружены два отверстия, сделанные тонким острым предметом... Одно сделано под прямым углом, другое — наискось... Отверстия соответствуют следам от двух уколов на левой руке... На ткани и на коже обнаружены следы того же наркотика...

— Ну и выражаются они! — поворчал комиссар. — Нет, чтобы написать — кололся через одежду. Я был прав, парень опустился, раз дошел до такого!

— Какое варварство... — пробормотал Нино. — Этим типам лень бывает засучить рукава.

— Успокойся, мой милый. — Комиссар закурил и уставился в окно. На улице совсем стемнело. «Позвоню Фульвии, когда все уйдут, — подумал он. — Проклятое дежурство!» А вслух сказал: — Из всего этого можно сделать один вывод — дело закроем быстро. Такими наркоманами мы не занимаемся.

— Может выйти заминка, — возразил Нино. — Я о продавцах некачественного наркотика...

— Наоборот, все будет как обычно. Продавцов все знают. Но они ведь не расколются, пока их за руку не поймаешь... Если бы кто-то из мастерской дал показания... Молчат как рыбы...

— Наркотики, — вздохнул Нино. — Комиссар, я ухожу — меня ждет любимая. Недолго же мы нянчились с этим русским!

— Ему нянька не нужна, — заметил Арицци. — Ему нужна глубокая могила и кто-нибудь, кто бы над ним поплакал.

— Надо сообщить жене.

— Я сообщу, — кивнул комиссар. — Пока, Нино! Обещай, что познакомишь как-нибудь со своей девушкой.

— Она очень застенчивая, — засмеялся тот. — Ни за что не согласится знакомиться.

— Застенчивая — в Венеции? — изумился Арицци. — Тогда женись.

Нино сунул бумаги в стол и, попрощавшись, ушел. Комиссар присел на подоконник и закурил очередную сигарету. Потом набрал номер домашнего телефона, но никто не снял трубку.

— Как я и думал, — сказал он сам себе. Чтобы отвлечься, принялся просматривать картотеку на торговцев наркотиками. — Этот в тюрьме... И этот... А этот вышел недавно... Черт, половина одиннадцатого.

Он опять позвонил домой и послушал гудки. Трубку никто не брал, но у него было чувство, что жена дома.

В кабинет вошел доктор. У него тоже шли последние часы дежурства — первого после карнавала. Мужчины принялись обмениваться карнавальными впечатлениями. Потом к ним присоединился секретарь из канцелярии. Ему тоже было что порассказать. В частности, о том, как во время карнавала он обольстил чужую жену и как его едва не накрыл за этим делом муж...

— Она привела меня домой! — захлебывался он, упиваясь пикантными подробностями. — Ну, я обработал ее как следует, и тут кто-то открывает дверь...

Комиссар поморщился, доктор хмыкнул. Ни тот ни другой не поверили секретарю, который обожал выдумывать истории про обольщенных чужих жен. В действительности же он был верен своей собственной, которую страшно боялся и которая его безбожно обманывала.

— Ладно, Джанни, — прервал его рассказ доктор. — Про эту жену ты нам, кажется, уже говорил до карнавала. Арицци, что ты будешь делать с русским?

— Что мне с ним делать? Сообщу жене, пусть приедет и заберет его. Выслать его почтой — денег не хватит, да и она может возмутиться... Родственники не любят получать такие посылки.

— Труп без сопровождения не вышлешь, — сообщил доктор всем известную истину. — А вообще-то тебе повезло. Могло быть и хуже. Наркотиков при нем не было найдено?

— Ни грамма.

— Тогда дело чистое, можно класть в стол, — кивнул доктор. — За время карнавала у меня было пять таких случаев. Но этот, конечно, хуже всех. Парень кололся через куртку, смотреть противно.

— Слушай. — Комиссар повернулся к нему. — Ты можешь точно сказать, сколько наркотика он употребил?

— Этого хватило бы на троих. Но по-моему, доконали его именно те дозы, которые были введены через одежду.

— Почему? — немедленно спросил секретарь, вытягивая сигарету из пачки, принадлежавшей Арицци.

— Да потому что уколы явно были сделаны в последнюю очередь, — пояснил доктор. — Трудно себе представить, что парень сначала наширялся до такого состояния, что стал колоться через одежду, а потом пришел в себя и, аккуратно засучив рукав, сделал последний, смертельный укол прямо в руку...

Комиссар и секретарь закивали в знак одобрения.

— О, такие уколы — последняя стадия, — продолжал врач, радуясь, что может скоротать за болтовней остаток дежурства. — Если уж они начинают колоться на такой манер — ничто их не спасет!

— За месяц можно дойти до такого состояния? — поинтересовался Арицци.

Доктор отрицательно покачал головой:

— Нет, здесь нужна тренировка... Колоться он начал не в Венеции, если это тебя волнует...

— Точно, — кивнул комиссар. — Ладно, никому не придет в голову устроить по этому поводу большую охоту на торговцев зельем.

— Разве что кто-то захочет выслужиться, — туманно заметил доктор, показывая пальцем в потолок.

— Русский был большой шишкой? — поинтересовался секретарь.

— Какое там, — отмахнулся комиссар. — Просто скульптор.

— А... — без особого интереса протянул Джанни. — Ладно, я пошел. Возьму у тебя сигарету. Пока!

Вскоре ушел и доктор, посоветовав комиссару не засиживаться и спешить домой, к жене.

«Издевается, что ли? — думал комиссар, глядя ему в спину. — Да нет, пока никто не знает, а когда узнают, то почешут языки... Никто так не любит сплетничать, как венецианцы, это верно...»

Чтобы отвлечься от неприятных мыслей, он принялся вспоминать свои разговоры в мастерской Джакометти. Ничего конкретного, определенного. Сначала его видели все, потом не видел никто. Кололся как зверь, работал как зверь. Мало правдоподобно, надо еще раз поговорить с Джакометти и мастерами. Нет, лучше все-таки с подмастерьями, а еще — с уборщиком, как его зовут? Серджо. Серджо именно в силу своей незаметности может больше всех заметить... Но если бы что-то заметил, сообщил бы. Если венецианец что-то хочет сказать, то говорит сразу и его ничто не удержит. Зато уж если он не хочет говорить — слова не вытянешь, а уж правдивого — тем более.

«Поэтому многие расследования в конце концов превращаются в пустую говорильню, — подумал комиссар, вспоминая прежние дела. — Я записываю в заключении не то, что было, а то, что мне соизволили наболтать. Впрочем, спасибо и на этом. Нельзя быть идеалистом. Всех нас обманывают, все мы обманываем...»

Он позвонил домой, и снова никто не взял трубку.

«Если она улетела к матери, пусть не возвращается, — решил он в сердцах. — Впрочем, сейчас ей будет трудновато улететь. Все билеты раскупаются, все покидают Венецию. Начинается мертвый сезон».

Комиссар сдал дежурство и покинул управление. Домой шел пешком, жил он недалеко. Незадолго до полуночи Арицци вошел в подъезд, поднялся по вонючей лестнице и отпер дверь. При этом ему показалось, что в комнате раздался шум. Он толкнул застекленную дверь и переступил порог. Первое, что комиссар увидел, — огромный чемодан жены, очень знакомый чемодан. Много раз этот багаж ездил с Фульвией в Геную и обратно, а потом стоял распакованным в шкафу и ждал своего часа. Теперь он был наполовину собран. Второе, что увидел Арицци, жена. Совсем готовая к выходу, она стояла перед зеркалом, куда, видимо, отскочила, когда раздался звук отпираемой двери. Было еще и нечто третье — его помощник Нино.

— Вот как, — без всяких эмоций произнес Арицци, словно именно этого и ожидал. Нино пожал плечами.

— Так выходит, комиссар, — сказал он полусмущенно-полунагло. Жена по-прежнему гляделась в зеркало, как будто это могло уберечь ее от выяснения отношений. Арицци потер одну руку о другую и полез в карман за сигаретами. Когда заговорил, поразился тому, насколько спокойно прозвучал голос.

— На этот раз, как я понимаю, ты едешь не к маме? — обратился комиссар к жене.

— Поближе, — отозвалась она.

— К нему? — Он кивнул на Нино.

— Это должно было случиться, — подал голос помощник.

— Одно скажи — давно? — Комиссар по-прежнему обращался к жене.

Та наконец обернулась, и Арицци с болью понял, что это лицо ему никогда не забыть. Можно его ненавидеть, но забыть нельзя.

— Какая разница, — сказала она, проводя ладонью по гладко причесанным рыжим волосам. Они были точно такого оттенка, как у куртизанок на картинах Тициана. — С начала карнавала.

— Хорошо. Даю тебе пять минут, чтобы убраться.

— Десять, комиссар, — вмешался Нино. — Будем реально смотреть на вещи.

Арицци поборол в себе желание броситься на него и придушить.

— Даже пятнадцать, — сказал он, глядя на Фульвию. — Но знай, что это навсегда.

Та не ответила и продолжила прерванное занятие — принялась бросать вещи в чемодан.

Вскоре они ушли.

Арицци закурил сигарету и посмотрел в темное окно. Оно выходило в закоулок, едва освещенный уличным фонарем. Тот висел на стене противоположного дома и озарял только трещины на штукатурке да капли дождя, то и дело мелькавшие в луче света. Комиссар курил, смотрел в окно и думал. Немного позже поймал себя на мысли, что думает не о Фульвии, а о другой женщине, которую никогда не видел. О жене, вернее, вдове русского наркомана с заковыристым именем.

«Завтра я закажу служебный разговор и сообщу ей новость о муже. Точнее, сообщит переводчик-референт... Но под заключением подпишусь я».

•

ГЛАВА 2

Алла проснулась так рано, как не просыпалась никогда. На работу ей надо было вставать в восемь, а будильник показывал начало седьмого.

«Что это я?» — удивилась женщина, еще не очнувшись окончательно. И тут же поняла, что ее разбудило — на кухне зазвонил телефон. Звонки были частые, с короткими интервалами — межгород. «Кому бы это быть?» Она вскочила и босиком побежала на кухню. Взяла трубку.

Голос звучал несколько напряженно. Говоривший мужчина словно сомневался в каждом произносимом слове. Насколько его можно было понять, он звонил из Италии.

«Аркадий? — мелькнула быстрая догадка. — Кто еще может позвонить мне оттуда? Но он не должен сейчас звонить».

— Кто это? — продолжала уже вслух удивляться Алла.

Голос в трубке набрался храбрости и выдал наконец связный текст:

— Аркадий Демин жил здесь?

— Да. — У нее ослабели ноги. Она оперлась о стену. — Кто говорит?

— Он умер, — сообщил голос с некоторой долей сочувствия. — Это из полиции. Вы должны приехать и увезти его.

— Как?! Не поняла?!

— Он умер от наркотиков, — с трудом признавался голос. — Вчера вечером. Сейчас он у нас, в управлении полиции. Вы должны его забрать.

Алла не понимала и половины.

Мужчина говорил с таким чудовищным акцентом, что она в отчаянии попросила:

— Перейдем на английский, пожалуйста!

Алла не решилась говорить на итальянском, который тоже когда-то изучала в институте, из-за отсутствия языковой практики.

В трубке раздалось несколько энергичных восклицаний, а потом наступила тишина. Видимо, говоривший пошел консультироваться с кем-то. Ей в голову вдруг пришла мысль, что звонил один из приятелей Аркадия — из тех, что появлялись у него сразу же, как он обосновывался на новом месте...

«Такой же непутевый бедолага... — в сердцах сказала она себе. — Откуда он звонит?»

И как только в трубке снова прорезался голос, она сразу задала этот вопрос.

— Из Венеции, — ответили ей, на сей раз по-английски. — Я комиссар Арицци. Я веду дело вашего мужа. Вы должны приехать и забрать его. Вы можете выехать сегодня?

— Невозможно, — тоже по-английски ответила она, машинально отмечая дурное произношение комиссара. — Я ничего не понимаю... Он умер, как мне сказали, от наркотиков?

— Да, — подтвердил комиссар. — Слишком большая доза. Он употреблял наркотики до Италии?

— Да, — поколебавшись, ответила она, — иногда... Но я не смогу приехать так скоро... Боже мой... Моя работа... Виза...

— Визу мы вам закажем, зайдите в итальянское посольство, — заторопился комиссар. — Приезжайте как можно скорее... Мы не можем держать его долго...

Алла выслушала все, что он еще счел нужным сказать ей, и повесила трубку. Прошлась по кухне, натолкнулась бедром на угол стола, поморщилась, достала из пачки сигарету и жадно закурила. Ярость накипала — на мужа, на саму себя, на злосчастную судьбу...

Они познакомились в Академии художеств, где оба учились. Аркадий — на отделении ваяния, Алла — на факультете искусствоведения. Теперь она не могла бы уже сказать, чего было больше в ее чувстве к Аркадию — симпатии женщины к мужчине или восхищения его произведениями. Аркадий подавал большие надежды. Его работы отличались художественной выразительностью, необычностью формы и оригинальностью сюжета. Алла слушала, что говорят вокруг, и в конце концов осталась в его мастерской на ночь.

Аркадий тогда изрядно выпил, и Алле не пришлось краснеть за то, что она навязалась, — он ничего не помнил. Утром они выпили дешевого кофе, сваренного им на электроплитке, и Алла задержалась еще на несколько часов. Особого удовольствия не получала, но говорила себе, что это в конце концов не главное...

Что было главным, Алла и сама не знала. Знала только то, что Аркадий этим «главным» обладал. Может, это был талант, может, мягкий, уступчивый характер... Его податливость и радовала, и раздражала Аллу. Радовала — потому что ни одно ее решение не встречало противодействия. Раздражала — потому что и решения других людей противодействия не встречали...

«Отсюда и его приключения на стороне, и выпивки, и наркотики в конце концов... — думала теперь Алла, прислушиваясь к своим чувствам. Чувств оказалось много, но среди них, как ни странно, не было горя. Наоборот, что-то вроде злорадства. — Я так и думала! Я так и знала, что он кончит этим!»

На плите свистнул закипавший чайник, и Алла размешала ложку растворимого кофе в чашке горячей воды.

«А кто виноват, что он довел себя до такого? — продолжала она спорить с кем-то. — Только не я! Да ведь сколько я возилась с ним, когда обнаружила! Сколько мы лечились! Разве мало сделала для него?! И вот — пожалуйста! Только слез с иглы, поправились дела, ему снова дали хороший заказ — все псу под хвост! Стоило деньги на врачей переводить... А обвинят, конечно, меня... Скажут — довела талантливого человека, проклятая баба, сломала ему жизнь! Да я ему спасала жизнь, если хотите знать».

И тут Алла поняла, с кем спорит. Все обвинения в ее адрес принадлежали самому Аркадию. Конечно ему, а кому же еще? Ведь друзей у них давно не было... Общий круг знакомых распался тогда, когда Аркадий стал баловаться наркотиками и у него завелись новые друзья. У Аллы, к тому времени кормившей его своими статьями и переводами с английского и итальянского, иной раз не хватало злости, яростных обвинений, когда она обнаруживала исчезновение из дома очередной дорогой вещи, когда-то заработанной самим же Аркадием. Она ругалась, уходила к маме, даже пробовала его бить... Тогда-то он и высказывал ей.

— Хорошо же, — сказала вслух Алла. — Я все сделаю для него, в последний раз...

Она собралась с мыслями. Следовало поехать на работу, в издательство, предупредить об отъезде, взять отпуск за свой счет, если ее не отпустят просто так. Надо заехать в посольство, взять визу...

«Выпало ему счастье раз в жизни увидеть Венецию... Увидеть Венецию и умереть... — Она горько усмехнулась. — А сколькими поездками я пожертвовала ради него! Сколько возможностей побывать в загранке упустила, выгодных предложений! Приходилось цепляться за низкооплачиваемую работу, которая давала возможность сидеть в Питере. Все — только для того, чтобы следить за ним, не давать срываться! Все — для того, чтобы он не водил в дом своих бомжей-приятелей... Боже, ведь не только он опустился, вместе с ним опустилась и я! Когда я была в театре?! Три года назад?! Пять лет не была в отпуске! Почему раньше не ушла от него?! Потому что надеялась! Ведь когда он приходил в себя, делал такие работы... Нет, талант у него был, он не успел окончательно его погубить... Но как редко бывали проблески! Он работал затем, чтобы получить деньги и уйти в загул!»

Алла прошла в комнату — в единственную комнату их маленькой квартиры. Раньше у них была хорошая, просторная, двухкомнатная квартира в доме улучшенной планировки, но ее пришлось обменять на конурку с доплатой после того, как обнаружился огромный долг, сделанный Аркадием. Деньги ушли на наркотики. Мысль о деньгах потянула за собой другие мысли.

«Он три месяца назад оставил три тысячи долларов... Как я радовалась, дура! Получил авансом от заказчика за свою работу... Снова стали ему платить, доверять... Первые большие деньги... И с иглы он слез, я надеялась — уже навсегда. И вот все пропало. Сколько я проезжу теперь? В Венецию и обратно. А там? Это дорогой город. Сколько придется там пробыть? Два дня? Три? И все деньги ухнут на это, останусь у разбитого корыта... Подстроил последнюю подлянку, но какую! Даже умереть не смог по-человечески! Стоп... Что же это я? Ведь он поехал по путевке Академии художеств — пусть Академия и заботится о том, чтобы тело привезли. Надо зайти туда».

Алла разволновалась и спешно принялась одеваться. Распахнула дверцу шкафа, торопливо натянула теплые колготки, юбку, свитер, напудрилась и подкрасила губы. Посмотрела в зеркало. Оттуда на нее взглянула женщина лет тридцати — невыспавшаяся, растерянная... Карие глаза в припухших со сна веках, нездоровая бледность, которую не могла скрыть косметика.

«Мне нужен отдых. Вот я и отдохну в Венеции... Какая дурацкая судьба! Почему у меня все в жизни так?»

Она с досадой отвернулась от зеркала и собрала сумочку. Положила загранпаспорт, деньги, расческу, в зубьях которой осталось несколько ее темных волос. Вздохнула и велела себе не волноваться, не переживать. Все равно уже ничего не поправишь.

В десять утра она уже стояла в канцелярии Академии художеств и чувствовала, как земля уходит у нее из-под ног.

— Но разве вы не знали, что Демин был исключен? — раздраженно выговаривала ей старушка, ведавшая путевками для студентов.

— Знала, — слабеющим голосом произнесла Алла. — Аркадий сказал мне, что путевку дала академия...

— А с какой стати? — Старушка затянулась «Беломором» и сделала резкий жест рукой. — Я Демина прекрасно помню, моя дорогая... Когда-то он действительно мог рассчитывать на путевку, но потом, когда занялся наркотиками...

— Постойте, объясните по порядку! Я знала, конечно, что он был исключен с четвертого курса за наркотики, но он мне сказал, что академия провела оплату в Венецию и дала ему направление... То есть заплатил он сам, через вас...

— Ничего подобного! — желчно ответила старушка. — Мы такими вещами не занимаемся... Вы, милочка, сказали, что он сам заплатил? Так почему же он не мог обойтись без нас, раз у него были деньги? Что-то он напутал! У нас такое не практикуется!

Алла закрыла глаза, стараясь справиться с нервной дрожью. Значит, обман! А как солидно, успокоительно звучало это вранье в его пересказе! «Академия во мне заинтересована! Меня восстановят на четвертом курсе! Это испытательный срок! Академия нашла заказчика! Академия то, академия се!»

А старушка тем временем увидела молодую напарницу, только явившуюся на работу. С невыразимым ехидством в голосе она окликнула ее:

— Лидочка, помнишь того скульптора, ну, Демина! Он, представь себе, наврал, что мы его посылали в Италию!

Напарница замороченно посмотрела в сторону Аллы и вдруг узнала ее.

— Это вы? — воскликнула она. — Аллочка, но мы его никуда не посылали, просто не могли бы послать!

— Все уже понятно, — пробормотала Алла, пытаясь скрыться от позора. — Ладно, спасибо, что просветили.

— А что с ним случилось? — поинтересовалась Лида. — Он же, кажется, кололся, да?

— Он умер, — ответила за Аллу старушка. — Чего и следовало ожидать.

Алла отвернулась и, ни слова не говоря, захлопнула за собой дверь. Она быстро прошла по длинному безлюдному коридору, свернула на лестницу и там остановилась, достав из сумочки сигарету. В голове у нее был полный сумбур, и она уже не чувствовала себя так уверенно, как утром. Тогда, после звонка из Венеции, все было хотя и грустно, но просто и ясно. Алла знала, что ей следует делать, к кому обратиться...

Она снова восстановила в памяти подробности его отъезда и поразилась своей беспечности. Алла даже не подумала тогда о том, чтобы проверить, насколько сказанное им соответствует истине. Кто дал ему сногсшибательный заказ? Она этим не поинтересовалась. Он сказал — академия нашла заказчика, и это ее совершенно убедило и успокоило. Академия — знак качества, гарантия надежности... Алла не спросила ничего. И теперь корила себя за это.

«Значит, заказ он нашел где-то на стороне. Кто же осмелился с ним сотрудничать? Явно кто-то новый, кто ничего не знал про наркотики... Ах, почему я не узнала у него всю правду! Ведь он мог подписать с заказчиком контракт с неустойкой, как обычно делается, особенно когда платят авансом... А раз он кололся в Венеции, да еще так, что умер, то мог ничего не сделать! Мне ли не знать, что когда он кололся — работать не мог... И теперь все претензии могут предъявить мне! Сколько он взял с собой? Тысячи три тоже... Три мне, три ему... А если не три? — пришла ей в голову ужасная мысль. — Если еще больше?! Если контракт был дорогой и неустойка разорит меня дотла?!

Она порылась в сумочке, нашла в блокноте название мастерской, куда отправлялся работать и учиться Аркадий. «Луиджи Джакометти». У Палаццо-Грасси. Знать бы телефон... Нет, телефона он мне не дал, сказал, что сообщит, но ничего не сообщил... Два месяца молчал, потом позвонил... Ему не было дела до того, что я извожусь от тревоги... Он вообще считал, что мне до него дела нет. Да было мне до него дело, было! Только какая любовь выдержит такое!»

И она вспомнила свои мучения за последние годы. Вспомнила, вздохнула, бросила сигарету в урну и вышла на улицу.

В итальянском посольстве проблем не возникло. Визу тут же дали, комиссар, как и обещал, предупредил служащих о ее визите. Там же ее познакомили с формальностями, касавшимися перевозки тела из Италии в Россию.

От этих формальностей ей стало дурно, но она велела себе крепиться.

«Началась последняя, может быть, полоса неудач... — уговорила себя Алла, посещая кабинет за кабинетом, объясняясь с чиновниками, подписывая бумаги. — Я привезу его тело, но прежде узнаю у Джакометти, выполнил ли Аркадий заказ... И если окажется, что выполнил, вздохну спокойно...»

Обеденное время застало ее на Невском проспекте, в кофейне напротив международных касс «Аэрофлота». Она пила скверно приготовленный кофе и жевала бутерброд с сыром. День выдался морозный, и у нее осталось одно желание — поскорее добраться до дому и лечь в горячую ванну.

Потом Алла стояла в очереди и покупала билет — туда и обратно, как ей посоветовали в посольстве.

«Тело вам выдадут сразу, — уверяли ее там. — Проблем не будет».

Она слушала их, сжав зубы, и говорила себе, что только в таких случаях ей и везет. Сразу выдают тело. И ничего, что касается удачи, любви, денег, судьба не выдает ей так охотно, так быстро...

Потом заехала на работу, поделилась скорбной новостью с сотрудницами, приняла их соболезнования, убедилась, что без отпуска за свой счет не обойтись, и восприняла эту новость как последнюю неудачу дня. После чего отправилась наконец домой.

Последней каплей стали разговоры с родителями — разумеется, по телефону. Они жили слишком далеко, чтобы добираться до них. На это ушел бы еще час, а такого она бы уже не вынесла.

— Как же так?.. — только и повторяла ее мать. Та любила Аркадия. — Доченька, но как же он так?...

— Мама, я сто раз тебе повторила как! — сухо ответила Алла. — Наширялся больше, чем смог перенести, вот как!

Мать охнула, как будто слышала это впервые.

— Он не был ангелом, говорю тебе! — продолжала дочь. — Почему ты жалеешь только его, почему не меня?! Сколько мне еще предстоит мучиться из-за него! Ты можешь позволить себе роскошь поплакать, да, я слышу, как ты рыдаешь... А я не могу! Ты его видела раз в месяц, а я — каждый день!

Мать умолкла. Алла едва переводила дух.

— Доченька, не будь такой... — попросила ее наконец мать. — Аркашу жалко...

— Довольно... — Алла еле сдерживалась. — Собственно, дело сводится к тому, что я уезжаю. Мне надо его привезти. И вот что еще, мам... Я тебя прошу — позвони его матери сама... Я не могу.

С матерью Аркадия у Аллы были напряженные отношения. Та почему-то считала, что именно сноха стала причиной болезни Аркадия. И разубедить ее не могло ничто.

— Хорошо, — раздалось в ответ. — Только, Аллочка... Как-то вам надо помириться... Теперь, когда Аркаша...

И мать всхлипнула.

— Именно теперь, когда он умер, я надеюсь разорвать с ней всякие отношения, — отрезала Алла. — С меня довольно этой семейки... Жизнь загублена, а мне только двадцать восемь!

На этом неприятности закончились. Алла посидела на кухне, выкуривая последнюю за день сигарету и глядя в потолок. Горе? Нет, это было не горе. Скорее оцепенение чувств да еще злость... На него, на себя, на свою несчастную судьбу...

Спать она легла пораньше, решив собрать вещи завтра утром. Самолет улетел после полудня.

Венеция встретила ее свинцовыми облаками и резким, порывистым ветром. Больше никто не встречал. Она застегнула до конца «молнию» на куртке и ступила на негостеприимную землю. Все вещи уместились в маленькой сумке, с которой Алла решила не расставаться, пока не выяснит все до конца. И прежде всего отправилась в управление, адрес которого дал ей комиссар, скверно говоривший по-английски.

— Это все? — спросила она, поговорив с ним полчаса и совершенно замучившись от его произношения. — Больше вы ничего не предприняли? А почему вы не выяснили, как и когда он начал употреблять наркотики? — Она старалась строить фразы попроще, чтобы комиссар ее понял. — Вы знаете, что три месяца назад, когда он уехал в Венецию, был совершенно здоров?

Комиссар напряженно слушал ее, и в какой-то миг на его лице возникла неуверенная улыбка.

— Три месяца? — проговорил он. — Нет, он был здесь всего месяц.

— Три! — подчеркнула она. — Три месяца назад он уехал сюда!

— Один! — упорно твердил комиссар. — Один месяц, синьора!

— Как же так? — растерянно произнесла Алла.

Аркадий ее обманул! Где же он был два месяца?! Где он был с середины ноября, с тех пор как «уехал»? Ей стало так дурно, что она с трудом удержалась на ногах.

Комиссар в это время что-то говорил, но она едва слышала его. Сейчас волновало только одно — насколько обманул ее муж? Все было ложью в его словах или не все? Где он был два месяца? Кто дал ему заказ и деньги? И выполнил ли он заказ?

Она пришла в себя и услышала:

— Может быть, ваш муж был здоров, когда приехал сюда, но за месяц дошел до такого состояния, что начал колоться через одежду...

— Как? — машинально переспросила Алла. — Через что?

Комиссар слегка смутился, видимо прекрасно сознавая несовершенство своего английского. Он попытался объяснить еще раз:

— Ваш муж сделал себе два укола прямо через одежду. Так говорит доктор.

— Ужасно, — только и произнесла она в ответ. — Комиссар, я должна поговорить с хозяином мастерской.

Арицци растерялся еще больше.

— Но зачем? — попробовал возразить он. — Расследование кончено, оно было сделано по всем правилам, вы не можете упрекнуть меня в небрежности...

Последнее слово он исказил так, что Алла едва поняла его. Она упорно стояла на своем:

— Мне необходимо поговорить с Джакометти, потому что есть вещи, которые касаются только его... Это мои личные проблемы.

Комиссар тяжело вздохнул. Он свято поклялся Джакометти, что больше не станет беспокоить его. Кроме того, ему не нравилась эта русская. Слишком она была упряма и привязчива, слишком быстро говорила по-английски, так что ему приходилось напрягать все силы, чтобы что-то понять.

Он сделал последнюю попытку.

— Джакометти собирался уехать из Венеции, — сказал Арицци, с удовольствием наблюдая за охватившим женщину смятением. — Я думаю, уже уехал.

— Вот как? — раздраженно произнесла она и поднялась со стула, пол вокруг которого уже был усыпан пеплом ее сигарет.

Курила она слишком много, и это тоже не понравилось комиссару. «Нервная особа. Впрочем, как все жены наркоманов... Была бы симпатичной, если бы не так зазнавалась... Как она со мной говорит, прямо милость оказывает. Я не позавидую Джакометти...»

— Когда я смогу забрать тело? — спросила Алла, защелкивая сумочку.

— Сегодня вечером, — задумчиво ответил комиссар. — Вообще-то это не здесь... Вам нужно будет поехать в морг, мы дадим сопровождающего...

«Нино, — решил он. — Вот кого я пошлю с ней. Это будет ему наградой за те дурацкие часы, которые я провел, ожидая Фульвию. А они там все время ссорились! Ссорились, пока она снова не собрала чемодан и не вернулась домой! Даже суток не выдержали вместе!»

Комиссар пришел в благодушное настроение, приняв решение, и послал за помощником. Тот явился и мельком посмотрел на русскую посетительницу. От его всегдашней беззаботной веселости не осталось и следа.

«Крепко его потрепала Фульвия!» — удовлетворенно отметил комиссар и обратился к нему:

— Поедешь с этой особой. В морг, за телом. Дамочка еще та, скажу тебе... Главное, побыстрее спихни ее прочь и не пускай к Джакометти, а еще лучше — скажи сейчас ей, что он уже уехал. Сможешь по-английски?

— Не смогу, — признался Нино, но тут заговорила русская. Заговорила по-итальянски, и комиссар с помощником застыли, как громом пораженные.

— Я смогу по-итальянски, — холодно сказала она. — Смогу даже переводить то, что вы говорите друг другу. Итак, Джакометти уехал?

Комиссар натянуто улыбнулся.

— Синьора, он большой человек и просил его не беспокоить. — Арицци тоже перешел на итальянский. — Надеюсь, вы нам поверите, что персонал мастерской был опрошен самым тщательным образом.

— Это меня не волнует, — ответила Алла, переводя взгляд с комиссара на его помощника. — Тело можно забрать вечером? Хорошо. А сейчас я должна увидеться с хозяином мастерской. Надеюсь, вы меня проводите?

Она обращалась прямо к Нино, и тому ничего не оставалось, как согласиться.

— Конечно, синьора, — торопливо и любезно заговорил он. — Я провожу вас. Но это будет не так уж интересно.

— Я сама хочу в этом убедиться. Вы идете?

— Через минуту он вас догонит, — вмешался комиссар. — Нино, на два слова.

Алла вышла, и мужчины остались наедине. Нино тоже предпочел бы выйти. Ему казалось, что комиссар держит камень за пазухой и недалек тот миг, когда камень этот полетит в его голову. Ему не верилось, что комиссар забыл нелепую историю с Фульвией. Но вместо камня ему была предъявлена улыбка. А улыбаться Арицци умел так, что все сомнения в его благожелательности сразу куда-то исчезли. Нино слегка ободрился.

— Комиссар, жуткая дама! — прошептал он, оглядываясь на дверь. — Она знает итальянский? Как мы влипли!

— Ничего. — Арицци нервно потер руку. — Главное, она не предъявляет претензий к самому следствию. Да и что она может предъявить? Пусть сама отвечает за пороки своего муженька... И она все это, думаю, понимает... Но вот какая штука, Нино!

Тот округлил глаза.

— Дело в том, что русский, оказывается, сбежал из дома три месяца назад! А ей сказал, что едет сюда!

— Понимаешь? Он где-то проторчал два месяца перед приездом в Венецию...

— Надеюсь, на этом основании нас не заставят продолжать дело? За эти два месяца он мог натворить что угодно. А нам копать! Вот что я скажу тебе, комиссар... — Нино робко воспользовался своей давней привилегией называть Арицци на «ты». — От русских одни только проблемы...

— Я видел его паспорт, — утешил помощника Арицци. — Он получил визу месяц назад. То есть в Италии он точно ничего не натворил. Он сидел дома, в России... И мы им больше заниматься не будем.

Нино согласно закивал.

— А вот что я думаю, комиссар... — Он быстро осваивался в своей прежней роли — роли преданного помощника, «своего парня». — Я думаю, он провел эти месяцы в каком-нибудь теплом местечке...

Эту тему он развивать не решился, вовремя вспомнив, что такое теплое местечко недавно было дома у него самого. Только там находилась Фульвия.

— Ладно, Нино, — ласково кивнул комиссар. — Это нас уже не касается. Вообще, чего бы я ни отдал, чтобы этот русский со своей нервной женой убрался из Венеции первым же самолетом... А тебе задание — веди себя сдержанней и как можно больше тяни с визитом к Джакометти... Ну, покажи ей какой-нибудь дворец, что ли...

— Я могу прокатить ее на катере по Канале-Гранде.

— Сделай все, что можно. Пусть у тебя, к примеру, сломается катер. Мне тебя учить не надо. А я тем временем позвоню в мастерскую и предложу Джакометти закрыться на большой замок и сидеть тихо-тихо. Я не могу с ним ссориться.

— Да? — удивился Нино. — Комиссар, но ты с ним не очень-то церемонился.

— Не в духе был, — неохотно пояснил Арицци, предпочитая не уточнять, почему именно он был не в духе. Нино отвел глаза. — А теперь пришел в себя. С аристократами ссориться не стоит, я тебе уже говорил это... У него хорошие связи среди отцов города... И мне уже дали это понять...

— Ясно, — кивнул Нино. — Наша красавица увидит Венецию. К Джакометти я ее не пущу...

И он покинул управление в совершенной уверенности, что Арицци все забыл и зла на него не держит.

Комиссар отвернулся к окну и закурил. Фульвия вернулась. Все прошло, но горечь осталась. «Нино у меня еще попляшет...»

— Что вы предпочитаете? — с утонченной любезностью расспрашивал помощник комиссара Аллу. — Палаццо или церкви?

— Я предпочитаю Палаццо-Грасси, — холодно ответила та. — И быстро!

— Значит, палаццо, — уточнил Нино. — Тем лучше, потому что церкви уже закрыты, синьора... Обратите внимание, Палаццо-Бальби! Чудный вид, превосходное освещение!

Алла сжала губы, едва сдерживаясь, чтобы не послать венецианца подальше. Если бы она знала, что вожделенный Палаццо-Грасси в этот миг проплывает мимо них по другой стороне канала, то не сдержалась бы.

— Где Палаццо-Грасси?! — взорвалась Алла. — Мы доберемся до него или нет?!

— Непременно, — уверил ее Нино. И он не так уж грешил против истины, особенно если учесть, что земля круглая. — Всему свое время, синьора! Вы ведь в первый раз в Венеции?

— Вам за это платят? — перебила она его излияния. — За экскурсии? Вы проводите их по служебной обязанности или из любви к искусству?

Нино оскорбился и на миг замолк. Из оцепенения его вывел только очередной дворец. Он протянул руку и торжественно объявил:

— Мост Риальто, а за ним — Фонтего-Деи-Тедески! Немецкий склад. Кстати, именно здесь мы нашли вашего мужа.

Алла напряженно вгляделась туда, куда он указывал, но не произнесла ни слова и не изъявила желания остановиться и осмотреть место происшествия, как рассчитывал Нино. Пришлось плыть дальше. Он лихорадочно перебирал в уме оставшиеся достопримечательности и уже обдумывал возможность затащить Аллу на сухопутную экскурсию в какой-нибудь квартал.

«А там она ведь может ненадолго потеряться, с кем не бывает... — убеждал он себя. — Комиссар, наверное, уже предупредил Джакометти... Но спешить все равно не стоит!»

— Ка-Пезаро! — прозвучал его голос в тишине, нарушаемой только рокотом работающего мотора да плеском воды у бортов катера. — Обратите внимание, синьора! Это вам непременно надо осмотреть. Можем остановиться на минутку.

— Ни в коем случае! — отвергла его предложение Алла. — Плывем дальше! И прибавьте ходу!

— Это невозможно, — льстиво склонился перед ней Нино. — Мы плывем на максимальной скорости. Если я прибавлю ходу, может произойти катастрофа. Здесь очень оживленное движение.

— Не замечаю! — сказала она, оглядывая канал. — Разве что мы врежемся в гондольера...

— Вот именно, — подтвердил Нино. — Я, как полицейский, не могу такого допустить...

Внезапно ей в голову пришла счастливая мысль. Пренебрегая возражениями Нино, она перегнулась через борт и окликнула гондольера, как раз поравнявшегося с ними на своей утлой лодчонке:

— Синьор! Где Палаццо-Грасси?

Гондольер смерил ее взглядом, потом так же внимательно осмотрел Нино и вдруг обменялся с ним серией возгласов на непонятном Алле наречии. После чего учтиво улыбнулся ей:

— Палаццо-Грасси, синьора? Впереди, дальше по каналу!

Ей ничего не осталось, как подчиниться своему спутнику и плыть все дальше и дальше. Нино старался:

— Палаццо-Барбариго! Умоляю вас взглянуть — это Сан-Симеон Пиколо!

На этом достопримечательности кончились, и даже изобретательность Нино исчерпала себя. Катер качался на холодных волнах канала, ощутимо пахнущего гнилью, помощник комиссара молчал, Алла наливалась злостью. Наконец она не выдержала и обратилась к Нино с утонченной любезностью:

— А теперь, когда вы мне показали всю Венецию, от первого палаццо до последнего, можем мы все-таки попасть к Палаццо-Грасси?! Мне кажется, хозяин мастерской уже меня заждался!

Нино неуверенно кивнул.

— Хорошо, синьора, — согласился он, надеясь, что комиссар уже сделал все, чтобы обезопасить нервы Джакометти от визита русской валькирии. — Мы плывем туда. Но предупреждаю вас, что это бесполезно. Он давно уже уехал из города.

Алла ничего не ответила, и ему пришлось повернуть обратно.

Наконец они оказались перед дверью, на которой, правда, не висело ни одного замка, но заперта она была очень основательно. Алла без колебаний позвонила.

Она несколько раз нажимала кнопку звонка, не производя при этом ни малейшего шума.

— Нет электричества! — пояснил Нино, перехватив ее гневный взгляд, и забарабанил в дверь. — Эй, кто там есть! Откройте, полиция!

Спустя некоторое время дверь открыли. На пороге возник тощий юноша-уборщик, и они с Нино обменялись выразительными взглядами.

— Что вам угодно? — Уборщик смотрел теперь на Аллу. — Синьора желает сделать заказ? Но мы уже закрыты... Подождите до следующего карнавала... Или приезжайте через полгода... Мы снова начнем подготовку к карнавалу... Но не сейчас!

Алла повернулась к Нино, и тот, стараясь не встречаться с ней взглядом, быстро заговорил:

— Серджо, это жена того русского скульптора, Демина. Она хочет посмотреть на комнату, где он жил. Верно?

— Еще больше я хочу посмотреть на того хозяина, у которого он работал, — отрезала Алла. — Дайте войти.

Серджо в изумлении пропустил ее вперед и пошел следом. Нино, вздохнув, последовал за ним. Он надеялся, что хозяин уже соответствующим образом предупрежден.

Джакометти, к которому Серджо провел их без всяких возражений, встретил Аллу, едва приподнявшись в кресле. За эти дни он, казалось, еще больше распух и побледнел. Хозяин был облачен в неопрятный атласный халат, на ногах красовались вызолоченные туфли. Алла сухо поздоровалась и села. Джакометти взглядом попросил Нино и Серджо удалиться. Ушли они с неохотой, но, впрочем, недалеко — уборщик пригласил помощника комиссара занять подслушивающий пост под дверью, и тот с восторгом согласился.

— Я пришла к вам узнать кое-какие подробности о муже, — с места в карьер начала Алла. — Вы знаете, о чем я говорю?

— Ваш муж умер от слишком большой дозы наркотиков, как сказали мне в полиции... Он доставил мне немало неприятностей. С тех пор как в Венецию стали завозить наркотики, неприятности так и сыплются на нас... Раньше мы не знали этой отравы... Наркотики привозят иностранцы...

— Но не мой муж. Он не торговал ими. Он только употреблял их.

— Меня это не касается. — Джакометти взмахнул пухлой, унизанной старинными тусклыми перстнями рукой. — Он употреблял их или продавал... Все равно я не хочу иметь к этому никакого отношения.

— Скажите, когда именно Аркадий впервые обратился к вам с просьбой взять его на обучение и работу?

— Давно, — сказал хозяин. — Еще в ноябре.

— Скажите, пожалуйста, почему он выбрал именно это время? Время карнавала? Время, когда вы, разумеется, больше занимались своими делами, чем его обучением? Разве нельзя было назначить другой срок?

— Это время он выбрал сам, — ответил Джакометти. — Я дал ему понять, что качество обучения может ухудшиться из-за нашей загруженности во время карнавала... Но он хотел попасть к нам именно во второй половине января — первой половине февраля, и больше никогда. Желание клиента... — Он слегка пожал плечами. — Я согласился. Я допустил его в свою мастерскую, как допустил бы любого, желающего овладеть секретами нашего ремесла и уплатившего за это наличными...

— Наличными? — уточнила Алла. — Он не переводил вам плату за обучение через какую-нибудь организацию или банк?

— Он расплатился наличными по приезде. — Джакометти рассматривал перстни. — Претензий у меня к нему не было... Платил, как все, работал, как все... Вот только кололся, кололся очень много, синьора...

— Он начал колоться у вас, в Венеции?

— Этого я знать не могу, — лениво ответил хозяин. — Может быть, не знаю, знаю только, что теперь сто раз подумаю, прежде чем связываться с неизвестными людьми. Буду требовать рекомендации... И справку от врача, что это не наркоманы...

— Справки вам не помогут, — заметила Алла. — Он ведь тоже мог показать справку... Тем более что в последнее время слез с иглы...

— Меня это не интересует, — повторял свое Джакометти. — Слез с иглы, сел на иглу... У меня достаточно неприятностей из-за вашего супруга, синьора. Я человек старый и больной... Мне нужен отдых...

— Я не собираюсь отнимать у вас право на отдых. — Алла попыталась взять себя в руки. «Проклятый город, отвратительные люди! Все жульничают, все друг друга покрывают! Здесь не добраться до правды! Никому ни до чего нет дела!» — Скажите только вот что. Скажите, а потом я сразу уйду. Он выполнял чей-то заказ?

Джакометти посмотрел сначала в потолок, потом в окно, потом на свои перстни, потом на ее ноги. Потом закрыл глаза и шумно, с хрипом вздохнул.

— Я прошу вас сказать, — умоляющим тоном продолжала Алла, понимая, что ее ярость только настраивает этого надменного человека против нее. — Я умоляю вас сказать мне — выполнил он этот заказ или нет? Может его заказчик предъявить ко мне какие-нибудь материальные претензии или нет? Поймите, я небогата... Я просто нищая, по вашим понятиям... Я осталась одна... — Голос ее задрожал. — И если окажется, что он вдобавок ко всему еще и обманул заказчика... Мне никогда с ним не расплатиться...

Джакометти открыл глаза, и она увидела в них нечто похожее на сочувствие.

— Не беспокойтесь, — просвистел он. — Заказ был выполнен. Не могу сказать, что на высоком уровне... Он работал урывками, между одним уколом и другим... Но все же заказ был выполнен. И его уже получили, я думаю...

— А для кого он работал? — спросила Алла и сразу поняла, что ответа не получит — Джакометти снова замкнулся. — Это не мое дело, конечно... — проговорила она, вставая. — Что ж... Я только хотела узнать, нет ли осложнений... Простите за беспокойство...

— Простите вы меня, синьора, — неожиданно благожелательно обратился к ней хозяин. — Я всего-навсего соблюдаю коммерческие тайны фирмы. Заказ был выполнен на базе моей мастерской, отослан из моей мастерской, значит, я должен охранять интересы заказчика... Всего доброго, синьора... Мои соболезнования... Мои соболезнования...

На соболезнования Джакометти оказался так щедр, что Алла вышла из его кабинета только через пять минут. За это время ей высказали все возможные сожаления, что Венеция оказалась не гостеприимна к ее мужу и к ней самой. Она была просвещена насчет времени, когда лучше всего приезжать в Венецию — «конечно во время карнавала». И наконец, Джакометти долго говорил ей комплименты, среди которых не оказалось ни одного искреннего.

Когда за ней захлопнулась дверь, она вздохнула с облегчением. И тут же помрачнела, увидев Нино. Тот, беззаботный как птица весенняя, болтал с уборщиком и курил его сигареты. На Аллу едва обратил внимание.

— Я вас жду, — напомнила она, и тот с неохотой попрощался со своим новоприобретенным приятелем. Вместе они покинули помещение, и только на катере он соизволил открыть рот.

— Успешно поговорили, синьора? Остались довольны?

— Страшно довольна! Давайте езжайте быстрее! Нечего рассматривать! Все дворцы я уже видела!

— А куда спешить? — философски заметил Нино.

— В морг!

Потом она выполняла разные формальности, подписала уйму бумаг, свидетельствующих о том, что тело она забирает, что тело бактериологической опасности не представляет, что тело именно ее мужа, а не какого-нибудь постороннего, что тело герметически запаяно в цинковый гроб.

Эти похоронные и бюрократические подробности совершенно доконали Аллу, так что в самолет она села сама полумертвая. Некоторое время ей не верилось, что все уже позади. Потом начала приходить в себя.

Алла расположилась в салоне «Боинга» возле иллюминатора. В окне сияла ультрамариновая синь и курчавились ослепительно белые облака, похожие на хирургическую вату. Все это было по правую руку от нее. По левую — находилось одно пустое кресло, а за ним — кресло занятое.

В этом занятом кресле сидела женщина в помятом зеленом костюме и лениво листала журнал. Алла от нечего делать смотрела на нее, потом на остальных пассажиров, потом опять на женщину. Та подняла глаза от журнала и слегка улыбнулась Алле.

— Карнавал? — только и спросила она.

— Нет. — Алла грустно покачала головой. — Наоборот.

— То есть? — немного удивилась женщина.

— Мой муж умер в Венеции... Везу теперь на родину его тело...

— Вот оно что... — протянула та. — А я, представьте, тоже...

— Как?! — поразилась Алла. — Тоже везете тело мужа?

Женщина вздохнула:

— Нет, собаки... Сдохла собака от какой-то заразы... И вот я ее теперь везу обратно... На родину... Не город, а морилка для тараканов...

Алле не слишком понравилось сравнение ее мужа с какой-то собакой, и больше она с незнакомкой не разговаривала, тем более что та сразу же углубилась в свой журнал. Алла откинула голову на спинку кресла и долго смотрела в окно. Потом прикрыла глаза и уснула.

●

ГЛАВА 3

Были похороны, поминки, материальные расчеты с отечественными бюрократами, сидящими в похоронных структурах, и моральные расчеты со свекровью... Были щедро проливаемые материнские слезы.

Как она и ожидала, на нее обрушился град упреков — высказанных и утаенных. Упреков со всех сторон. На похороны явились, как ни странно, сокурсники Аркадия по академии, прекрасно помнившие, как Алла некогда обхаживала начинающего талантливого скульптора. «Она его довела, ясное дело», — услышала за спиной Алла. Она резко обернулась, чуть не расплескав водку в графине, которую несла к столу. Но определить, кто именно сказал эти слова, было невозможно.

«Да и сказать это мог любой... — думала теперь Алла, сидя дома с сигаретой в руке. — Плевать мне на них на всех... Академия... Какой я была дурой! А они так и остались дураками, ничего-то в них не изменилось за несколько лет. Аркадий для них остался все тем же парнем — ласковым, веселым, щедрым на подачку, которую любой у него мог выманить... Да и выманивать не приходилось — он и так все отдавал... Разве не поэтому они ополчились против меня, когда у нас с ним дело дошло до свадьбы?! Разве не боялись они потерять в его лице щедрого собутыльника? Ах, какая я была дура! — Она вспомнила то, что было несколько лет назад, и прикусила ненакрашенную губу. — Я надеялась, что собутыльники исчезнут, раз появилась я, что Аркадий сможет спокойно работать, мы сумеем обустроить свой дом, тогда можно и на ребенка решиться. Разве я виновата, что все хотела совершить по плану, как в Европе, как во всем мире?! А не как у нас, когда рожают без квартиры, без счетов в банке, без возможности лечь в дорогую клинику? А мне говорили... Говорили, что я расчетливая, бессердечная, что я польстилась на его заработки и вышла за него потому, что надеялась хорошенько его подоить... Ох, знали бы они все, шептуны, сколько я своих денег переплатила за его лечение, сколько взяток передавала врачам, препаратов купила за свой счет, сколько шоколада перетаскала медсестрам, чтобы уколы делали вовремя, белье застилали чистое и по роже моего дурака не били за каждую истерику... А на истерики он был мастер, особенно когда слезал с иглы...»

При мысли о шоколаде ей вдруг вспомнилась Даша. Даша — медсестра из наркодиспансера, где в последний раз лечился Аркадий. И на этот раз лечение было более эффективным, чем раньше. И больница почище, и обслуга помягче... И Даша ей понравилась — тихая аккуратная девушка из тех, что женщины называют «миленькими», а мужчины — «красавицами».

Тогда, год назад, совершенно замороченная очередным срывом мужа, Алла привезла его в платную клинику. Она уже привыкла ко всему — и к грубости медперсонала, и к казенным помещениям, и ко многим иезуитским правилам, которые практиковались в наркодиспансерах. И когда перед ней возник накрахмаленный до звона халат Даши, она резко вскинула голову, готовясь увидеть очередную палатную стерву. Почему-то ей везло на таких. А увидела невысокую, пухленькую девушку немногим старше двадцати лет. «Девочка, — подумала Алла, хотя оказалось впоследствии, что она старше Даши всего на четыре года. — Красивая девочка».

У девочки были длинные черные волосы, гладкие и блестящие. Нежные зеленоватые глаза, пушистые ресницы, большой красивый рот без следов помады. «Аркадий увлечется», — обреченно подумала она, впрочем, без всякой ревности или злобы на девочку. Алла давно убедилась, что женщины интересовали Аркадия чисто с эстетической точки зрения. И в этом тоже винила наркотики.

«Аркадий увлечется и даже напишет ее портрет... А толку все нет... Если бы знать, что больница эта будет последней...» Она возлагала на клинику кое-какие надежды особенно потому, что прежде Аркадий лечился в заведениях попроще.

Даша тоже обнадеживала ее. Женщины часто встречались, когда Алла приходила к мужу. Она не переставала удивляться: Даша наотрез отказывалась брать традиционные мелкие подарки — коробочку конфет, колготки, все, чем Алла по привычке набивала сумку.

«Нет, нет... — Даша отказывалась с мягкой улыбкой, но вторично предлагать подарок не хотелось. Голос ее при этом звучал твердо. — Зачем вы, Алла? Я ведь тут работаю, получаю за это...»

«Ах, Даша, не в обиду... — Алла прятала сверточек или коробку обратно в разбухшую сумку. — Честно говоря, у меня условный рефлекс... Простите... Как мой тут?»

Они постепенно перешли на «ты», и беседы стали продолжительнее. Алле больше всего нравилось, что Даша, хоть и была заметно красивее ее, все же смотрела на свою собеседницу снизу вверх.

«Все дело в образовании... — говорила себе Алла. — Ну как для такой вот медсестры звучит слово «искусствовед»? Или «скульптор»?» Она успела убедиться, что Даша не такая уж примитивная собеседница, кое-что почитывала, кое-куда захаживала, но избавиться от чувства превосходства Алла не могла, хотя корила себя за это.

Девушка ей нравилась. Было в ней что-то уютное, комфортное, а то, что ее внешняя податливость и мягкость иной раз оборачивались весьма твердыми убеждениями и трезвым взглядом на жизнь, приятно удивляло. Алла простушек не любила, поскольку сама простушкой не была. И вскоре она убедилась, что Даша, будучи совсем не из Аллиного круга, является идеальной подругой для нее. Теперь женщины уже болтали не столько об Аркадии, сколько о себе.

Перед выпиской мужа Алла зашла в клинику в последний раз. Даши не было ни в палате, ни в ординаторской, ни в процедурной. Алла на правах своего человека обшарила знакомые закутки и в конце концов оказалась на лестнице, где обычно курили медсестры и больные. Там в этот момент никого не было. Но это только на первый взгляд. В следующий миг Алла услышала Дашин голос, мягко повторяющий со своей обычной интонацией — ласковой и терпеливой:

— Ведь это будет зависеть только от тебя. Как я могу что-то решить...

«С кем это она?» — спросила себя Алла. Даша со своим собеседником или собеседницей стояла выше, на площадке того этажа, куда по обязанности захаживала довольно редко. И это удивило Аллу прежде всего. Вторым удивительным моментом было то, что собеседник Даши молчал. Или говорил так тихо, что до слуха Аллы слова не долетали.

Даша продолжала:

— Я ведь не обещала тебе. Ты ведь знаешь... Я не обману тебя. Только и ты... И ты меня не обманывай... Подожди... На вот... Сигареты тебе... Я пойду, мне пора...

На лестнице раздался стук низких каблучков Даши, и вскоре над Аллой показались ее стройные, довольно высоко открытые ноги, обтянутые тонкими блестящими чулками. В первый момент Алла хотела уйти в коридор, чтобы не смущать Дашу тем, что могла подслушать ее беседу с молчаливым собеседником, но потом сказала себе: «Что за чепуха!» — и никуда не пошла. Так они и столкнулись лицом к лицу. И Алла увидела, как Даша побледнела.

В тот раз между ними ничего не было сказано. Алла в последний раз выпила с ней чаю, выложив на стол принесенное печенье, выслушала последние новости об Аркадии — новости, которые знала и без нее. Мол, он поправился, почти что совершенно вылечился, можно надеяться, что надолго... Страшно говорить «навсегда», ведь гарантий быть не может... Но надо надеяться... Даша говорила официально, сдержанно... Чашка с чаем стыла перед ней, к печенью она, сластена, не притронулась... Алла обкуривала ее своими сигаретами и думала про себя, что знает, кто был Дашин собеседник на лестнице... «Кому же еще быть... — вздыхала она. — Бедная Даша... Что у нее тут за публика... Где же ей встретиться с приличным человеком... А девушке пора замуж...» Мысли возникали злые, но в общем-то приятные, ибо содержание их было простым, незамысловатым, бабьим — «я жена, а ты кто?». С тем они и расстались, свято пообещав друг другу звонить, но клятвы не сдержав. Видимо, святость обещаний была весьма условной.

И теперь Алла впервые за этот год, прошедший со времени их последней встречи, вспомнила о Даше.

«Вот с кем надо было посоветоваться! Аркадий столько проторчал у нее под надзором, она-то должна знать, почему он мог сорваться...»

Через несколько дней после похорон и поминок Алла начала приходить в себя. Она побывала в парикмахерской и сделала себе давно задуманную стрижку — короткую, почти мальчишескую, которая неожиданно придала ее потускневшему облику утраченную женственность. Стрижка открыла чистый лоб и длинную шею, сделала тени под глазами менее старообразными... Да и тени постепенно начинали исчезать, и не только с помощью косметики. К Алле возвращались ее двадцать восемь лет, чуть не превратившиеся в сорок за время замужества. Она купила новый свитер — дешевый, но эффектный — грубого плетения, из разноцветной шерсти. Заставила себя меньше курить. И через несколько дней поняла, о чем думала в это время, прихорашиваясь и обретая утраченную прелесть. О Даше.

«Вот теперь не стыдно с ней встретиться... — сказала она себе поздно вечером, вернувшись домой и поглядевшись в зеркало. — А то мертвецом выглядела... А Даша-то, наверное, расцвела среди своих наркоманов... Да, одно дело быть медсестрой, а совсем другое — женой... Пусть теперь посмотрит на ту замученную особу, с мужем которой она ворковала тогда на лестнице... Пусть посмотрит!»

Алла давно поняла, что чувствовала себя уязвленной тем случаем, окончательно поколебавшим ее веру в свою женскую привлекательность. Теперь она могла смело противопоставить природному цветению Даши свою искусственно созданную, но все же ощутимую красоту. И набрала ее номер.

Сперва в трубке раздался скрипучий старушечий голос, знакомый Алле по прежним звонкам. Она вспомнила, что Даша живет в коммунальной квартире с бабкой-соседкой, уже прописавшей в третьей комнате, освободившейся от умершей соседки, сына-алкаша и постепенно выживающей из квартиры Дашу. Однако по голосу и по разговору бабка была слаще меда. Она ласково заскрипела:

— Дашу? Дашенька, тебя спрашивает дама!

И Алла поздоровалась с забытой подругой. Ее голос, видимо, произвел на Дашу впечатление легкого шока. Она на миг замолчала, потом нерешительно спросила:

— Алла, ты?

— Я, — смешком ответила ей подруга. — Забыла уже меня?

— Почти что так... — вздохнула Даша.

Алла замялась, прежде чем выложить новости.

— Я ведь что звоню-то... — нерешительно, подбирая слова, начала она. — Аркадий... Он такую штуку отколол...

— Опять? — воскликнула Даша. — Постой, он что же, опять колется?!

— Уже нет, — мрачно сказала Алла. — Докололся уже. Умер.

— Как ты сказала?! — зазвенел голос подруги. — Когда?! Что ты говоришь?!

Алла поудобнее устроилась у телефона. Она вкратце рассказала Даше про обучение и работу Аркадия в Венеции, про его внезапный срыв, его смерть...

— Постой, — опомнилась медсестра. — Ты говоришь — академия не оплатила поездку?

— Конечно нет. Да он меня просто обманул. Чего и следовало ожидать. Ему кто-то сделал левый заказ. Сама понимаешь — кто станет возиться со скульптором, пусть даже талантливым, который балуется наркотиками?

— Вот как... — удивилась Даша. — И ты не узнала, кто ему сделал заказ?

— Хотелось бы узнать, конечно... — согласилась Алла. — Не столько потому, что я беспокоюсь... Хотя и беспокоюсь тоже — ну, как заказчик остался недоволен и предъявит мне претензии? А больше потому, что хочется увидеть, что он сделал перед смертью. Ведь это немыслимо — работать в таком состоянии!

— Да, — неопределенно сказала Даша. — Ал, ты еще не ложишься? Можно... Можно, я забегу к тебе?

— Давай! — внезапно согласилась Алла, которой вначале не слишком хотелось видеть бывшую подругу. — Всего одиннадцать... Ты успеешь до часу домой?

— Не в первый раз, — ответила та.

И точно — раньше они часто навещали друг друга. Даша жила на «Приморской» станции метро, а

Алла — на «Василеостровской», так что их разделяла одна остановка. В те дни, когда Алла бывала загружена работой и не надеялась успеть в клинику на свидание с мужем, то вечерком накануне завозила Даше продукты и разные мелочи, которые могли потребоваться Аркадию, и была уверена, что подруга не подведет и передаст их. Когда кончилось лечение, потребность во взаимных визитах отпала. И теперь Алла ждала Дашу с некоторым трепетом, сама себе боясь признаться, что завидует ей — как завидуют молодости и красоте.

— В конце концов, нам больше нечего делить, — сказала она своему отражению в зеркале. — У нас нет ничего общего. Кроме воспоминаний.

Даша явилась с рекордной быстротой — через полчаса. Алла расцеловала холодную разрумянившуюся щеку подруги и поставила чайник на плиту. Женщины уселись на кухне и пытливо оглядели друг друга — при этом Алла произвела более тщательный осмотр.

«Ничего, — решила она. — Но нельзя сказать, чтобы расцвела. Все та же. Те же волосы, глаза... Стоп, глаза другие. Что с ними? Боится чего-то? Тревожится? Вот дурочка... Неужто думает, что я могла его ревновать?! Да самое большее, к чему я могла его ревновать, — это к порнографическому журналу. Женщины в чистом виде были ему уже недоступны».

И она ободряюще улыбнулась Даше.

— Кофе у меня дрянной, растворимый, — предупредила Алла. — Но другого нет.

— Брось ты... — протянула Даша. Она отогревалась в теплой кухне, и ее щеки медленно возвращались к обычному цвету — тусклому, смугловатому. — Рассказывай. Я пришла, потому что мне показалось, что разговор не телефонный.

— Для меня нет такого понятия, — отмахнулась Алла. — Кому я нужна, чтобы меня подслушивали.

— Дело касается наркотиков, — тихо возразила медсестра.

Она осматривала кухню, и Алла поняла, что ей до смерти хочется в комнату, посмотреть, как много осталось там от Аркадия. И она вполне извинила это женское любопытство.

— Ладно, осторожная ты моя, — преувеличенно дружелюбно согласилась Алла. — Раз ты такая подкованная в этих делах, то скажи вот что... Почему он снова начал колоться? Что могло его на это толкнуть?

— Об этом больше должна знать ты. Это могло быть все, что угодно... Прежде всего, безволие... Или соблазн...

— Ну, это-то понятно! Но должно было быть еще что-то... Соблазны возникали всякий раз, как появлялись деньги. А деньги появились. Но бывало же и так, что деньги не мешали ему держаться... Не колоться... А тут не удержался... Знаешь, что я думаю? Что он провел некоторое время в какой-нибудь наркоманской коммуне... Знаешь, таких полно...

— Знаю, — поморщилась Даша. — Из таких коммун целым не уйдешь... У меня сейчас двое доходят в палате... Оба попали прямо из «Сучьей слободки».

«Сучья слободка», про которую Даша некогда рассказала Алле немало жутких вещей, была всего-навсего несколькими домами нежилого фонда, располагавшимися на задворках Петроградской стороны. Но эти несколько домов являлись рассадником заразы, где пропадало ежегодно множество баловавшихся наркотиками людей. А те, что не пропадали, — доходили в больнице. Наркотики, по словам Даши, употреблялись самые некачественные, иногда в жутких смесях. Клиенты «Сучьей слободки» выживали редко. Чаще всего их здоровье было настолько подорвано, что лечение оказывалось неэффективным.

— Ты думаешь — он там пропадал?! — сделала большие глаза Алла. Только тут она вспомнила, что не сообщила подруге насчет двухмесячной отлучки Аркадия перед его действительным отъездом в Венецию. И она выложила все, что узнала от комиссара Арицци, помянув его недобрым словом. Даша отшатнулась, услышав новости.

— Постой... — заговорила она, мучительно стараясь собраться с мыслями. — Он что же — соврал тебе, что находится в Венеции?!

— Ну да! — подтвердила Алла, радуясь, что новость не вызвала у Даши ехидной реплики. «А ведь она вполне могла бы позлорадствовать — вон, мол, как он ее обманывал!» — Конечно же соврал! Это было все из той же оперы, что и академия... Только чтоб я успокоилась и ничего не проверяла! Понимаешь? А сам в это время подхватился и отправился якобы в Венецию, а на самом деле в какую-нибудь там «Сучью слободку»!

— Ужасно... — шептала Даша, остановившимися глазами глядя сквозь стену.

И Алла поняла, что изменилось в ее зеленых глазах. Дело было совсем не в том, что Даша смущалась или боялась ее. Эти глаза стали взрослее. Печальнее. Опытнее. Теперь Дашу при всем старании нельзя было назвать «девочкой», как окрестила ее Алла при первой встрече. Теперь это женщина, и казалось, женщина с не слишком счастливым опытом... Алле стало любопытно, что могла пережить ее приятельница.

«Что вообще могут переживать женщины с такими глазами, губами и такой грудью?! Мужики сходят с ума, протяни руку — и все достанешь... А ей, похоже, не досталось... Ну, это может быть — если она чересчур высоко замахнулась...»

А вслух она сказала:

— Ладно, Даш. Что случилось, то случилось. Мне только обидно, что все мои и твои, конечно, труды пропали даром... Не удержался... Можно сказать — в душу плюнул...

Даша склонила голову в знак согласия. Потом подняла ее и посмотрела Алле прямо в лицо. Слабо улыбнулась, и Алла снова подумала, что подруга ее что-то пережила.

— А ты как? — поменяла она тему. — Все там же? Без перемен?

— Без, — коротко ответила Даша. — Да и что может поменяться... С бабкой воюю...

— Она сыночка-то видит? — оживилась Алла. Она очень любила слушать про чужие неприятности. Так ей легче было забыть о своих собственных. — Больше никого не прописала?

— Нет. — Даша наконец отхлебнула кофе. — Но условия такие создает, что жить уже невыносимо... Снимать где-то комнату? Сама понимаешь, квартиру я не потяну, а опять коммуналка... Это ведь лотерея. Может, еще хуже получиться... Так вот и бьюсь...

— Ясно, жизнь не сахар. У меня хотя бы этих проблем нет... Зато тебе не приходилось возиться с мужем-наркоманом...

— Я этих мужей-наркоманов каждый день пачками вижу.

— Ну знаешь! — Алла закурила и прошлась по комнате. На душе у нее было по-девичьи легко, она как будто разом освободилась от груза забот и тревог. — Одно дело — пациенты-наркоманы, другое — муж, человек, которого видишь каждый день... Ладно, тема паршивая... Так как с личной жизнью — миллионщика еще не подцепила?

Даша рассмеялась. Провела рукой по лбу, словно у нее на миг закружилась голова.

— Нет, не подцепила, — глухо ответила она. — Работа такая — на женихов неурожайная. Откуда им взяться...

— Точно, наркоманы — мужики никакие, — подтвердила Алла. — Знаешь, мой...

И она выдала парочку пикантных подробностей, свидетельствующих о мужской несостоятельности Аркадия. Даша вдруг поднялась со стула и принялась прощаться.

— Что это ты? — удивилась Алла. — Да постой, еще и полчаса не просидела! Ну, я могу тебе такси вызвать... За мой счет...

Она внезапно поняла, что не хочет носить в себе свои несчастья, хочет поплакаться на чьей-то мягкой уютной груди... Дашина грудь, обтянутая пушистым изумрудным свитерком, годилась для этого... Но сейчас Даша явно не расположена утешать Аллу, и оставалось только удивляться почему?

— Мне пора. — Медсестра смотрела на запястье, где красовались маленькие часики, но видела явно не руку и не часы, а нечто другое... Ее взгляд был пустым и отрешенным. — Бабка может запереть дверь изнутри, и я не смогу попасть в квартиру... Она может...

— А мы участкового вызовем! — возмутилась Алла. — Какое она имеет право! Ты там так же прописана, как она...

Даша махнула рукой и стала натягивать бежевую короткую дубленку с капюшоном. Алла посмотрела и подумала, что ей тоже нужна такая, да поезд ушел — скоро весна... Она сделала последнюю попытку удержать гостью.

— Слушай, Даш! Да что ты проблемы создаешь! Переночуешь у меня, в самом деле! У меня кровать свободная, из-под Аркадия... Не бойся, он ведь на ней не помирал... Умер на камнях, как подзаборник! Сколько раз я ему это предсказывала, но не думала, что так и будет... Судьба подшутила... Смерть в Венеции, как у Томаса Манна... Даша, останься! Я ведь как в одиночной камере, мне даже обсудить все не с кем!

— Что я могу сделать? — устало повернулась к ней Даша, и Алла удивилась — каким жестоким может быть это лицо. — Он ведь умер.

Она стояла уже одетая, и рука ее лежала на дверной ручке. Алла смирилась с тем, что поболтать будет не с кем, и на прощанье сказала:

— Действительно, когда-то ты сделала для него все, что смогла... И я тоже... Не моя и не твоя вина, что он стал колоться через одежду...

Даша замерла. Ее глаза расширились, а потом померкли и показались Алле совсем темными. Каким-то чужим, невыразительным голосом спросила:

— Что такое? Через одежду? Это там?

— Да. Так сказал врач, в Венеции... Это же надо дойти до такого... Ты представляешь Аркадия, который колется через куртку?

Даша сняла пальцы с дверной ручки. Судя по выражению ее лица, она напряженно что-то обдумывала. Потом спросила:

— Следствие было?

— А как же! Я все раскопала до последнего... Он стал колоться через куртку.

— Он что — систематически кололся через одежду? — переспросила Даша, словно не веря своим ушам. — Всякий раз?

— Да нет! — Алла усмехнулась. — Только два раза приспичило, не смог потерпеть — рукав закатать... — А может, просто не соображал — закатан рукав или нет... В «Сучьей слободке» такое бывает?

— Бывает, — кивнула Даша. Она все еще не могла прийти в себя. — Но Аркадий и пациенты «Сучьей слободки» — это разные люди... Он не мог колоться через одежду... Не тот характер, не та степень заболевания, в конце концов... Нет, это ему не свойственно.

Она разгорячилась и не слушала возражений Аллы. А та твердила:

— Ему ударила в голову Венеция, говорю тебе! Безумный город, и там у него нашлась, конечно, парочка безумных дружков... Во всяком случае — наркотики он у кого-то покупал! А сманить его на что-то — раз-два и готово! Мог и через куртку, мог вообще что угодно... О, Дашенька, ты его плохо знала! Ему никогда не удавалось принять решение, но если уж сманивали на что-то... Лучшего объекта не найти!

— Нет, не может быть... — едва шевеля губами, проговорила Даша.

— Что с тобой? — Алла заметила, что на лбу подруги проступила испарина. Ее длинные черные волосы прилипли к вискам.

Даша дышала тяжело, затрудненно. Помотала головой и виновато улыбнулась:

— Так, не важно... Тут у тебя жарко...

— Конечно, в дубленке стоять! — согласилась та. — Я тебе говорю — раздевайся и оставайся на ночь. Не помрет твоя бабка. А может... Может, не в бабке дело? Еще кто ждет?

— Никто... — Даша присела на табурет, стоявший у выхода. Резкими движениями размотала шарф, схватила воздух открытым ртом. Алла не на шутку встревожилась.

— Слушай, — спохватилась вдруг она. — А ты, часом не беременна?

— Господь с тобой... — ответила Даша. По-видимому, ей стало лучше. Во всяком случае, она встала и снова собралась уходить. — Вот только водички дашь попить? Я уже в порядке.

Алла пожала плечами и отправилась в кухню за водой. Глядя, как подруга пьет, она делала последнюю попытку удержать ее. Очень ей не хотелось оставаться одной. Такого не было ни в тот день, когда хоронили Аркадия, ни в то утро, когда она узнала о его смерти. А сегодня не хотелось сидеть на кухне, выкуривать одну сигарету за другой, чувствуя полное одиночество, ту особую звенящую тишину, когда никого в квартире больше нет. «Но если она не хочет — упрашивать не буду...» — заметила Алла и только намекнула:

— А впечатлений об Италии у меня немало... Одна Венеция, конечно, но что это за город! Какие люди!

— Да... Здорово... — Даша вернула стакан. Чувствуя, что ее не удержать, Алла заговорила быстрее:

— А в самолете, на обратном пути, представь себе, я встретила бабу, русскую, которая угадай, что везла?

— Не знаю...

— Труп любимой собаки. — Алла растеряла пыл, рассказывать больше не хотелось. Равнодушные ответы Даши свели на нет ее заграничные впечатления, лишили их занимательности. — Что же... — вздохнула она. — Вижу, что у тебя сейчас другое на уме... Каждому свое, конечно....Я со своими проблемами и убогими рассказами тебе надоела. Спасибо, что приехала.

Даша махнула рукой.

— Не обижайся, — попросила она. — У меня была тяжелая смена в отделении... И я не выспалась... Так что я пойду. Завтра... Нет, послезавтра позвоню.

«Значит — никогда, — поняла Алла, выпроваживая гостью и излишне тепло с ней прощаясь. — Обманулась я в ней... Да и Даша переменилась. Какая раньше была тонкая, внимательная. А теперь... Как будто заматерела. Рассказывай не рассказывай! Зачем звала? Зачем удерживала?»

У нее было такое чувство, словно оборвалась последняя связь с прошлым — с тем ее прошлым, в котором царил Аркадий. Теперь прошлое уплывало вдаль, как льдина, отколовшаяся от материка. И на льдине оставался сам Аркадий, его наркотики, его мягкая и выматывающая манера лгать, уступчивость всему и всем и, наконец, его любвеобильность.

Алла решила принять ванну. Наполняя ее горячей водой, она думала уже не о Даше, не об Аркадии, а о работе. Думала о том, как завтра снова увидит Глеба Хлебникова из соседнего отдела. Бабы-переводчицы звали его Хлеб Хлебыч, но при этом притихали и замирали в натянутых позах, когда он появлялся у них.

Появлялся раньше не слишком часто, а вот в последнее время зачастил. О, Алла не слепая. Она прекрасно видит, что Глеб любуется ее посвежевшим личиком, открытыми выше колен ногами... И не ради того, чтобы послушать ее дорожные впечатления, он подсел за ее столик в обеденный перерыв.

Нет, Глеб даром зажигалку подносить не станет... Не тот парень... Бабы уже просветили ее — как только заметили, что она возвращалась с ним с перерыва. Глеб поругался с женой, и та убралась к матери, прихватив дочку. Но Алла не так проста, чтобы на что-то рассчитывать. Боже упаси! Поругались — помирятся. Ей неприятности в виде телефонных истерик и слежки не нужны... На место жены Хлеб Хлебыча она не претендует.

«Определюсь со своим местом в жизни, — рассуждала она, погружаясь в горячую ванну. Протянула руки, забросала себя душистой пеной, плававшей на поверхности воды, и притихла. — Итак, Глеб... Потом... Потом я беру роман на перевод... Хватит пробавляться статейками! Роман, не меньше чем на пятьсот страниц. Делаю подстрочник, обрабатываю: все честь по чести. Посмотрим, что тогда скажут наши бабы... А то — работать, дескать, не умею... Не переводчик по специальности, а искусствовед... Ничего, я им покажу мастерство перевода... Пора выходить на дистанцию...»

Она пожалела, что не взяла с собой какую-нибудь книжонку — из тех, что не жалко почитать, лежа в ванной. Алла давно пристрастилась к легкому чтению в горячей воде — это помогало ей расслабиться, по-настоящему отдохнуть.

И тут ей показалось, что из-под прикрытой двери ванной потянуло сквозняком и раздалось легкое жужжание. «Откуда?» — удивилась Алла и привстала, чтобы отодвинуть плотную пластиковую занавеску.

Сквозняк и жужжание усилились. Скрипнула дверь. Алла замерла со скомканным краем занавески в руке, отчетливо различая через полупрозрачный пластик очертания фигуры. «Бред, — подумала она. — Я пересидела в ванной, и мне кажется».

На нее нашло странное оцепенение. Она определенно видела кого-то сквозь занавеску, но говорила себе, что это сон... Что все сейчас исчезнет.

Но силуэт не исчезал, оставаясь безмолвным и неподвижным. Алла поняла, что больше не выдержит. Ее затрясло так, что вся занавеска дрожала вместе с ней. Она не отдергивала ее, это сделала чужая рука. Женщина совершенно оцепенела, но, когда увидела, кто оказался перед нею, смогла все же выдавить побледневшими губами несколько слов:

— А... Так это вы...

Больше она ничего сказать не успела. Перед ее глазами мелькнул и упал ей на грудь включенный в сеть фен. Потом был удар — белый, голубой, оглушительный, разрывающий сердце...

А Даша в это время уже сидела дома. Домом ей приходилось называть свою длинную и узкую комнату в коммуналке. Кроме нее, здесь обитала еще Настасья Филипповна — весьма дряхлая на вид бабка с железными нервами и непреклонным характером. Из одежды та предпочитала махровые залатанные халаты и чепчики из старых мужниных кальсон. Из еды — все пряное и острое, и главное — побольше. Из окружающего мира вообще — мужчин. Женщин, за исключением себя самой, Настасья Филипповна презирала, ненавидела и считала безнравственными и жестокими особами. Дашу она не любила по многим основательным причинам: во-первых, из-за ее половой принадлежности, во-вторых, за то, что комната Даши была у самого туалета, так что Настасья Филипповна боялась, что однажды соседка резко откроет дверь и убьет ее, старуху, как раз в тот миг, когда она будет выходить оттуда... В-третьих, Даша была красива. В-четвертых, мужчинам она нравилась куда больше, чем Настасья Филипповна. В-пятых... В-шестых... Словом, причин хватало.

В связи с которой из этих причин Настасья Филипповна устроила сейчас скандал — трудно разобраться. Но Даша и не пыталась. На душе у нее было одновременно пусто и тяжело. Она едва заставила себя сходить на кухню за чайником, налила кофе, но не притронулась к нему. Села за стол, положила голову на руки и заплакала.

— Он ничего ей не сказал... — прошептала она сквозь слезы, как будто это было самым важным... Даша заставила себя вытереть глаза и попыталась вспомнить все, что сообщила ей Алла.

«Значит, он сказал ей, что едет в Венецию на три месяца... А мне... Мне обещал, что скажет ей все. Наконец скажет ей все. И в тот день... В конце ноября... Он пришел ко мне и заявил, что Алла уже обо всем знает... Что она отпустила его, но попросила не тревожить ее звонками и показным сочувствием... Я даже ахнула. Не ожидала! А потом всю ночь проплакала, потому что ее жалела... Даже к Аркадию притрагиваться не могла... Не по себе было... Сколько я мучилась тогда, что он бросил ее! Сна лишилась, похудела... С одной стороны — безумно счастлива была, что он у меня, со мной живет! С другой... Как подумаю о ней — и все отравлено, вся радость...»

Даша сорвалась из-за стола и зашагала по комнате, благо расстояние было очень даже приличным — в длину комната составляла восемь с половиной метров.

Правда, в ширину всего три, так что мебель пришлось расставить вдоль одной стены по струнке — обеденный стол, два стула, шкаф, кровать, трюмо, буфет... У самой двери стояла вешалка для верхней одежды и подставка для обуви — в связи с коммунальной войной вещи в коридоре держать было невозможно. Настасья Филипповна, словно невзначай, обливала Дашино пальто супом или роняла в ее туфли грязную тряпку... «Я бабка старая, глухая, слепая, — напевно сообщала Настасья Филипповна разъяренной Даше. — Ой! Как ты кричишь! Сейчас сына позову!»

Даша остановилась у окна и снова заплакала — на этот раз совсем тихо, из последних сил. Теперь она плакала о нем.

— Это была любовь... Это была любовь... — Даша повторяла эти слова несколько раз, на все лады, пока они не потеряли для нее смысл. «Когда он уезжал в Венецию, сказал, что вернется ко мне... Только ко мне... Я радовалась. Я собирала его в дорогу. Все постирала. Мне даже это нравилось, потому что для него...» Эта мысль особенно щемила сердце, как будто стирка рубашек Аркадия было главным, о чем она жалела.

«И я его ждала... Он сказал, что не будет звонить, понятно — дорого ведь... А теперь... Теперь выясняется, что он просто струсил! Ничего не сказал ей, побоялся... Конечно, Алла так просто не сдалась бы! Сколько она с ним мучилась! У нее как раз такой случай, когда жена не может бросить опустившегося мужа, как бы он ни измывался над ней... Сколько таких жен ходит в клинику... И я всегда удивлялась — почему терпят?! Почему?! Я-то понятно, мне за это платят... Но они?! Иногда молодые, красивые, работящие, самостоятельные, как Алла... Но крепко держатся за своего мужика... Любовь? Да откуда ей взяться, любая женщина призадумается: а стоит ли любить такого человека... Так что же? Материальные расчеты? Тоже нет, ведь такие господа все тащат из дому, а не в дом... А потом я поняла. Они не могут бросить мужей нипочему. Вот так — нипочему. Потому что не знают причины. Не имеют объяснений».

Она опять подумала об Алле.

«Аркадий как раз выбрался, получил работу... Просвет в жизни, и она считала, что благодаря ей. Ничего она не знала. Ничего... Что ходить он ко мне начал сразу же, как выписался... Сначала в больницу, потом сюда... Не знала, что я удерживала его, как могла... И могла! И смогла! Ведь был же результат! Почти год — ни одного укола! Ни одного срыва! Потому что дело не в лечении... Дело, сказал он, в том, кто рядом с тобой... В женщине. В любящей женщине».

Она повернулась и прошлась по комнате. Когда ходила, боль казалась не такой сильной. Думала о Венеции, о скульптурах Аркадия и о его смерти. В Венеции Даша, естественно, никогда не бывала. Она вообще нигде не бывала, кроме родного Пскова. Там она жила с матерью до шестнадцати лет, пока из Питера не пришла весть — отец умирает, хочет видеть дочку. Тогда она впервые увидела отца после многолетнего перерыва. Ее поразило, как он стал худ и желт. У него была тяжелая язва и добрая половина желудка уже удалена. Он успел прописать наследницу Дашу на своей жилплощади, а сам вскоре умер, так толком и не поговорив с дочерью. Даша в Питере одна жить не стала — вернулась в Псков. Однако мать убедила ее переехать.

«Здесь тебе делать нечего, — говорила она, глядя на дочь странным, оценивающим взглядом. Так на Дашу смотрели женщины на улице. Мужчины же смотрели совсем по-другому. — Давай-ка сразу поступай, куда задумала. И не бойся ничего. Я тебе деньгами помогу на первых порах».

Даша задумала медицинское училище, на институт даже не замахивалась — не хватало уверенности в своих силах. Девушка ставила перед собой цели простые и выполнимые.

Став столичной жительницей, она очень мало переменилась. И на душе, и на сердце у нее стояла прежняя, еще псковская тишина. Даша училась, подрабатывала в ночной аптеке и сама себе казалась взрослой. Но по ночам, заперев дверь, тайком играла привезенными из дома куклами. Аккуратно ездила к матери — раз в полгода, когда дела отпускали. Аккуратно выполняла все, что от нее требовали в училище и на работе. И у всех складывалось мнение, что Даша — девица милая, скромная, но недалекая и тихая... Тише, чем надо. И многие любили Дашу за тихость. Не перейдет дорогу, куска не перехватит из-под носа... И сама она считала себя тихоней. Но в отличие от других не любила себя за это.

«Ничего, — иной раз думала она, глядя в зеркало. Там отражалась девушка, похожая и не похожая на Дашу. Те же волосы, губы, глаза, те же длинные тени от ресниц на смуглых щеках. Но девушка эта казалась способной на многое. На что? Даша не знала. Она просто рассматривала себя и говорила: — Ничего! Еще что-то со мной произойдет... Я чувствую, что это не конец... Это просто так... Ожидание...»

Даша ощущала, что ей надо чего-то ждать, но чего? Когда в один из дней в больничном коридоре ей встретился мужчина в синем растянутом халате, она отметила про себя — вот еще один новенький. Потом узнала, как его зовут и кто он такой. Потом познакомилась с его женой — измученной и очень интересной, как показалось Даше. А потом почему-то стала избегать его. Проходя мимо, отводила взгляд. Не сразу откликалась, что совсем было ей не свойственно. Потом Даша поняла. Это был Он.

●

ГЛАВА 4

— Даша!

— Да, иду!

В то утро любой окрик казался ей слишком резким, любой взгляд — сердитым. «За что они все на меня окрысились?» — думала Даша во время обычной беготни по палатам.

На душе у нее было так тяжело, что пришлось выйти на минутку на лестницу и постоять на площадке на своем любимом месте между этажами.

Тут они говорили с Аркадием в последний день перед его выпиской. Вот-вот должна была прийти его жена, он нервничал, теребил в пальцах потухший окурок. Даша принесла сигареты, но забыла отдать сразу — они лежали у нее в кармане, она вспомнила об этом в последний миг. Говорила ему, что не сможет обманывать Аллу. Что вообще ничего не хочет, если все будет так — втихомолку. Он кивал, соглашаясь с каждым ее словом. И она радовалась, видя это. Согласен, значит, сделает все, как уговорились. Все расскажет жене. Сделает так, чтобы она отпустила его к Даше. А если не удастся — они расстанутся. Не будут больше встречаться.

— Даша! — Наверху, в отделении, кто-то открыл дверь и позвал ее. — Поднимайся, сейчас обход!

— Да, иду! — откликнулась она и осталась на месте. Заставила себя не думать о нем.

Но мысли возвращались к одному и тому же — вот Аркадий выписывается из клиники, звонит ей поздно вечером... И Даша понимала, что он делает это в то время, как выносит ведро. Она знала, где находятся мусорные баки у его дома, а где — телефон-автомат. Заметила, когда бывала в гостях у Аллы. Каждый вечер она как бы видела Аркадия внутренним взором — вот он вышел из квартиры с ведром в руке, пересек двор, вот быстро спрятал ведро за баки, бегом бросился в подворотню и оказался на углу Среднего проспекта и Шестой линии. Там — телефонная будка, которая, слава Богу, работает. Он набирает ее номер, в коммунальной кухне раздается звонок. Даша берет трубку и слышит его голос.

Этот голос говорил с ней отрывисто, сбивчиво, как будто за ним гнались.

«А за ним на самом деле гнались, — подумала Даша. — Гналась его больная совесть, ведь он так переживал, что скрывает меня... А может быть — что обманывает Аллу... Теперь мне уже не узнать, чего было больше в этом укрывательстве — страха за свой покой или жалости к ней. И все равно он оказался трусом. Обыкновенным женатым трусом. Про каких рассказывают девчонки в отделении. Каких тысячи и миллионы...»

Но на самом деле она знала, что таких больше не было. Хотя бы потому, что никто из мужчин не останавливал на Даше таких глаз — глубоких, серых, оттенка, какой бывает у грозовой тучи перед летним ливневым дождем...

Их свидания проходили в одном из садов — в Летнем, в саду позади Михайловского дворца или в маленьком, но уютном садике возле академии в Соловьевском. Она дожидалась его. Всегда приходила пораньше, зная непунктуальность Аркадия. Ей приходилось быть точной за двоих. Вставала навстречу, брала его за руку и целовала в теплую белую шею, в темную родинку, похожую на прилипшую ягодку изюма. Он тоже целовал ее, осторожно прижимая к себе. И она чувствовала, какими сильными могут быть его худые руки.

Потом они гуляли по аллеям, стараясь оставаться в тени деревьев — так хотела Даша. Аркадия это обижало, но она мягко возражала: «Если уж ты прячешь меня, то прячь до конца... Какая разница — звонок или прогулка?»

Даша в глубине души надеялась, что «воспитательная работа» оставит свой след. «Боже, какой я была глупой!»

Она все стояла на лестнице. Подышала на холодное стекло и провела по нему пальцем. Один раз. Другой. Вышла галочка. Подрисовала к ней перекладину, и получилась буква «А».

Мысли ее вернулись к Алле.

«Вчера она умоляла меня остаться. Что это было такое? Одиночество? Страх перед пустой квартирой в первые дни после похорон? Надо позвонить ей».

Она вернулась в отделение и, улучив момент, когда вокруг никого не было, взяла трубку городского телефона и набрала номер подруги. Ей ответили долгие гудки. «Конечно, она на работе».

Попробовала позвонить Алле и в конце своего дежурства — напрасно. Трубку никто не поднял. Даша положила ее на место, посмотрела на часы и увидела свою сменщицу Ольгу. Та, уже облачившись в халат и шапочку, лениво листала иллюстрированный журнал, принесенный с собой. Девушки поздоровались.

— Бледно выглядишь, — отметила без снисхождения сменщица, бросив оценивающий взгляд на Дашу.

Та вздохнула. Ольга была очень светлой, белесой блондинкой с легкими волосами-паутинками и розоватой кожей. «Поросеночек», — звали ее в отделении за глаза. Ольга активно красилась, пользовалась накладными ресницами и алой помадой, так что про нее-то нельзя было сказать, что выглядит она бледно. Но Даша предпочитала не развивать дискуссию на тему о красоте искусственной и естественной, а поспешила сдать дела. Но та, предчувствуя скуку очередного дежурства, не хотела ее отпускать.

— Как твой? — бесцеремонно спросила она. Об Аркадии Ольга знала. «Подслушала, конечно!» — решила Даша. Узнала еще во время его лечения и с тех пор никогда не забывала спросить, как поживает он сам и как — его жена.

— Он не мой, — монотонно ответила Даша.

— Ну, понятно, что не твой, — согласилась сменщица. — Но дело-то у вас идет к тому? А?

— Дело уже ни к чему не идет. А он не только не мой, а вообще уже ничей. Он умер.

Ольга с трудом взмахнула густо накрашенными ресницами — своими и приклеенными. Потом изобразила на лице ужас и сочувствие.

— Что ты говоришь! — медленно протянула она. — От того самого?

Даша ее прекрасно поняла:

— Да. Видишь — не вылечили.

Ольга только махнула рукой:

— А я всегда была уверена, что у нас вылечить не могут. И вообще нигде не могут. Это неизлечимо. А такие, как он, вообще не вылечиваются. Я давно хотела посоветовать тебе бросить его, да все...

— Все хотела посмотреть, чем у нас кончится, верно? — простодушно спросила Даша, и Ольга, не сразу сообразив, энергично закивала. Потом до нее дошло, и шея сменщицы залилась багрянцем.

— Это я понимаю, — спокойно продолжала Даша, облачаясь в дубленку и накидывая на плечо ремешок сумочки. — Я бы тоже посмотрела. Со стороны. Из первого ряда. Пока.

Ольга погрузилась в журнал. Она раскрыла его где-то посередине и перегнула пополам. В глаза Даше бросилась иллюстрация — стена какого-то дворца, блестящая вода канала перед ней. Из воды торчали палки. А снизу написано: «Венеция — город на лагуне».

«Этого еще не хватало».

Даша почувствовала, как судорога перехватывает ей горло. Она сама не заметила, как вышла из отделения, потом из клиники, пошла по улице к метро.

У нее перед глазами одна за другой вставали картины — словно раз за разом прокручивался эпизод из неведомого фильма. Какой-то канал. Дворец. Небо над каналом и дворцом. Аркадий написал ей письмо из Венеции.

«Здесь очень синее небо. Я только что приехал, и мне тут понравилось. Только тебя нет. А так есть все для работы. Я буду работать и скоро вернусь к тебе».

«Странно, как трудно давались ему письма! — подумала она. — Он мог говорить часами, да так, что заслушаешься. А письма писал смешно и коряво, как мальчишка. Даже делал ошибки. Неправильно ставил запятые».

Ей снова захотелось плакать, но слишком силен был мороз. Она прибавила шагу и вошла в здание метро. Показала проездной, спустилась по эскалатору. Дождалась битком набитого поезда. Втиснулась. Замерла. Закрыла глаза.

«Станция «Василеостровская», — прогудело в динамике вагона. С шипением раздвинулись внутренние и внешние двери, и Даша сама не поняла, что ее вынесло наружу — поток выходящих людей или ноги, повинующиеся собственным желаниям. Ей вдруг захотелось увидеть Аллу.

«Все рассказать, — Даша задрожала, когда осознала, чего же она на самом деле хочет. — Сказать все. Что Аркадий мечтал уйти от нее. От своей спасительницы, ведь она так себя называла. Что ему это спасение было хуже любого наркотика. Сказать ей, что он мог быть здоров только в том случае, если бы жил со мной. Что он давно уже любил меня».

Даша оказалась наверху. Она стояла на перекрестке Среднего проспекта и Шестой линии и смотрела на поток машин. Дождавшись зеленого света, перешла улицу и двинулась знакомой дорогой. Даша ужаснулась задуманному, пыталась внушить себе, что такое объяснение никому не поможет, никого не спасет... Что оно основано на простой жестокости, на жажде отомстить, предъявить на Аркадия права. Но остановиться не могла.

«Если бы это было так просто... Если бы это была месть. — Она пыталась оправдаться перед собой. — Но это все равно что мучиться жаждой, а потом выпить воды. Я больше не могу молчать, не могу держать это в себе. Что же это за счастье такое было у меня, если я даже рассказать о нем никому не смела?!»

Она поднялась по лестнице и позвонила в дверь Аллы. Подождала некоторое время, посмотрела на часы. Позвонила опять.

«Где она бродит?» — удивилась Даша.

Решила дождаться ее, машинально оперлась плечом о дверь (стена подъезда не показалась ей слишком чистой) и чуть не упала прямо в прихожую. Дверь оказалась отперта.

— Алла? — Даша недоуменно ступила внутрь квартиры и повертела головой. — Ты дома?

«Ведро выносит? Уснула? — продолжала удивляться она. — Почему дверь оставила открытой? С ума сошла, тут же центр... Бродят бомжи...»

Даша постояла в нерешительности и все же прикрыла за собой дверь, задвинув щеколду. Разделась, сняла сапоги, обула тапочки, которые Алла держала для гостей женского пола, — почти новые тапочки, гостей захаживало немного. Прошла на кухню. Там заглянула под раковину и удивилась — ведро было на месте, хотя явно нуждалось в том, чтобы его вынесли.

«Все, Алла, прошло то время, когда он бегал с ведром по вечерам, — горько усмехнулась она. — А если бы не звонки мне — ни за что бы не побежал. Ты ведь сама жаловалась в больнице, что Аркадий отошел от домашних дел. И от супружеских тоже...»

Ей пришло в голову, что Алла могла на минутку выйти к соседям. Мало ли зачем — спички, к примеру, одолжить... Хотя зажигалка и сигареты Аллы лежали на столе.

Даша нервно прошлась по кухне. Слишком разгуляться не позволяли габариты панельного дома — два шага в одну сторону, два в другую... Посмотрела на свои руки — не слишком чистые, и отправилась в ванную.

— Ты с ума сошла! — воскликнула она, увидев подругу сквозь пластиковую занавеску.

Та принимала ванну и даже не соизволила повернуть головы в ее сторону.

— Я сейчас уйду, раз я некстати, — продолжала она, не глядя в сторону Аллы, чтобы самой не смущаться и ту не смущать. — Можешь не вылезать. Я пришла затем, чтобы сказать, что Аркадий провел два месяца у меня. Так что не волнуйся — он не кололся. А по приезде он подал бы на развод.

Слышала Алла или нет — она не издала ни звука. Даше стало холодно от этого молчания. Потом поняла, что холод исходил не только от полной тишины, последовавшей за ее словами. В самой ванной оказалось холодно — а ведь Алла должна была сидеть в горячей воде.

— Алла...

Что-то мешало ей уйти сразу, не услышав ответа. Любого ответа, даже состоящего из оскорблений. Но та молчала. Дашу начинало трясти.

— Я ухожу, раз ты молчишь. Может, ты и права.

Алла и тут ничего не ответила, и Даша ощутила страх. Главным источником его были неподвижность и безмолвие подруги — вода в ванне не плескалась, даже дыхания ее не слышно.

— Алла! — Даша решительно отдернула занавеску. — Тебе плохо?

Но тут же стало ясно, что Алле сейчас не плохо и не хорошо. Ей никак. Даша сразу поняла, что подруга мертва, но причину этого увидела чуть позже — включенный в розетку фен покоился на теле, прикрывая низ живота.

Она выскочила из ванной и кинулась к телефону. Помедлила. «Что вызывать? — мелькнуло у нее в голове. — «Скорую»? Она покойников не возит...» Даша нашла в телефонной книге нужный номер и вызвала бригаду из морга.

— Кто констатировал смерть? — раздался голос в трубке. — Был врач?

— Я сама врач, — сказала Даша жестко. — Здесь несчастный случай. А мертва она уже давно, мне кажется.

Машину обещали прислать.

Даша бросила трубку и задумалась.

«Дверь была открыта. Черт возьми, но почему? Алла забыла закрыть? Маловероятно... Она ведь не страдала провалами в памяти, наоборот — у других это свойство все забывать очень ее раздражало. Может, вызвать еще и милицию?»

Даша позвонила в местное отделение.

— Алло, я не совсем уверена, что надо вызывать, — быстро начала она. — Тут женщина умерла в ванной от фена.

— От чего? — переспросили ее.

— Сушила, видно, феном волосы в ванной, а тот упал в воду, и сейчас там лежит... — пояснила Даша. — И дверь в квартиру открыта.

— А вы кто?

— Подруга ее. Вы приедете или можно ограничиться машиной из морга? Тут все ясно, знаете ли. Мертва. И давно.

— Приедем, — сказали ей. — Ваше имя и адрес?

— Дарья Воронина, — ответила она. — А чей адрес?

— Ее.

— А если из морга раньше вас приедут — тело не отдавать?

— Дождитесь нас!

— А вы плохо их знаете, — возразила Даша. — Будут ругаться, что зря приехали. Приезжайте побыстрее и сами с ними ругайтесь!

— Девушка, вы не волнуйтесь. — В голосе дежурного прозвучал смешок. — Надо будет — поругаемся. Вы оттуда пока тоже не уходите.

Она пообещала, что не уйдет, и в изнеможении опустилась на диван. Потом, снова что-то вспомнив, вернулась в ванную. На этот раз занавеску отодвинула с помощью зубной щетки — чтобы не смазать отпечатки пальцев.

«Хотя моих отпечатков тут теперь предостаточно. Да, как же это она так... Умерла уже давно. Окоченение... Голова наверху... Сушила волосы... Страшная смерть, хотя не страшнее любой другой, наверное. Алла... Аккуратная, даже слишком аккуратная и исполнительная, в противоположность своему мужу. И она должна прекрасно знать, что с электричеством в воде не шутят. Удар током, наверняка остановка сердца. Глупая и страшная смерть. Хотя она, наверно, умерла быстро. Шок, потом она не должна была оправиться...»

В коридоре послышались голоса. Она торопливо вышла.

— Вы... Бригада или милиция?

Двое вошедших были одеты в длинные темные пальто, модные в этот сезон. Младший энергично сморкался в огромный платок, старший критически рассматривал Дашу.

— Бригада, — наконец отреагировал он. — Где труп?

— Труп в ванне, — ответила она, соображая, как воспрепятствовать извлечению и увозу тела. — Но его нельзя трогать до приезда милиции.

Как и ожидалось, они разозлились. Младший отнял платок от красного маленького носа и сердито фыркнул на Дашу:

— А вызов зачем делали? Зачем тогда нас вызывали, если тут еще милиция нужна?

— Вы тоже нужны, — оправдывалась Даша.

— У нас еще четыре трупа, — вмешался старший. — Один полуразложившийся. Делать нам нечего — вашу дамочку караулить. Вы кто?

— Знакомая, — растерянно сказала девушка. — Подождите немножко, я вас прошу. Милиционер сказал, чтобы вы подождали!

— Милиционер сказал? — почти издевательски спросил старший. — Уходим!

И они было ушли, но тут на пороге появились новые гости — два милиционера в форме, с автоматами наперевес. У Даши гора с плеч свалилась, и она четко сообщила:

— Труп в ванне лежит... Только, по-моему, это несчастный случай.

— Не важно, — ответил один из милиционеров. Другой обменялся парой слов с бригадой из морга, и те вместе отправились в ванную. Возвращались они оттуда поодиночке, почему-то строго поглядывая на Дашу.

— Что такое? — испугалась она. — Я ее не трогала! Я даже занавеску второй раз щеточкой отодвинула!

— Ладно, — кивнул милиционер. — С занавесочкой разберемся. Давно нашли?

— Сразу вам позвонила, когда нашла, — честно ответила девушка. — А «скорую» вызывать не стала... И так все понятно, не хватало мне еще ругаться за ложный вызов. Вы ее заберете?

— Мы — нет, — ответил милиционер и пригласил Дашу отойти в сторонку. — Ваши документы!

Даша документы предъявила и обстоятельно все рассказала. Разумеется, она умолчала о цели своего посещения и о своих отношениях с покойным мужем Аллы. Все остальное выложила как на духу. Ее внимательно выслушали. Потом милиционер обратился к бригаде, совсем уже озверевшей от простоя.

— На экспертизу ее, — сказал он, кивая в сторону ванной. — Я результаты запрошу.

— Давай вниз, веди Тешкина с носилками, — сказал старший молодому, и тот вышел из квартиры. Второй милиционер тем временем осматривал комнату.

— Ничего не пропало? — обратился он к Даше. Та пожала плечами:

— Откуда мне знать? Я тут бывала редко. А в последний раз вообще очень давно... Может быть, с тех пор что-то и пропало.

— А вчера? — возразил милиционер. — Вы же говорили, что вчера навестили вашу знакомую?

— Вчера я не проходила в комнату, — пояснила она. — Мы сидели на кухне, потом я пошла домой. На кухне точно ничего не пропало, но там и пропадать нечему было.

— Деньги на месте, — негромко сказал один милиционер другому. Он осторожно отогнул край бумаги, в которую была завернута тощая пачечка долларов, и показал ее напарнику. Тот кивнул.

— А что с ней случилось? — спросил он у Даши. — Часто она забывала запереть дверь?

Та покачала головой:

— Насколько я ее знала — была очень аккуратна. Но в том состоянии... Я ведь говорила — у нее муж недавно умер. Шестнадцатого февраля...

— А подробней? — заинтересовался наконец милиционер. — Отчего умер?

— От большой дозы наркотиков, — призналась нехотя Даша. — Он их регулярно употреблял. Но тут их нет. — Она заметила движение милиционера. — Тут ничего нет. Он умер в Венеции, где работал в последнее время. Алла привезла его тело оттуда, и вот... Видимо, сильно переживала, хотя старалась не показывать этого. Я, честно говоря, думала, что она владеет собой.

Даша сделала паузу, раздумывая, не сболтнула ли лишнего. Милиционер подбодрил ее:

— Ну, так что ваша подруга? Думаете, могла пойти на самоубийство?

— Что вы?!

Милиционер переключился на родню покойной:

— Родители у нее живы?

Девушка ответила утвердительно.

— Еще кто-нибудь?

Она вспоминала и попутно проклинала свой болтливый язык.

«Какого черта я пустилась в откровения с ментом? Когда я домой теперь попаду! Настасья Филипповна как раз будет торчать на кухне, в это время у нее перерыв между двумя сериалами... А так можно было бы спокойно приготовить ужин».

— У нее есть свекровь, — вспомнила она. — Еще кто? Не знаю... Точно знаю, что родни было мало, и почти никто с ней не общался. Из-за мужа.

Входная дверь широко распахнулась, и на пороге возник могучий мужик — видимо, Тешкин. Старший из бригады шел за ним. Ни на кого не глядя, они прошли в ванную, и Даша поежилась, услышав плеск воды.

— Вы меня не отпустите? — нерешительно спросила она у милиционера. — Мне пора домой... Я не думала долго задерживаться.

— Ладно, — вздохнул он в ответ. — Вы, если что, в отделение заедете... Живете рядом?

— На Кораблестроителей. Неужели отпускаете?

— Идите, — милостиво сказал милиционер. — Дайте адрес.

Даша продиктовала адрес и ушла, не чуя под собой ног. На площадке к тому времени собралась маленькая толпа — старичок из соседней квартиры, старушка — вероятно, его жена, молодая девица с набитым жвачкой ртом и здоровенная баба в байковом халате. Все дружно глазели на дверь, из которой вышла Даша, и шептались. При ее появлении смолкли. Старичок храбро выступил вперед.

— Что там такое? — спросил он своим визгливым высоким голосом. — Ограбили квартиру или нет?

— Убили Аллу, что ли? — обратилась к ней баба в халате. — Допрыгалась девка!

— Почему вы сказали — допрыгалась? — спросила неизвестно зачем Даша.

— Допрыгалась — потому что за границу на работу ездила и доллары имела, — пояснила баба. — А дверь давно пора было ставить железную. И вам я то же самое говорю, — обратилась она к старичкам.

Те только замахали руками:

— Что ты, Ирочка! Да откуда у нас деньги на железную дверь?! У нас и брать-то нечего!

— Сейчас ни за что убьют, телевизор надо смотреть, — угрожающе предупредила баба и со жгучим интересом повернулась к Даше. — А там милиция сейчас?

— Да, — кивнула она. Обернулась на дверь, посторонилась — оттуда медленно и величественно выплывал Тешкин, держа передок носилок. На носилках лежало что-то плоское, и трудно было поверить, что это тело женщины.

Те, кто стоял на площадке, приросли к месту. Старики замерли как парализованные, баба шумно задышала, девица отвернулась, еще энергичнее зачавкав жвачкой.

Тешкин с молодым помощником, усиленно фыркавшим и сопевшим простуженным носом, спустились по лестнице, маневрируя на поворотах носилками с грузом, пристегнутым поверх ткани ремнями. Милиционеры не выходили, зато появился старший бригадир из морга. Он обратился к девушке неожиданно тепло:

— Увезли вашу подружку... А вы что тут загораете? Шли бы домой...

Даша вышла из подъезда, пересекла двор и оказалась на улице. Машинально посмотрела на часы. Девять.

«Привет родителям... — как-то вяло подумала она. — Теперь Филипповна не уберется с кухни до ночи. Что ж, придется обойтись без ужина. Или уж караулить яичницу — бабка и плюнуть в нее может...»

Но Настасья Филипповна оказалась неожиданно мила и добра. Дашу это нисколько не обрадовало — она-то знала, что такой старушка бывает только накануне большой гадости. Гадости же Настасья Филипповна готовила заранее и отличалась при этом необычайной изобретательностью. Даша внутренне взмолилась, чтобы возможная гадость была намечена не на нынешний вечер — пожалуй, на сегодня будет слишком.

Она разделась и переобулась у себя в комнате, вымыла руки на кухне и молча взялась готовить незатейливый ужин. Филипповна ошивалась здесь же и развлекала Дашу воспоминаниями своей молодости.

— Мы, конечно, тоже могли поразвлечься... — как всегда обобщенно говорила она, помешивая кашку в кастрюльке.

На голове у нее этим вечером красовался необычный чепчик из веселенького желтого полотенца. В этом головном уборе старушка выглядела сущим божьим одуванчиком. Посторонний человек не смог бы смотреть на нее без умиления или смеха, но Даше эти чувства были давно чужды. Она ни словом не откликалась на болтовню Настасьи Филипповны, которая ровным потоком лилась все дальше:

— Мы и на каток могли сходить, и на танцы... Не то что нынешняя молодежь. Нет. Разве теперь умеют веселиться?

Настасья Филипповна махнула рукой и чуть не пролила кашку на плиту. Кухня огласилась громогласными охами и проклятиями, которые непонятно кому адресовались. В общем и целом они сводились к тому, что ей, больной и слепой старухе, никто даже не думает помочь. Вот в ее-то время...

Даша по-прежнему не поворачивала головы. Это невнимание бесило Настасью Филипповну больше всего. Она отбросила церемонии и перешла прямо к делу.

— Да! — с невыразимым сарказмом заявила старуха, глядя прямо на соседку. — Мы-то не гуляли!

— Говорите — на каток ходили, — вымолвила наконец Даша. — Как же не гуляли!

— Да разве я про это?! — воскликнула Настасья Филипповна. — А вот так, как некоторые. Чтобы жить сначала с одним, потом с другим... Всю квартиру загадили, сволочи!

Бабуля перешла к непарламентским выражениям, и Даше волей-неволей пришлось обернуться. Дольше молчать и надеяться на мирный исход вечера было невозможно.

— На кого это вы намекаете? — задала она бессмысленный вопрос, потому что прекрасно знала, что намекать старуха может только на одну персону. — И что вы имеете в виду?

— Сама знаешь, что имею! — храбро отвечала та. — Сначала с одним жила... С этим худющим. Скелетом этим! Теперь вот другого водить будешь!

— Вы что это, Настасья Филипповна? — изумилась Даша. — Кого это я водить буду?! С чего вы взяли?

Старуха ядовито сощурилась.

— А то мы не знаем! — пропела она. — Жениха своего нового водить будешь! Если бы я знала, что тут бордель будет, разве я дала бы твоему отцу тебя прописать на жилплощади! Он меня только ради своей болезни уговорил, а ты мне тут сто лет не нужна!

— Вы, Настасья Филипповна, пейте шалфей, — посоветовала медсестра. — Что-то лицо у вас прямо трупного цвета.

Та взвилась, как смерч, и даже сделалась выше ростом. В первое время этих коммунальных ссор Даше было совестно ругаться со старухой, но вскоре она поняла, с кем имеет дело.

— А вот посмотрим! — шипела Настасья Филипповна, приблизившись к Даше на опасно близкое расстояние.

Та, словно невзначай, подняла с плиты кастрюлю с кипятком, в который только что собиралась бросить макароны, и развернулась к соседке. Бабуля мигом удалилась на другой конец кухни и оттуда прокричала:

— Проститутка! Тебе опять мужики звонят!

— Вы, Настасья Филипповна, ни Бога, ни милиции не боитесь, — уже спокойно сказала Даша, отправляя макароны в кастрюлю и тщательно их размешивая. — Я ведь тоже не без прав... Что вы меня все жилплощадью тычете? Я так же тут прописана, как и вы.

— Я тут с девятьсот пятого года живу! — несколько остыв, ответствовала старуха.

— Ясно, с «Кровавого воскресенья», — кивнула Даша. — А я с восемьдесят восьмого. Ну так что? За хулиганство я вас притяну и без «Кровавого воскресенья»... Вы лучше сказали бы, кто звонил.

— Мужчина, — немедленно ответила та. — Очень даже приличный голос.

— Не назвался?

— Сказал только, что знакомый и что еще позвонит.

— Ну и откуда вы взяли, что это мой любовник? — не без ехидства спросила Даша, прикрывая кастрюлю крышкой и подхватывая ее за ручки, обмотанные полотенцем. — Он что — так и сказал?

— Может, и не сказал, да голос у него был такой... — заявила проницательная старуха. — Меня не проведешь. Вот что, Дашка! Если ты снова хахаля на проживание приведешь или еще что, я тебя отсюда выселю! Запомни!

Девушка не отреагировала. Ссора по всем признакам утихала.

Даша ощущала невыносимую усталость. Ей уже не хотелось есть. Ей было неинтересно, на самом ли деле Аркадий собирался уйти от жены. Ей было не важно, почему Алла не закрыла дверь своей квартиры, почему фен выскользнул у нее из рук... Ей хотелось одного — лечь и уснуть, не умываясь на ночь, не приняв душа, не намазавшись кремом... Лечь и забыть обо всем. О каждом дне этого года и о последних днях — в особенности.

Настасья Филипповна тоже поняла, что Даша выдохлась и больше ничего интересного не будет, съела последнюю ложку каши и потащилась к себе в комнату, громко охая по дороге и жалуясь стенам, что ее, старуху, бедную, больную и слепую, все бросили, оскорбляют и обижают. Потом в конце коридора раздался мощный лязг задвигаемого засова — Настасья Филипповна заперлась на ночь. Даша поставила макароны на стол и неслышно заплакала.

В этот миг зазвонил телефон.

●

ГЛАВА 5

— Даша? — спросил незнакомый мужской голос.

«Всем я сегодня нужна, — с досадой подумала она. — Стоит чему-то случиться, и меня уже ни за что не оставят в покое. Когда надо ехать к матери — прибавляют мне дежурства или Настасья Филипповна начинает разборку. И вот — пожалуйста! Наверняка кто-то заболел и меня ставят на замену».

Даше показалось сперва, что звонит главврач — его голос она слышала очень редко, а по телефону и вообще бы не узнала. И только спустя минуту, когда Даша уже ответила, что это она, собственной персоной, поняла, что ошиблась.

Голос звучал весьма напористо и уверенно. Могло создаться впечатление, что человек этот прекрасно знает Дашу, но она-то уже осознала, что незнакома с ним.

— Мне срочно надо повидаться с вами, — сказал он буквально в первые же мгновения.

Девушка порылась в памяти — не назначала ли с кем-то встречу? Не обещала ли что-то какому-нибудь напористому больному, который когда-то обхаживал ее? Но ничего подобного вспомнить не могла и потому сказала:

— Не знаю, о чем вы. Представьтесь, пожалуйста!

— Игорь Вадимович. Но мне кажется, мое имя вам ни о чем не говорит.

— Мне тоже кажется, — согласилась она. — Вы, лечились у нас?

— Бог миловал, — весело ответил мужчина. — Нет, Даша, я звоню вам совершенно не по этому делу. Можете не беспокоиться, я знаю, как медики вашего профиля боятся таких звонков от незнакомцев.

— Простите, а по какому поводу звоните?

— Дашенька, я сообщу при встрече. Меня очень просили не говорить по телефону. Ваш друг просил.

— Кто? — удивилась Даша.

— Аркадий.

Сердце сделало несколько болезненных тяжелых ударов, и Даша испугалась, что выронит трубку.

Игорь Вадимович продолжал делать свои полунамеки-полуоткровения:

— Впрочем, может быть, я тороплю события. Сначала я должен задать вам вопрос.

— Да? — еще больше напряглась девушка.

— С ним... С вашим другом... Что-нибудь случилось или нет?

Даша не понимала ничего, не говоря уже о том, что стала бояться звонившего. Но все же откликнулась:

— А что вы под этим понимаете?

— Ну если, скажем, Аркадий потерял кошелек с зарплатой или сдохла его любимая кошка, можете об этом не сообщать. Меня интересуют вещи глобальные.

— Вот оно что... — Даша сглотнула слюну, неизвестно почему горчившую.

«Кто он такой? — стучало у нее в мозгу. — Спрашивает об Аркадии, а сам ничего не знает? Или это я так думаю, а он все прекрасно знает и хочет проверить, знаю ли я? Что делать?» Ей вспомнилась Алла. «Не говорить с ним откровенно, — решила Даша. — Сорвать разговор».

— Почему вы спрашиваете об этом меня? Обращайтесь к его жене!

Игорь Вадимович спокойно, как бы сожалея о ее скрытности, вдруг заявил:

— Я обращаюсь к вам только потому, что Аркадий просил меня об этом. Про жену, простите, он не упоминал. Я-то, честно говоря, думал... что вы и есть жена.

Даша не ответила. Впору было бросить трубку, чтобы никогда уже не разбирать этот вопрос: кем же она приходилась Аркадию и как ее следует называть? А мужчина продолжал:

— Так случилось с ним что-нибудь или нет? Постойте, может быть, вам просто неудобно сказать мне по телефону? Я не ошибся?

— Нет никакого неудобства, — деревянным языком ответила Даша. — Он умер.

— Так, — пробормотал Игорь Вадимович. — А я-то думал — он пошутил...

— О чем вы?

— Надо встретиться, Даша. — Звонивший без паузы перешел в наступление. — Скорее. Вы можете сейчас?

— Зачем? — вяло ответила она. — Он умер, говорю вам.

— Вот об этом я и хочу поговорить!

— Зачем? — опять спросила Даша. — Я прекрасно знаю, что послужило причиной его смерти. И вообще, я хочу обо всем забыть...

Но он не уступал:

— Вы очень молоды, верно, Даша?

— Вообще-то не стара. А в чем дело?

— Да потому я спрашиваю о возрасте, что женщина постарше никогда не отказалась бы встретиться, чтобы узнать такие жизненно важные подробности, какие я хочу вам сообщить, — нравоучительно сказал Игорь Вадимович. — Я и так запоздал с этим звонком, надо было раньше. Да уж поручение больно того... Малоправдоподобная история. Сам не верил. Он что — в Венеции умер?

«Знает он, во всяком случае, многое. — Даша задумалась. — Но какое ему дело до всего этого? И откуда он взялся? Аркадий просил позвонить мне? Почему он сам не позвонил?»

— Послушайте, — сказала она наконец. — Вы говорите неинтересные и не такие уж жизненно важные вещи. При чем тут жизненная важность, когда он умер? Оставьте подробности себе. Мне они уже не нужны.

«Я поняла бы, если бы он попросил денег, чтобы помянуть друга, — думала она тем временем. — Как водится у опустившихся типов. Не нравится мне, что у него мой телефон. Откуда? Аркадий дал?»

— Ну, девушка, знаете ли! Меня ведь никто, собственно, не вынуждал звонить. Только неспокойная совесть. Поверите ли — ночами не спал, все думал — не навредил ли я кому промедлением. А вам — непосредственно заинтересованному лицу — все до лампочки! Вот Аркадий удивился бы! Правду говорят: «Жизнь живешь — один умрешь».

— Вы постарайтесь не давать мне оценок. Я и так уже их наслушалась, и все только благодаря ему. Оставьте меня в покое. Уже поздно, и я ложусь спать.

— Не ложитесь пока, я сию минуту приеду, — бросил он в трубку. Даша взвилась:

— Я вас не зову! Вам никто не откроет! Разве что вы запаслись отмычками. Я не желаю иметь ничего общего с приятелями Аркадия, слышите?!

— О, тогда вы просто обязаны меня принять! — весело возразил мужчина. — Я ведь не приятель ему, мы едва знакомы. Можно сказать — знали друг друга пять минут, но бывают, Дашенька, минуты, которые многих лет стоят! Так я выезжаю?

— Не смейте!

— Посмею! — уверил ее Игорь Вадимович.

— Что за наглость! — Даша задыхалась от возмущения. — Я вызову милицию.

— Я сам милиция, — ответил ей мужчина и положил трубку.

Даша в ужасе заметалась по кухне. Первой мыслью было — действительно вызвать милицию и предупредить, что к ней собирается заявиться наркоман — неизвестный ей шантажист. Но тогда пришлось бы объяснять многие вещи — отчего наркоман выбрал именно ее объектом для шантажа, от кого узнал ее телефон и адрес, а тогда не удалось бы умолчать об Аркадии. А ей хотелось говорить о нем как можно меньше.

«Не приедет — пошутил, — говорила себе Даша, уйдя из ухни и запершись в своей комнате. — А если и приедет — не открою. Пусть ругается с Настасьей Филипповной. Уж она-то выпрет его отсюда. Идея! Даже не выйду! Пусть разбираются вдвоем».

Игорь Вадимович не обманул — не прошло и четверти часа, как заверещал звонок. Даша услышала, как за стеной заскрипела кровать — старуха ворочалась. Потом загремел засов на двери.

— Кого Бог принес? — возгласила бабуля. Даша затаила дыхание. Игорь Вадимович что-то сказал Настасье Филипповне через дверь. Старуха решительно ответила:

— А уже полночь! Даже больше! Здесь коммунальная квартира, тут нечего ходить!

Даша не выдержала и вышла в коридор. Настасья Филипповна в ночной сорочке, расшитой множеством разноцветных заплат, терлась у двери, сгорая от любопытства, и изобразила при виде соседки ужасный испуг.

Она никогда не забывала прикинуться дряхлой и беспомощной, но Даша в таких случаях оставалась бесчувственной. Она прекрасно знала, что все это — гениальная актерская игра. Коммуналка развила в Настасье Филипповне великий трагикомический талант. И, как большинство актрис, она отличалась трудным характером.

— Твой пришел... — шепотом сообщила она Даше.

— Мой уже не придет. — Девушка отстранила старуху и глянула в глазок. Свет на площадке был плохой, но все же она кое-как рассмотрела мужчину. И еще раз убедилась, что с ним незнакома.

— Откроешь, что ли? — спрашивала Настасья Филипповна.

— Постойте. — Даша накинула цепочку и отперла замки, украшавшие створки двери.

Старуха трусливо взвизгнула и подалась назад.

— Даша? — проник в прихожую голос. Вместе с голосом ворвалась струя ледяного воздуха и холодноватый запах духов. — Даша, это я, Игорь Вадимович. Впустите же, на пять минут.

— А нечего! — ввязалась соседка. — Вы бы совесть поимели, вся голова уже седая! Как не стыдно!

— Спокойно, — сказала Даша неизвестно кому и из чувства противоречия откинула цепочку.

Гость вошел, осторожно оглядываясь, и Настасья Филипповна пытливо сощурилась. Ей было на что посмотреть — незнакомец выглядел шикарно. Несколько обалдела и Даша. Она никак не предполагала, что Аркадий водил знакомство с подобными джентльменами.

В слабом свете пыльной лампочки, затерявшейся в высотах потолка, девушка разглядела длинное полупальто из светлой замши, широкие, мягко струящиеся брюки и добротную кожу ботинок. Несмотря на мороз, на госте не было ни шарфа, ни шапки, из чего она заключила, что Игорь Вадимович приехал на машине.

Настасья Филипповна потянула носом отчетливый запах, исходивший от гостя, — запах духов, мороза и денег, и молча убралась к себе. Дверь, правда, не заперла, обеспечив свободу бесшумного передвижения по квартире.

А Даша не двинулась с места. Она молча смотрела на визитера, пока тот, несмотря на свой самоуверенный вид, не смутился.

— Что же вы, Даша, так меня никуда и не проведете? — спросил гость, неуверенно оглядываясь, и указал на дверь ее комнаты: — Ваша? Можно?

— Заходите уж. — Девушка прошла вперед, несколько стесняясь убогой обстановки.

Игорь Вадимович нерешительно покружился по комнате — от окна к двери и от двери к окну. Остановился, прислушиваясь к скрипу кровати за стеной. Даша сидела отвернув голову и разговора начинать не собиралась.

Раздался кашель — легкий, произведенный с определенной целью — обратить на себя внимание. Она обернулась к гостю. Тот вздохнул.

— Сесть позволите?

— Пожалуйста. Куда угодно.

— Так. — Он опустился на дряхлый, продавленный стул. — А курить разрешите?

— Курите. — Она махнула рукой на стол. — Вон пепельница в углу.

— А вы? — спросил мужчина, и Даша с удивлением поняла, что он робеет.

«Что с ним? Мое красивое житье так подействовало на нервы? Кури уж, зануда, говори, с чем пришел, и убирайся!»

Однако ничего подобного она не высказала вслух — мешал респектабельный вид гостя. Девушка тоже робела, хотя не желала себе признаться в этом.

А мужчина тем временем оправился от непонятного смущения и приступил к делу.

— Я, Даша, прежде всего должен попросить у вас прощения за неожиданный визит.

— Вы просто ворвались сюда. Хотя теперь уже не важно. Пришли — так говорите.

— Да, — кивнул гость и потер рукой лоб. «Да что он так переживает? — продолжала удивляться Даша. — Может, не такой уж посторонний человек Аркадию... Но почему я ввязываюсь в разные истории? Неужели из-за неизжитых провинциальных замашек? Девочка, которая всех боится обидеть невежливым отказом и которую, в свою очередь, не боится обидеть никто. А этот-то чего боится?»

И она почему-то порадовалась, что за стеной чутко слушает их разговор Настасья Филипповна, хотя знала, что та на помощь не придет ни в коем случае.

— Не знаю даже, с чего начать... — Он закурил другую сигарету. — Вы меня, наверное, начнете обвинять...

— У меня голова болит, был трудный день. Хотя вас это, разумеется, не волнует. Так что говорите все, что хотите, начинайте с чего угодно, только по сути. Потому что если вы пришли просто поболтать — я сойду с ума.

Игорь Вадимович торопливо начал:

— Я каждый год езжу в Венецию на карнавал. Провожу там десять дней... — Он говорил извиняющимся тоном, словно ему было слегка неловко перед Дашей за свое преуспевание. — Это традиция.

— Прекрасная традиция, — отозвалась она. — Я уже предвижу, что было дальше. Вы по традиции поехали на карнавал и повстречались там с Аркадием. Верно? И сразу подружились? Он отличался умением заводить знакомства. Правда, разрушал он их тоже мастерски.

— Нет, назвать нас знакомыми будет очень смело, — пожал плечами гость. — Я ведь говорю вам, все длилось каких-то пять минут... Я провел в Венеции десять дней карнавала. Шестнадцатого февраля был последний день. Вернее, уже настал вечер. В тот вечер должна была начаться церемония срывания масок. После этого следует последняя разгульная ночь, и все кончается.

— Для некоторых — трагично, — кивнула Даша. Раз уж беседы избежать не удалось, она решила повнимательнее присмотреться к гостю. Красивый очерк лица, впрочем несколько обмякший под воздействием времени, а может, образа жизни. Теплые глаза, ухоженные руки. Одет шикарно. Игорь Вадимович тем временем продолжал:

— Да... В тот вечер... Я сидел в кафе. Тоже в маске, конечно. Без маски, знаете ли, нельзя. Неприлично. Сидел и ждал, когда меня наконец обслужат. Официант куда-то запропал, впрочем, это там в порядке вещей. Это было на площади Сан-Марко.

В этот миг она уловила в его рассказе новые интонации и заставила себя прислушаться внимательнее. Теперь Игорь Вадимович говорил странным, полузадушенным и словно виноватым голосом.

— Я ждал официанта и смотрел на площадь. Зрелище, знаете ли, изумительное. Именно поэтому я каждый год... — Он сам себя оборвал. — Да что это я! Итак, я сидел и смотрел на это вавилонское столпотворение. Вокруг звучало не меньше десятка разных языков, а может — больше. Я ведь не отличу корейского от японского. У меня за время карнавала образовалась привычка — улавливать в этом разноязычном шуме звуки русской речи.

— О, так часто они встречаются? — невольно заинтересовалась Даша.

Игорь Вадимович с жалостью посмотрел на нее, и она вспыхнула: «Молчала бы уж, дура деревенская! Он дает тебе понять, что таким простушкам, как я, на карнавал не попасть, и они ни черта не понимают в жизни».

— Встречаются, — кивнул он.

— А вы там бываете как турист? — Даша быстро оправилась от смущения и уже вполне по-светски поддерживала разговор.

— Нет, мне случалось и по работе. Моя работа связана с искусством, если это вас интересует.

— Вот как... — кивнула она — Тогда я не удивляюсь, что вы познакомились с Аркадием.

— Здесь наша связь с искусством не имела никакого значения, — возразил он. — Все вышло случайно. Я сидел в кафе и ждал официанта...

...Он сидел в кафе на площади Сан-Марко и ждал, когда явится наконец официант. Того все не было, и ему уже начинало казаться, что он не придет никогда. На площади тем временем разворачивалось то, что он про себя называл «организованный бардак». От нечего делать он пытался разделить этот хаос на группы и старался выяснить, чем именно заняты составляющие их маски.

Первую группу он выделил без труда — очаровательная девушка, судя по фигуре — почти ребенок, в лиловой кружевной маске и с огромным веером из перьев вместо юбки, подвергалась упорному натиску нескольких масок, среди которых были монах, папа римский и сама смерть с жуткой гипсовой ухмылкой. Однако девушку это ничуть не смущало — напротив, она была безгранично счастлива. До него долетали обрывки ее восклицаний, и он понял, что это француженка.

Вторую группу составляли два парня. Один в средневековой итальянской одежде — камзол с перевязками, короткие панталоны и лиловые вышитые чулки. Длинные локоны — черные как смоль («как волосы Даши», — отмечал он теперь, рассказывая все это) — спускались юноше на плечи. Его обнимал другой, более потрепанный, с неприятным выражением тонких губ. Только губы и были видны из-под традиционной венецианской маски — длинной, белой, с огромным клювом. Из уголка этих улыбающихся губ обильно текла слюна, и он подумал, что парень пьян.

«Все пьяны. — Он с горечью глядел на площадь. — Все, кроме меня... Когда наступило время, что алкоголь перестал иметь для меня значение? Не стоит пить, если перестаешь испытывать опьянение».

Он думал еще и о том, что для него этот карнавал — ежегодное напоминание, что годы идут и он уже не так молод. «Хотя почему я бью тревогу в свои неполные пятьдесят? Все впереди, конечно... Страшно стареть, когда молодость прошла так прекрасно».

...И вот он сидел и смотрел на площадь. В этот миг в кафе произошло небольшое замешательство — появился официант, и все бросились делать заказы. Он немного опоздал подозвать официанта и теперь раздумывал, стоит ли ждать по новой.

Тут его внимание привлекло нечто творившееся на площади, перед самым входом в кафе. Из толпы возник смертельно бледный парень. В первый момент он подумал, как реалистично научились в Венеции делать маски. Эта белая маска, которая была на пришельце, великолепно передавала самые невообразимые сочетания чувств — отчаяние, страх, надежду. Но тут же Игорь Вадимович понял, что маски на парне нет. Таким оказалось его собственное, действительно очень бледное лицо. Одет парень был не по-карнавальному, буднично: куртка, джинсы, тяжелые ботинки английского образца. Дышал тяжело, загнанно и все время оглядывался по сторонам.

Игорь Вадимович наблюдал за ним с легким неудовольствием — в конце концов, в Венецию он приезжает, чтобы набраться впечатлений от местного колорита, от ничем не нарушаемого стиля карнавала.

«Венецианец умрет, чтобы добиться стиля, выглядеть соответствующим образом. А вот иностранцу — наплевать, — подумал он, глядя на парня. — Он даже не позаботился о маске. Скажите на милость — не снизошел. Правильно венецианцы делают, что колотят таких по башке. Наверное, ему уже надавали как следует в толпе, вот и заскочил сюда, как оглашенный».

Но парень поразил его еще больше, когда, постояв секунду возле стеклянных дверей, ринулся внутрь кафе и закричал не своим голосом: «Спасите! Помогите!» Закричал по-русски.

При этих словах Игоря Вадимовича Даша приподнялась с места.

— Вы хотите сказать... — прошептала она, — что он звал на помощь?

— Тогда я так не подумал, — виновато ответил тот. — Я, честно говоря, решил, что у парня хорошенький наркоманский бред. Он был невменяем, это я сразу заметил.

Действительно, вошедший был невменяем. Это заметил не только Игорь Вадимович, но и остальные посетители кафе. Заметили — и уже не обращали на парня внимания. Никто не порывался удалить нарушителя спокойствия. Да и о каком спокойствии могла идти речь во время карнавала, в особенности — в последний его день?

Но парень продолжал дико озираться и призывать: «Полиция! Пожалуйста!» Он даже хныкал при этом, как испуганный ребенок, и Игорь Вадимович не смог объяснить себе, что заставило его откликнуться на призыв незнакомца — жалость или стыд за поведение соотечественника? Так или иначе, он окликнул парня:

— Эй, друг! Ты что орешь?

Вопрос был задан по-русски, и тот кинулся к нему со всех ног. При этом чуть не упал, Игорю Вадимовичу пришлось помочь земляку усесться за стол. Но тому не сиделось, он ерзал на стуле и все порывался вскочить и высунуться в окно.

Игорь Вадимович рассматривал парня без особой симпатии. «Вот вам пожалуйста, молодой, симпатичный, а уже полутруп. Страшно смотреть. Какие круги под глазами. Для чего он приехал в Венецию? Разве ему есть дело до карнавала? У него свой собственный карнавал круглый год вертится в башке».

— Сами-то откуда? — попытался завязать разговор Игорь Вадимович.

Парень остолбенело посмотрел на него и вдруг всхлипнул. Однако всхлипывания эти были не слезной природы — ему не хватало воздуха, и он ловил его побелевшими, растрескавшимися губами.

— Что, совсем плохо? — Игорь Вадимович встревожился не на шутку.

— Нет, переживу... — Наркоман выдавил наконец из себя нечто связное. — Я из Питера.

— Я тоже, — слегка обрадовался Игорь Вадимович. — Может, вам лучше пойти в отель и полежать? Вас тут затолкают в таком-то состоянии...

— Мне уже никуда не уйти, — внезапно сказал парень. — Конец. Скорее! Возьмите!

Игорю Вадимовичу сперва почудилось, что у собеседника снова начался бред, но он тут же понял, что тот имел в виду — парень протягивал скомканную бумажку.

— Это что? — Игорь Вадимович даже не притронулся к ней.

— Адрес, — шептал парень. — Я написал адрес. Скажите ей, что я не хотел этого делать, это все Серджо... Скажите, что это сделали мне, пока я спал, а потом не мог остановиться.

— Что — это?! — не понимал Игорь Вадимович. — Объясните!

— Уколы! — Парень снова всхлипнул. — Скажите ей, а то она подумает... Что я... Сам...

Теперь ему снова не хватало воздуха. Он скорчился на стуле. Его трясло. Бумажку он бросил на стол, и она откатилась к бокалу граппы, наполовину пустому. Вино Игорь Вадимович допил, не сводя глаз с парня, бумажку не тронул. Отдышавшись, тот продолжал:

— И скажите ей еще, что они меня убили.

— Что? — воскликнул Игорь Вадимович, и какая-то маска захохотала у него за спиной.

Парень вздрогнул, он, впрочем, тоже. Они смотрели друг на друга, и Игорь Вадимович все больше убеждался, что земляк совершенно безумен. Безумны были речи, безумны жесты. Безумна дрожь, сотрясавшая его время от времени, и затишье, полное напряжение всех сил, в котором тот иногда пребывал. Только глаза были нормальны.

«Нормальны? — возразил тогда себе Игорь Вадимович. — Вряд ли нормально то, что они так спокойны, а сам парень в ужасном состоянии. А глаза у него... Как Балтика перед грозой...»

— Да, это был он, — неожиданно перебила его рассказ Даша. — Я теперь не сомневаюсь.

Ее лицо стало жестким, глаза светились нехорошим зеленоватым огнем.

— Значит, он спихнул на кого-то собственную вину? И попросил передать мне, что ни в чем не виноват? Зря он вас затруднял. Я и так поняла, что виноват он не был. Всегда оказывался виноват не он, а его собственная слабость. А его... — Она махнула рукой. — Его я не виню. Дайте сигарету, что ли...

Игорь Вадимович с готовностью встал, подошел и дал закурить. Постоял рядом, посмотрел на ее блестящие черные волосы, на мелко дрожащую руку, в которой была зажата сигарета. Сигарета внезапно упала на мраморный потрескавшийся подоконник, Даша немедленно подхватила ее и больше не роняла. На своего гостя она так и не взглянула; тот сам удивился, насколько это его задело. И продолжил рассказ.

— Как же вас убили, если вы живы и сидите передо мной «У Флориана»? — язвительно спросил он наркомана.

Тут парень неожиданно схватил его запястье. Серые глаза придвинулись совсем близко, и внезапно Игорь Вадимович почувствовал страх. Страх исходил от парня, как исходит запах духов. Некие флюиды ужаса сотрясали воздух вокруг него, делали его грозовым, наэлектризованным. Игорь Вадимович высвободил руку.

— Что вы себе позволяете? — спросил он с легким раздражением. — Я хочу позвать официанта.

— Минуту! — взмолился парень. — Минуту! Не зовите никого, послушайте меня! Возьмите адрес!

Он подобрал клочок бумаги, уже липкий от пролитого вина, и снова стал совать его в руку Игорю Вадимовичу. Тот решил не противоречить ненормальному и взять. «Потом выброшу», — подумал он. И еще подумал, что теперь навсегда отучится заговаривать с соотечественниками за рубежом.

— По этому адресу... Умоляю... — продолжал парень. — Стойте!

Теперь он кричал высоким, сорванным голосом («последствия наркотиков», — сразу отметил Игорь Вадимович) и указывал на площадь. Игорь Вадимович тоже посмотрел туда, но так и не понял, к кому относилось приказание парня стоять.

— Ну, что вы орете, отечество позорите! — иронически отметил он. — Что увидели?

— Маска!

В голосе парня звучал ледяной ужас, и Игорю Вадимовичу стало не по себе. Однако он рассмеялся:

— Скажете тоже — маска! Их там тысячи! Которая вам не понравилась?

Наркоман схватил голову руками и забормотал:

— Она сюда не войдет, правда? Не посмеет?

Игорь Вадимович возражать не стал и кивнул:

— Верно, не посмеет...

Парень продолжал вглядываться в толпу:

— Ее уже нет. Вы видели?

— Их там немало, — дипломатично заметил Игорь Вадимович и подумал, что для наркомана в таком состоянии Венеция должна быть источником невыносимых пыток.

«Сколько материала для страшных фантазий! — посочувствовал он земляку. Можно окончательно свихнуться... Бедняга!» И он спросил парня, как его зовут и где он остановился. Ему уже приходила в голову мысль, что надо нанять кого-нибудь и попросить отвести парня проспаться. «А утром ему станет полегче», — милосердно рассуждал Игорь Вадимович.

Он уже прикидывал, не сможет ли официант подыскать для этого подходящего человека, как парень снова лихорадочно заговорил:

— Аркадий. Меня зовут Аркадий, я живу у Джакометти, Палаццо-Грасси...

Игорь Вадимович все же дозвался официанта, сделал заказ и теперь попивал горячий пунш, не слишком внимательно слушая парня.

А тот все бормотал:

— Я скульптор. Работал у Джакометти. Палаццо-Грасси. Я не виноват. Я был обманут...

«Он говорит о себе словно с того света, — внезапно подумал Игорь Вадимович, — в прошедшем времени. «Я был. Я работал». Что с ним, в конце концов?»

И он напрямую спросил об этом Аркадия:

— Можете сказать, что случилось? Только без фантазий о маске. Что за маска, кстати? Что в ней такого ужасного? Тут, знаете ли, или все надо считать безобразным, или от всего приходить в восторг. Я отношусь к последним. А вы не любите Венецию, как я понял. Если город дурно влияет на вас, не приезжайте больше. Вы скульптор? Джакометти... Я много слышал об этой мастерской.

Аркадий смотрел на площадь, и голос его звучал глухо. Он, казалось, слышал только самого себя и больше не заботился о том, придет ему кто-нибудь на помощь или нет.

— Вчера вечером я сделал два укола, утром еще один. Я уже не мог. Я хотел скорее вернуться домой. В Питер. Она спасла бы меня. Она бы простила. Но я пытался удержаться сам. Только не мог... — Теперь он едва шептал. — Скажите ей, что я не притрагивался к скульптурам. Ни одной не сделал. Мне не дали работать. Я раньше не понимал, а теперь понимаю...

Игорь Вадимович уже начинал прислушиваться. Больше всего его поражало отчаяние, звучавшее в голосе парня. Тот явно ощущал себя в пустыне, где ему предоставлена полная свобода умереть — без помощи, одному, в глухой тишине. И от этого становилось жутко. Парень продолжал:

— Я приехал с заказом на девять гротескных скульптур. Сделал традиционные эскизы, по карнавальным образам и маскам. Эскизы были хорошие... — Он странновато засмеялся. — А работать мне не удавалось. Серджо сманивал меня. Мы шли в город. Он познакомил меня с друзьями. Позже стало казаться, что это какой-то кошмар. Я хотел работать, я знал, что от этого зависит мое будущее... И ее будущее... Но не мог. Это был капкан. Когда я просил о помощи, мне отвечали, что у них слишком много заказов. Я ведь сам хотел, чтобы обучение происходило во время карнавала! — горько воскликнул он, несколько придя в себя. — Но разве я тогда понимал, что никто не станет обучать меня в такое время? Надо было быть полным идиотом... Надо было отказаться плясать под чужую дудку...

Он снова притих. Игорь Вадимович слушал, не отрывая глаз от его лица. Теперь это нервное, слишком бледное лицо казалось ему красивым, одухотворенным. Скульптор сам был похож на статую — если допустить, что у статуи из белого паросского мрамора могут быть такие грозовые глаза.

— Я сам виноват... — продолжал Аркадий. — Пришла пора собираться домой, а я ничего не сделал. Вначале я подписал сопроводительный лист на отправку в Питер гротескных скульптур... — Его голос возвысился. — Слушайте меня, прошу вас!

Уговаривать Игоря Вадимовича было не надо — теперь он внимательно слушал.

— Я подписал, потому что они мне сказали, что им необходимо какое-то время, чтобы организовать отправку. Как раз к концу моей работы все документы будут готовы и статуи будут отосланы незамедлительно. Иначе сроки растянутся, как бывает у них в Италии. Мне-то что было до этого? Я согласился и подписал все, что они захотели. Но скажите ей, что я ни одной скульптуры не сделал!

Его голос зазвенел от ужаса.

— Что теперь будет — не знаю, — прошептал он затем. — Я хотел бы сделать все, что полагалось, но не смог! Не знаю, на кого падет моя вина. Надеюсь, что ни на кого.

— Вы еще успеете сделать все, что захотите, — сказал Игорь Вадимович. Он проникся сочувствием к этому человеку, болевшему душой за свою работу.

«У нас в России всегда так, — подумал он. — Талант спивается или погибает другим образом. Этот парень — от новой отравы. А искусство лежит в руинах».

Аркадий безнадежно засмеялся. Это был истерический, слишком звонкий смех.

— Я никогда ничего не сделаю, — отчеканил он, успокоившись. — Меня сейчас убьют, если уже не убили.

— Какая чепуха... — пробормотал Игорь Вадимович. — Что вы говорите?

— Сегодня, — прошептал парень, — сегодня, когда я вышел от Джакометти... За мной увязалась одна маска. Я поздно заметил, она была уже слишком близко. Я только почувствовал...

Парень запрокинул голову. Его затрясло. Оправившись, он продолжал:

— Я бросился бежать от нее, но мне не удавалось. Я ослаб, двигался слишком медленно. Она шла за мной, ей даже не надо было бежать, чтобы все время находиться рядом. Золотое солнце вместо лица. Вокруг лучи... И синий или черный плащ со звездами и планетами.

Он говорил быстро, как в бреду. Остановившиеся глаза смотрели сквозь Игоря Вадимовича, и тому было так скверно, как никогда. «До чего можно довести себя, — думал он. — Не дай мне Бог сойти с ума...» И вздохнул. Парень заметил это и опустил голову.

— Мне плохо, — отрывисто сказал он. — Может, я еще убегу... А может, уже не имеет значения. Она преследовала меня, пока я не оказался на Сан-Марко. Тут она меня потеряла.

Вдруг парень вскочил и тут же рухнул обратно на стул. Лицо у него было такое, словно он увидел привидение.

— Вон она! Опять!

Игорь Вадимович невольно взглянул на площадь. Но ничего похожего на то, что описал ему парень, там не было. «Бред. И что за угрозу он видит в этой несчастной маске — непонятно. Почему считает, что уже убит?»

— Успокойтесь, — попросил он Аркадия. — Я вот ничего там не вижу!

— Да?.. — неуверенно пробормотал тот. — Но я только что... Неужели показалось?

— Я уверен, что показалось, — успокаивающе произнес Игорь Вадимович. — Слушайте, отправляйтесь-ка бай-бай! Иначе эта ночь вам даром не пройдет. В канал свалитесь или еще что... И не думайте об этой несуществующей маске. Лучше купите себе какую-нибудь. И вас уже точно никто не узнает.

Игорь Вадимович вздохнул и закурил новую сигарету. Предложил Даше, но та отказалась.

— Все, что вы рассказали, — ужасно, — сказала она. — Полное разрушение личности. За какой-то месяц. Я боялась за него, но не знала, что бояться надо было настолько. Иначе не отпустила бы.

Тут же ей вспомнилось, что она не имела никакого права пускать или не пускать куда-то Аркадия, и ей стало еще горше.

— На этом все, я думаю? Он ушел?

— Ушел... — Игорь Вадимович помедлил, прежде чем произнести последние слова. — Он встал, не сказав мне больше ничего, и ушел. Я видел, как он вышел на площадь, купил первую попавшуюся маску у уличного торговца и исчез в толпе. Потом я снова посмотрел на площадь. И тут увидел то, что привело меня к вам, несмотря на ваше совершенно обоснованное сопротивление. Но сегодня я подумал, не слишком ли дорого обходится наша безучастность... Нам и всем остальным.

— Я прошу вас. — Даша тревожно посмотрела на него. — Вы ведь не хотите сказать, что...

— По площади шла маска. — Голос Игоря Вадимовича упал, так что если Настасья Филипповна и подслушивала, то ничего не могла разобрать. — Та самая маска, которую мне описал Аркадий. Очень высокого роста, в широком синем шелковом плаще, с вышитыми на нем звездами и знаками Зодиака. Вместо лица у маски было золотое солнце. Впрочем, не так... — Он попытался объяснить. — У маски было лицо, золотое лицо, вокруг которого извивались либо щупальца, либо солнечные лучи. Да не в этом дело. Посмотрев на маску, я подумал, что бред Аркадия имел под собой некоторые основания. Маска была исполнена с высоким мастерством, но лицо... На нем застыла жуткая, издевательская ухмылка. Не знаю почему, но эта маска произвела на меня ужасное впечатление. Наверное, это произошло оттого, что Аркадий уже описал ее в подробностях и явно связывал с ней что-то страшное. Как я понял — свою смерть. Маска спокойно двигалась по площади, потом пропала из виду. В конце концов, там было столько масок...

Он развел руками и снова закурил. Даша молча смотрела в окно, зябко обхватив себя за локти. Наконец подала голос:

— Куда она пошла?

— Я не знаю, — с горячностью откликнулся собеседник. — Я не видел, куда двинулся Аркадий. Честно говоря, тогда мне удалось избавиться от неприятного чувства. Я сказал себе: маска действительно жутковатая, и я его понимаю. А все прочее — только его больные выдумки. От всего этого вечера у меня остался только ваш питерский адрес, Даша. Адрес и телефон, которые он заранее записал на бумажке. Теперь я думаю, он собирался вручить ее кому-нибудь, специально искал русского туриста. И попал на меня.

— Похоже на то, — отозвалась девушка. — Значит, он хотел, чтобы обо всем этом узнала я?

— Да, — кивнул он. — Но, как я понял...

— Я не жена ему, — резко ответила Даша. — Вы все поняли правильно. Я была его любовницей целый год и собиралась выйти за него замуж. Впрочем, это уже не важно и неинтересно. А его жена...

Она запнулась. «Стоит ли сообщать ему о смерти Аллы? Что-то я слишком расслабилась. Кто он такой, я по-прежнему не знаю. Вижу только, что денег у него куры не клюют и совесть есть. А может быть — нет... Откуда я знаю?»

— А зачем же вы все-таки позвонили мне? Разве от этого что-то изменилось бы? Даже в том случае, если бы он не умер?

— Но ведь он умер, — тихо ответил мужчина. — Вы мне сказали по телефону, и я сразу понял, что все его слова были не простым бредом. Тогда мне стало страшно. Ведь я мог ему помочь, но не сделал этого.

— Это единственный случай в вашей жизни? — Даша пристально смотрела на него, и он поразился ее жесткому взгляду. — А я, знаете, привыкла уже к таким вещам. Ко мне часто обращаются люди, которых я могла бы спасти, но я этого не делаю. Пример тому — жена вашего знакомого. Аркадия.

— Жена? — удивился он. — Но что с ней-то случилось? Вы с ней контактировали?

— Пусть это звучит цинично, но мы дружили. А что касается примера... На днях я зашла к ней поговорить об Аркадии. Она только что привезла из Венеции его тело. Она очень просила меня остаться на ночь, так, поболтать... Я отказалась. А на другой день обнаружила ее мертвой. Она лежала в ванне, в воде был фен, а дверь ее квартиры незаперта.

— Вот как... — Игорь Вадимович как-то странно смотрел на нее. — Постойте, постойте... От чего она умерла?

— От удара током. Бытовая смерть, несчастный случай. Надо уметь обращаться с электроприборами, так вам любой врач скажет. Ее тело сегодня увезли на вскрытие. Но результаты можно предугадать. После чего ее похоронят. Тихо-мирно, без шумихи. Как похоронили ее мужа.

— Даша, — тихо произнес собеседник. — Вразумите меня... Вы, значит, думаете...

— То же, что и вы, — быстро ответила она.

Они замолчали. Первым заговорил Игорь Вадимович:

— Ну что ж, — каждое слово как бы повисало в тишине, — тогда я пришел не зря.

●

ГЛАВА 6

Даша заварила чай, нарезала лимон, выставила на стол две чашки. Все это она делала словно во сне или по инерции. Игорь Вадимович воткнул в пепельницу очередной окурок и тихонько откашлялся, глядя на стену, смежную с комнатой Настасьи Филипповны. Даша поймала взгляд Игоря Вадимовича и усмехнулась:

— Ничего... Не страшно. Моей репутации вы не повредите. Соседка и так дурного мнения обо мне.

— Даша. — Гость так и не притронулся к чаю. — Вы все еще считаете, что мое вторжение было напрасным?

Она пожала плечами, подумала минуту, позванивая ложечкой о стенки чашки.

— Нет, вы совершенно правы, что пришли, — наконец ответила девушка. — Во всяком случае, теперь история приобрела новое значение. Теперь можно предположить... что он был убит.

— Только предположить? Но почему? Я, честно говоря, совершенно уверен, что он был убит, во всяком случае, ему помогли умереть. Кстати, ваша... — он деликатно смягчил значение этого слова, — подруга... Она ничего не сказала о том, где его нашли? Или он все-таки обратился в полицию?

Даша освежила в памяти сведения, сообщенные ей Аллой, и отрицательно покачала головой:

— Нет, полиция его нашла уже мертвым на берегу какого-то канала.

— Аркадий не был ограблен?

— Нет, деньги у него были при себе. И в той комнате, где он жил, как сказала его жена, деньги остались тоже.

— Вдвойне подозрительно, насколько я знаю Италию! Убит, но не ограблен... Дашенька, а как же его могли убить? Ведь вы сказали, что умер он от большой дозы наркотиков?

— Очень просто. — Даша оживилась: разговор перешел на профессиональную тему. — Насильственный укол. На его куртке были найдены две дыры от уколов шприцем и следы наркотика, причем очень дурного качества. Низкой возгонки, — отметила она как бы про себя. — Двух уколов, сделанных где-нибудь в толпе, было бы вполне достаточно, чтобы Аркадий через некоторое время умер.

Девушка пытливо посмотрела на Игоря Вадимовича. Тот слушал затаив дыхание.

— Я думаю, что, появившись перед вами в кафе, он уже подвергся одному уколу, — сказала она как можно холодней, хотя сердце у нее билось как бешеное. — Потому он и мог сказать вам, что скоро умрет, если уже не умер. Это его слова, правда ведь?

Дождавшись подтверждения, Даша продолжила:

— Второй, смертельный, укол он мог получить уже в другом месте. При чем найти того, кто сделал уколы, практически невозможно, тем более что все в масках, так ведь? Но тут есть тонкость. Надо ведь подобраться вплотную к жертве, наметить место, воткнуть иглу, сделать инъекцию. Выпустить весь шприц. Надо обладать большим хладнокровием, ведь в этот миг жертва может вырваться, напасть, позвать на помощь, в конце концов... И нужна твердая рука и большой опыт в этом деле. — Она нахмурилась. — Я бы сказала, что для подобного преступления понадобилась бы хорошая медсестра.

— Такая, как вы? — неожиданно отозвался Игорь Вадимович, и Даша вдруг сообразила, что мучило ее весь вечер. «Спросить — не спросить?»

Она еще с минутку потерзалась этой проблемой и решила все же выяснить отношения до конца. С простодушным видом, несколько не вязавшимся с ее предыдущими словами, она задала вопрос:

— А откуда вы узнали, что я медсестра? Вы ведь еще по телефону говорили, что люди моей профессии не любят анонимных звонков. Вы знали, кто я и где работаю. Неужели он вам сказал? Вы об этом не обмолвились!

Мужчина удивленно посмотрел на нее и вдруг улыбнулся:

— Как трудно мне будет войти к вам в доверие! — Теперь он казался усталым, осунувшимся, даже более седым, чем на самом деле. — Дашенька, я же не пересказал вам буквально все, что говорил мне Аркадий. Передал вам только самую суть...

Она сочла его объяснения достаточными. Помяла в пальцах край скатерти, попросила у Игоря Вадимовича еще одну сигарету. За всю ее жизнь это была, может быть, десятая. Предыдущие восемь были выкурены после отъезда Аркадия в Италию. Он забыл у нее ополовиненную пачку.

— Что ж... — размышляла Даша. Внешне его смерть выглядела совершенно обыденно. Дело в том, что наркотики и он... Это было очень даже совместимо, ни у кого не возникло вопроса: а почему он превысил дозу, а почему вообще кололся, почему умер на улице, сделал укол через куртку... — Она невесело усмехнулась: — Даже его жена не увидела в этом ничего странного. Никто уже не верил в него, как в человека, понимаете меня? Любой наркоман становится пугалом для своих близких, они считают, что тот способен на все. А я полагала, что уколы через одежду — это слишком для него. Конечно, иногда он доводил себя до ужасного состояния, но какие-то рамки поведения все же соблюдал. Поэтому эта история была для меня полным крахом. Крахом веры в него, понимаете? — Она разгорячилась, впервые получив возможность объясниться на эту тему. — А в него нельзя было не верить, несмотря на его выходки.

— Понимаю, — довольно сдержанно ответил Игорь Вадимович. — Он был очень вам дорог.

— Ну конечно, — просто откликнулась Даша, не испытав при этом ни малейшего смущения, что задело Игоря Вадимовича.

Но девушка этого не заметила. Она пустилась в новые расспросы:

— А вы смогли бы опознать ту маску? С солнцем вместо головы? Такие маски еще были на карнавале?

Он призадумался:

— Нет, таких нет. Вообще-то маска была элитная, если вы понимаете, что я имею в виду... Такие маски изготовляются на заказ, специально для одного человека. Обычно их заказывают задолго до карнавала. И это бывают либо сами венецианцы, достаточно состоятельные, либо истинные знатоки.

Она вспомнила счастливое лицо Аркадия, рассказывающего ей о своем заказе. Тогда она радовалась вместе с ним, считала эту поездку признанием его таланта. Но теперь, осмысливая все заново, не могла удержаться от подозрений. И Даша поделилась ими с Игорем Вадимовичем, которому все больше начинала доверять:

— Скажите, а как понять его слова, что он подписал сопроводительные бумаги на статуи? Это разве обязательно?

— Не знаю. — Тот пожал плечами, думая в этот миг о другом. Он вспомнил кафе «У Флориана», белое лицо, словно высеченное из мрамора, странно-спокойные глаза. Глаза человека в последние минуты перед смертью. И еще он думал о том, что предпочел бы слушать, как Даша молчит, чтобы ничто не мешало смотреть на нее и удивляться. В который раз удивляться чуду человеческой красоты, из-за которого иное лицо кажется знакомым до последней черты. Таким было лицо Даши, тепло, исходившее от ее близких коленей, от ее неосторожных рук. Она задела его пальцы, энергично жестикулируя во время объяснений, и даже не заметила этого. И он подумал, что здесь-то и пролегает пропасть, с каждым днем становящаяся для него, пятидесятилетнего, все шире, чей-то незначительный жест может стать недостижимым сокровищем...

— Игорь Вадимович! — Голос Даши вывел его из оцепенения.

Он поспешил улыбнуться:

— Какие-то дурацкие фантазии посещают меня, Дашенька! Может быть, потому, что мы с вами все о Венеции да о Венеции! Я задумался. О чем вы говорили?

— Я битый час толкую про статуи, а вы меня не слушаете, — расстроилась Даша. — А ведь это очень важно!

— Ничего не понял, — честно признался он. — Почему важно? Разве статуи были сделаны?

— Вы сами сказали, что нет! — Она потеряла терпение. — Но это-то и важно! Ведь ему был дан заказ! Он должен был его выполнить — а что выполнил?! И теперь заказчик остался ни с чем!

— В самом деле... — без особого интереса пробормотал Игорь Вадимович. — Но почему это волнует вас?

— Да как же вы не понимаете? — Даша нервно сжала руки. — Неустойка!

— Но разве это касается вас? Он умер, и неустойку платить некому...

— Боже мой, про самое важное не хотите подумать! — возмутилась девушка. — Он ведь сказал вам, что ему мешали работать! Какой-то Серджо!

— Ах да... — вспомнил он. — Действительно, он пожаловался на Серджо, который сманивал его, и они вместе принимали наркотики.

— Вот-вот! — подтвердила Даша. — Поймите же, кто-то мог делать это нарочно!

— Все же неясно — зачем?

— Да все ясно! — Даша прошлась по комнате. — Неустойка могла разорить его. И кто-то решил устроить так, чтобы он выплатил ее. Не дал ему работать. Впрочем, это могли быть только отговорки, и он сам мог мешать себе работать. Уж на такие выдумки он был горазд!

— А маска? — напомнил ей Игорь Вадимович.

— Да. — Девушка резко остановилась... — Конечно, кто-то задумал убить его. Тут нет сомнений... Неужели это из-за неустойки?

— Дашенька! — взмолился Игорь Вадимович. — Его могли убить по тысяче причин! Ревность, зависть к его таланту, жажда наживы, наконец, тут вы правы. Даже ради своей прихоти кто-то мог убить. Только потому, что он не понравился.

— Это было обдуманное убийство. Тщательно спланированное убийство, о котором никто бы не узнал. Спасибо вам.

— Да не за что... — протянул Игорь Вадимович. — Я вот, напротив, не уверен, что вы должны меня благодарить. Мне почему-то кажется, что вы не остановитесь на том, что узнали. Вам хочется знать, кто и почему его убил?

Даша недоуменно посмотрела на него:

— Я вам правда очень благодарна за рассказ. Я бы никогда не додумалась, что его вот так уничтожили. Теперь можно подать в суд.

— Вы с ума сошли! — воскликнул он. — Да как вы додумались до такого?!

— Как? — растерялась она.

— Да то, что этим никто заниматься не будет!

— Но почему?

— Дашенька, кто же будет это копать? Если бы его еще убили в Питере, а тут — Венеция! Как вы себе представляете следственный эксперимент? Кто может позволить себе такие расходы? Наша милиция? И зачем ей расследовать смерть наркомана, если таких смертей у нас у самих довольно и никто ими не занимается?

— Но ведь есть... — Даша попыталась вспомнить. — Есть специальная полиция. Я слышала...

— Интерпол? — Игорь Вадимович скривил губы. — Он что же, торговал наркотиками?

— Никогда! — испугалась Даша.

— Тогда оружием?

— Да что вы?!

— Ну, тогда ограбил кого-нибудь в Италии? Провез контрабанду? Жульничество? Мошенничество? Международный аферист? — не унимался тот, и Даша в конце концов поняла и повесила голову.

— Никто не станет заниматься подобным делом, — заключил он. — Не тот калибр.

— Но ведь он умер... — прошептала Даша.

— Как многие другие, — раздалось в ответ. После этого в комнате наступила тишина. Даша больше не расхаживала взад-вперед. Она прислонилась к стене и задумчиво смотрела на щели в рассохшемся сером паркете.

— Ну что ж... — наконец вяло произнесла Даша. — Раз вы уверены, что ничего не поделаешь...

— Я этого не сказал, — быстро возразил он, видя, что девушка теряет к нему интерес. — Но почему вы решили вдруг заняться этим?! Ведь это вам не по силам! И еще в начале нашего разговора вам, кажется, было все равно.

— Но с тех пор кое-что переменилось. Я поняла, что его убили, и теперь хочу узнать все до конца. Хотя, конечно, вы правы в том, что мне нет никакого дела до неустойки. Тем более что эта проблема легла бы на плечи Аллы... Вот и ей теперь все равно...

Девушка подняла голову.

— Ведь вы же сами считаете, что ее смерть выглядит подозрительно, — настойчиво продолжала она. — Подозрительно и вместе с тем — естественно. Так же, как и смерть Аркадия. И я думаю...

— Что эти смерти как-то связаны? — подхватил он. — Что ж, вы можете оказаться правы. А может быть — нет. Во всяком случае, надо узнать заключение экспертизы.

Даша посмотрела на часы, и Игорь Вадимович понял, что дольше задерживаться нельзя.

— Боже мой, четвертый час... — заторопился он. — Я поеду. Даша, можно мне вас не терять? У меня почему-то есть уверенность, что я смогу помочь. И даже есть парочка идей на этот счет, но пока я их оставлю при себе. Позвольте позвонить вам завтра? Вы сможете поподробнее узнать о смерти Аллы?

— Хорошо. Завтра позвоните к вечеру.

— Спасибо, — невпопад сказал он и попрощался.

Даша провела его по коридору, выпустила из квартиры и тщательно заперла дверь на все замки, постаравшись сделать это потише, чтобы не разбудить Настасью Филипповну. Но все напрасно. Дверь ее комнаты резко распахнулась, и соседка предстала, подобно старой графине из оперы «Пиковая дама», в ночной рубашке и в чепчике с потрепанными кружевами. Она грозно, тоже как графиня, заявила:

— Все, Дашка, вышло мое терпение! Завтра участкового ночевать тут оставлю, пусть посмотрит, что у нас полный дом твоих хахалей! Спать не даете!

Даша молча прошла к себе в комнату, заперлась и улеглась в постель, больше не думая ни о Настасье Филипповне, ни об Игоре Вадимовиче — ни о ком, за исключением Аркадия. Но тот представлялся ей в одном и том же виде — озираясь по сторонам, с трудом пробираясь через толпу, он бредет по улице с двумя монастырями. Вот появляется на берегу Канале-Гранде, вот... Что же было дальше — Даша не знала. И во сне ей продолжение этого эпизода не приснилось. Продолжения не знал никто.

Следующий день был у Даши свободным, и она выспалась как следует. Встала уже за полдень. Почувствовала, что в комнате холодно, включила обогреватель и снова забралась в постель. Только тут она по-настоящему задумалась о том, что узнала вчера вечером.

«Значит, убили. — Даша старалась рассуждать четко, без эмоций. — Почему? Неизвестно. Можно предположить, что это было связано с тем заказом. Кстати, он ни разу не сказал, кто именно заказал скульптуры, кто раскошелился и заранее оплатил обучение и всю поездку. А кто-то ведь оплатил. А я не поинтересовалась... — Девушка не подозревала, что такими же вопросами недавно мучилась Алла. — Узнать бы, у кого он взял заказ, подробности договора и все прочее. А куда вероятней, что убили его уже по причинам, возникшим там, на месте. Мало ли что могло случиться! Ревность? Что там плел Игорь Вадимович? При чем тут ревность, неужели он кого-то соблазнил? А могло и без этого обойтись, женщинам он нравился, засмотрелся на какую-нибудь, она на него обратила внимание — и пожалуйста! Но для этого обязательно, чтобы этот человек знал слабости Аркадия. Иначе спланировать убийство было немыслимо. Надо было точно знать, что он применяет наркотики, что он восприимчив к ним. Надо знать, где он будет в тот вечер. Надо было уметь сделать укол, наконец. Все это исключает внезапное решение. Кто-то хорошо подготовился, точно рассчитал и ни в чем не ошибся. Похоже только, что в расчеты этой маски не входило, что Аркадий успеет сообщить кому-то, что его убивают».

Воздух в комнате немного прогрелся, и она решилась встать. Натянула халат, тщательно расчесала спутавшиеся за ночь волосы, вздохнула, поглядев в зеркало.

«Опять ты одна, Дашенька. Кто теперь скажет тебе: «Красавица моя! Милая!»

Девушка вздохнула.

«Искать кого-то другого? — Ей стало так паршиво при мысли о «другом», что она запретила себе думать об этом. — И так будет хорошенький денек... Придется ехать туда, к Алле, и выспрашивать соседей...»

Она выпила кофе, не торопясь накрасилась, выгладила юбку, которую вчера небрежно бросила на стул, вспомнила при этом шикарный туалет Игоря Вадимовича. Ее мысли приняли другое направление.

«Интересно, позвонит он или нет? Я уже засыпала вчера, когда его выпроводила, а то бы до утра сидел. Он, кажется, пообещал чем-то помочь... Но чем поможешь? — Она натянула юбку и свитер, зашнуровала теплые ботинки, побросала в сумку необходимые мелочи, продолжая думать о вчерашнем госте. — Что я в конце концов знаю о его возможностях? Если он каждый год может отдыхать там во время карнавала, то может и что-нибудь узнать про Аркадия».

Теперь ей казалось, что Игорь Вадимович не обещал ничего определенного и просьба разрешить ему позвонить сводилась, в сущности, к желанию снова встретиться с ней. Даше снова стало грустно.

«Не помогает мне моя красота, наоборот — мешает. Из-за нее все идет не туда и не так».

Добравшись до дома Аллы, она решила для начала позвонить в ее квартиру — на опустевшей жилплощади мог оказаться кто-то из родственников и дать какую-нибудь информацию.

И она не ошиблась. Открыла пожилая женщина в халате и тапочках.

— Простите, я насчет Аллы.

Женщина тихо проговорила:

— Заходите скорее, ну!

И впустила в квартиру, быстро притворив за собой дверь. Даша с недоумением подчинилась, успев краем глаза заметить, что на площадке в тот же миг приоткрылась дверь. Женщина беспокойно прислушалась к звукам на площадке и наконец повернулась к Даше:

— Я всегда знала, что соседи у Аллы не подарок, но чтобы такие любопытные!

«Мать», — поняла Даша и пожалела, что пришлось встретиться именно с ней. Она предпочла бы кого-нибудь более равнодушного к смерти Аллы, чтобы избежать слез и истерик. Однако женщина склонности к истерикам не проявляла. Держалась спокойно, замкнуто, отстраненно-вежливо. Даше предложила пройти в комнату и присесть.

В комнате был совершенный порядок, в отличие от вчерашнего состояния. Пол вымыт, пыль на мебели протерта. «Готовится к похоронам», — подумала она и участливо обратилась к женщине:

— Простите меня за внезапный визит, но я подруга Аллы.

— А... — спокойно откликнулась женщина. — А я думала, кто-то по делу. Насчет нее.

— Да я и правда насчет нее, — смутилась Даша. — Я вчера... Словом, это я милицию вызвала.

— Так-так, — кивнула женщина. — Вы — Даша.

— Верно, — подтвердила она и замолчала, ожидая, что мать Аллы сама продолжит разговор, что-нибудь скажет, пожалуется на что-то. Но та хранила молчание. — Примите мои соболезнования, — тихо сказала Даша. — Я не могу прийти в себя...

— Курите, — предложила ей женщина, придвигая пепельницу.

— Спасибо, не курю.

Женщина посмотрела на нее пустыми светлыми глазами, совсем не такими, как у дочери. И Даше при виде этих глаз вдруг захотелось вскочить и убежать и больше не урывать куски ни чужого счастья, ни чужого горя.

«Я, как шакал, рыскаю вокруг трупа Аллы, стараюсь что-то узнать у этой женщины... — подумала она, отводя взгляд. — А ей все равно. Будто меня и нет».

— Не курите? — странно, со смешком откликнулась женщина. — Аллочка вот курила. Ну ладно. Так зачем вы пришли, Даша?

— Собственно, я пришла затем, чтобы узнать про нее, — робко сказала она. — Не из любопытства, вы не подумайте. Просто после того, как я ее видела там... — Даша сделала жест в сторону ванной. — После этого я не могу забыть обо всем.

— Вы про Аллочку узнать хотите? — перебила ее мать. — А что?

— Ну... — Даша только руками развела. — Что-нибудь...

— Я не понимаю — что вы хотите? — монотонно спросила женщина.

Даша решила быть откровеннее:

— Мы с Аллой дружили, правда, некоторое время не виделись. Позавчера вечером она пригласила меня в гости. Мы посидели, поговорили, потом я уехала. На другой день вернулась сюда и нашла открытую дверь и Аллу... — Она сделала паузу. — Мне хотелось бы знать, что вам сказали в милиции. Смерть... насильственная?

— Нет, — тут же ответила женщина, словно ждала этого вопроса. «Так и есть, и тут никому нет дела, и тут никто ничего не понял! Две смерти, и обе — как в глухом лесу. Даже не подозревает никто, что случилось на самом деле. Только я знаю, что все это инсценировка, а не несчастный случай».

— Уже установлено?

— Конечно, установлено. Фен Аллочкин. Мне его уже вернули. Скоро Аллу отдадут.

Даша прикусила губу и задала решающий вопрос:

— А дверь-то?

— Дверь? А что дверь? Дверь как дверь...

— Но она была открыта, — настаивала Даша. — Разве милиция ничего по этому поводу не сказала? Может, взлом был?

— Взлом? — медленно, словно по буквам, проговорила женщина. — А, вы про дверь... Да какой там взлом, тут часто такое случалось. Замок у них плохой, это Аркадий однажды сломал, когда она заперлась от него, не пускала. Я вам показать могу. Я и милиции вчера показала. Там защелка не закрывается. Замок проворачивается, ну, колесико это, будто закрылось, а защелка не закрывается. Только чуть-чуть заходит. Кто захочет — тот и войдет. Вот как вы вошли.

И она пристально посмотрела на Дашу. Та почувствовала, что особенно теплых чувств эта женщина к ней не питает. «А если она, напротив, очень даже много слышала обо мне? — пришло ей в голову. — Вдруг Алла когда-то рассказала матери про то, что какая-то там медсестра Даша хотела окрутить Аркадия, да ничего у нее не вышло?» От этой догадки ей стало нехорошо. Но она взяла себя в руки.

— Значит, замок не повлиял на ход дела? — спросила она.

Женщина удивилась.

— Какой... ход дела? — еле выговорила она. — Зачем дело?

Теперь она не сводила глаз с Даши, а та, уже пожалев, что заикнулась про несуществующее дело, поторопилась распрощаться.

— Что ж... Спасибо, что рассказали все. Теперь буду знать. — Она бормотала что попало, только бы скрыться от этих глаз. Но глаза не отпускали ее, и казалось, что женщина уже подозревает ее в совершении преступления, в убийстве Аллы.

— Даша! — Голос женщины вдруг переменился. В нем прозвучал настоящий страх, настоящие слезы. — Даша, вы что-то знаете? Скажите, я же вижу!

— Бог с вами. — Девушка обернулась и замерла на пороге. — Ничего не знаю. Не больше вашего. Просто я думала, что дверь была открыта недаром. А если замок неисправен. Тогда что ж...

И она закрыла за собой дверь с неисправным замком. Закрыла и бросилась вниз по лестнице, словно мать Аллы могла побежать за ней, вернуть и выспросить у нее те подробности, которых Даша выдавать не хотела.

Только в метро она пришла в себя. Поймала себя на мысли, что теперь день за днем делает одно и то же — заходит к Алле и выбегает оттуда, как сумасшедшая... Сначала так было после разговора об Аркадии. Потом — после того как она обнаружила труп Аллы. И сегодня. Сегодня, когда никто ничего не обнаружил.

«И это ужасней всего. Оказывается, ужасней всего не сама смерть... Хотя смерть смерти рознь, конечно. Но самое страшное — это когда смерть окружена тишиной. Когда никто ни о чем не подозревает. Никто ничего не хочет знать. Когда остаешься один на один со смертью».

Даша никогда не думала на эту тему, несмотря на то что именно со смертью зачастую была связана ее работа. Но там смерть была привычной, привычно обставленной. Там было известно, почему она произошла, можно ли было помочь и почему это не удалось. Там все было стерильно, просто, ясно. Трагедии не было места, трагедия начиналась после, для родственников. Да и то не для всех — некоторые вздыхали почти с облегчением, хотя и проливали две-три слезы. Но то были слезы скорее усталости, чем горя.

«И так восприняла смерть Аркадия Алла, — думала Даша, поднимаясь вверх по эскалатору. — Для нее было совершенно все равно — умер Аркадий в клинике или в Венеции. Никакой разницы, ведь причина одна. И она была готова к тому, что он умрет по этой причине. Зачем я упрекала ее в отсутствии сострадания? Да это просто привычка! Самая обыкновенная и самая ужасная привычка. Привычка к безобразным сценам, к сломанным замкам, к одиночеству, потому что теперь я понимаю, как она была одинока».

Даша пешком прошла домой, хотя могла проехать на троллейбусе. Ее не пугал ни гололед, ни сумерки, ни холод, тут же забиравшийся под дубленку. Она шла и думала об Алле. О том, как та лежала в ванне; о том, как не знала, что дверь ее квартиры осталась незапертой. Если бы знала — встала бы, закрыла дверь, и тогда уже ничего не случилось бы.

Даша почувствовала, что запуталась в своих рассуждениях. «Почему я опять приплела сюда дверь! — разозлилась она на себя. — Закрыта была эта проклятая дверь или открыта — какая разница! Теперь все равно. Если бы взлом... Если бы следы остались на замках. Тогда можно было бы утверждать, что кто-то вошел в квартиру, пока она мылась! Но сейчас — как можно что-то утверждать! Она ведь действительно могла просто-напросто умереть от собственной неосторожности. И без всякой связи со смертью Аркадия». Но Даша тут же возразила себе: «Когда он умер, все сказали то же самое — умер по своей вине, из-за собственной неосторожности. Но его так изощренно убили...»

Даша замедлила шаг, и ее кто-то толкнул. Она не заметила этого и пошла дальше.

«Боже, кто же это мог быть? И один это человек или их двое? А если больше?»

Она свернула в свой двор, как вдруг услышала окликающий ее голос. Оглянулась, откинула капюшон, чтобы лучше видеть и слышать. За ней поспешно шел Игорь Вадимович. В первый момент она удивилась, заметив, что на нем только костюм да широкий темный шарф, с парижским шиком обмотанный вокруг шеи (как она не раз видела в кино), но тут же увидела, что рядом стоит машина. Марку она определить не смогла, но сам вид автомобиля производил впечатление. Она приказала себе не робеть и все же вспомнила о своей простенькой юбке. Здороваясь с Игорем Вадимовичем, почувствовала, какая горячая у него рука. Он сразу пригласил ее в машину.

— Как? — несколько растерялась она.

— Даша, ради Бога, — просто, по-приятельски заговорил он, отметая все возражения. — Я же сейчас обледенею. Ну пойдемте. Я уже имел разговор с вашей соседкой. Как, кстати, бабушку звать?

— Настасья Филипповна, — ответила Даша, невольно направляясь к машине.

— Как?! — резко обернулся он и захохотал — молодо, громко. — Серьезно?!

— Серьезно, — кивнула она, садясь на переднее сиденье. — Я тоже удивлялась. Но это совсем не героиня Достоевского.

— Ужас какой. Это не Настасья Филипповна, а целый Раскольников, — пробормотал он, устраиваясь рядом и включая зажигание. — Дашенька, как вы живете с такой мегерой?

— Может, я сама мегера, — отозвалась она, глядя на дорогу. — Куда вы едете?

— Я есть хочу, — признался Игорь Вадимович. — Еду в кафе, тут поблизости можно перекусить.

— Нет, вы постойте! — напряглась Даша. — Я ведь серьезно говорю! Зачем вы меня увозите?

Ей стало страшно, но Игорь Вадимович так укоризненно покачал головой, что одновременно стало и стыдно.

— Скажите, — она смирилась и приказала себе не пугаться по пустякам, — вы что-нибудь узнали?

— Разумеется, узнал. Вот приедем — расскажу...

Машина чуть вильнула. Дашина маленькая холодная рука быстро прикоснулась к его запястью, и он, поглядев в ее сторону, увидел совершенно детские, испуганные и завороженные глаза. Игорь Вадимович улыбнулся ей, боясь разрушить это внезапно возникшее очарование и подумал: «У нее прозрачные зеленые глаза, большие, широко расставленные... Поэтому она похожа на ребенка и на кошку одновременно. Больше в ней ничего нет. Ничего такого, из-за чего ты, как дурак, чуть не врезался в рекламный щит».

— Это касается Аркадия? — спросила Даша, устыдившись своего жеста, который мог быть неправильно истолкован. Она обрадовалась, узнав, что этот визит Игоря Вадимовича — не пустое ухаживание. Но и то, что он все же ухаживать за ней будет, Даша уже тоже поняла.

— Конечно касается. Это стоило мне целого дня расспросов в одном милом заведении, но я все же выяснил парочку интересных фактов. В двух словах не скажешь, Дашенька. Сейчас вот сядем в тихом месте...

Та снова встревожилась:

— А где это тихое место?

— Господи, когда же вы перестанете меня бояться! Да вон же! — Он кивнул вперед, и Даша увидела в конце длинного переулка огромное здание гостиницы «Прибалтийская», казавшееся черным на фоне закатного неба.

ГЛАВА 7

Они поднялись по узкой крутой лестнице на террасу, ледяной ветер обжег ей лицо. Даша отвернулась, поглубже надвинула капюшон, придерживая его у подбородка. Игорь Вадимович подхватил ее под локоть и быстро повел вдоль огромных стеклянных стен. В стеклах багрово отражалась заря, румяня Дашины щеки. Она мельком увидела себя в одном из окон и приказала не волноваться. И тем не менее волновалась.

Игорь Вадимович распахнул перед ней тяжелые тугие стеклянные двери, и резкий балтийский ветер мгновенно сменился жарким воздухом из калориферов. Спутник отпустил Дашин локоть и тихонько рассмеялся:

— Ну, это все. Больше я вас мучить не буду. Простите меня за такую прогулочку?

— Ничего. — Даша оглядывалась по сторонам. Она впервые здесь оказалась.

Игорь Вадимович остановился у стойки бара и принялся изучать меню, а Даша все оглядывалась. В этом кафе при гостинице преобладали постояльцы «Прибалтийской» все больше иностранцы да проститутки, удовлетворявшие их надобности.

— Дашенька, вы как насчет креветок? — ласково спросил Игорь Вадимович, и она опомнилась.

— Вы мне ничего не берите, пожалуйста. Я буду кофе.

— Не позорьте меня, Даша! — огорчился он.

— Игорь Вадимович, я вас прошу! — умоляюще сказала она. — Давайте рассказывайте, что узнали. Я ведь сюда не ужинать пришла! Честное слово, нет аппетита!

— Я вас не слушаю. — Он снова отвернулся к стойке. — Две порции креветок, два салата, два кофе, пирог с лимоном и клюквой.

Даша невольно сглотнула слюну. В этом баре подавали либо блюда из морских продуктов, либо какие-то традиционные любимые лакомства местной публики: немецкие сосиски, пироги с кислыми начинками, пышные торты, похожие на дворцы и корабли.

В низком обширном зале, обшитом темными панелями, все ели. Ели увлеченно, с аппетитом, обмениваясь впечатлениями на добром десятке языков. Все это никак не было похоже на подозрительное место встречи какой-нибудь мафии. Скорее зал кафе напоминал семейный клуб. Многие были с детьми, некоторые женщины, скандинавки, прихватили с собой вязанье. Даже проститутки здесь были какие-то домашние, свои. Сытые, мирные и скучающие.

Даша успокоилась и без возражений уселась с Игорем Вадимовичем за столик в углу. Стол мгновенно заставили закусками, Игорь Вадимович проглотил рюмку коньяку, а Даша пить отказалась, с нетерпением ожидала его рассказ.

— Ну, что же? — спросила она, решив, что он уже насытился. Один из пирогов был уничтожен до крошки, опустели вазочки с креветками и салатом. Игорь Вадимович вздохнул и закурил, с сожалением глядя на Дашину тарелку.

— Дашенька, я сейчас диктую условия и поэтому буду рассказывать только тогда, когда вы приступите к еде, пироги просто шикарные. Проверено.

— Ладно. — Даша взяла пирог и откусила чуть-чуть от его лопнувшего сочного бочка. — Правда прелесть. Съем. Только вы говорите, хорошо?

— Рассказываю! — объявил Игорь Вадимович. — Но прежде скажите, Аркадий был действительно хорошим скульптором?

— Ну, я не знаю, — честно призналась Даша. — Слышала, что многие отзывались о нем просто восторженно. А я мало видела его работ, но мне нравилось.

— Значит, вам будет интересно взглянуть на его последние работы? — невинно спросил он.

Даша перестала жевать и положила пирог обратно на тарелку. Где-то рядом оглушительно рассмеялись. Она изумленно посмотрела на Игоря Вадимовича.

— Объяснитесь! — потребовала наконец. — Какие работы?

— Те, что он выполнил в Венеции, в мастерской Джакометти, — с простодушным видом ответил тот. — Ну, заказ, Дашенька.

— Но какой заказ, если он не работал!

Игорь Вадимович только мягко покачал головой:

— Он выполнил девять скульптур, и все они были отосланы в Россию.

Даша мучительно пыталась сообразить, как Аркадий смог выполнить заказ в подобном состоянии. Это казалось ей невероятным.

— Игорь Вадимович, он не мог их сделать!

— Потише, Дашенька, — попросил он, сам понизив голос и оглядевшись по сторонам. — Тут, правда, все больше иностранцы, я потому вас сюда и позвал. Подслушают — так не поймут. А дело, кажется, в том, что он ничего и не сделал.

— Вы меня совершенно запутали! — убито сказала она. — Сделал или не сделал?

— И да, и нет. — Игорь Вадимович откинулся на спинку стула. — Ешьте пирог и выпейте немного коньяку. Самое то. Ну? Вот и славно... А теперь слушайте. Я сегодня обегал много милых заведений и в конце концов узнал интересную штуку... В Питер прибывают скульптуры, выполненные Аркадием в мастерской Джакометти. Девять штук.

Даша молчала. Сказать ей было нечего. Она чувствовала себя полной дурой.

— Весь остаток прошлой ночи я думал о том, как бы вытащить кое-что из этой запутанной истории. Больше всего хотелось узнать, кто имел основания убить Аркадия. Но раз вы этого не знаете — и я не узнаю...

Он вздохнул.

— Может быть, никогда не удастся узнать, кто его убил, — печально произнесла Даша. — Но, кажется, вы решили помочь мне найти убийцу?

— Я, Дашенька, ввязался в это дело не только из искреннего желания вам помочь, но еще и потому, что чувствую вину за случившееся. Ведь что мне тогда стоило удержать парня при себе, не дать скрыться в толпе, где его догнала маска?

— Да чем вы виноваты! — возразила она.

На несколько минут наступило молчание.

— Чем вы все-таки занимаетесь? — внезапно спросила Даша. — Раз уж вам под силу узнать, что Аркадий сделал девять скульптур и отослал их в Россию...

— Я же говорил вам — моя профессия связана с искусством, — пояснил собеседник, предпочитая не вдаваться в подробности. — Но это очень специфично.

— Может, я пойму, — настаивала она. — Вы реставратор?

В Академии художеств, куда ее водил Аркадий, она как-то раз говорила с реставратором, одетым приблизительно так же шикарно, как Игорь Вадимович. Больше никого из людей искусства, имеющих возможность и время так одеваться, Даша припомнить не могла. Но тот засмеялся и покачал головой:

— Какой реставратор!

— Вы что, боитесь сказать? Может, вы занимаетесь чем-то противозаконным?

— Да я вовсе не того боюсь, о чем вы думаете, — смущенно сказал он. — Ну ладно. Я делаю рамы для картин. У меня маленькая мастерская.

— Рамы? — переспросила Даша. Она явно ожидала чего-то другого, и это сразу стало понятно по выражению ее лица.

— Ну вот видите, вы разочарованы. Простите, что я вас так некрасиво обманул: связан, мол, с искусством. Но, честно говоря, хотелось выглядеть поинтересней. Тем более что ваш друг был скульптором. Хотя и так понятно, что мне во всех отношениях его не перещеголять.

Даша подумала, рассердиться ей или рассмеяться, и не сделала ни того ни другого. Она снова взялась за пирог, отчасти радуясь тому, что ореол таинственности вокруг Игоря Вадимовича изрядно потускнел. Теперь девушка уверенней чувствовала себя, и даже мысли пришли в относительный порядок. Она доела пирог, выпила кофе и задала следующий вопрос:

— А почему вы решили разузнать про скульптуры из мастерской Джакометти? Вы думаете, здесь собака зарыта?

Ее спутник пожал плечами:

— Но, Даша, это ведь был единственный вопрос, на который можно было получить конкретный ответ. Все остальное относилось к области догадок. Ну, что мы конкретно можем узнать о его убийце? О мотиве убийства? Ничего. Знаем, что кололся Аркадий с неким Серджо. Кто это? Неизвестно. Ладно, все еще впереди, — задумчиво сказал он. — Сдается мне, я еще поеду в Венецию этой весной.

— В самом деле? — Даша чуть не подскочила, но тут же опустилась на место — на нее очень внимательно глазел здоровенный белобрысый мужик, сосавший пиво из огромного бокала. Игорь Вадимович тоже посмотрел на мужика, и тот отвел глаза. — Вы поедете, чтобы узнать о нем?

— О Серджо? Обязательно, — коротко пообещал он и налил себе еще коньяку. — Но дело не в Серджо, кто бы он там ни был. Я решил, что имеет смысл выяснить, не воспользовался ли кто-нибудь той сопроводительной, которую наш друг подписал в начале своего обучения у Джакометти. Мне это очень не понравилось. Ему следовало быть осторожней на чужой территории.

— Это подозрительно, верно? — подхватила Даша.

— Конечно, все равно что подписать пустой лист бумаги. А потом на этом листке черкнут долговую расписку — и привет!

Девушка кивнула:

— Мне-то вы не объясняйте, я пуганая. А ему бы это знать не помешало. Думаете, из-за этого...

— Все может быть... — Игорь Вадимович неопределенно помахал рукой, разгоняя дым сигареты. — Хотя не думаю, что такой уважаемый человек, как Джакометти, станет проворачивать что-то подобное.

— А он правда известен?

— Да, у него лучшая мастерская в Венеции. Там делают настоящие шедевры. Сегодня я узнал немало интересного про это и еще про многое... Но, увы, к делу это все не относится; и почему Джакометти попросил Аркадия подписать сопроводительную раньше, чем тот сделал работу, — я по-прежнему не могу понять.

— Так все-таки... Эти скульптуры... Они были сделаны Аркадием? — неуверенно спросила девушка.

— Конечно нет, — твердо ответил Игорь Вадимович, решив, видимо, больше не морочить ей голову. — Разумеется, ничего он не сделал и сделать не мог. Я тоже кое-что понимаю в этом и могу утверждать, что он не изваял бы даже снеговика. Слишком уж опустился. Руки дрожали.

Даша повесила голову, точно была виновата в подобном состоянии Аркадия.

— Да, конечно... — тихо согласилась она. — Тогда почему же вы сказали, что в Питер идут его последние работы?

— Формально это так, но Аркадий их не делал. — Он близко пригнулся к ней, и девушка почувствовала его дыхание на лице. — Единственное, что наш общий знакомый выполнил собственной рукой, это подпись на сопровождающих документах.

— А статуи? — У Даши перехватило дыхание. — Статуи чьи же?

— Статуи, понятно, чужие. Какое-то фуфло отправили, наверное.

— Не понимаю! — с мукой в голосе произнесла она. — Но в чем же смысл?! Почему из-за бумажки, нет, из-за статуй... Господи, ничего не понимаю! Неужели из-за этого могли убить?

— Ах, потише, прошу вас! — прошипел он, сжимая ее руки, и она с удивлением поняла, что последние слова почти прокричала.

На нее снова уставился верзила с пивной пеной на белых усах, а с ним заодно — его друзья и жены друзей, тоже — кто с пивом, а кто с усами, а кто и с тем, и с другим.

Даша замерла, уставившись в стол, а Игорь Вадимович снова зашептал:

— Умерьте эмоции, Дашенька, и поверьте мне — и за меньшее убивают!

— Только об этом и слышу, — отозвалась она, не поднимая глаз.

— Так вот что я обо всем этом думаю, — поучительно сказал он. — То, что статуи отправлены чужие, — сомнений нет, Аркадий сам мне сказал, да и я не без соображения. Почему отправлены чужие? Вот главный вопрос. Ответив на него — мы ответим на все.

— Почему? — удивилась Даша. Она немного пришла в себя, может быть, потому, что иностранцы больше на нее не смотрели. Они допили пиво и шумной толпой отправились на террасу фотографировать догорающий закат.

— Ну, прежде всего потому, что поймем — запланированное это было убийство или вынужденное... — Он заметил ее протестующий жест и поправился: — Или внезапное. Хотя Аркадий мог поставить кое-кого в такие условия, что убить его были вынуждены.

— Объясните же! — потребовала Даша. — Почему вынуждены? Он был совершенно безобиден!

— Да разве в этом дело... — размышлял Игорь Вадимович. — Сам факт, что статуи отправлены по его бумагам, за его подписью... Это может свидетельствовать о том, что мастерская тоже была связана с заказчиком некими обязательствами, например большой неустойкой. В случае невыполнения заказа мастерская могла выплатить большой штраф заказчику, хотя виноват был Аркадий. Если бы мне удалось увидеть его договор об учении и работе! — размечтался он. — Или в крайнем случае договор с заказчиком! Узнать бы, могла мастерская платить неустойку или нет, — и сразу стало бы понятно, подозревать ли почтенного гражданина Венеции Луиджи Джакометти... А не хочется мне его подозревать! Не тот это человек, не тот.

— Хорошо! Я лично против ничего не имею. А где тот?

— Тот? — помедлил Игорь Вадимович. — Того надо искать. И пока это очень трудно делать. Сведений маловато. Итак, я поставил перед собой задачу увидеть договор. Или с мастерской, или с Аркадием. Тогда я смогу о чем-то судить. Тогда... тогда станет ясно, имеют ли под собой почву мои догадки.

— Уже догадки? — возбужденно спросила Даша. — Вы подозреваете кого-то?

— Да нет... — протянул он. — Дело в другом. Я думал, что поддельные статуи могли быть отправлены вместо настоящих, выполненных Аркадием, чтобы не платить неустойку. Они могли наваять там черт знает что и отправить под видом работы Аркадия. Или другой вариант: он собирался сам наваять черт-те что, они посмотрели эскизы, поняли, что переубедить автора будет трудно, и им пришлось устранить его, чтобы в Питере он не явился к заказчику и не стал бить себя кулаком в грудь: «Это не я сделал!»

— Да вы как будто забавляетесь! — рассердилась Даша, слушая его не слишком печальную речь. — Черный у вас юмор!

— Да, грешен... — вздохнул он. — Но это не значит, что я не сочувствую вашему горю... А есть еще вариант... Никто ни в чем не виноват. Ему дали подписать бумагу, потому что у них так заведено; он ничего не сделал, потому что принимал слишком много наркотиков, потом погиб в последний день карнавала, и, возможно, без помощи какой-то там маски... А они в отчаянии набрали девять первых попавшихся скульптур и отправили в Россию заказчику, чтобы не платить неустойку. Так или иначе, я все пока связываю с неустойкой. Больше ничего придумать не могу, хоть убейте!

«И все же он всерьез беспокоится об этом деле, хотя, конечно, не бескорыстно, — определила для себя Даша, слушая его рассуждения. — Так что получается, что я должна быть ему благодарна. Но только до какой степени?

Она решила ни за что не поддаваться на его ухаживания, и заговорила о другом:

— Значит, вы будете искать документы?

— Сегодня я выудил все, что мог, то есть почти ничего... Честно признаюсь — это трудно. Например, чтобы узнать что-то в отделе грузовых перевозок из Италии... — Он возвел глаза к потолку. — Но это в сторону, Дашенька. Мне самому очень интересно, чем все кончится... Поэтому я предлагаю такой вариант: я разыщу для вас способ увидеть эти документы, а вы их увидите. Идет?

Даша замерла, обдумывая услышанное. Ей не слишком нравилась форма, в которой было высказано предложение. Она как будто подразумевала: дело будет весьма рискованным, нелегким.

— Но... Почему я? — спросила наконец девушка. — Разве мое присутствие обязательно? То есть я не отказываюсь...

Он ободряюще улыбнулся, заметив ее растерянность:

— Дашенька, не будет ничего страшного! Я подведу вас к цели, а уж возьмете ее сами...

Даша кивнула, давая согласие. Ей по-прежнему было неясно, почему именно она должна выполнить все, когда бóльшими возможностями для этого располагает Игорь Вадимович, но возражать не решилась.

— А почему именно вы...

Он как бы ощутил ее внутренние колебания.

— Да потому, Дашенька, что я просто физически не смогу этого сделать.

— Физически? — поразилась она. — Но почему? Там что же — трудные препятствия? Но я тоже не спортсменка...

Он рассмеялся. Пригнулся поближе.

— Но вы — женщина, — делая ударение на этом слове, произнес Игорь Вадимович. — А я — нет, сами видите.

Она по-прежнему ничего не понимала.

— Но какое это имеет значение? Женщина или мужчина... Мне можно, а вам — нельзя?

— Вы уловили суть. — Собеседник закурил новую сигарету и принялся объяснять. — Дело в том, что заказ Аркадию дал закрытый дамский клуб «Политес». Не слышали о таком?

— Как? «Политес»? Это что — с политикой связано?

— Нет, Дашенька, — с обхождением. Ну, есть такое понятие — светский политес, международный политес... То есть умение себя вести в каких-то особых ситуациях, условиях... Отсюда, конечно, и политика.

Даша чуть-чуть разрумянилась — от смущения, возбуждения и тепла. Она откинула волосы за плечи, и они вздрагивали каждый раз, как девушка начинала говорить. Игорь Вадимович часто ловил себя на том, что не столько слушает ее, сколько на нее смотрит. Но при этом старался не подавать виду, что увлечен этой девушкой: по-кошачьи независимой, порою показывающей коготки.

— Так что же это значит?.. — продолжала обдумывать ситуацию Даша. — Вы не можете попасть в этот клуб?

— Не могу, — кивнул он. — Как можно было предвидеть. Сегодня, как только одна моя старая приятельница раздобыла для меня сведения о грузе, я бросился выяснять, что же это за «Политес» такой. Раньше мне не приходилось о нем слышать.

— Постойте, — перебила его Даша. — Вы видели сопроводительные бумаги, которые подписал Аркадий?

— Увы, нет, я видел данные в компьютере фирмы, которая взялась за перевозку, — ответил ее новый знакомый. — А сопроводительные бумаги... Я думаю, как только клуб выяснит, что работал на него не сам Аркадий, эти сопроводительные бумаги вам, Дашенька, подарят на память. Как последний автограф, так сказать.

— Ну, насчет последнего автографа... — Даша порылась в сумочке. — Вот письмо Аркадия. Он мне написал из Венеции. Я взяла с собой, подумала: вдруг вы что-то сможете выяснить?

Игорь Вадимович схватил листок и быстро пробежал его глазами. На некоторых местах задержался подольше, и Даша спросила себя: что же он перечитывал — ласковые слова, обращенные к ней, или деловые подробности? Наконец он вернул листок, снова сложив его вчетверо.

— Любопытно...

Он задумчиво зажег сигарету и посмотрел в окно. Там было уже совсем темно. Закат кончился, и туристы возвращались на свои места, обмениваясь впечатлениями. За соседний стол сели две проститутки. Игорь Вадимович курил и смотрел куда-то, похоже, без всякой цели. Наконец очнулся.

— Судя по письму, Аркадий даже не подозревал, какая участь его ждет... — пробормотал ее собеседник, переводя взгляд на Дашу. — Ни одного намека на опасность, не так ли?

— Ни одного, — кивнула та. — Я бы заметила. Насколько я его знаю — это письмо говорило о его прекрасном состоянии и настроении. И ничего он тогда не боялся. Разумеется, он мог и соврать, что все хорошо...

Даша задумалась, потом резко тряхнула волосами и громко сказала, стараясь перекричать расшумевшихся посетителей бара:

— Да нет, я уверена, что все это так и было. Прекрасные условия для работы, хорошее настроение и желание выполнить все, что требовалось. И уезжал он с таким желанием: больше всего ему хотелось, чтобы работа была оценена по заслугам. Тем более что заплатили вперед. Он не хотел обмануть ожидания заказчика.

— Да, интересно, — кивнул ей в ответ Игорь Вадимович. — Вы не помните — он ни словом не упоминал «Политес»?

— Нет, ни разу.

— Это вам не кажется странным?

— Отчего же? — удивилась она. — Разве я что-нибудь могла понять в этом? Это название мне ничего не говорит, вам оно тоже ничего не говорило. Заказ как заказ, как множество прочих... Правда, для него этот заказ имел особое значение. Ведь он был первым за последнее время. Вы не представляете себе, как он опустился, когда я впервые встретила его. В больнице...

— Дашенька, — задумчиво перебил ее Игорь Вадимович. — Вы меня простите, пожалуйста, но вам не показалась странной одна фраза в его письме?

— Какая? — удивилась она. — Кажется, я его выучила наизусть, и мне ничего не показалось странным!

— А вот! — Он перехватил у нее письмо, развернул его и зачитал: — «Здесь очень много голубых, ребята забавные, я считаю, они такие же люди, как и все. Веселые». Ну, что вы скажете?

Он пытливо смотрел на Дашу, та только пожала плечами, с вызовом принимая этот взгляд.

— Не знаю, что вы такого ужасного тут прочли? — Даша говорила небрежным тоном, стараясь не выдавать накипевшее раздражение. Этот человек так и порывался очернить Аркадия, даже самым нелепым способом. — К гомосексуализму он никакого отношения не имел! Как вам такое пришло в голову?! Просто он терпимо относился к остальным людям... Ну и вполне мог такое написать. А что?

— Просто я подумал, не могло ли тут быть преступление гомосексуалистов... — задумчиво протянул собеседник. — Весьма возможно, особенно в Венеции...

— Что вы говорите? — Даша поморщилась, словно ей дали понюхать какую-нибудь гадость. — Аркадий? Да бросьте, я лучше вас знаю, что этого быть не могло!

— По доброй воле этого могло и не быть, — переделал ее фразу Игорь Вадимович. — А вот насильно...

— Вы считаете?..

— Во всяком случае, не упущу случая проверить, не было ли там чего-нибудь в этом роде, — пообещал он. — Конечно, это станет возможно только в Венеции. Ах, до чего все было бы просто, если бы он не один туда поехал, а с другом. У нас был бы свидетель! Неоценимый!

— Да уж, исключительно не повезло, — подхватила Даша. — Ни одного свидетеля, вообще ничего. И чтобы хоть что-то узнать, мне надо взломать сейф в этом клубе «Политес»?

— Да нет, зачем такие грубые методы! — махнул рукой Игорь Вадимович. — Я уже говорил, что мне удалось кое-что узнать об этом милом заведении.

Он оглянулся и понизил голос. Даша, увлеченная игрой в сыщиков, тоже подалась вперед. Теперь он почти шептал:

— Это будет совсем не сложно — попасть в клуб. Адрес — вот...

Он вложил Даше в руку картонную табличку размером с визитную карточку. Она приблизила ее к глазам и прочла: «Политес». Пригласительный билет. Без права членства». Далее следовали адрес и эмблема клуба — три грации, обнявшие друг друга за плечи. Даша внимательно рассмотрела визитку.

— Клуб расположен на одном из островов...

— Это я поняла... — Даша попыталась припомнить, когда в последний раз ее заносило на какой-нибудь из островов, не считая Васильевского, и отказалась от этой попытки. — Но я не знаю, где это.

— И не надо, я вас отвезу, — успокоил ее Игорь Вадимович. — Видите, тут написано: без права членства. Это значит — вы не имеете права оставаться там после восьми часов вечера. Члены клуба могут оставаться даже на ночь. Там для них существуют комнаты отдыха. Честно говоря, я позавидовал членам клуба, когда узнал, сколько там предусмотрено разных благ... Пожалуй, даже старый Английский клуб не мог таким похвастаться... — Он погрузился в воспоминания и спросил себя вслух: — Или мог?

Девушка нетерпеливо заерзала на своем стуле, и ее спутник продолжил делиться добытыми сведениями:

— Но вам, Даша, такая возможность отдохнуть пока недоступна. Вы можете, как и всякий рядовой посетитель женского пола, посидеть там в баре до восьми часов, полистать иллюстрированные журналы, доставляемые туда со всего мира, и прогуляться по тамошнему саду. Сам там не был, но в проспекте прочел, что весьма интересно. Правда, сейчас зима... Но там есть и зимний сад...

Даша только кивала, слушая его, и со страхом представляла себе, как войдет в этот клуб. Какие там женщины? Богатые? Несомненно! Удачливые? Раз богатые, то и удачливые, конечно. И как она — Даша — посмеет туда войти да еще с целью просмотреть бумаги из сейфа!

— А как вы себе представляете мои действия? Разве мне кто-нибудь покажет бумаги добровольно? Вряд ли!

— Конечно вряд ли! — подтвердил Игорь Вадимович. — Но для этого я вас туда и посылаю! Вы должны все рассмотреть, выяснить, нет ли возможности увидеть эти бумаги... Кто знает, может, никто и не будет скрывать их от вас. Только надо все взвесить... — Он призадумался. — Вот что! Не можете ли вы назваться женой Аркадия?

— Как?! — прошептала она. — Да вы что?! Чтобы меня мигом за руку поймали? А вдруг они ее знали?

— Жену? — удивился собеседник. — Да откуда им ее знать? Вы думаете, Аркадий дружил с этим клубом и даже водил туда жену? Не слишком ли круто?

— Не знаю! — Даша разволновалась. — Нет, я не согласна. Разве это безопасный вариант, как вы мне обещали?! Да и какую пользу принесет мне то, что я назовусь его женой?

— Прямую! — утверждал он. — Вы попросите показать вам последние работы мужа!

— Ужасно! — воскликнула она, откидываясь на спинку стула. — Какая дикость! Называться Аллой... Дайте-ка мне сигарету...

Она закурила и погрузилась в раздумья. План Игоря Вадимовича рисовался ей весьма ненадежным, наскоро придуманным и вообще неосуществимым.

«Проникнуть туда и упирать на чувства? — Она удивлялась, как Игорю Вадимовичу могла прийти в голову такая дикая мысль. — Они пошлют меня подальше, тем более, когда выяснят, что никакая я не жена...»

Девушка решительно покачала головой и произнесла:

— Я не пойду на такое... Я не смогу врать так убедительно. Разве они не проверят у меня документов?

— Документы... — Игорь Вадимович словно вспомнил о чем-то. — А что, если... Если вам стать членом клуба? Изумительно, чудесно! Вот тогда вы будете в самом центре событий!

— Чудесно? — иронически повторила она. — Вот не сказала бы! По-моему — это слишком для такой цели, как у меня. Стать членом клуба. Нет, простите!

— Да что случилось, Даша? — Игорь Вадимович искренне удивлялся. — Я не понимаю, почему вы так рассердились? Ведь вам это не принесет никакого вреда, никаких хлопот. Правда, надо будет оплатить членство, я уже узнавал, но это обойдется в каких-то... — Он запнулся. — Впрочем, я сам это сделаю. То есть оплатите вы, а деньги дам я. Только надо будет заручиться согласием двух членов клуба или одного члена клуба и двух кандидатов в члены.

— Хлопотно. — Даша все еще была недовольна. — Где я возьму это согласие двух членов клуба? Вы что, тоже их купите?

Игорь Вадимович с сожалением покачал головой:

— Увы! Если бы я мог! Вам самой придется заручиться их согласием. Да вы не бойтесь: это только звучит очень громко — закрытый женский клуб «Политес»!

— Закрытый! — Даша голосом выделила это слово. — Это чего-то стоит или нет? Как я попаду туда с улицы? Разве достаточно сделать взнос?

— Я все узнал... — Игорь Вадимович, казалось, начинал раздражаться. — Вам довольно подружиться с кем-то из начальства, понравиться, войти в доверие, тогда вам и предложат стать членом клуба. Разумеется, вы должны доказать и то, что сможете приносить клубу пользу. Ну, это вы обсудите там, на месте.

— Одним словом, я не согласна. Давайте придумаем что-то другое. Я никогда не была членом какого-нибудь клуба, не умею себя вести и наверняка только ухудшу положение. Никогда мы не узнаем, какие там были условия в договоре, вообще ничего не узнаем.

— Хорошо, я понял. — Его голос прозвучал очень жестко. — Вы не хотите ничего знать? Не желаете поймать за руку того, кто убил Аркадия?

— Кто вам сказал! — защищалась она. — Я думала, вы предложите что-то стоящее, а вы...

— Даша, вы не авантюристка! — с сожалением заметил он. — А странно. Как только я вас увидел, так сразу почувствовал вокруг вас особый воздух... Дух авантюры, что ли.

«Авантюры? — раздраженно думала девушка. — Кто он такой? Капитан Флинт? Казанова? Воздух авантюры! Это для него-то — владельца мастерской по производству рамок?!»

Вслух она ничего не сказала, но и не слушала его больше, к тому же говорил он на отвлеченные темы — о молодости, о ее красоте, о том, что в таком возрасте все легко, все должно удаваться...

Даша оглядывалась по сторонам. Публика поменялась. Детей увели спать, меньше стало женщин, больше мужчин и проституток. В зале происходили постоянные перемещения, девушки кочевали от столика за стойку бара и обратно. Бармен обменивался с ними какими-то странными знаками и взглядами, непонятными непосвященному. Столбами поднимался к низкому потолку табачный дым. Уже кое-где раздавался пьяный хохот.

Игорь Вадимович умолк и теперь курил очередную сигарету, глядя куда-то остекленевшими глазами. Даша медленно собиралась с мыслями, словно приходила и себя. Ей вспомнилась Алла. Потом мать Аллы. Потом Аркадий.

«Что это были за статуи, которые отправили в Питер, выдав за те, что сделал он? Может, хотя бы статуи по его эскизам? Алла хотела увидеть их, кажется... Она даже не подозревала, что не он был их автором... Все запутано, все непонятно... Почему для меня так важно увидеть их? — спросила она себя и перевела взгляд на Игоря Вадимовича. — Молчит, обиделся. А зря. Почему для него важно, чтобы я увидела их? Не похоже, что он бескорыстен».

И девушка окликнула его:

— Игорь Вадимович, послушайте меня. Я обдумала то, что вы сказали, и все еще считаю, что план рискованный. Но если вы поможете мне, подстрахуете, я соглашусь.

— Даша, вы умница! — Он невероятно оживился, глаза тепло заблестели. — Ведь я уже все обдумал. Иного пути узнать что-то у нас просто нет. Надо воспользоваться этим!

— Поняла, поняла. Только скажите, вы все точно узнали? Я смогу туда вступить только потому, что понравлюсь кому-то из начальства? Как-то странно...

— Ну, не так уж странно, по-моему, все устраивается так, — философски заметил он. — Понравитесь вы кому-то или нет — от этого обычно зависит судьба... В общем, ничего необычного я не вижу. А план каков: вы пойдете туда завтра с пригласительным билетом, я его купил в Северном клубе, где сам состою. Купить-то билет я могу, а пойти — нет! Вот в чем загвоздка. Вход и выход только для лиц женского пола. Этакая феминизация.

— Странно, да? — спросила Даша, снова принимаясь разглядывать билет.

— Ну, не более странно, чем любой клуб, — возразил он. — Ведь никто не удивляется тому, что обычно клуб — заведение сугубо мужское. В Северном, например, ни одной женщины.

— Хорошо, — кивнула она. — Значит, я легко туда попаду. А почему именно завтра?

— Потому что надо поторопиться, — пояснил собеседник. — Статуи прибудут в клуб буквально на днях, не сегодня-завтра, надо ловить момент. Потом их могут упрятать куда-нибудь, и вы их уже не увидите. А вам придется упирать именно на статуи. Может быть, вы сами очень интересуетесь скульптурой, ну что-нибудь в этом роде.

— Сомневаюсь я, что кто-то захочет провести для меня экскурсию, — пожала плечами Даша. — Очень странно, что вы так уверены в этом. По-моему, меня просто пошлют подальше.

— А я думаю, что статуи будут выставлены на всеобщее обозрение. Например, в каком-то доступном месте. В зимнем саду, в библиотеке...

— Статуи большие? — перебила Даша. — В компьютере ничего про это не сказано?

— Ничего, — с сожалением ответил Игорь Вадимович. — Но разве это важно?

— Конечно, ведь тогда можно вычислить, где надо их искать. Статуи небольшого размера могут и в шкафу запереть, а побольше — в саду поставить, не в зимнем, а в настоящем...

— Верно рассуждаете, что и говорить. А вообще-то упирайте больше не на статуи, а на бумаги. Статуи все равно делал не Аркадий. Просто интересно посмотреть, что они могли подсунуть.

— Они — это Джакометти?

— Все может быть... — Он закашлялся и сунул в карман зажигалку и сигареты. — Собираемся, Даша, остальное в машине...

Он помог ей одеться, и они вышли из кафе — довольно торопливо.

— Слишком много русской публики к ночи, — пояснил он, отпирая машину, оставленную внизу, на огромной стоянке. — Вообще-то тут всегда тихо и хорошо. Вам понравилось?

Даша кивнула, она думала о другом.

— Кстати, вы не рассказали о визите в дом вашей подруги. — Ее спутник завел машину.

— А ничего интересного не было. Я встретилась с ее матерью. Та сказала мне, что Аллу скоро выдадут и будут хоронить.

— Разумеется, следов насильственной смерти нет? — усмехнулся он. — Наша милиция нас бережет?

— Конечно. — Даша смотрела на огни, пробежавшие в окне. — На улицу Кораблестроителей.

— Помню, — отозвался он. — А как же дверь?

— Здесь вышла полная чепуха: дверь оказалась старой и капризной, а замок — поломанным... Оказывается, он не всегда запирался. Иногда только делал вид. Понимаете — снаружи все крутилось, будто запирается, а внутри ничего не запиралось.

— Ясно, — кивнул Игорь Вадимович. — У людей тоже так бывает. Хуже некуда. Снаружи все нормально, а внутри — ничего не работает.

«Философ, тоже мне...»

— Пятьсот долларов я вам завтра передам, — вдруг услышала она и резко повернулась к собеседнику.

— Зачем пятьсот долларов? Я не возьму!

— Глупенькая, а в клуб как? — прищурился он на нее. — Это же взнос!

— Хорошенький взнос... — поежилась Даша. — Послушайте, куда я лезу?! Там же одни крутые бабы наверняка! Мне там нечего делать! Они сразу раскусят, что рядом с ними я даже не стояла!

— Да зачем им вас раскусывать... — пожал он плечами. — Главное — сохраняйте спокойствие. Блефовать не надо, конечно, у кого глаз наметанный, тот сразу разберется, какими средствами вы привыкли располагать и прочее. Вы и не ломайте из себя миллиардершу — будьте такой, как есть. В этом немало шарма.

— Ах, зачем им мой шарм! — обозлилась девушка. — Вы подумайте: разве они не поймут, что я пролезла туда с какой-то своей целью?

— А туда все пролезают с какими-то своими целями, — невозмутимо заметил Игорь Вадимович. — Поймите же, что там не какие-то сверхъестественные существа обитают, а обыкновенные женщины.

— Все, молчу! — сдалась Даша. — Когда меня оттуда вышвырнут, вы сами убедитесь, что я говорила дело. Ну а как я скажу, что хочу стать членом клуба? Сразу? Или надо подождать, пока мне не предложат?

Он задумался:

— Это вопрос. Действуйте, как сочтете нужным. По обстановке. Предложат — замечательно, а нет — сами наведите разговор на эту тему. Видите ли, клуб помогает многим женщинам обустраиваться в жизни. У них есть свой юрист, свои ходы и выходы в разных структурах, ну, скажем, в паспортном столе, в суде, в бюро путешествий... Словом, все поставлено с хорошим размахом, по-европейски...

Даша совсем оробела, но он рассмеялся, увидев это:

— Да что вы, ради Бога! Я вами гордиться буду, когда вы туда войдете! Ведь для такой красивой девушки не должно быть ничего страшного!

— Ну, как раз наоборот, — возразила она. — Приходится бояться вдвое больше. Ну, пусть будет все, как сказали вы... А когда мне туда являться? У меня дежурство. Я отложить не могу.

— До скольких работаете? — быстро сориентировался он.

— До восьми, и никак не могу уйти раньше. С восьми до восьми.

— Но это же невозможно! — возмутился он. — Ведь вы не сможете попасть в клуб... Даша, отложите-ка вашу работу! Ну, поменяйтесь с кем-нибудь, что ли! А то вообще увольняйтесь!

— Ну, это вы слишком. — Девушка засмеялась. — Куда же мне идти прикажете? Сразу в президенты баллотироваться?

— Я вас устрою!

— К себе в мастерскую? — Даша криво усмехнулась и почувствовала что-то вроде разочарования. Все, как она и ожидала, ничего больше. — Рамочки делать? Или бухгалтерию вести?

— Это мы посмотрим, — заявил ее спутник, как будто не замечая иронии. — А может быть, вам и клуб поможет. Раз уж вы станете его членом. Вам откроются многие пути.

— Вы меня прямо в новую религию обращаете. — Даша все еще злилась. — Гербалайф или еще что... Вы все-таки не забывайте, что это будет понарошку. В смысле —вступление в клуб. Полагаю, за то, чтобы выйти из него, не надо платить пятьсот долларов?

— Странная постановка вопроса. — Он уже заводил машину в ее двор. — Никто не думает, как оттуда выйти, а вот как бы туда вступить — думают многие... Впрочем, вы эту проблему успешно решите.

— Но почему вы так уверены? — Машина уже остановилась, и, может, потому, что ей предстояло снова окунуться в привычную жизнь в своей квартире — без авантюр, без приключений, только с коммунальными скандалами — все задуманное предприятие снова казалось ей чистой фикцией. — Почему вы думаете, что я смогу?

Игорь Вадимович вышел из машины, обошел ее кругом и распахнул дверцу с той стороны, где сидела Даша. Она выбралась наружу, оправила полы дубленки и нерешительно посмотрела на него.

— Я уверен, — внезапно заявил он, — что вы завтра, не позднее чем в пять часов вечера, войдете туда и сделаете все, что задумано нами: познакомитесь, с кем надо, поговорите, о чем необходимо...

— Но почему?

— Да потому, что вы любили его, Даша, — неожиданно мягко сказал Игорь Вадимович. — Разве я не прав? И вряд ли вы захотите, чтобы он пропал вот так — безвестно...

— В тишине. — Она назвала слово, пугавшее ее больше всего. — В тишине, и Алла тоже...

— Да, конечно. Алла тоже.

Даша смотрела на снег, потом — на пуговицы пальто Игоря Вадимовича. Потом — ему в глаза. Потом она несколько хрипло сказала:

— Ладно, попробую.

•

ГЛАВА 8

Решиться было нетрудно. Труднее было уговорить Ольгу подменить ее после обеда. Та ни в какую не соглашалась, и Даша охрипла, уговаривая ее по телефону. Больше всего Ольге хотелось знать, почему сменщице понадобился свободный вечер. Пришлось врать.

— У меня свидание, — сказала в конце концов Даша, когда все остальные аргументы оказались несостоятельными. — Очень важное.

— С ума сойти! — мгновенно потеплел Ольгин голос. — Когда ты успела?

— Успела, успела... Ну, ты согласна или я Татьяну буду просить? Слушай, за мной не заржавеет, сколько можно говорить? Будто ты сама не знаешь. Я ведь тебя подменяла еще недавно.

— Черт с тобой, — согласилась наконец Ольга. — Кто-то из наших? Больной?

— Хватит с меня больных, совершенно здоровый, — злобно ответила она. — Ты в два придешь?

Таким образом, без пятнадцати минут три Даша уже была дома. Она ворвалась в квартиру как смерч, чуть не сбив с ног Настасью Филипповну, бодро шедшую по коридору с кофейником. Та немедленно скривилась, как будто сломленная многими болезнями, и заохала:

— Сумасшедшая ты, Дашка! Как можно такую дряхлую старушку толкать? Не-ет... Я до тебя еще доберусь... Хахалей своих сюда водишь...

— Какие хахали, Настасья Филипповна, это мой дядя был, — ответила Даша и открыла свою комнату, не обращая больше внимания на оханья и аханья соседки.

Первым делом она взглянула на часы, вторым — подумала: «А вдруг не приедет?» Теперь она уже боялась, как бы Игорь Вадимович не переменил своего решения помочь ей попасть в клуб. Даша лихорадочно разбирала свой скромный гардероб, прикидывая, в чем можно будет появиться в клубе, и все больше убеждалась в том, что ни в чем нельзя. Но отступать тем не менее не собиралась.

Девушка выбрала узкую черную юбку до колена и натянула черный обтягивающий свитер с треугольным вырезом на груди. Она любила этот наряд, который говорил не о стесненных средствах хозяйки, а скорее о ее прихоти. На ногах Даша зашнуровала остроносые ботинки без теплой подкладки — слишком холодные для такой погоды, но зато изящные. Посмотрела на себя в зеркало и решила больше по поводу своей одежды не переживать.

И с этой минуты началось ожидание. Она отыскала в сумке пригласительный билет «Политеса» и снова рассмотрела трех граций.

«Может быть, обойдусь без вступления в клуб, — думала девушка, пряча билет в карман юбки. — Может быть, достаточно просто попросить их, чтобы мне показали документацию, ну, в крайнем случае все объясню. Не звери же они, поймут... Может быть, даже помогут достать того Джакометти, или как там его звать? Ведь Игорь Вадимович сказал, что у них хорошие связи... Ну а если увижу, что они не очень-то расположены со мной откровенничать, тогда попробую по-другому. Только бы попасть туда, а там уж как-нибудь разберусь. Что же он не едет?»

Игорь Вадимович приехал в начале пятого, когда Даша совершенно извелась. О его прибытии известила Настасья Филипповна, оглушительно закричавшая из кухни:

— Дашка! Что я говорила — твой приехал! Вон, во дворе стоит!

Ушлая старуха успела вчера рассмотреть Игоря Вадимовича и теперь торжествовала:

— Я так и знала, что он теперь каждый день шляться сюда станет! Ты мне сказки не рассказывай! Дядя! Таких дядь на таких дур, как ты...

Больше она ничего сказать не успела, потому что Даша сорвала с вешалки дубленку и выскочила из квартиры, шумно хлопнув за собой дверью. Она решила спуститься вниз, не дожидаясь очередной вспышки гнева Настасьи Филипповны. Кроме того, ей не хотелось, чтобы старуха успела облаять гостя.

Они столкнулись у входа в подъезд — запыхавшаяся Даша и Игорь Вадимович в своем шарфе, заменяющем пальто. Он легко подхватил ее в объятия — будто бы для того, чтобы избежать болезненного столкновения, и задержал руки на миг дольше, чем следовало. Но Даша ничего другого и не ожидала. Намерения Игоря Вадимовича в том, что касалось ее лично, были ей совершенно ясны. Она вежливо высвободилась и с надеждой взглянула на него:

— Ну как?

— Да как договаривались.

Он повел ее к машине. Садясь рядом с ним, Даша подняла голову и успела увидеть припавшее к окну лицо Настасьи Филипповны. Увидела и вздохнула. Старуха иногда становилась для нее сущим кошмаром. Особенно в такие вечера, когда Даше предстояло совершить нечто важное и необычное. Необходимость возвращения сюда, в этот двор и в эту коммуналку, временами доводила Дашу до истерики. Но сейчас она старалась об этом не думать.

— Как настроение? — Игорь Вадимович ободряюще кивнул ей, когда они отъехали от дома и помчались по улице.

— Боюсь, — честно призналась она. — А в общем... Решилась.

— Умница, — несколько рассеянно заметил он. — Да, вот вам, Дашенька... Как вчера договорились... Взнос.

Он вынул из кармана пиджака конверт и сунул его девушке. Та нерешительно взяла, открыла и заглянула. Там лежали стодолларовые бумажки, сложенные пополам. Пятьсот долларов.

— Может быть, обойдется без взноса? — попробовала она возразить. Ей не хотелось что-либо брать у Игоря Вадимовича. Старое правило — не быть никому ничем обязанной — никогда ее не подводило, помогая освободиться даже от самого навязчивого поклонника. А в случае с Игорем Вадимовичем ее больше всего беспокоило то, что она постоянно оказывалась чем-то ему обязанной. — Может быть, я так проскочу?

— Дашенька, это не разговор! — оборвал ее Игорь Вадимович.

Даша обреченно кивнула и спрятала деньги в карман. Стала смотреть в окно. Машина ехала по Малому проспекту. Потом промчалась по двум мостам — каменному и деревянному. Мелькнула и пропала вдали Дворцовая набережная, бастионы Петропавловской крепости. Машина углублялась в переулки Каменного острова. Даша удивлялась сперва, почему Игорь Вадимович не едет по проспекту, а предпочитает окраинные пути, но потом перестала задаваться этим вопросом. Ехал он уверенно, и было ясно, что дорога ему хорошо известна.

Ее спутник закурил, включил приемник. Даша слушала вечерние новости, бодрый голос ведущего музыкальной передачи, погоду на завтра... Мороз, гололед и сильный ветер. Никаких перемен к лучшему, никакой весны.

— Приободритесь! — велел он ей, сворачивая в который раз и выезжая на набережную. — Скоро будем на месте. Предупреждаю: не пускайтесь в откровения! Билет купили сами. Или нет, вы ведь все равно скажете, что медсестра и где работаете...

— Это обязательно? — с опаской перебила Даша. Она предпочла бы побывать в клубе инкогнито, ничего не рассказывая о своей действительной жизни. — Может, без этого обойдемся?

— Да чего вы боитесь? Вам же лучше. Вариант, что вы — жена Аркадия, все же опасен — приходится врать без нужды. Вы Даша, кстати, ваша фамилия?

— Воронина.

— Чудесно. Даша Воронина, медсестра, и не скрывайте, где служите. Скажите тогда, что пригласительный билет вам подарил благодарный больной. Скажем... — Он призадумался. — Скажем, Сергей Ветельников.

— Какой такой Сергей Ветельников? — недоуменно переспросила Даша. — Нет, пожалуйста, не надо! Вдруг я кого-то подставлю!

— Да глупости, я вам нарочно назвал имя своего старого друга, он сейчас за границей по работе, и никто не сможет проверить, действительно он вам подарил билет или вы сами его купили.

— Но зачем врать? Почему нельзя сказать, что я сама купила билет?

— Подозрительно, — коротко ответил Игорь Вадимович, сворачивая на мост. — Нужен эффект случайности, как будто в клуб вы попали совершенно не по своей воле! То есть без каких-то намерений личного характера.

— Но потом всем станут ясны мои намерения, — напомнила она. — Как тогда быть?

— А никак, выйдете из клуба. — Он пожал плечами. — Не важно. С этим никто не станет разбираться. Вот, Дашенька, смотрите. Видите белое здание?

Даша привстала на своем сиденье и перегнулась через его колени. В глубине острова, по набережной которого они сейчас ехали, действительно виднелось белое здание старинной постройки, наполовину скрытое сильно разросшимися деревьями. Даше подумалось, что весной и летом, когда все вокруг цветет и зеленеет, здания вообще не различить со стороны набережной. Она завороженно смотрела, а Игорь Вадимович ехал все медленнее, пока наконец не остановил машину.

— Ну все. Тут я вас и буду ждать. Иначе не доберетесь домой.

Даша почувствовала, как сильно заколотилось ее сердце. Но постаралась не выдать волнения, кивнув в ответ.

— Хорошо. Во сколько мне уходить оттуда? Ведь вы не можете сидеть тут все время.

— Посижу, — ответил партнер по авантюре. — У меня все равно свободный вечер. Я еще потому хотел, чтобы вы сходили сюда сегодня, чтобы не повредить своей работе.

— А моей работе вы повредить не боялись, — отметила она. — Что ж... Я всего лишь медсестра.

— Глупости, — решительно возразил он. — Я вовсе не потому попросил вас высвободить вечер. Вы, Дашенька, скоро не будете медсестрой. Не своим делом занимаетесь, насколько я могу судить. У вас будет другая работа, получше. Должна быть справедливость или нет?

И ее спутник улыбнулся.

— Послушайте, этот вечер — первый и последний, который я освобождаю от работы, — твердо заявила Даша. — Говорите что хотите, но я не могу потерять место только потому, что ввязываюсь в эту историю... Что мне еще надо сделать? Только посидеть там и уйти?

— Что вы! Познакомьтесь, с кем только сможете, закажите что-нибудь интересное в тамошнем баре... Вот вам немного на расходы. — И он сунул ей еще одну бумажку.

Даша развернула ее. Сто долларов. Она решительно протянула деньги обратно.

— Обойдусь, не надо!

— Перестаньте, — поморщился он. — Я же для дела, а не для вас лично. Ну хватит. Спрячьте.

Его голос звучал очень сердито, и Даша волей-неволей сдалась. Она спрятала эту бумажку в карман, к остальным, и подумала, что еще ни одна идея не обходилась ей так дорого. Правда, на этот раз платила не она.

— Я иду.

Девушка открыла дверцу и вышла из машины. Холодный ветер сразу прихватил ей нос и щеки, но она не стала поднимать капюшон. Захлопнула дверцу, постояла минуту на набережной. Здесь был не гранитный парапет, как в центре города, а простой кирпичный.

Скованный льдом залив усыпан снегом и представлял собой одно сплошное белое пространство, безграничную пустыню, вдали сливающуюся с небом. Небо тоже сумрачное, белесое. С него летели вниз редкие колючие снежинки. Дунул ветер и обжег Даше ухо. Она торопливо набросила капюшон и оглянулась.

— Что такое? Боязно? — спросил Игорь Вадимович.

— Нет, нормально. Вот что, дайте мне сигарету...

Так, с дымящейся сигаретой в руке, неуверенно ступая на тонких холодных подошвах по скользкой дорожке, она обогнула ограду, за которой виднелось белое здание, и вышла к воротам. Они, судя по всему, были заперты. Однако в самом здании светились окна на первом и втором этажах, и Даше показалось, что она слышит отдаленную музыку.

«Я сейчас как Золушка, которая пришла посмотреть на бал в окна дворца. Прямо картинка из детской книжки. А где привратник? Тут должен быть привратник!»

Вместо привратника показалась привратница — женщина средних лет, одетая в длинную, до пят, шубу. Она появилась откуда-то из бокового корпуса здания и прямо направилась к воротам. Девушка едва успела удивиться — почему та вышла, ведь Даша даже не позвонила, только теперь заметив маленький раззолоченный звонок справа от себя, а женщина уже спросила через решетку:

— Вы к кому?

— У меня билет.

Даша полезла в карман и достала картонную карточку. Привратница взяла ее, просунув через решетку пальцы, и девушка удивилась, заметив на этих крепких коротких пальцах несколько колец.

«С каких это пор привратницы носят такие кольца? Мамочки! Да это же бриллианты! Вот так привратница! И шуба у нее норковая...»

Даша уже поняла, что встретилась с кем-то из членов клуба.

Женщина, рассмотрев билет, вернула его и отошла в сторону. Раздался легкий щелчок, и створки ворот разъехались в стороны, открыв проход. Даша вступила на территорию клуба. Та, которую она приняла за привратницу, повернулась и сделала ей легкий знак рукой — позвала за собой. Даша послушно пошла, поминутно оглядываясь по сторонам и стараясь запомнить как можно больше из увиденного.

Круглый усадебный двор с фонтаном в центре. Сейчас фонтан, разумеется, не работал. Три грации, украшавшие его, мерзли на февральском ветру, обняв друг друга за плечи. Старый сад или парк, окружавший здание, был пуст и засыпан снегом. Не похоже, что по нему часто совершались прогулки — Даша не заметила ни одной тропинки. Впрочем, было уже слишком темно, чтобы осматривать местность, и девушка переключилась на дом.

Теперь, когда она оказалась во дворе, здание совершенно открылось ее взгляду. Это была старинная дворянская усадьба, построенная, возможно, еще до девятнадцатого века. Для Даши не прошло даром время, проведенное с Аркадием, — она научилась немного разбираться в архитектурных стилях. Во всяком случае, отличить барокко от классицизма могла, а в данном случае перед ней был прекрасный образчик барокко. А барокко, как говорил неоднократно Аркадий, — признак восемнадцатого века.

«Колонны с завитушками... — отметила Даша. — Окна с фигурными рамами... Значит, верно. Барокко. Немножко даже похоже на Эрмитаж...»

Женщина, заметавшая своей роскошной шубой дорожку, обернулась и снова поманила девушку рукой.

— Сюда! — сказала она, указывая на крыльцо под навесом — тоже, как в Эрмитаже. — Входите!

И Даша вошла. Они оказались в просторном, сильно натопленном холле, обитом серо-лиловой тканью. «Шелк или атлас! — думала потрясенная Даша. — Куда я попала! Настоящий дворец!» А женщина, не снимая шубы, провела девушку через холл и уже перед какой-то дверью спросила:

— Вы к нам в гости?

— Да, — нерешительно ответила Даша. Ей казалось, что здесь до нее никому не будет дела и план их провалится уже поэтому. Женщина, к примеру, не слишком интересовалась новой посетительницей.

— Тогда гардероб — здесь, — указала она. — Бар налево, дальше библиотека.

Даша кивнула. Нигде — ни в холле, ни в коридоре, ни в гардеробе она не увидела ни одного человека. Женщина, не сказав больше ни слова, торопливо ушла. Даша разделась, повесила свою дубленку между роскошных шуб и легких пальто, обладательницы которых наверняка никогда не ездили в метро, и вошла в бар.

Тут ей сразу стало легче. Обстановка хотя и была необычной, но порядки здесь были самые обыкновенные — никаких загадочных привратниц в шубах, никаких обледеневших граций в фонтане... Она сама не знала почему, но эти статуи ее напугали.

«Может, потому, что и пришла я сюда ради статуй? — спросила себя Даша, оглядываясь по сторонам. — Но это не те статуи, тех было девять... Да и на карточке они изображены, а значит, появились тут куда раньше, чем то фуфло, которое сюда прислали от имени Аркадия...»

Она прошла за столик, в тот угол бара, где было поменьше народу. На нее поглядывали с любопытством, впрочем надолго не задерживаясь взглядом. Даше показалось, что одна женщина рассмеялась, но не была уверена, что причиной смеха послужила она.

Присев за столик, девушка окончательно пришла в себя. Она оказалась в очень уютном помещении. Пожалуй, в таком уютном баре ей еще не приходилось бывать. Во всяком случае, бар гостиницы «Прибалтийская» не шел с этим ни в какое сравнение.

Здесь были затейливо отделанные стены: по красному шелку змеились серебристые арабески, тускло горели светильники — маленькие шарики из шершавого хрусталя. Вместо окон — зеркала в серебряных рамах. Все выдержано в едином стиле — том стиле, который Аркадий без колебания назвал бы «барокко».

Ярко освещенной оказалась только стойка бара — вполне современная. У Даши в глазах зарябило от этикеток всевозможных бутылок, от которых, казалось, ломились полки. Бармена там не было, только как знак его присутствия тлела в хрустальной пепельнице длинная сигарета. Глядя на эту сигарету, Даша заключила, что бармен тоже женщина.

Она осторожно огляделась. Вокруг за столиками сидели одни только женщины. Женщины самых разных возрастов — от двадцати лет до шестидесяти. И Даша поняла, что напрасно переживала, что не сможет вписаться в стиль клуба. Стиля не было. Вернее, он ограничивался самим зданием и внутренней отделкой помещений, но если бы кто-нибудь вздумал определить, в каком стиле одеты его посетители, то оказался бы перед непосильной задачей.

Она видела женщин в изысканных костюмах от Диора и девушек в джинсах. У иных плечи и грудь были декольтированы, и на них светились настоящие бриллианты. А кто-то ограничился клетчатой рубашкой и дешевыми бусами. На этом пестром фоне Даша смотрелась совершенно естественно, ничуть не выбиваясь из общей картины. Она облегченно вздохнула и тут же вздрогнула — к ней подошла официантка.

— Вы у нас впервые? — ласково обратилась к ней коротко стриженная девушка в гладком черном платье. — Что закажете?

Даша только сейчас заметила карточку, лежавшую перед ней на столе. Она взяла ее и оторопела. Цены, по ее понятиям, были дикие. Она тут же успела прикинуть, что ста долларов, которые Игорь Вадимович выделил ей на расходы, на большой ужин не хватит.

— Кофе, пожалуйста, и сандвичи с ветчиной, — сказала девушка, поднимая глаза. Но увидела перед собой не официантку, а высокую светловолосую женщину в голубом английском костюме. Та, игнорируя ее заказ, сама обратилась к официантке:

— Ужин как обычно, из вин — белое «Пино». Та присела и исчезла. Даша изумленно смотрела на женщину, теряясь в догадках — то ли эта дама заказала ужин для себя и собралась съесть его за Дашиным столиком, то ли, непонятно почему, заказала этот ужин для Даши.

Женщина развеяла ее сомнения, присев рядом и представившись:

— Лариса. Так вы у нас впервые?

И только тут Даша узнала в ней привратницу, которая открыла ей ворота. Теперь она рассмотрела ее как следует. На вид женщине было явно за сорок, и, пожалуй, ближе к сорока пяти, чем к сорока. Ее высокий рост скрадывался, когда она сидела, но при этом она все равно выглядела выше всех — может быть, потому, что высоко держала гладко причесанную, светловолосую голову. Лариса представляла собой тот тип очень светлой блондинки, который Даша почему-то никогда не любила. Волосы цвета сероватого пепла, и прозрачно-голубые, очень светлые глаза, губы в бледной помаде.

Лариса огляделась по сторонам, закурила и предложила сигарету Даше. Та взяла, чтобы хоть чем-то занять руки.

— Даша, — представилась она, прикуривая от зажигалки, протянутой ей Ларисой. — Да, я впервые здесь. И думаю, что в последний раз.

— Вот как? — Та как будто очень удивилась. Ее светлые, едва подкрашенные брови поднялись и задрожали: — Почему же?

— Ну потому, что билет мне достался случайно... Совершенно случайно... Я даже не знала, куда иду.

— Очень интересно. — Женщина придвинула свой стул поближе, закинула ногу на ногу, так что теперь ее остроносая серебристая туфля почти касалась ноги Даши. — И как же это вышло?

Даша незаметно отодвинула ногу подальше (она терпеть не могла дам, которые рвут другим чулки, сами того не замечая) и вдохновенно пустилась врать:

— Видите ли, я работаю в больнице, и вот один выздоровевший подарил мне билет... Сказал, что мне будет интересно там побывать...

— Знаете ли, Дашенька, подарок-то был не так уж плох, как вам могло показаться. Я думаю, вам тут понравится. А кстати, как зовут вашего знакомого? Может быть, я его тоже знаю, раз он рекомендовал вам наш клуб?

— Сергей Ветельников. — Теперь девушка очень обрадовалась, что Игорь Вадимович придумал для нее такую «крышу», хотя в свое время ей это очень не понравилось. Слишком подозрительным казалось все, придуманное Игорем Вадимовичем. Но в конце концов все его выдумки находили пока свое оправдание.

А Лариса очень оживилась при упоминании этого имени. Она придвинулась еще ближе, и Даша все же ощутила на своей щиколотке прикосновение ее туфли. Мысленно простившись с колготками, она принялась слушать то, что говорила Лариса. А та говорила вещи ужасные, обнаружившие ее несомненное знакомство с совершенно неизвестным Даше Сергеем Ветельниковым.

— Что вы говорите! Сергей Ветельников! Он ничего не просил мне передать?

Сейчас Даша уже проклинала Игоря Вадимовича, видимо не знавшего о знакомстве своего друга с кем-то из клуба, и раздраженно ответила:

— Нет, ничего не просил. Он просто подарил мне билет.

— Странно, странно... — пробормотала Лариса. — Впрочем, чего уж тут! Подарил и подарил, и спасибо ему! Иначе бы вы к нам не пришли, верно ведь?

Даша кивнула и тоскливо огляделась. За соседними столиками мирно ужинали члены клуба, а может быть, гости. Никто не приставал друг к другу, никто не подсаживался за чужой столик, никто не рвал туфлями чужие новые колготки...

Лариса же не унималась:

— А скажите, пожалуйста, давно вы его видели?

— Не помню, недавно... — рассеянно ответила девушка. — Ей-богу, не помню. Столько всего приходится держать в голове...

— Да-да. — Лариса рассматривала Дашин билет, неизвестно откуда взявшийся у нее в руке. — Билет был куплен в феврале, видите — синего цвета? А в январе был бы зеленый. Значит, вы виделись в феврале?

«Как я вляпалась! — подумала девушка и мило улыбнулась вместо ответа. — У них тут прямо проездные билеты. Конечно, Игорь Вадимович мог этого и не знать, и даже наверняка не знал, но все же. Какая подлость, что я сюда притащилась, а он сидит себе в машине и не отвечает ни на какие дурацкие вопросы. Что мне стоило подробно расспросить его про этого Ветельникова. Теперь отдувайся».

— Видите ли, — сказала она Ларисе, улыбаясь еще милее. — Я совершенно не помню, когда я его видела, потому что больных у меня очень много. Но помню, что недавно. Раз вы говорите в феврале, значит, в феврале.

Лариса тоже улыбнулась ей, и Даша почему-то отметила, какие у нее тонкие губы. Это ей тоже не понравилось, и она сказала себе, что дама напоминает школьную учительницу, впрочем шикарную учительницу, или какого-то партийного работника — и опять же очень шикарного. Было в даме что-то несколько казенное, натянутое.

Лариса раздавила окурок в пепельнице и доверительно сказала Даше:

— Дашенька, этот Ветельников Сергей — мой хороший знакомый, и я очень рада, что именно он направил вас сюда. Во-первых, потому, что меня не забывают старые друзья. Во-вторых, просто потому, что мне очень приятно видеть в нашем клубе кандидата в его члены...

«Приехали! — поздравила себя Даша. — Я еще и не заикалась, а мне уже предлагают. Может, все удастся провернуть за сегодняшний вечер? Заплатить взнос, благо деньги в кармане, вступить в клуб, увидеть статуи и посмотреть бумаги? Впрочем, статуи я могу и не увидеть, потому что они могли и не прийти... Что бы этому старому дураку узнать поподробней, когда они будут здесь!» Она очень разозлилась на Игоря Вадимовича за подставку с Ветельниковым и решила все ему высказать, когда вернется в машину. А пока приходилось сражаться с дамой один на один.

— Я, честно говоря, не уверена... — Даша решила поломаться, тем более что уже поняла, что вступить в клуб будет вовсе не сложно. — Я просто пришла отдохнуть, посидеть...

— Никто не мешает вам тут сидеть и отдыхать на правах члена клуба, — мягко возразила Лариса. — А вот и ужин.

Официантка прикатила столик с закусками и быстро расставила их на столе. Уже по их количеству и виду Даша сообразила, что ужин затеялся нешуточный.

— Прошу вас. — Мило улыбаясь, Лариса обвела рукой стол. — Позвольте вас угостить?

— Я не могу, это слишком... — Девушка взялась за обеденную карточку, лежавшую рядом, чтобы посмотреть, на какую сумму собралась угостить ее Лариса, но карточка была у нее отобрана, и официантка живо ее унесла.

А Лариса прибавила:

— А я вас прошу! Вы гостья клуба и моя личная гостья. Тем более вас рекомендовал Ветельников. Кстати, он сейчас в Питере?

Даша покрылась холодным потом.

— За границей, — ответила она.

Все происходящее не нравилось ей, и девушка уже не чаяла, как выбраться отсюда. Ей предстоял ужин, а цель была по-прежнему далека. Статуй не видно нигде, и не было ни одного упоминания о них.

Лариса, обладавшая, видимо, недюжинным напором, принялась угощать Дашу.

— Я вас просто умоляю! — говорила она, запаливая очередную сигарету. Сама Лариса есть, по-видимому, не собиралась. — Попробуйте парижский салат, это фирменное блюдо! И вино, конечно!

Даша взяла бокал, заранее наполненный официанткой, и пригубила вина. Оно оказалось слабеньким, мягким и душистым, но без навязчивого привкуса винограда, как бывает у многих вин. Даше оно все же не понравилось. Не понравилось ей и то, что Лариса сама не пила и не ела, а все курила и внимательно рассматривала девушку.

— Как вам еда? — спросила новая знакомая, увидев, что Даша положила вилку. — У нас хороший повар.

— Тоже женщина? — спросила Даша, уже несколько опьяневшая. Видимо, белое «Пино» оказалось не таким уж слабым.

Лариса рассмеялась.

— Конечно! Это наш ведущий принцип! — Она продолжала посмеиваться, глядя на девушку. — Вас это удивляет? А вас никогда не удивляло то, что большинство клубов — чисто мужские по составу?

— Слышала об этом, но не задумывалась.

— Вот именно! — подчеркнула хозяйка. — Никто не задумывается, почему мужской клуб — это нормально, а женский — почему-то нет. В чем суть? Почему вы, например, подшучиваете над этим?

— Я не подшучиваю, — воспротивилась Даша. — Но я не знаю, в чем суть.

— Женщина, — убеждающе сказала Лариса, — никогда не бывает уверена, что чего-то стоит без мужчины. Вы согласны?

— Нет, — твердо ответила Даша и не соврала. Ей без Аркадия бывало тоскливо, бывало очень даже скверно, но она всегда была уверена, что все равно чего-то стоит. — Нет, я вовсе так не думаю.

— Вот как? — Лариса, похоже, удивилась и обрадовалась. — А многие, очень многие думают именно так. Очень умные женщины — тоже, кстати. Странно, правда?

Даша кивнула.

— Вот почему женский клуб производит такое впечатление, — заключила собеседница. — Это смешит. Это пугает и отталкивает. Все потому, что никто не может понять, чего же он стоит сам. Я имею в виду женщин, конечно. Мужчины над такими вопросами редко задумываются.

— В самом деле? — Даше было тепло и хорошо. И она уже не возмущалась дурными манерами Ларисы, хотя чулок на правой ноге погиб бесповоротно.

А та проповедовала:

— Страшно подумать, сколько женских судеб ломается из-за такого взгляда на жизнь... Когда женщина остается одна — а она остается, и очень часто, — то сразу оказывается перед массой проблем, многие из которых мужчине незнакомы. Женщина боится не одиночества. Она боится своей беспомощности и бесполезности, когда никто уже не помогает ей. Вот что глупо и удивительно

— Глупо и удивительно, — повторила Даша. — Да, я согласна с вами.

— Вы замужем? — неожиданно спросила ее Лариса.

— Нет. — Девушка очнулась от хмельного покоя.

— Но были? — настойчиво допытывалась собеседница, и с Даши окончательно слетел всякий хмель. Вино оказалось отходчивым.

Она задумалась было, какой смысл имеют такие подробности ее жизни — ведь Игорь Вадимович ни о чем подобном ее не предупредил, но решила отвечать правду.

— Нет, никогда.

— Почему же? — спрашивала Лариса совсем уже странные вещи.

Встав в тупик перед невежливым вопросом, Даша пожала плечами. Хозяйка стола нахмурилась.

— Вы не думайте, я к вам в душу не лезу. Не хотите отвечать — не отвечайте, просто мне всегда интересно, что приводит к нам людей. Как я могу судить, вы пришли не потому, что жизнь в чем-то обманула вас?

— Жизнь меня еще не обманывала. — Даша покривила душой, только чтобы избавиться от назойливых расспросов. — У меня все прекрасно. Замужем не была, не собираюсь, детей тоже нет. Живу одна. Это важно?

— Милая девушка. — Лариса побарабанила по столу пальцами, и Даша снова рассмотрела кольца на этой сильной руке с широким запястьем. Рука была ухоженная, но неизящная, грубоватая. Рука ей не понравилась, она отвела от нее глаза. — Я вас не обидела, надеюсь? Прекрасно. Я просто знакомлюсь с вами, уж простите, если навязчиво. Но такова специфика. Я обязана задать некоторые вопросы, прежде всего, как председатель клуба...

Дашу будто током ударило. Вот так, сразу оказаться за одним столиком с председательницей клуба она вовсе не рассчитывала. «Впрочем, я не рассчитывала и на то, что она же откроет мне ворота. А вышло именно так. Может, она одновременно и председатель, и привратница?»

— Так вышло, что мы с вами познакомились сразу, с места в карьер. — Лариса как бы отвечала на ее мысли. — Я работала у себя в кабинете, на втором этаже. Увидела за деревьями сначала свет фар, потом вас. Машина уехала. А вы пошли к воротам. Я, честно говоря, ждала другого человека... — Она улыбнулась. — Поэтому спустилась вниз и сама открыла ворота. А это были вы. Кстати, вы другой машины не видели?

Даша отрицательно покачала головой.

— Нет, ничего там не было. А я приехала на такси, — прибавила она, хотя Лариса не требовала никаких объяснений.

— Да, этот человек так и не приехал, — вздохнула она. — Мистика. Ну, ладно. Так вот что, Даша, вы на меня, пожалуйста, не сердитесь, потому что я вроде доктора. Меня стесняться не надо. Все ваши проблемы выкладывайте мне. А проблемы есть?

— Нет, — четко, как ученица-отличница, ответила Даша.

Но Лариса рассмеялась:

— Когда говорят «нет», я сразу понимаю, что проблем очень много. Ну вот, нам и горячее принесли. — Горячим оказалась телятина с помидорами, и тут уж председатель сама принялась с аппетитом есть, одновременно рассказывая: — Я не претендую на роль психолога, но друзья ничего от меня не скрывают.

«Ну и на здоровье, — думала Даша, но вслух ничего не говорила. Больше всего ее занимала мысль, куда делся со своей машиной Игорь Вадимович, если Лариса видела, что он уехал. — Ну, если он меня еще и бросил здесь! Я его все равно достану!» Даша вспомнила, что у нее нет ни адреса, ни телефона нового знакомого, она даже фамилии его не знает. И свирепо обругала себя за доверчивость, из-за которой всегда попадала в странные ситуации.

А Лариса заливалась:

— В конце концов, наш клуб — очень тихое, замкнутое, семейное общество. Закрытый в полном смысле клуб, потому что посторонних здесь нет, все, кто есть, — свои.

— Разве так бывает? — очнулась от своих дум Даша. — Вы никогда не принимали в клуб человека, который оказался бы лишним?

— Исключено, — строго ответила Лариса. — Такого не может быть, потому что прием производится только по рекомендации. А рекомендации даются опять-таки своими людьми. Вас, например, рекомендовал Ветельников, а уж его-то я прекрасно знаю. И знаю, что на его слово можно положиться.

«Опять Ветельников, прямо заколдованный круг! — отчаивалась Даша. — А ведь если бы Игорь Вадимович ничего мне про Ветельникова этого не сказал — вылетела бы я отсюда только так! Теперь понимаю, что вылетела бы, и сижу здесь сейчас только благодаря этому безвестному Ветельникову. Но я и так вылечу, как только он вернется из своей загранки и окажется, что он меня не знает... А она проверит. Игорь Вадимович говорил, что тут всех проверяют. Ну придумано, нечего сказать!»

Но, так или иначе, сделать она ничего не могла. Ей оставалось только радоваться, что в данный момент проверить ее невозможно и никто не сможет уличить ее во вранье.

— Кстати, Дашенька, где это он у вас лечился? — спросила Лариса, наевшись до отвала и снова закурив.

Теперь она откинулась на спинку стула, оправила юбку на коленях и, похоже, всецело отдалась пищеварительному процессу. Глаза ее смотрели лениво и сонно, точнее — вообще не смотрели, то и дело смаргивали, прикрывались. Она кивком поблагодарила официантку, когда та принесла кофе и десерт.

— В наркологии, — не задумываясь, ответила Даша, полагаясь на то, что Игорь Вадимович знал, кого посоветовать.

И верно, это известие ничуть не удивило Ларису. Она только помахала рукой, разгоняя повисший перед носом дым. Задумчиво вздохнула.

— Так я и думала... — пробормотала хозяйка, казалось, совсем засыпая. — Никакого эффекта, да?

— Да, — осторожно ответила Даша. — Но это обычное дело... Я такие случаи знаю.

— Вам лучше знать, раз вы там работаете... — согласилась Лариса. — А работа невеселая, верно?

— По-моему, обычная работа. — Даша старалась контролировать каждое слово. — Не могу сказать, что я в большом восторге от нее, но все же... А веселого, конечно, мало.

— Зато опыта много, — несколько насмешливо сказала Лариса. — Вы, я полагаю, не врач? Слишком молоды. Вам сколько лет, простите?

— Двадцать четыре года. И вы правы, я не врач, я только медсестра.

— В каком-то смысле даже лучше, — сонно произнесла председатель, — ответственности меньше. Я не права?

В таком бесконфликтном стиле протекал разговор, и Даша уже начинала думать, не заснет ли председатель клуба здесь же, за столом, не является ли это ее привычкой.

«Может, она всегда тут спит, а я пришла и место заняла. Кстати, можно было бы и про искусство завернуть, да что-то она совсем никакая. Может, хватит на сегодня?»

В это время в зале произошло какое-то движение. Некоторые из сидевших за столиками женщин поднялись с мест и направились к выходу. Другие остались и продолжали смеяться, болтать и пить кофе. Даша обратила внимание на то, что ушли по преимуществу молодые женщины, двадцатилетних в зале не осталось вовсе.

«Странно. Может, здесь существует какая-то традиция на этот счет? Двадцатилетние уходят первыми, потом тридцатилетние, потом...»

Лариса вдруг распахнула свои совсем несонные глаза и облокотилась на столик. Она казалась совершенно отдохнувшей, как будто только что хорошо выспалась в удобной постели.

— Восемь часов, — сказала она, и Даша вдруг уяснила себе, почему некоторые посетительницы покинули зал. Как простые гости клуба, они не имеют права оставаться тут дольше восьми.

Даша тоже поднялась с места.

— Мне пора. Большое спасибо вам за ужин.

— Куда вы? — Лариса удивленно подняла на нее свои прозрачные глаза, и девушке показалось неловко стоять, когда та сидит. Она медленно опустилась на свое место и неуверенно сказала:

— Но ведь я не член клуба, мне нельзя...

— Это вам тоже Ветельников объяснил? — Лариса хрипловато рассмеялась. — Артист он, однако... Нет, Даша, это формальность.

— Но вот же — ее исполняют. — Медсестра показала рукой в сторону выхода, куда исчезли гости. — Девушки ушли.

— Ну, куда они пошли — этого никто не знает, — безмятежно продолжала хозяйка. — А я их не выгоняла. Кстати, не все они — гости, были и члены клуба. Так почему ушли, как вы думаете?

— Не знаю.

— И я не знаю, — легко заключила Лариса и встала. — Вы, Дашенька, подождете меня здесь? Закажите себе что-нибудь. За счет клуба, конечно. Я решу кое-какие вопросы и покажу вам клуб. Хорошо?

Для Даши ничего не могло быть более привлекательным, чем перспектива осмотреть клуб, и она кивнула. Председатель одернула пиджак и снова превратилась в строгую даму — то ли учительницу, то ли партийного работника.

— Я скоро вернусь, — сказала она официальным тоном и двинулась к выходу.

В тот же миг в дверях появилась другая женщина. Эта, напротив, производила несколько неряшливое впечатление. На вид ей было лет тридцать. Высокая, почти как Лариса, худая, широко костная, она двигалась разболтанной походкой, несколько ссутулившись. Дашу удивили ее ярко-рыжие, как тигровая шкура, волосы, и она задалась вопросом: красится эта женщина или это ее естественный цвет?

Эта женщина остановила было Ларису и попыталась с ней заговорить, но та подхватила ее под локоть и буквально вывела из зала.

Даша продолжала сидеть за столиком и, пользуясь случаем, изучала остальных членов клуба. Так только она и обнаружила, что ее тоже изучают. На нее пристально смотрела женщина лет сорока, сильно сощурившая густо подведенные глаза.

Симпатичная худенькая шатенка, стриженная под Мирей Матье, улыбнулась Даше, как своей, и даже кивнула из-за своего столика. Даша неуверенно ответила на эту улыбку и продолжила осмотр.

Энергично жующая булочку красавица с очень бледным, словно из голубого льда высеченным, лицом. С ней рядом — приземистая, вся какая-то квадратная дамочка, что-то страстно ей доказывающая. Красавица невозмутимо слушала и жевала.

Левее расположилась интересная троица — две девушки Дашиного возраста, чем-то неуловимо схожие между собой, может быть, сестры, как подумала Даша. И с ними очень толстая женщина в закрытом платье. На ее пальцах переливались такие кольца, что глазам было больно. А девушки, напротив, были одеты очень скромно. На Дашу никто из троих не взглянул.

Далее сидела одинокая дама. Эта ничего не жевала и ни с кем не разговаривала. Задумчиво уставясь вдаль, она курила, держа на отлете сигарету в длинном мундштуке, покачивая ногой, туго обтянутой джинсами. Перед ней стояла только чашка кофе. Даша смотрела на женщину очень долго, пока та не почувствовала этого и тоже не посмотрела на нее. Девушке не понравился ее взгляд: незнакомка смотрела так, словно Даша была стеклянная, словно ее не было вовсе.

— Дашенька! — Голос, раздавшийся прямо у нее над головой, заставил ее вздрогнуть. Лариса вернулась в зал незаметно, пока Даша разглядывала посетителей, и теперь глядела на нее, улыбаясь. — Дашенька, я хочу показать клуб. Вы готовы?

— Конечно. — Девушка торопливо поднялась и пошла за Ларисой к выходу, ощущая спиной множество тут же устремившихся на нее взглядов.

«Конечно, я совершенно чужая и очень сильно бросаюсь в глаза, — подумала она, идя за Ларисой по длинному, совершенно пустому коридору, устланному бесконечным красным ковром. — Если бы не Лариса, ко мне никто не подошел бы... Где статуи? И здесь ли они? Их может не быть... А тогда как я смогу завести о них речь?»

— Здесь — библиотека. — Лариса распахнула первую по коридору дверь. — Пойдем, Дашенька...

Девушка отметила, что теперь иначе, как ласкательным именем, ее больше не называют, и подумала: с чего бы это? Хозяйка провела ее в библиотеку и зажгла свет. Впрочем, вся комната не осветилась — только где-то далеко загорелась одна лампа, озарив длинные ряды книжных шкафов, столики с маленькими светильниками на них и очень низкие мягкие кресла. Портьеры показались Даше черными. Это ее немного удивило, но потом она различила, что они глубокого зеленого цвета. Вся библиотека была выдержана в темных зеленых тонах.

Лариса прошла немного вперед, провела пальцем по одной из полок какого-то шкафа, посмотрела на палец, вздохнула по-хозяйски, видимо обнаружив пыль. И продолжала:

— Более четырех тысяч томов. Не правда ли, чудесно для маленького клуба, как наш? Вы, Даша, любите читать?

— Конечно. Здесь очень хорошо. Прямо как в английских фильмах про разные клубы... Я помню, видела как-то раз фильм про клуб молчальников... Там все молчали.

— Я тоже его видела, это фильм с Фредом Астером, — серьезно кивнула Лариса. — Очень странный и совершенно гениальный. Значит, наша библиотека напомнила тот фильм? Очень лестно...

А Даша озиралась по сторонам в поисках каких бы то ни было скульптур. «Может, больше повезет в зимнем саду, — понадеялась она. — Что там про этот сад говорил Игорь Вадимович?»

— А здесь... — Лариса уже шла дальше по коридору. — Здесь у нас видеозал.

— Замечательно, — отозвалась Даша. В видеозале статуй тоже не оказалось.

— Вот большая гостиная... Малая гостиная... Бильярдная... — Лариса шла, распахивая одну дверь за другой, а девушка едва поспевала за ней, пытаясь разглядеть все помещения.

И надежд у нее оставалось все меньше. Кроме того, она очень устала. Вино изрядно расслабило ее, и теперь хотелось спать. Она с трудом подлаживалась к торопливому шагу Ларисы и один раз чуть не споткнулась. Та тут же подхватила ее под руку.

— Осторожно, тут везде ковры... — сказала она и внимательно посмотрела на Дашу. — Что такое? Устала?

В этих пустых коридорах и комнатах Лариса неожиданно перешла на «ты».

— Нет... — Даша осторожно потянула свой рукав и освободилась от хватки председателя. — Просто мне пора, наверное.

— Ты еще и половины не видела, — с сожалением в голосе сказала Лариса. — Что, куда-то спешишь?

— Мне далеко ехать.

— Я тебя подвезу, — пообещала та. — Куда тебе?

— На Кораблестроителей, — призналась Даша, впрочем, с большой неохотой. Ей совсем не хотелось, чтобы Лариса знала ее настоящий адрес. Но Игорь Вадимович категорически запретил врать без нужды. Ей приходилось действовать вслепую, и она сама не понимала — поступает ли она себе на пользу или во вред.

— Это же совсем недалеко! — воскликнула Лариса. — Вот что, оставайся-ка. Я тебя зарегистрирую еще сегодня. Не спеши.

— Но... У меня бабушка будет волноваться... — Даша вдруг вспомнила о Настасье Филипповне. В принципе, бабушку она не выдумала и соврала почти безопасно. На Ларису, однако, сообщение о бабушке впечатления не произвело.

— Ну, бабушке можно и позвонить, — напористо говорила она. — Глупости. Оставайся. У меня как раз есть свободное время.

Даша озлилась не столько на ее бесцеремонность, сколько на то, что все кому не лень свободно распоряжаются Дашиным временем и очень берегут свое. И Игорь Вадимович, и Лариса. Она отрицательно помотала головой:

— Не могу, нет, никак... Мне пора идти... Я, наверное, завтра приду...

— Воля твоя, — вздохнула Лариса и сразу стала подтянутой и официальной. — Завтра приходи после восьми. Я как раз буду. Оформлю тебе членство, а то каждый раз будешь билет покупать, а он недешевый.

Насчет взноса она ничего не сказала, и Даша призадумалась, какую сумму Лариса считает значительной, а какую — нет. «Билет для нее, видите ли, дорогой, а взнос в пятьсот баксов — нормально? — размышляла она. — Куда мы идем, однако?»

Они шли не обратно по коридору, как следовало ожидать, а дальше, углубляясь в дебри здания. Построено же оно было как-то причудливо — зигзагами, со множеством поворотов и тупиков. «Тут заблудиться — раз плюнуть...» — забеспокоилась Даша, ускоряя шаг. Лариса обернулась.

— Сейчас в гардероб попадем, — сообщила она. — Коридор опоясывает здание по кругу... Не пугайся...

Внезапно из-за очередного поворота появилась та самая рыжеволосая женщина, с которой Лариса столкнулась в баре. Председатель отшатнулась от нее, как от привидения.

— Добрый вечер! — сказала женщина, обращаясь только к Даше. И девушка обратила внимание, как вульгарно та накрашена. — Рано вы покидаете нас!

Даша ничего не ответила, потому что Лариса сразу же потянула ее в сторону. Рыжеволосая осталась где-то позади, но Даша спиной чувствовала ее взгляд. Она не могла назвать это ощущение приятным и поэтому с облегчением вздохнула, когда добралась до своей одежды и намотала на шею шарф. Дубленку она застегнула уже на улице. Лариса проводила ее до дверей, но не была уже ни разговорчивой, ни фамильярной. Она, казалось, думала о чем-то своем.

Девушка быстро шла по дорожке к воротам. Снег громко скрипел у нее под ногами, переливался тысячью бриллиантовых искр под одиноким фонарем над оградой. Ворота открылись сами. Она вышла, подивившись отсутствию привратницы. Видимо, на выход ворота срабатывали автоматически.

Даша шла все быстрее, потому что не могла избавиться от ощущения, что кто-то смотрит ей в спину. Уже здание клуба исчезло за деревьями, а ощущение все не исчезало. И она была счастлива, когда увидела машину Игоря Вадимовича на прежнем месте, правда, с потушенными фарами. Он открыл дверцу ей навстречу, и она забралась внутрь с таким чувством, словно убегала от погони.

●

ГЛАВА 9

— Ну — спасибо вам! — первым делом сказала Даша, захлопнув за собой дверцу. — Удружили! Никогда не забуду! Езжайте же!

Игорь Вадимович беспрекословно тронул машину с места, и они помчались вдоль набережной. Уже промелькнул под ними один мост и другой, потянулись за окном обжитые места, а Дашу все не покидало ощущение заброшенности, которое она испытывала во дворе клуба. Снег, тихий парк, притаившееся в глубине острова здание, где председательница клуба выступает в роли привратницы, три грации, занесенные снегом по колено, — все это произвело на нее неизгладимое и не слишком приятное впечатление. Ей казалось теперь, что она побывала на другой планете, далеко-далеко от Питера, который сейчас проносился за окнами машины. И ей до сих пор было страшно, как будто она могла остаться в том здании навсегда и уже ничего никогда не видеть, кроме снега, трех растрескавшихся статуй и Ларисы, быстро идущей по безлюдному длинному коридору.

— Домой? — отрывисто спросил Игорь Вадимович, и она вспомнила о его присутствии.

Резко обернулась в его сторону и начала:

— Вы бы придумали что-нибудь другое, чтобы не подставлять меня так! Председательница, представьте, знает этого вашего Ветельникова!

— А я, представьте, знал, что она его знает, — невозмутимо ответил он. — Так вас домой везти, Дашенька? Или заедем куда-нибудь, поговорим спокойно?

— Поговорим здесь! — нервно сказала она, вглядываясь в незнакомую улицу, по которой они ехали. — Вы меня куда везете?

— Ради Бога, перестаньте! — не менее раздраженно ответил он. — Зачем играть в сыщиков и воров! Я ничего дурного не имел в виду, когда рекомендовал вам сослаться на Ветельникова. Она действительно знает его, и это к лучшему.

— Я бы так не сказала! — возразила Даша. — Вы не представляете, что я пережила, когда она заявила, что прекрасно знакома с ним!

— Но вы вели себя как следует, верно? — В голосе ей почудилась улыбка. — Я в вас верил, потому и сыграл ва-банк. Дело в том, что, если бы вы просто сказали, что купили билет, председатель не стала бы говорить с вами в доверительном тоне, а нам нужен тон как можно более доверительный. Ну и что? Оправдался мой расчет или провалился?

— Оправдался, — призналась Даша. — Она даже перешла со мной на «ты», хотя это в мои планы не входило.

— На «ты»? — усмехнулся Игорь Вадимович. — А вы, Даша, не переживайте, там все на «ты». Насколько мне известно, обстановка там очень располагает к дружескому общению.

— А вы-то откуда так хорошо знаете эту обстановку? — Даша пристально смотрела на него. — Я ведь не дура, как вы могли заметить, и прекрасно поняла, что обычаи клуба знакомы вам куда лучше, чем если бы вам рассказала об этом какая-то знакомая, да еще за один разговор. Я не права?

— Да, правы... — лениво согласился собеседник, выруливая на Университетскую набережную. Девушка с удивлением увидела, что он не собирается поворачивать на Первую линию, чтобы добраться по ней до Малого проспекта, а оттуда — до ее дома. Напротив, водитель свернул в другую сторону, и машина взлетела в потоке других на Дворцовый мост.

Даша так и взвилась.

— Что такое? — Она схватила его за руку, но он дернул плечом и разом освободился от ее пальцев. — Куда вы меня везете?

— Вы, Дашенька, ужинали? — вопросом на вопрос ответил Игорь Вадимович. — Да? Чудесно. А я нет. Так что прошу составить мне компанию.

— Никаких компаний! — воспротивилась она. — Немедленно поворачивайте обратно! Я больше никогда не сяду к вам в машину! Слышите? Никогда не поеду никуда по вашей указке!

— Ладно, — ответил он, не повернув головы в ее сторону.

Машина в это время проносилась мимо Эрмитажа. При взгляде на дворец Даша снова вспомнила клуб. Что происходило сейчас в этих странно-пустых комнатах, среди заснеженного парка? Она вдруг поняла, что хотела бы знать это. У нее было такое чувство, словно она ушла из кинозала с середины фильма, который показался ей неинтересным или слишком страшным, но тут же обнаружила, что хотела бы вернуться и досмотреть его до конца.

Машина ехала уже по Невскому, и Даша обреченно смотрела в окно. Она молчала, молчал Игорь Вадимович. Наконец он свернул на набережную Фонтанки и остановился у старинного особняка. Даша вопросительно посмотрела на него. Он выключил зажигание и намотал на шею шарф.

— Сейчас я приду. Подождите минут пять. Надо забрать кое-какие бумаги. Вам тоже будет интересно взглянуть.

— Что это такое?

— Увидите, — сказал он, выходя из машины. — Я вас запру, чтобы не украли вместе с тачкой. Все! Посидите чуть-чуть. Послушайте музыку.

Мужчина скрылся в воротах особняка, а Даша, не теряя времени, стала осматривать машину. Прежде всего она открыла «бардачок» и внимательно изучила содержимое. Нашла несколько визитных карточек на имя Возкова Игоря Вадимовича, где значился какой-то телефон. Ни адреса, ни рода занятий не было указано, что сильно разочаровало Дашу. Телефон она переписала в свою записную книжку. Больше ничего интересного девушка не обнаружила.

Вскоре появился Игорь Вадимович, отпер дверцу и сел за руль. Он положил ей на колени замусоленную папку.

— Смотрите, Даша! А то вы во мне уже сомневаетесь, я думаю...

— Что это? — Она нерешительно развязала тесемки и поднесла папку поближе к глазам.

Машина неслась обратно по Невскому, все больше приближаясь к Васильевскому острову, но она уже не спрашивала, куда ее везут.

Перед глазами у нее мелькали странные фигуры. Горбун в клетчатом трико, искривленный то ли природой, то ли человеческой фантазией. На голове у горбуна — черная треуголка. Странное существо с невыразимо печальным белым лицом, закутанное до подбородка в пышные кружева и золотую парчу. В тонкой руке — золотая роза на длинном стебле. Вельможа, одетый в старинный восточный наряд. Капризно оттопыренная нижняя губа. Вид усталости и величия, странно сочетающийся со сладострастием, которое пронизывало всю позу этой фигуры. Девушка с обнаженной юной грудью, на сосках которой трепетали причудливые цветы и морские звезды. Урод. Ведьма. Монах. Смерть с восковым лицом молодой женщины, вместо глаз — пустые черные прорези, откуда, казалось, смотрела сама тьма.

Даша отложила папку и недоуменно взглянула на Игоря Вадимовича.

— Что это? — повторила она свой вопрос. — Это какие-то рисунки...

— Это его эскизы. Я был уверен, что он что-то представляет из себя как скульптор, но теперь могу сказать, что он был просто гениален.

— Эскизы... Аркадия? — спросила девушка севшим голосом и снова взялась за папку. Но тут же захлопнула ее. — Как они к вам попали?

Он молча смотрел перед собой. Машина как раз остановилась перед светофором у моста, и Даша схватила его за руку, не боясь вызвать автокатастрофу.

— Я вас прошу! Откуда они у вас?!

— Эти эскизы пришли сегодня вместе со статуями Аркадия, то есть не с его статуями. И очень жаль, что не с его. Что бы они туда ни сунули, это все равно не будет так выразительно.

— Но... Как вы получили это! Кто вам отдал рисунки?

— Мои друзья, — коротко ответил он. — В общем, дело оказалось совсем не таким, каким я себе его представлял.

— Что вы имеете в виду? — Даша чувствовала себя совершенно сбитой с толку. —Объясните, ради Бога, что все это значит?!

— Понимаю ваше возмущение, — согласился он, выруливая на Первую линию. Теперь движение стало меньше, улица — темнее. Они удалялись от центра. — Видите ли, Даша... Сдается мне, что я многое понял, когда увидел эти эскизы. Что вы скажете о них?

— Красиво, но страшно, — тут же ответила она. — Это было то самое, что заказал клуб?

— Вероятно, клуб не знал хорошенько, что именно сделает Аркадий... Да и как можно знать заранее? Речь могла идти только о количестве статуй и об их размерах. А дело совсем не в этом... Я могу утверждать, что эти эскизы обещали просто гениальные статуи. Обещали, но этим обещаниям не дали осуществиться. И теперь мне понятен мотив преступления... Я чувствовал, что все обернется очень сложно, потому-то мне и не давало покоя это дело... Русский скульптор погиб в Италии... Там, где всегда обучались мастерству, там, где обретали новые стимулы для творчества, новые силы, новые мотивы... — Он заметил нетерпеливый жест, нечаянно вырвавшийся у Даши, и понимающе кивнул: — Да, мне понятно ваше нетерпение... Но я слишком возмущен. Какое кощунство! Какое варварство!

— Да о чем вы? — взмолилась девушка.

— Вы не поняли, что эти эскизы куда более венецианские, итальянские, гениальные, какие хотите, чем то, что вырабатывается в Венеции под видом традиционного искусства и пачками продается в разные страны? — возмущенно спросил он. — Это же была просто бомба для Джакометти и прочих зажравшихся мастерских, промышляющих таким делом! Если бы Аркадий выполнил статуи по своим собственным эскизам, все эти ремесленники скоро потеряли бы большую часть заказов. Он ведь работал по нашим, дешевым расценкам, как работают многие русские художники, не зная себе цены! И если бы он стал производить нечто подобное тому, что заявил в эскизах, и продавать в России, Джакометти это здорово подкосило бы!

— У меня нет специального образования, чтобы понять это... — пробормотала Даша. — Честное слово, я не представляла себе, что он так талантлив... Вы правда так считаете?

— Почему я должен вам врать? — хмуро протянул водитель, останавливаясь перед светофором.

Теперь он свернул на Малый проспект, где было совсем тихо. Только изредка показывались прохожие, выгуливавшие перед сном собак, да мелькали мимо машины. Даша плотнее запахнулась в дубленку и погрузилась в оцепенение. Ее чувства словно отказались служить, но мозг работал напряженно, поспешно осваивая новую информацию.

«Значит, все-таки Джакометти... Увидел эскизы, испугался, решил вывести его из строя... А потом? Потом, когда пришло время отправлять что-то в Россию, отправил подделки и убил Аркадия? Значит, он не мог ничего не отправлять... Значит, был связан со всем этим материальными издержками... Значит, мне больше не надо идти в клуб, все ясно».

Она так и сказала Игорю Вадимовичу, но наткнулась на его недоуменный взгляд.

— Вам все ясно, Дашенька? — язвительно спросил он. — А мне ничего.

— Но ведь вы сами говорите — Джакометти! — настаивала она.

— Но я не могу утверждать этого наверняка, — возразил собеседник. — Прежде чем начинать против кого-то уголовный процесс, чем вы, как я понял, собираетесь вплотную заняться, надо запастись неопровержимыми доказательствами. И раньше, чем процесс начнется. Иначе все концы будут спрятаны, да так, что ни вам, ни мне их не найти. Для вас выгодна создавшаяся ситуация, когда никто не подозревает, что вы о чем-то знаете, что вообще кто-то посторонний знает об убийстве! Именно сейчас вы можете раздобыть бесценные сведения, которые позволят выиграть дело и самой уцелеть.

— Самой уцелеть? — Даша почувствовала, что сердце сделало несколько лишних ударов. — На меня станут охотиться?

— Пример Аллы вас не убедил? — холодно спросил он. — Теперь я понимаю, что ее убили потому, что опасались, как бы она не узнала чего-нибудь об этом деле.

— Да что она могла знать, если он ей даже ни разу не написал? — возразила Даша.

— А кто знал, что муж ни разу не написал жене? — Игорь Вадимович воспользовался паузой перед светофором и закурил. — Это вы знаете, что отношения между супругами были чисто... формальными, что ли. А больше никто, во всяком случае, никто из тех, кто его убил. Они могли считать, что он пожаловался ей, что работать не дают, и прочее. Ах, почему он никому не пожаловался! Насколько все было бы проще, если бы мы знали хоть одного подозреваемого! — Он раздраженно выдохнул дым и пошел на обгон едущей впереди машины. — Мы можем нарваться! Никого не знаем! Это мог быть и не Джакометти...

— Я с вами свихнусь! — разозлилась Даша. — То говорите, что Джакометти, то не он... А насчет конкретного имени... Серджо вас не устраивает?

— А кто он такой? — хмыкнул Игорь Вадимович. — Я, например, не знаю... Может, просто его дружок-наркоман, каких полно в Венеции. Разумеется, наведу справки, но это будет очень трудно... Русскому вообще трудно что-то узнать в Венеции. В Венеции — как нигде. У этих людей совершенно особые понятия о порядочности и прочих человеческих качествах. Для них, как для цыган, все народы относятся к разряду низших, чужих, ну, словом — «не венецианцев», понимаете?

— Я все понимаю, но мне хотелось бы знать наверняка... — вздохнула Даша. — Я устала от догадок.

— Скоро мы будем знать наверняка, — пообещал Игорь Вадимович. — И это в первую очередь будет связано с тем, насколько вы продвинетесь в клубе. Вам предложили что-нибудь?

— Да, мне предложили стать членом клуба, и, как я поняла, мне в этом очень помог ваш Сергей Ветельников...

Даша поняла, что ей не удастся отвертеться от визита в клуб, и настроение испортилось. Кроме того, ее не прекращала беспокоить активность Игоря Вадимовича. Она с удивлением вспомнила время, когда эта активность ее радовала, свидетельствовала о том, что не одной Даше есть дело до смерти Аркадия. Когда же это было? Даша удивилась, поняв, что было это буквально сегодня.

А Игорь Вадимович, напротив, немного повеселел, заговорив о клубе.

— Дашенька, действуйте активней! Вы одна сможете раскрыть дело! Вы хоть понимаете, какую бесценную информацию вам предстоит получить?

— Понимаю, — кивнула она. — Мой дом, кстати.

— Еще два слова... — Игорь Вадимович проехал дальше, не обращая внимания на ее активные протесты. — Постарайтесь как можно быстрее стать членом клуба... Стойте, не перебивайте! Найдите возможность ознакомиться с бумагами, которые касались заказа в Венеции. Мне непременно надо узнать, имело ли для Джакометти какое-то материальное значение успешное выполнение заказа... Потому что, если не имело... Тогда нам будет очень трудно доказать, что ему была выгодна смерть Аркадия, понимаете?

— Кажется, понимаю, — согласилась Даша. Она не могла отказать ему в логичности рассуждений. — Необходимо доказать как дважды два, что Джакометти выгодно, чтобы статуи были отправлены.

— И еще момент... Постарайтесь увидеть статуи. Я хочу знать, по каким эскизам они сделаны... Если по эскизам Аркадия и при этом сильно ухудшены, а такое произойдет скорее всего... Если это будет что-то вроде пародии на то, что хотел сделать он... Тогда можно сразу начинать дело... Доказать, что работал не он. Это просто подарок судьбы — эскизы... — Игорь Вадимович мимоходом перехватил папку у Даши с коленей. Рука коснулась ее юбки, и Даша невольно отодвинулась. Он сделал вид, что не заметил этого и продолжал: — Но если там искусная подделка... Тогда будет гораздо труднее доказать, что статуи сделал не Аркадий. Никто не станет собирать авторитетную комиссию, чтобы установить, он это работал или не он... И нам пригодятся документы, которые вы просмотрите... Поймите, рисковать нельзя! Надо предусмотреть любые возможности!

Даша молча слушала его и кивала в такт его словам. Наконец он решил, что сказал все, и повернул в конце длинной улицы, собираясь вернуть девушку к ее дому. Тогда-то она и спросила его о том, что мучило ее больше всего.

— А вам-то какое дело до всего этого? Я спрашиваю не в первый раз, и вы мне ни разу толком не ответили. Я давно поняла, что не ради своей больной совести и не ради моих прекрасных глаз вы носитесь со всем этим. Прежде всего, вам это влетает в копеечку. Вы уже передали мне шестьсот долларов, кстати, вот они, я их не потратила... — Она собиралась достать деньги, но он мотнул головой — «не надо». Девушка оправила юбку и продолжила: — Вам это стоит немалых усилий. Вы достали его эскизы, это чего-то да стоит! — Она постучала пальцами по папке. — Вы узнавали про клуб, покупали карточку, возите меня туда-сюда, по-моему, вы сейчас ничем так не занимаетесь, как мной и всем этим делом. Я очень тронута вашим участием, но имею право знать — почему вы вплотную занялись этим, когда никому другому не было до Аркадия дела?

— Никто другой не объяснялся с ним в Венеции, — ответил Игорь Вадимович, не поворачивая головы.

— Это не ответ! — резко сказала Даша. Машина в этот момент уже въезжала в ее двор, и она решила ни за что не расставаться без объяснения. — Вы, я думаю, не высоко оцениваете мои умственные способности, если отделываетесь такими мелочами. А хотите знать, чего вы таким образом добились? Я вас боюсь!

Он остановил машину и замер, глядя прямо перед собой. Девушка подумала уже, что он решил проигнорировать ее слова или отделаться обычными отговорками, как вдруг тот сказал каким-то странным, насмешливым голосом:

— Даша, вам не везло с мужчинами?

— Вы меня спрашиваете совсем как Лариса! — возмутилась она. — Какое вам дело?

— Мне кажется, ради вас никто никогда не делал глупостей, — продолжал он в том же тоне. — Я прав?

— Правы, но совсем не правы в том, что думаете, будто глупости ради женщин делаются очень часто. Разве что вы относитесь к таким людям... А вообще-то все рассчитывают каждый шаг и не пожелают терпеть такие неудобства, какие вы терпите из-за меня, за просто так, даром... У вас есть какой-то расчет, и никто вас в этом не обвинит. Просто хотелось бы знать о нем, раз уж мы так тесно соприкасаемся...

Он усмехнулся, закурил, выключил музыку, ненавязчиво звучавшую из динамика автомагнитолы. Искоса взглянул...

— Ладно, сознаюсь, — сказал собеседник со вздохом. — Хотя не люблю выглядеть глупо.

— Ради Бога! — воскликнула она. — Пойму любую глупость, лишь бы что-то ясное.

— Да все ясно как день,— заявил он с легким раздражением. — Я вас просто-напросто хочу.

У нее перехватило дыхание. Она никак не ожидала, что этот солидный, сдержанный человек сделает такое заявление. Ей оставалось молчать и про себя проклинать судьбу и свой характер, из-за которого она оказалась в глупой ситуации.

Первым побуждением было вылезти из машины и уйти, чтобы никогда больше не видеть Игоря Вадимовича. Но сразу явилась мысль, что в таком случае она никак не сможет вести это дело самостоятельно. К тому же ей совсем не хотелось остаться один на один с убийцей. Она поняла, что человек этот, кто бы он ни был, находился в Питере, а не в далекой и почти нереальной Венеции, что человек этот и сейчас может находиться совсем неподалеку от нее и может даже следить за ней, если каким-то образом узнал о ее причастности к Аркадию... Ей по-настоящему стало страшно, когда она представила себе убийцу, настолько хладнокровного, что он мог позволить себе войти в квартиру Аллы, осмотреться и выбрать в качестве орудия убийства фен...

Она посмотрела на окна своей квартиры. Там было темно. Настасья Филипповна, видимо, уже заперлась у себя, а возможно, закрыла на засов и входную дверь.

— Поторопитесь, — сказала она Игорю Вадимовичу. — Найдите еще какое-нибудь объяснение. Это меня не устраивает.

— Меня тоже, — тихо откликнулся он. — Я чувствую себя дураком, а что еще хуже — старым дураком.

— Все, ухожу... — Девушка нажала на ручку дверцы и тут же ощутила быстрое прикосновение пальцев к своему колену. Резко обернулась. — Отстаньте! — В ее голосе прозвучали злые слезы.— Сколько можно!

— Умоляю вас, Даша... — прошептал Игорь Вадимович. Его лицо словно помертвело, осунулось. Глаза смотрели жалко, и она поразилась тому, как он вдруг переменился. Сердце у нее сильно забилось, то ли от злости, то ли от чувства неловкости — за себя и за него. — Даша, я все понял... Я не дурак. Не сердитесь, вы сами вынудили меня сказать это. Позвольте только...

— Ваши деньги! — Она вытащила их из кармана и протянула. — Я больше не участвую в этом.

— Даша, прошу вас! — Теперь он держал ее за руку, и вырваться девушка не могла. — Все забыто. Я больше никогда не буду говорить об этом. Ну забудьте и вы!

— Уже забыла, — резко ответила она. — Пустите руку. — Мужчина отпустил ее и тут же сунул ей папку с эскизами, упавшую на пол во время объяснений.

— Возьмите с собой, посмотрите! — Он, казалось, не знал, что говорит. — Аркадий был гениален, говорю вам! Это дело нельзя бросить просто так... И так слишком многие умирают в безвестности...

Даша прижала папку к груди и почувствовала себя в какой-то мере защищенной от его нежностей. Мало-помалу к ней возвращалось присутствие духа. Она покачала головой:

— Хорошо, папку я возьму. Если она кому-то теперь и принадлежит, то только мне... Он сам захотел бы этого. А вас... Вас я больше не буду просить помогать мне. Справлюсь и сама.

— Я прошу вас, не отталкивайте меня, — тихо произнес он. — Хотя бы потому, что одна вы не справитесь, убьют. Вы не сможете. Я, я смогу! Поверьте, Даша!

— Это слишком дорого мне обойдется! — Она уже открыла дверцу машины. — Нет.

— Это не будет вам ничего стоить! — крикнул он ей вслед. — Я клянусь!

Девушка, не оборачиваясь, шла к своему подъезду. Последнее, что она услышала, было:

— Завтра я заеду за вами!

Она замедлила шаг, но все же не обернулась. За ней тяжело захлопнулась дверь подъезда.

«Как я вляпалась, — шептала про себя Даша, наполняя ванну. — Вляпалась просто невероятно...»

* * *

Воздух пропах малиной, девушка взбивала рукой душистую пену для ванны и чувствовала, как тело

6*

расслабляется и прогревается до последней жилки. Наконец вздохнула и откинула голову на бортик ванны. Ей хотелось забыть все, что случилось в последние дни. Но забыть не удавалось хотя бы потому, что теперь всякий раз, принимая ванну, она вспоминала Аллу.

«Я не виновата в ее смерти, — убеждала себя Даша. — Ничуть не виновата, все, что случилось с ней, случилось бы и без моего визита в тот вечер... Я всего-навсего отказалась остаться у нее переночевать. Может быть, тем самым я спасла свою жизнь, ведь неизвестно, на что оказался бы способен преступник...»

Она плескалась в воде и прислушивалась к звукам в коридоре. Там раздавались скрипы — Настасья Филипповна, несмотря на поздний час, бодрствовала. Теперь она зачем-то бродила по коридору, и Даша подумала, что старуха вполне может испортить ей купание, — начнет вредности ради стучаться в дверь ванной и кричать, чтобы Даша скорее освобождала, здесь коммуналка, а не личный дворец.

Такое она один раз устроила в ту пору, когда здесь жил Аркадий. Тогда Даша заперлась с ним в ванной, набрала воды и уже вздрагивала под его быстрыми горячими губами, когда раздался ошеломляюще громкий стук, усиленный акустикой ванной комнаты с высокими потолками. Тогда Настасье Филипповне, зорко следившей за нарушениями нравственности в квартире, внезапно понадобилось набрать горячей воды в грелку, а на кухне вода, видите ли, перестала идти как раз тогда, когда «бесстыдники» вздумали уединиться.

Даша с досадой поморщилась, вспоминая убогую обстановку, в которой прошел их короткий счастливый роман. Тогда ей казалось, что ничего не может быть лучше, чем ютиться вдвоем в ее комнате на узкой кровати, купаться в облупленной ванне сталинского времени и включать по утрам электрообогреватель, потому что батареи прогревались плохо и за ночь комната сильно выстуживалась. Аркадий, как вспоминалось, был недоволен.

«Почему ты такой? — обеспокоенно спрашивала она. — Тебе не нравится? Ты скучаешь... По ней?» — «Нет, чепуха! — отвечал он. — Ни по ком я не скучаю. Просто мне хотелось бы, чтобы мы жили отдельно». — «Но и мне тоже... — вздыхала Даша с виноватой улыбкой. — Только как это устроить — ума не приложу...

Мне больше ничего не светит... Даже разъехаться не могу с Настасьей Филипповной, она не даст никому сюда вселиться... Приходится ждать, что она еще выкинет, а пока — терпеть...»

Аркадий только отмалчивался. И она знала, что он возлагает большие надежды на Венецию, на будущую работу и на большой заказ. Заказ на прекрасных условиях, как сказал он однажды...

На каких? Даша тогда не стала спрашивать. По большей части она не любопытствовала из-за суеверия — боялась сглазить. Слишком долго все было плохо, и ей не верилось, что все вдруг будет хорошо. Это казалось невозможным. Но она затаилась, остерегаясь разговоров начистоту. Затаилась из трусости, как упрекала себя теперь. Боялась, что Аркадий, здраво поразмыслив о своем положении, откажется от обустройства новой жизни и вернется к жене.

«И так было бы легче всего... — Даша омыла лицо горячей водой и сказала себе, что плакать больше не будет. — Так было бы легче и разумнее. Теперь нельзя сходиться таким нищим ребятам, как мы с ним... У меня коммуналка, у него вообще ничего... Вообще ничего, кроме любви... Роскошь для бедняков, какими мы и были... Впрочем, это он — был, он уже только — был, больше его нет нигде. А я остаюсь нищенкой, самой обыкновенной нищенкой, которой только и хватает, чтобы платить за свет и телефон да носить в торжественных случаях сшитую мной самой черную юбку...»

Даша окунулась, вымыла голову и поднялась из ванны. Потом потянула на себя железную змею душа и принялась обливаться с ног до головы.

Даша морщилась, вода щипала глаза, и вдруг ей подумалось: не в такой ли момент Алле бросили в ванну включенный фен? И снова пропало все удовольствие от мытья и захотелось поскорее выйти и запереться в своей комнате.

Даша выключила душ. В коридоре было тихо, но сердце у нее почему-то сильно билось.

«Чего испугалась? — спросила она себя, выбираясь из воды и стараясь производить при этом поменьше шума. — Там только Настасья Филипповна, да и та уже спать ушла... Ну, что такое? В квартире хороший засов, никто не сможет открыть снаружи, не то что у Аллы... Ей давно следовало поставить другой замок. Почему не поставила? Руки не дошли? Финансы не позволили? Да ведь он оставил ей деньги, когда ушел ко мне... Проклятая история! Почему я узнала так много! Лучше бы никогда не знать об этом его оскорбительном вранье. Лучше бы я осталась в заблуждении и всю жизнь думала, что он сказал ей правду... Мне так хотелось, чтобы он меня не прятал ни от кого. Так устала от вранья... Впрочем, он говорил полуправду... Иногда это хуже, чем ложь...»

Даша тщательно вытерлась, накинула халат и вышла в коридор. Там было темно, и ей снова стало страшно. Испытывая себя, она не зажгла света и медленно прошла в полной темноте к своей комнате (за годы привыкла так, что дверь нашла вслепую), открыла ее и зажгла у себя свет. Запирая дверь на щеколду, грустно усмехнулась.

«Здоровая дылда, грудь третий номер, а все еще темноты боишься! На этом свете есть вещи пострашнее, чем темнота. Например, тот, кто входит в квартиру, когда женщина одна и не может защищаться. Или тот, кто идет за тобой по людной улице, не показывая под маской лица. И где-то на мосту настигает тебя и убивает так, что никто даже не понимает, что случилось...»

Она вдруг вспомнила Ларису и подумала: так ли та проста, как кажется...

«Может быть, она уже поговорила по телефону с этим Ветельниковым, мало ли, вдруг у них есть какая-то связь, Игорь Вадимович не может знать... Поговорила и теперь понимает, что я пролезла в клуб не по его рекомендации... Ну, как я завтра пойду туда? Это же надо свихнуться! А Игорь Вадимович, дурак, не понимает этого... Что он мне наплел? Все в кучу свалил: тут у него и угрызения совести, и это идиотское «я вас хочу...». Нечего сказать — романтическое объяснение! Хоть бы ради смеха «я вас люблю!» сказал. Хотя тогда точно я бы рассмеялась. В «хочу» верится сразу, что ж тут такого, хочет и хочет, а «люблю» — ну, тут долгая история...»

Даша вздохнула и стала расчесывать волосы. Попутно она делала несколько дел сразу — слушала сводку погоды по радио, смотрела в окно и думала об Игоре Вадимовиче. И ни до чего не додумавшись, легла спать, сказав себе: «Утро вечера мудренее».

Но утро не прибавило ей ни мудрости, ни уверенности в том, что поступает она правильно. Она переговорила по телефону с невероятно злой Ольгой — во время ее дежурства случилась двухчасовая истерика с только что прибывшим пациентом, и теперь та была выбита из колеи. Ольга поклялась Даше никогда больше не соглашаться на подмены, потому что не желает страдать за чужие грехи, а та заверила сменщицу, что ее услугами больше не воспользуется. Отношения между девушками отнюдь не улучшились.

Потом Даша устроила постирушку, приготовила обед и съела его. Попыталась сосредоточиться на недавно купленном романе. Купила она его по совету Аркадия, и принадлежал он перу его любимого писателя — Генри Миллера. Роман назывался «Черная весна».

Даша прочла первую страницу несколько раз и поняла, что сосредоточиться не сможет. Тогда она взяла папку с эскизами и снова просмотрела их. Урод, девушка с цветами на груди, монах, смерть, восточный принц... Она хорошенько запомнила каждый из рисунков и сложила их обратно в папку.

«Мне придется выяснить, похожи ли статуи на рисунки. Уж на статуи-то я посмотрю. Надеюсь, мне опять покажут клуб... Но для этого надо стать его членом, от этого никуда не деться... Придется выбирать — или отказаться от участия в деле, или вляпаться по уши, да так, что не будешь знать, как выбраться. Наверное, только так и возможно что-то выяснить. А иначе кто покажет статуи и бумаги мне — посторонней? Лариса вроде незлая баба, она поможет, если как следует попросить...»

Взгляд Даши упал на колготки, которые она вчера сняла, вернувшись домой. Они были разорваны туфлями Ларисы, и девушка подумала, что ей дорого обойдется столь частое хождение в клуб. Она достала деньги Игоря Вадимовича и решила пока что оставить их у себя.

«Хоть колготки компенсирую. В конце концов, он сам этого хотел... Но если он еще раз заикнется о том, что «хочет»...»

Игорь Вадимович позвонил вечером, когда она уже забеспокоилась. Девушка поймала себя на мысли, что ежедневно посылает его к черту, а потом боится, что он не позвонит и не приедет. Так было и теперь. Одна она не решилась бы пойти в клуб. И кроме того, Даша прекрасно отдавала себе отчет в том, что без руководства ей будет трудновато.

«Он хотя бы что-то знает и может», — думала она, кладя трубку после того, как разрешила приехать за ней. Говорила Даша строго и сухо, но и в его голосе не услышала вчерашнего смятения — Игорь Вадимович был корректен.

На этот раз она надела поверх колготок темные шорты, застегнула укороченную кофточку и решила, что выглядит если не лучше, то уж не хуже, чем остальные обитательницы клуба. В начале восьмого услышала короткий сигнал во дворе и спустилась по лестнице, не оборачиваясь на любопытствующие расспросы Настасьи Филипповны.

Он не вышел ей навстречу — только распахнул дверцу.

«Ого, качество обслуживания ухудшилось. Что это такое с ним? Обычно мужики, когда получают отказ, делают вид, что ничего не случилось...» И она вспомнила несколько примеров из собственного опыта, богатого приставаниями и отказами. «Правда, после этого частенько вообще перестают здороваться...»

Даша не собиралась начинать разговор. Она смотрела в окно, когда услышала его голос:

— Вам следует быть осторожней.

— Что? — Даша резко повернула голову, удивленная больше всего тем, что Игорь Вадимович, обычно избегавший прямых суждений о чем-либо, вдруг выразился так категорично. — Где я должна быть осторожна? В клубе?

— Вообще, — зловеще сказал он, и у нее что-то оборвалось в груди. Теперь Даша не сводила с него глаз.

— Вы что-то узнали? — упавшим голосом выдавила она вопрос.

— За вами кто-то следит, — сказал он, не поворачивая головы. — Я заметил это вчера. Вас ждали у подъезда. Если бы я не проводил вас, кто знает...

— Как?!

Девушка чуть не умерла на месте от страха. Она вспомнила, как вчера, поднимаясь по лестнице, слышала внизу чьи-то шаги. Еще подумала, не заявился ли к Настасье Филипповне сынок. Тогда ей точно был бы обеспечен веселый вечер. Сынок выказывал недюжинную нежность к Даше, впрочем, нежность эта хорошо уживалась с ненавистью. Даша, в свою очередь, испытывала к сынку-алкоголику ненависть без примеси инородных чувств, так что визиты эти быстро переросли в большие баталии. А устоять против удвоенных сил противника было просто немыслимо. Но теперь стало понятно, какие все это пустяки по сравнению с тем, что сказал Игорь Вадимович.

— Вы уверены? — Она лихорадочно завертелась на своем месте, оглядываясь назад. — А сейчас за нами никто не едет?

— Умница, вот сейчас это и выясню... — ответил он и прибавил ходу.

Машина понеслась по проспекту, лихо минуя перекрестки и не реагируя на светофоры. Даша несколько раз зажмуривалась, ожидая, что их остановит милиция еще прежде, чем они врежутся во что-нибудь. Но Игорь Вадимович оставался невозмутимым. Наконец скорость стала нормальной, если не сказать — небольшой. Машина оказалась на Университетской набережной и медленно поползла к мосту. Даша не переставала оглядываться.

— А сейчас?

— Сейчас никого нет, — ответил он и, закурив, посмотрел наконец на Дашу. Та виновато отвела взгляд. — Можно было предположить, что за вами уже начали следить... Почему я раньше не подумал об этом?

— А кто... Кто следит? — спросила Даша, ни жива ни мертва от страха. — Тот, кто убил Аллу?

— Странно, что он раньше не взял вас на заметку. — Игорь Вадимович продолжал размышлять вслух. —

Я даже удивлен, что он бездействовал... Да, милая моя, это перестало мне нравиться...

— Вот как? — истерически всхлипнула девушка. — А мне давно перестало нравиться! Еще тогда, когда вы предложили мне вступить в клуб.

— А при чем тут клуб? — поморщился он. — Ну, успокойтесь! Возьмите сигарету.

Даша взяла и закурила. Легче ей не стало, но теперь у нее хотя бы нашлось занятие. Иначе она заревела бы, как маленькая, и опозорилась бы перед Игорем Вадимовичем. А ей меньше всего хотелось, чтобы он видел ее слезы.

— Вы уверены, что за мной следили? — спросила она, докурив сигарету до конца и выбросив окурок в пепельницу. — Может быть, сосед вошел в подъезд? Почему вы так решили?

— Ну, я еще кое-что соображаю! — возразил ее спутник. — Например, могу отличить манеры человека, который спокойно вошел в родной подъезд, от манер человека, который ни в коем случае не желает, чтобы его увидели. А я его увидел.

— Кто он? Вы рассмотрели?

Игорь Вадимович пожал плечами:

— Человек как человек. Мужчина.

— Могли бы быть и повнимательнее! — Она нервно повысила голос, и он шикнул на нее. Как ни странно, девушка не обиделась. Чем меньше Игорь Вадимович церемонился с ней, тем лучше она себя чувствовала. Ей больше были по душе чисто деловые отношения, чем великосветское ухаживание, к которому он обычно прибегал. Правда, новый стиль отношений омрачался сообщенной им новостью. Даша совсем упала духом.

— Мужчина, который убил Аллу, — говорила она, выхватывая у него из пачки еще одну сигарету. — Господи, он ведь пришел убить меня! А мне вчера так было страшно дома!

— Понимаю. Вообще-то домик жутковатый. Вам лучше переехать.

— Смеетесь? — горько сказала Даша. — У меня нет возможности... Кроме того, он меня отыщет...

— Как сказать... — неопределенно произнес собеседник. — А что, если я попробую подыскать вам квартирку? Да всё, всё! — почти закричал он, увидев ее возмущенную гримасу. — Я не имел в виду ничего дурного! Ну, черт с вами, пусть он вас придушит в подъезде, все скажут, что это был обыкновенный маньяк, напишут две строчки в газетах и забудут. Как вообще забывают... Но одно вам скажу: такой глупой и бесшабашной девицы я еще не видывал.

— Ну, тогда вы вообще мало видывали, — обиделась Даша. — Бывают девицы много хуже. Между прочим, я веду себя очень даже благоразумно, а если он взялся следить за мной — то в конце концов выяснит любое убежище. И еще... Еще я надеюсь на засов Настасьи Филипповны. Его не сорвала шпана в двадцатые годы, когда постоянно грабили квартиры, не сорвет его и этот... Кто он там...

Игорь Вадимович ухмыльнулся.

— Дурочка ты, Даша. — Он неожиданно обратился к ней на «ты».

«...Все мне «тыкают» из-за моей молодости и глупой физиономии. Но убежища от него я не приму, еще чего. Чтобы он наведывался туда, как к себе домой? Чтобы вечно дрожать от страха, что он вот-вот залезет ко мне в постель...»

— Ты, Даша, ничего в жизни не понимаешь, — продолжал спутник, не замечая ее угрюмого лица. — Можно было бы и согласиться. Я тебя насиловать не буду, даю слово.

— Хватит, Игорь Вадимович, это несерьезный разговор, — оборвала она его. — Мне не нужна ваша квартирка. Помогите с клубом. Потом, когда все выяснится, убийцу все равно найдут и посадят. И он не будет представлять для меня опасности.

— Святая простота, — вздохнул он. — Ладно. Если он все же придушит тебя, снимаю с себя всякую ответственность. В отличие от случая с Аркадием, тебя я предупреждал и даже помощь предлагал. Вот он не отказался бы, и правильно бы сделал...

— Есть маленькая разница! — Даша показала двумя пальцами что-то очень мизерное. — Он — мужчина, а я — женщина, которой вы вчера сделали недвусмысленное признание. Нет, я не ханжа, признаю ваше право на любые желания, но у меня тоже есть желания и нежелания.

— Например? — спросил он, улыбнувшись уголком рта. Улыбка получилась неестественной, и Даша поняла, что ее слова очень его задели.

— Например, посадить того, кто это сделал. — Даша откинула назад волосы, расползшиеся по плечам. — И еще — жить спокойно и все забыть.

— А одно без другого — никак? — Его тон оставался язвительным.

— Никак, — грустно и серьезно ответила девушка. — Уж не знаю, почему так вышло. Знаю только то, что теперь уже ничего не поправишь...

— Приехали, храбрая амазонка! — Только тут она увидела, что за окном проносится знакомая ограда и заснеженный парк за ней. — Сейчас сама разберешься, куда идти?

— Конечно. Но вот что: не подъезжайте слишком близко. Вас видно.

— Откуда меня видно? — всполошился Игорь Вадимович. — А кто видел?

— Сама председательница. Стойте, не езжайте дальше. Здание уже рядом.

Он погасил фары, и вокруг стало темно. Только освещенные окна клуба виднелись впереди, за оградой.

— И что ты ей сказала про машину?

— Сказала, что приехала на такси.

— А на чем обратно поедешь — тебя никто не спрашивал?

— Нет... Вроде нет... — Даша припомнила содержание своего разговора с Ларисой. — Больше спрашивали про семейное положение и работу.

— Ладно. — Он несколько успокоился. — Я буду тебя ждать здесь, с выключенными фарами. Найдешь меня?

— Разумеется. Я в случае чего скажу, что ловлю попутку за мостом...

— Хорошо, ври что хочешь, но ни слова про то, что тебя кто-то подвозит и отвозит... — Его взгляд посуровел. — И постарайся вернуться не поздно.

— Как получится. — Она открыла дверцу. — Будем надеяться, мне не придется ходить сюда каждый день, выясню все сегодня.

И она пошла туда, где светились окна между деревьев.

●

ГЛАВА 10

На этот раз Даша позвонила. Когда она нажимала кнопку раззолоченного звонка, ей казалось, что ворота никто не откроет — поблизости не было видно ни одной живой души. Привратницкой будки тоже не было, и она задумалась: а существует ли в клубе привратница вообще и кто в таком случае открывает ворота?

Девушка оглядывала двор, ожидая, что снова покажется фигура в длинной шубе, но внезапно ворота разъехались и открыли проход.

Она ступила во двор и проследила за тем, как они снова сомкнулись за ее спиной. Только теперь бросилось в глаза то, чего Даша прежде не заметила, — фотоэлементы над оградой.

«Видно, привратница сидит в клубе и видит на экране, кто подошел к воротам, — подумала она и порадовалась осторожности Игоря Вадимовича. — Хорошо, что он останавливается дальше, а то как знать? Может, у них еще есть фотоэлементы, и они видят за оградой достаточно большую площадь... Надо перенести стоянку машины еще дальше... Хотя сейчас уже поздно думать, если заметили: сделали выводы...»

Даша прошла по двору, взглянула на статуи в фонтане, как на старых знакомых, и открыла дверь. Первой, кого она встретила в холле, была не Лариса, а та самая рыжеволосая женщина, встретившаяся им в коридоре. Она стояла посреди холла и курила, небрежно стряхивая на паркетный пол пепел сигареты. Даша робко поздоровалась.

— Привет, — небрежно отреагировала рыжая, и девушка подумала, что этот клуб натянутостью манер не грешит. — Опять в наши Палестины?

—Да, меня пригласили... — пробормотала Даша, смущенная таким приемом. — Я не рано?

— Это смотря для чего. Лариса пригласила?

Даша кивнула.

— Она в баре. — Женщина слегка подняла плечо, обтянутое блестящей синей тканью вечернего платья. — Наверное, ждет тебя.

«И она со мной на «ты», — тоскливо подумала Даша. — Ну что за хамство! Сколько ей лет, чтобы тыкать? Будь она моей ровесницей или вообще старушкой — тогда ладно. А так...»

Она прошла в гардероб. Разделась, причесалась перед большим зеркалом, в котором собственное лицо казалось ей каким-то новым, и вышла в бар. Рыжая, как заметила Даша краем глаза, шла за ней.

— Ну, вот и ты! — приветствовала ее Лариса, оборачиваясь от стойки, где болтала с барменшей. — Слава Богу, пришла!

«Почему слава Богу, что пришла? — удивилась Даша. — Неужто меня так ждали? Зачем я им нужна? Ну, если это только потому, что она решила угодить своему другу Ветельникову — плакала моя голова... Хорошо бы узнать, когда он вернется из своей загранки. Почему я не спросила Игоря Вадимовича? Хотя не до того было, он и так достаточно удивил меня вчера...»

Она подошла к Ларисе, попутно раздумывая, пожать ли ей руку или ограничиться кивком, но та разрешила проблему, подхватив ее под локоть и почти силой усадив рядом.

— Рада, что ты здесь, — сказала председатель в обычной напористой манере. — Как вчера добралась до дому?

— Спасибо, хорошо. Я поймала машину уже за мостом.

— Тогда тебе повезло. Движение там очень слабое. Напрасно ты надеешься на попутки. Я могла бы отвезти тебя, если бы ты согласилась чуть-чуть подождать.

— Вы очень добры, — сдержанно ответила Даша.

— Глупости! В другой раз я не буду тебя слушать. Твоя бабушка вполне может подождать часик, зато не завезет какой-нибудь негодяй. Разве не боишься?

— Со мной никогда ничего не случалось. — Девушка легонько пожала плечами.

— Не зарекайся... — На ней остановился испытующий взгляд прозрачно-голубых глаз.

Даша никак не могла понять, что таилось на дне этого взгляда — насмешка, интерес или знание какой-то Дашиной тайны. Впрочем, последнюю версию она отнесла за счет своей нечистой совести. «Мне все время кажется, что ей известно, как я попала сюда. Но знать она ничего не может. Если только не связалась с Ветельниковым». Девушка предпочла не изучать дальше этот взгляд и принялась рассматривать бар.

— Народу немного, но скоро набегут, — сказала Лариса. — Ты как — знакомиться будешь?

— Знакомиться? Это необходимо?

— А что такое? — удивилась председатель. — Обычное дело. Ты ведь вступаешь в клуб?

— Я... Я не решила...

Даша не смогла заставить себя ответить утвердительно, хотя знала, что клубное членство необходимо для дела. Она мечтала выпутаться из ситуации прежде, чем свяжет себя какими-то обязательствами с клубом. И в то же время понимала, что такое неосуществимо. Она улыбнулась Ларисе — застенчиво и нерешительно. Та в ответ подняла брови и снова стала похожа на учительницу.

— Не решила? Что за фокусы? — Ее голос похолодел, и Даша поняла, что крупно повредила себе таким ответом.

— Точнее, я решила, но не знаю... Смогу ли соответствовать... — бормотала девушка, оглядываясь по сторонам. — Ведь я ничего о вашем клубе не знаю.

— Ну так узнаешь! — твердо сказала Лариса и сделала барменше знак рукой. — Дай-ка нам по джину с тоником, голубушка, а потом кофе.

Та кивнула, и перед женщинами вмиг оказались высокие бокалы, наполненные мутноватой пенящейся влагой. Даша осторожно отпила. Напиток на вкус отдавал лимоном, алкоголя в нем не чувствовалось, а на языке после него оставался вкус и запах новогодней елки. Она постепенно вытянула бокал до дна. Лариса выпила джин залпом и зажгла сигарету.

— Документы взяла? — обратилась председатель к Даше.

— Да... Паспорт? — заторопилась та. — Я взяла... Больше ничего не надо?

— Хватит паспорта. — Лариса заулыбалась. — Это только для того, чтобы ты могла деньги получать по почте.

— Деньги? — удивилась Даша. — Но за что?

— Глупенькая, проценты от твоего взноса! — разъяснила председатель. — У нас взносы за членство: членский билет на полгода — пятьсот долларов, на девять месяцев — тысяча, а на год — тысяча пятьсот.

— Боже... — пробормотала Даша. — А за полтора года?

— Бесплатно. — Лариса пристально смотрела на нее. — Все, кто состоит членом клуба дольше года, больше не оплачивают свое членство. Система весьма разумная, если вдумаешься. Тот, кто захочет остаться в клубе и не постоит за расходами, докажет свою платежеспособность, в конце концов пользуется всеми благами бесплатно. А те, кто еще оплачивает свое членство, ежемесячно получают проценты от своих денег — ведь эти деньги пускаются на деятельность клуба и приносят прибыль его членам, понимаешь? Это все равно что вложить деньги в банк. Только самого вклада ты уже не получишь обратно — врать не буду. — Она по-доброму рассмеялась. — Но после получишь столько, что тебе не покажется слишком высокой эта цена... Впрочем, с нашими услугами ты еще познакомишься. Ты представить себе не можешь, насколько облегчится твоя жизнь, когда многие проблемы сможет решать клуб.

— Я понимаю... — кивнула девушка. — Я могу купить членство на полгода, пятьсот долларов, верно?

— Бесплатно, — раздался вдруг резкий голос позади нее, и Даша испуганно обернулась.

За ней стояла рыжая женщина и улыбалась — не столько Даше или Ларисе, сколько их пустым стаканам.

— Джин? — спросила она, без церемоний присаживаясь рядом. — Мне тоже!

Рыжая махнула рукой барменше и, пригнувшись, заговорила с Дашей:

— Будешь вступать к нам? Так тебе бесплатно.

— Лера, — заметила Лариса странным голосом, лишенным интонаций. — Поди посмотри, есть ли кто в диспетчерской. Почему ты ушла оттуда?

— Сейчас вернусь, — почти огрызнулась та и еще ближе придвинулась к Даше. — Тебе бесплатно, так у нас заведено. Могу предсказать.

— Лера! — Теперь в голосе председателя появилась вполне различимая нотка гнева.

И Даша подумала, не пора ли уйти, чтобы не оказаться в центре перепалки, назревавшей между женщинами.

«Но что случилось? — недоумевала она. — Понятно пока только то, что рыжая Лера почему-то против моего вступления в клуб... Господи, неужто она что-то знает? Нет, глупости... Просто я ей не понравилась...»

А Лариса тем временем говорила:

— Попозже, через полчасика, приходи в кабинет, тогда объяснимся.

— Почему не теперь? — Лера встала, и Даша подумала, что она вполне может устроить хорошенький скандал: такие бурные чувства были написаны у нее на лице. — Почему не здесь?

— Немедленно иди в диспетчерскую, — сказала председатель почти весело, и рыжая внезапно послушалась.

Она повернулась, засверкав чешуей своего синего платья, и удалилась без единого звука. Однако ее спина весьма красноречиво свидетельствовала о том, что Лера дико разозлилась. Лариса по-прежнему дымила сигаретой. Даша смотрела на свои колени. Потом она подняла глаза и перехватила взгляд Ларисы — какой-то странный, растроганный, чуть влажноватый. Или это показалось в сигаретном дыму, ореолом вившемся вокруг белокурой головы председательницы?

Та чуть-чуть улыбнулась — уголками губ.

— Очень нервная, — заметила она, имея в виду ушедшую Леру. — Несколько импульсивна, возможно даже слишком... В сущности, она все еще подросток.

— Вот как? — удивилась Даша. Тридцатилетняя потрепанная Лера отнюдь не показалась ей подростком. Видимо, Лариса имела в виду что-то другое, но Даша решила не уточнять — что. Она только спросила: — По-моему, Лера против моего вступления в клуб?

— С чего ты взяла? — Председатель погасила сигарету и встала. — Глупости. Ее никто не спросит, если на то пошло. А ты не обращай внимания... Мы и без нее решим, брать тебя или нет...

«А что там Лера плела насчет бесплатного вступления? — Даша, разумеется, не решалась задать вслух этот вопрос, потому что поняла, что Ларису он разозлил. — Какая-то льгота?»

Председатель тем временем подошла к одному из столиков, и Даша увидела, что она разговаривает с девушкой, стриженной под Мирей Матье. Эта девушка, самая улыбчивая и симпатичная из всех присутствующих, поздоровалась с Ларисой и послала Даше одну из щедро расточаемых ею улыбок. Даша легонько кивнула. Лариса вернулась к стойке и взяла ее под руку.

— Все в порядке. Галочка тоже даст тебе рекомендацию.

— Мне — рекомендацию? — поразилась Даша. — Но как она может дать рекомендацию, когда мы даже незнакомы?

— Да ведь я прошу ее об этом, — просто ответила Лариса. — А я знаю, за кого прошу, разве не так?

«Ничего ты не знаешь! Чем все это кончится? Растерзают они меня, вот что... Только бы пронесло... А особенно — эта Лера растерзает... Серьезная дамочка, нечего сказать! Такая уж рекомендацию незнакомому человеку не даст, не на ту напали... А эта улыбчивая — Галя, что ли? — кажется, самая приятная...»

Они шли по коридору. Миновали библиотеку, дверь в которую на сей раз была приоткрыта. Оттуда слышались два голоса. Разумеется, женские голоса, как отметила про себя Даша. Она наконец уяснила, в чем состояла странность атмосферы клуба. Тут не было ничего, что напоминало о сильном поле. И поэтому Даша чувствовала себя как-то не в своей тарелке, постоянно прислушиваясь и приглядываясь и находя все новым и незнакомым.

В библиотеке раздался звонкий смех, который тут же оборвался. Лариса замедлила было шаг, но все же прошла мимо. Даша следовала за ней. Они прошли мимо всех помещений, которые председатель показала ей вчера. Миновали большую и малую гостиные, видеозал, бильярдную, откуда слышался стук катаемых шаров.

Лариса обернулась и послала Даше ободряющую улыбку.

— Освоишься у нас. Видишь — все к твоим услугам. А на Леру не смотри. Она вообще у нас такая...

Она сделала неопределенный жест рукой, чтобы поточнее определить, какая именно Лера, но больше ничего не прибавила и двинулась дальше. Наконец, миновав два поворота и поднявшись на второй этаж по гулкой лестнице из кованого железа — настоящему произведению искусства, как показалось Даше, — они остановились перед дверью. Лариса вынула из кармана связку ключей и отперла ее.

— Входи, — сказала она Даше, которая тем временем оглядывала пустой коридор второго этажа.

Здесь пол укрывали те же красивые ковровые дорожки, что и на первом, и точно так же никого не было видно и слышно, как и в первый вечер, когда Даше показывали клуб.

«Все точно вымерло, — подумала она, проходя вслед за председателем в открытую дверь. — Там было еще три двери... Куда они ведут?»

А Лариса зажгла настольную лампу, пройдя по темному кабинету, пока Даша ждала у двери. Лампа осветила широкий письменный стол черного дерева, сейф в углу, красные арабески роскошного ковра, застилавшего пол. Лариса опустилась в пышное черное кресло, мягко вздохнувшее под тяжестью ее тела, и жестом пригласила Дашу сесть в другое, точно такое же. После чего наступила тишина.

Девушка несколько раз поменяла позу под взглядом Ларисы. Она чувствовала себя неуютно, хотя кресло было мягким и удобным, а взгляд председательницы — весьма доброжелательным. Больше всего Дашу угнетала звенящая тишина, стоявшая в кабинете и на всем этаже.

Наконец Лариса нарушила молчание.

— Жаль, что сейчас не лето, — сказала она без всякой связи с тем, что говорилось раньше.

Даша осторожно кивнула, словно соглашаясь с ее словами. Впрочем, и спорить тут было не о чем. И все же она бы предпочла говорить на более определенные темы. Когда Лариса молчала или изрекала невразумительные слова, Даше казалось, что та готовится произнести нечто совсем другое, что уничтожит ее, даст девушке понять, что ее намерения раскрыты. И тогда уж не удалось бы убежать из этого здания, затерянного в глубине острова, отсеченного от многолюдного города протоками залива и мостами. Она чувствовала себя на краю земли, и уже не верилось, что ее ждет Игорь Вадимович. В такие минуты он казался ей единственной надежной опорой, и она очень сожалела о том, что была с ним резка.

— Будь теперь лето, — продолжала Лариса, закидывая ногу на ногу, — я показала бы тебе наш парк. Он лучше, чем можно сейчас подумать.

— Я и так вижу, парк чудесный. Тут очень красиво. Это старинное здание, верно?

— Особняк восемнадцатого века. Мы его арендуем уже несколько лет. Сколько сил стоило отреставрировать. Не тронули только бассейн. Его переделать невозможно — вся система канализации нарушена. А чтобы ее восстановить, пришлось бы снимать мрамор. Он не выдержит реставрации, держится на честном слове. А мне эти статуи нравятся.

— Мне тоже. Очень красивые. Тоже старинные?

— Думаю, ровесницы тех, что в Летнем саду. — Лариса задумчиво смотрела в окно, за которым была одна тьма. — Ах, будь сейчас лето... Ты любишь кататься на яхте?

— Ни разу не каталась, — созналась Даша. — Ну, была на прогулочном катере, на «ракете». А на яхтах, под парусами — никогда.

— Летом я устрою большую прогулку... — размечталась собеседница. — Разумеется, только для наших... Ты не представляешь, как это красиво... Залив, ветер... И ничего, кроме воды и солнца... А ты совсем незагорелая. Нигде не отдыхала летом?

Даша пожала плечами:

— Некогда. Я ведь много работаю.

— Ничего, теперь найдется время. — Лариса вздохнула и перешла к делу: — Ну что ж! Давай паспорт.

Даша достала документ и подала председателю. Та раскрыла, с милицейской четкостью находя нужные отметки, и вернула Даше.

— Заполни анкету. — Перед ней мелькнул лист бумаги. — Садись к столу.

Даша старательно вписала в графы анкеты все свои данные. Указала место работы, адрес и телефон и снова подумала, что не очень-то легко ей будет отделаться от клуба в случае чего. Но потом она вспомнила человека, который, по словам Игоря Вадимовича, ожидал ее вчера у подъезда, и поняла, что из двух зол следует выбирать клуб. Девушка вернула Ларисе анкету и выжидательно посмотрела на нее.

Та ласково кивнула:

— Ну, это почти все. Сейчас придет Галя, напишет рекомендацию, и можешь считать себя членом клуба. Тебе выдадут членский билет и пластиковую карточку. Когда будешь приезжать сюда, вставляй ее в прорезь под звонком, на воротах. Видела?

Даша покачала головой.

— Ворота открываются для членов клуба автоматически. Твоя карточка — это ключ. А на выход срабатывает точно так же.

— А как же вчера я вышла без карточки? — удивилась Даша.

— Это я тебе открыла. А сегодня тебе открыли из диспетчерской.

— Лера?

— Верно. — Председатель глухо рассмеялась. — Со скрипом, но открыла.

— Скажите... — Даша замялась, прежде чем спросить. — Она что-то имеет против меня?

— Что она может иметь? Только свой скверный характер. Но тебя это не касается... А вот и Галя!

Действительно, дверь приоткрылась, и в кабинет заглянула Галя. Она тут же разулыбалась и вошла, делая Ларисе таинственные знаки.

— Говори уж, тут все свои! — велела та. — Что там такое?

Галя хитро прищурилась.

— Лера напивается в баре.

— Чтоб ее! — рассердилась Лариса. — Да пусть напивается. Нельзя даже о малости попросить. Кто в диспетчерской сидит?

— Люба...

— Ладно... Бери ручку, пиши рекомендацию.

— Как тебя зовут? — дружелюбно спросила Галя, глядя на Дашу.

— Вот тебе анкета, тут имя, возраст, все что хочешь. — Лариса закурила и нервно заходила по кабинету. — Ну что за девка...

Даша поежилась, хотя Лариса явно имела в виду рыжеволосую нарушительницу порядка. Галя подняла от анкеты веселые темные глаза и улыбнулась Даше. Та вымученно ответила ей тем же.

— Ничего там не болтает? — спросила Лариса, останавливаясь и глядя на Галю, погрузившуюся в составление рекомендации. — Тихо сидит?

— Да нормально, как всегда... — Та погрызла конец ручки и написала заключительную фразу. — Вот, все. Лучше не бывает. Я тебя знаю уже пять лет, — обратилась она к Даше. — С самой лучшей стороны.

— Спасибо, — ответила девушка, хотя вовсе не была уверена, что ей стоит кого-то благодарить.

Ей не понравилось то, что ее принимали в члены клуба вот так — обманным путем, без всякой торжественности, а главное — неизвестно почему, очень спешно. И она снова подумала, насколько было опасно ссылаться на неизвестного ей Ветельникова при первом знакомстве с Ларисой.

«Может быть, их связывают какие-то давние отношения, и председательница думает, что он меня послал специально, с какой-то целью, знал, во всяком случае, зачем посылал... А что, если эта цель заведет меня так далеко, что потом уже не выпутаюсь ни в коем случае... Дура я! Тетеря! Ах, все не так, все ужасно. Зачем я пошла сюда!»

Однако, пока она укоряла себя на все лады за неосмотрительность, в кабинете не происходило ничего угрожающего. Галя, обменявшись с Ларисой еще несколькими фразами, исчезла, напоследок пригласив Дашу в бар познакомиться с другими членами клуба. Даша обещала прийти, но ей становилось все неуютнее, и она сама не знала, что тому причиной.

— Дашенька? О чем задумалась?

Голос Ларисы вывел ее из оцепенения, и она поспешно улыбнулась, поняв, что лучше всего держаться политики Гали — всем улыбаться и ни с кем не конфликтовать. А в том, что веселость Гали — только политика, «политес», сострила она про себя, Даша ничуть не сомневалась. Слишком часто та улыбалась, слишком искусственным было ее кокетливое веселье. Но если это сходило тут за хороший тон, что ж, она с радостью попробует. Что угодно попробует, только бы ее ни в чем не подозревали.

— Я думаю, как, пока я без карточки, буду входить и выходить... — поспешно ответила Даша и не слишком покривила душой. Ей не нравились ворота, ключа от которых у нее не было. — Сегодня, например?

— Сегодня? — Лариса обошла стол, на котором раскладывала бумаги и вплотную приблизилась к Даше. — А зачем тебе сегодня уходить? Оставайся... Надо же отметить твое вступление в клуб...

— Ой, я не могу... — испугалась девушка. — Бабушка, работа!

Председатель остановила поток возражений одним энергичным жестом.

— Перестань, ради Бога! Все это мелочи. С бабушкой ничего не случится, а работа подождет...

— Но это невозможно, — упорствовала Даша. Она чувствовала, что если хоть раз поддастся на уговоры Ларисы, то больше ей никогда не удастся защитить свое собственное мнение. Эта дама принадлежала к числу тех натур, чей деспотизм чувствуется даже не слишком разбирающимися в человеческом характере людьми. — Простите, но я не могу.

— Ты передумаешь! — убежденно сказала Лариса. Но, к облегчению Даши, больше настаивать на своем не стала. — Хорошо! Тогда уйдешь, как вчера ушла. Диспетчер тебе откроет. Какие проблемы?

— А об этом надо заранее уговариваться? — поинтересовалась девушка. Все, что касалось открывания и закрывания ворот и дверей в этом клубе, волновало ее чрезвычайно. — Не может случиться так, что некому будет открыть?

— Да нет, что ты придумала? — Лариса удивленно смотрела на нее. — Кто-то всегда следит за воротами. Если ты подойдешь к выходу, тебе откроют. А когда у тебя будет своя карточка, вообще не будет проблем.

— Хорошо. — Даша несколько успокоилась. — А когда будет карточка?

— Завтра... — Лариса задумалась. — А билет могу выписать и сейчас, если хочешь. Хочешь? Вижу, что хочешь! Ладно, сейчас...

Она потрепала девушку по плечу, и та почувствовала, какая тяжелая у нее рука. Потом Лариса склонилась над своим столом, подвигала ящики, достала маленькую карточку вроде визитной и, взяв Дашину анкету, направилась к выходу.

— Ты подожди минут десять. Сейчас все напечатают и в пластик оденут. Техника у нас собственная, с оформлением проблем нет.

— Деньги! — спохватилась Даша, доставая сложенные вдвое стодолларовые бумажки. — Деньги, Лариса!

— Убери! — приказала та. И вышла, не сказав больше ни слова.

Девушка растерянно посмотрела на деньги, которые все еще держала в руках, и так же растерянно сунула их в карман. На душе у нее стало нехорошо. Она вспомнила слова Леры: «Тебе бесплатно».

«Почему бесплатно? — спросила она себя, потому что больше спросить было некого. — Может, тоже из-за Ветельникова? Может, те, кого рекомендует сюда Ветельников, поступают бесплатно? Лариса сказала, что это ее старый приятель... Что ж, все возможно... Но тогда все, что я делаю, вдвойне жульничество. Мало того что прикрылась именем человека, которого никогда в жизни не знала, да еще и не заплатила того, что положено платить всем. Господи, скорей бы эту карточку заиметь! — взмолилась она про себя. — Хоть буду входить и выходить по своей воле, а не когда кто-то захочет или не захочет...»

Лариса все не возвращалась, но у Даши не было никакого желания воспользоваться удобным случаем и порыться в ее бумагах. Стол был не заперт, но она к нему не притронулась. Ей не нравилось то, что в коридорах были ковры, заглушающие шум любых шагов. Лариса могла войти совершенно внезапно, и тогда Даше не удалось бы объяснить ей свое поведение. Самое большое, на что она решилась, — это пройти по кабинету взад-вперед, выглянуть из окна, где, впрочем, не было ничего, кроме деревьев и темноты, слабо подсвеченной фонарем над оградой. Потом она вернулась в кресло и приготовилась чинно дожидаться Ларису.

И тут ее взгляд остановился на тонких вертикальных щелях в деревянной панели на стене. Щелей было две. Обе проходили недалеко от письменного стола, на расстоянии полутора метров друг от друга.

Даша, заинтересованная этим дефектом в панели, решила рассмотреть стену повнимательнее. Она встала, подошла поближе, провела пальцами по дереву; нажала раз, другой... И стена подалась вперед, открыв за собой темное пространство.

«Да ведь это как в гостиничном номере! — сообразила Даша. — Вторая комната! И у директоров в кабинетах такие комнаты бывают. Для отдыха... И тоже там такие панели...» Она вспомнила нечто похожее в кабинете главврача. «Можно посмотреть или нет?» — раздумывала она. Впрочем, долго раздумывать было некогда — Лариса в любой момент могла вернуться. Даша решилась. «Если не заперто, то я ведь не виновата!» — сказала она себе и открыла дверь пошире.

Свет из кабинета упал в темную комнату, осветив часть пола и угол ковра. Все остальное терялось в тени, глаза Даши различали только какой-то блеск в дальнем конце комнаты. Она распахнула дверь настежь, и комната осветилась до конца.

Кроме ковра из меблировки в ней были только кожаный черный диван, высокий шкаф, чьи деревянные резные створки явно вышли из-под резца мастера прошлого века, и компьютер. И еще были статуи.

Даша не знала, девять их или больше, не поняла еще, те ли это самые статуи, ради которых она пришла сюда, но уже сделала шаг вперед и оказалась в комнате.

Ей уже было все равно, войдет ли Лариса как раз в тот момент, когда она будет осматривать комнату, и как она оправдается перед ней. Все было совершенно не важно. Важно было то, что из дальнего угла на нее смотрел восточный вельможа. Эта его золотая одежда блеснула в луче света, проникшем в темную комнату, и привлекла ее внимание.

Она быстро прошла к статуе и рассмотрела ее. Статуя была невелика — сантиметров пятьдесят в высоту. «Размером с большую куклу, — сказала себе Даша. — Кукла и есть. Только гипсовая».

Впрочем, она не могла бы сказать, гипс или какой-то другой материал пошел на изготовление фигуры. Даша смотрела только на лицо, потому что это было единственное, о чем она могла судить. Лицо вельможи, изображенного на эскизе Аркадия, врезалось ей в память так, словно она сама его нарисовала. И теперь девушка вглядывалась в статую. Смотрела и не узнавала.

«Нет, это не он, — сказала она беззвучно, только чтобы пошевелить онемевшими губами. Все ее тело сковывало странное оцепенение, она словно замерзала в этой теплой комнате — замерзала стремительно, покрывалась льдом. — Не то лицо... Грубое... Хуже... Да, просто — не то».

Вельможа смотрел из золотых одежд, похожих на те, что нарисовал Аркадий. Он оттопыривал нижнюю губу, его пустые глаза были сощурены в две хитрые щели. Но это лицо не имело странного, чарующего выражения усталого сладострастия, величественного благородства, которое придал ему Аркадий. Это была маска, хранившая на своем белом гипсе только одно простое выражение — хитрости, коварства. Исчезло чудо, заключавшееся в неуловимых изгибах тела, в точно пойманном жесте. Это была обыкновенная кукла — раззолоченная, красивая, тяжеловесная.

Даша метнулась к другой фигуре. Девушка с обнаженной грудью. Даша даже застонала, когда увидела, что из нее состряпал неизвестный ремесленник, сработавший фигуры за Аркадия. Теперь это была кокетка, готовая отдаться первому встречному, предлагавшая свою юную острую грудь любому, кто захочет ее коснуться. Ее нагота, бывшая на эскизе целомудренной и чудесной, наготой скорее морской нимфы, чем женщины из плоти и крови, теперь казалась наглой и вызывающей. Даша узнавала ее и не узнавала.

Она окинула взглядом остальные статуи. Горбун в треуголке. Белое существо в кружевах и перьях. Ведьма. Монах. Смерть, похожая на молодую женщину с пустыми глазами, которую нарисовал Аркадий. Той женщины испугался бы и взрослый человек, обладающий крепкими нервами. Этой куклы — никто.

— Ты — кукла! — Даша уже не владела собой. Горячая ярость заливала ее, захлестывала с головой, лишала последних остатков осторожности. — Проклятая кукла!

Она сама не знала, как это случилось. Ее рука размахнулась независимо от ее воли... Статуя, изображавшая смерть, упала на пол и раскололась на две части. Даша замерла как громом пораженная. И не только потому, что увидела осколки. В этот миг в кабинет кто-то вошел. Даша приняла молниеносное решение: не жалея себя, рухнула на пол рядом со статуей и застыла, точно в глубоком обмороке.

«Если она пощупает мой пульс — конец...» — думала она, слушая приближающийся стук каблуков. Щекой она даже ощущала вибрацию пола под ногами Ларисы. В том, что эти ноги принадлежали ей, Даша не сомневалась — кто же мог так по-хозяйски войти в кабинет?

Каблуки простучали совсем близко и замерли. Даша услышала сдавленный вздох, словно вырвавшийся из пораженной ужасом груди. И пожалела, что не может чуть-чуть приоткрыть глаза.

«Из-за чего она так вздохнула? Из-за меня? Да как же! Будет она так вздыхать! Из-за статуи... Дура ты, Дашка! Раз в жизни дала себе волю — и расколола не только статую, а и весь план... Теперь она меня вышвырнет...»

Но здесь девушка ошиблась. Каблуки стукнули еще несколько раз. Потом она услышала шорох юбки и уже знакомый запах духов. Лариса душилась «Шанель № 5». Потом к ее лицу прикоснулись быстрые прохладные пальцы.

— Даша!

Это был голос председателя. Даша решила не отзываться ни в коем случае. Пальцы продолжали трогать и гладить ее щеку:

— Дашенька?

Девушка поняла, что обязана подать признаки жизни и тихонько простонала в ответ. Она прекрасно изучила все манеры выходящих из обморока людей — это зрелище давно не было ей в диковинку после работы в наркологической клинике — и теперь надеялась на свой артистизм. И он подействовал. Лариса больше ничего не сказала.

В следующий миг Даша почувствовала, как сильные руки просунулись под ее колени и рывком оторвали от пола. Она заставила себя расслабить тело, чтобы Лариса не заподозрила ее в притворстве. Но та, видимо, была далека от подобных подозрений. Она сделала несколько тяжелых шагов со своей ношей и мягко опустила ее на диван.

Даша почувствовала, как пуговицы ее кофточки разлетаются под пальцами Ларисы, и вспомнила, что на ней нет белья. Даша не любила ничего, стесняющего грудную клетку, и из нижнего белья признавала только трусики. Обо всем этом она успела подумать, слушая установившуюся в комнате тишину. Ей удавалось различить только дыхание Ларисы — тяжелое, прерывистое.

«Надорвалась меня таскать, — решила Даша. — Что она будет делать? Поливать водой? Бить по щекам? Или, не дай Бог, позовет доктора?»

Но ни первому, ни второму, ни третьему ее предположению не суждено было осуществиться. Дыхание Ларисы стало еще тяжелее, и Даша внезапно ощутила на своей груди прикосновение ее губ. Губы эти несколько раз сжались и расслабились, ухватывая напрягшийся сосок левой груди. Даша лежала ни жива ни мертва и была готова к тому, чтобы погрузиться в настоящий обморок.

«Господи... — только и могла она повторять про себя. — Что же это такое? Кажется мне или...»

— Дашенька... — Еле слышный голос Ларисы раздавался у самого ее лица, а рука председателя плотно легла на ее грудь. — Девочка...

«Она слышит, как бьется мое сердце! — в отчаянии думала Даша. — И она прекрасно должна понять, что я не в обмороке... Господи! Боже мой!» И она заставила себя открыть глаза.

Сделала она это так быстро, что Лариса чуть не отшатнулась. Впрочем, она мгновенно совладала с собой. И заговорила с Дашей чуть небрежным тоном, так и не отнимая руки от ее груди.

— Что с тобой случилось? Тебе стало плохо?

— Да... — хрипло ответила девушка, облизывая пересохшие губы. — Что-то сердце...

— Сердце? Больное сердце?

Лариса говорила ласково и встревоженно, как могла бы говорить мать или старшая сестра, но Даше хотелось ударить ее по лицу за этот ласковый тон и обеспокоенные глаза, так близко глядящие на нее. Она сдержала свою бессильную ярость и даже смогла улыбнуться. «Главное — не лезть на рожон!»

— Нет, сердце здоровое... Просто душно стало...

— Душно? Понимаю. — Лариса продолжала легонько сжимать ее грудь, и это беспокоило Дашу сильнее всего.

«За дурочку она меня считает, что ли? — изумлялась девушка. — Неужели думает, что я не поняла ее подходов? А ты дура и есть! — обругала она себя. — Надо было понять... Что-то было в ней... Что-то было...»

Но в следующий момент ей уже казалось, что ничего в Ларисе нет и не было. Та убрала руку, встала с дивана и подошла к расколотой статуе, лежавшей на полу. Ее лицо, слабо освещенное светом, падающим из кабинета, приобрело странное выражение — ледяное и бешеное одновременно. Медсестре уже не верилось, что эта женщина могла трогать ее с такой нежностью и называть Дашенькой. Теперь она стала совсем другой.

Даша лихорадочно застегнула кофточку и молча дожидалась решения своей судьбы.

Наконец Лариса подняла на нее взгляд. Смотрела она очень нехорошо, и Даша опустила веки. Только теперь она поняла, что боится эту женщину.

— Твоя работа? — спросила та, как будто даже ласково.

— Я разбила... — с трудом произнесла Даша. — Я прошу прощения... Я вошла в комнату... Просто мне нечего было делать, а дверь вдруг поддалась, открылась... Я смотрела на статуи, а потом мне стало плохо... Может, я схватилась за нее, когда падала?

Лариса молча посмотрела на статую, потом опять на Дашу.

— И все-таки ты ее трогала?

— Не помню... Не знаю, — твердо ответила девушка.

Председатель с трудом подняла с пола один из осколков, и Даша кинулась было ей помочь.

— Не надо! — сухо остановила ее Лариса. Она теперь не обращала внимания на Дашу, как будто той уже не было в комнате. Держала в руках осколок и внимательно рассматривала его на свету. Даша тоже сумела разглядеть белый, как будто зернистый материал, из которого была изготовлена статуя, и в сердцевине ее — что-то темное, как будто скульптура оказалась гнилой изнутри.

Лариса положила обломок на ковер и наконец перевела взгляд на Дашу. И та с облегчением увидела, что в этом взгляде не было холода, не было угрозы.

— Ладно, — сказала Лариса. — Бог с ней, со статуей. Что упало, то пропало... — Она тихо рассмеялась и с выражением какого-то странного восторга произнесла: — Сволочи!

— Я... Не хотела... — приободрившись, снова начала оправдываться Даша. — Честное слово! Я стояла и вовсе не думала за нее хвататься! Просто случайно так вышло... Как жаль... Такая красивая статуя...

— Тебе нравится? А по-моему, дерьмо!

— Как? — растерялась Даша. — Не знаю, может быть... Я в этом не разбираюсь...

— Я тоже... — хмуро ответила председатель. — Вот мне и подсовывают всякую гадость...

Девушка с облегчением поняла, что ей удалось оправдаться перед Ларисой. Она видела, что та сердится, но уже не на нее.

А Лариса, с отвращением взглянув на статую, кивнула на дверь:

— Пошли отсюда! Я запру!

Даша поспешила выйти из комнаты, где находились злосчастные итальянские статуи — ярко раскрашенные, пышные, невозмутимые. Хотя она и осуждала себя за необдуманный поступок, за глупый порыв, тем не менее чувствовала странное удовлетворение от того, что уничтожила хотя бы одну скульптуру.

«Я все эти подделки расколочу! — пообещала она себе. — Мерзость! То есть они красивые, но все равно — мерзость!»

Лариса, казавшаяся очень расстроенной, заперла дверь, всунув ключ в замочную скважину — узкую прорезь, которую тоже можно было принять за щель в деревянной панели, и стена снова приобрела свой первоначальный вид.

— Это тебе. — Она сунула Даше карточку, красиво запечатанную в блестящий прозрачный пластик. — Твой билет.

— Спасибо.

Девушка удивилась, что продолжения разговора о статуе не последовало. Ей казалось, что Лариса и дальше будет допытываться у нее, почему она вошла в комнату, почему заинтересовалась скульптурами. Но та, казалось, считала, что тема исчерпана.

— Не за что... Теперь осталось сделать тебе ключ. Тогда сможешь оставаться ночевать, когда захочешь.

— Ночевать?

Даша обреченно опустила голову. Теперь ей казалось, что все настойчивые уговоры Ларисы сводились в сущности к одному — к тому, что она испытала на диване в кабинете.

«Ночевать рядом с ней? В одном здании с этой маньячкой? Как я раньше не понимала, к чему она клонит?

Эти ее ласковые прикосновения, эти ее взгляды... У нее совершенно маниакальные глаза! В них невозможно смотреть без смущения...»

— Может быть, когда-нибудь и придется заночевать, — довольно вяло сказала Лариса. — Я тебе покажу комнаты для отдыха. Конечно, это только для членов клуба. Ими многие пользуются. По разным причинам.

Она вздохнула, провела рукой по лбу. Казалось, председатель была занята совсем другими мыслями.

Даша решилась напомнить об интересовавшей ее теме:

— Лариса, простите... А эти статуи... Они очень дорогие?

— Ты о чем? — словно опомнилась хозяйка. — А, статуи... Да не особенно... Просто я расстроилась. Их был комплект, девять штук.

— Я возмещу убыток... Сколько это стоит?

— Нисколько. Пустяки. Не думай об этом.

— А все же...

— Перестань!

Даша нервно сжала руки:

— Но, Лариса, я же все-таки виновата...

— Господи, да перестань говорить о деньгах! Как будто это имеет значение...

— Но это имеет значение... — растерянно сказала Даша. — Например, я не сделала взноса за членство в клубе... Вот пятьсот долларов.

— Оставь себе.

Лариса отвернулась к окну и засунула руки в карманы пиджака.

Даша с ненавистью смотрела ей в спину. «Так вот что значат слова Леры, что я буду принята бесплатно! Молоденьких девушек председательница принимает просто так? Но не просто так, конечно... Господи, во что я вляпалась! Уйти отсюда! Скорее уйти, тем более что она не желает говорить со мной о статуях... Чистая авантюра — влезать в дела, о которых не имеешь ни малейшего понятия! Безумие думать, что она станет откровенничать со мной насчет статуй и документов... Для нее эти статуи не имеют никакого значения. Просто игрушки для украшения кабинета. Я разбила одну, вот она и расстроилась. Ей даже деньги не нужны. У нее денег — пруд пруди. Ей уже завтра незачем будет вспоминать об этой дурацкой статуе. Так все и забудется, а я, дура, останусь ни с чем... Разве что...»

Ей пришла в голову одна мысль — достаточно безумная, но не безумнее многих из тех, что возникали в последнее время.

— А эти комнаты для отдыха... — нерешительно начала она. — Они далеко? Их можно посмотреть?

— Конечно. — Лариса чуть повернула голову в ее сторону. — Пойдем сейчас, если хочешь.

— Нет, — испугалась Даша. Ей совсем не улыбалось остаться с председательницей наедине. — Я не собираюсь ночевать сегодня... Я просто хотела посмотреть.

— Так иди и посмотри! — раздраженно бросила Лариса. — В конце коридора за поворотом. Там пять комнат. По-моему, только одна занята.

— Я пойду, — тихо проговорила Даша. — Спасибо, простите меня.

— Счастливо, — отозвалась председатель, не поворачиваясь. — Приходи завтра. И скажи своей бабушке, что останешься ночевать.

Она говорила тоном, не терпящим возражений, и Даша поняла, что после всего, что натворила, противоречить глупо.

— Хорошо, — покорно сказала девушка. — Спокойной ночи.

Она тихонько вышла из кабинета и отправилась исследовать коридор.

Действительно, за поворотом обнаружилось пять дверей, идущих одна за другой. Даша прошла мимо первой двери, из-под которой выбивался свет и слышался чей-то приглушенный голос. Слов было не разобрать. Даша поежилась при мысли о том, что ей придется переночевать в этом здании, совсем рядом с кабинетом Ларисы.

«А где спит она? У себя на диване? В одной из этих комнат, которыми пользуются «по различным причинам»? Теперь я начинаю понимать, что это могут быть за причины...»

Но то, что ночевать здесь придется, Даша уже поняла. Иначе она не представляла себе, как документы в кабинете Ларисы окажутся в пределах досягаемости.

«Она уходит и не запирает дверь... Может быть, удастся отвлечь ее и посмотреть бумаги... Может быть, что-то подслушаю... А может быть, она сама мне скажет... А насчет ее подходцев... Не маленькая же я, в самом деле! Отобьюсь! Но сначала получу карточку, чтобы отпирать ворота... Иначе не имеет смысла и начинать. Она может просто не выпустить меня с территории клуба, а на ограде сверху — железные шипы... Мудрое устройство... Ни войти, ни выйти, если ты не член клуба...»

Вдруг она как бы физически ощутила, что кто-то смотрит ей в спину. Даша резко обернулась. Ей почудилось какое-то движение в конце коридора.

«Почудилось, — сказала она себе, глядя на красную ковровую дорожку и пустые стены. — Нервы уже никуда. А с этой бабой я точно с ума сойду... Ну нет, я ей не поддамся».

Даша мельком заглянула в одну из свободных комнат. Ничего особенного. Обстановка самая обыкновенная, как в хорошем гостиничном номере. Широкая кровать, зеркало, шкаф для одежды, стол, кресло, телевизор.

«Если мне и придется тут ночевать, я смогу, по крайней мере, запереться, — подумала она, осмотрев замки. — Хорошо бы еще сюда засов Настасьи Филипповны, но не все же сразу! Ладно, сойдет и так... Надо только хорошо продумать свое поведение...»

Даша решила больше не задерживаться в клубе и, пройдя по коридорам, спустилась на первый этаж.

Тут, в отличие от второго, было гораздо оживленней. Мимо нее прошла та самая красавица с лицом точно из голубоватого льда, которую она видела в баре во время своего первого визита. Красавица приветливо ей кивнула, но улыбка при этом начисто отсутствовала. Казалось, эти губы не были созданы для того, чтобы улыбаться.

«Какая Снежная Королева! — думала Даша, проходя в гардероб и одеваясь. — И вообще, тут все похоже на сказку... Надо сказать, страшненькую сказку... Но, в общем, в ней можно разобраться... Если не трусить...»

Она прошла через холл, не встретив ни души. Видимо, никто не собирался так рано покидать клуб. Даша хлопнула дверью и вышла во двор, с наслаждением вдыхая холодный воздух. Она постояла минуту, глядя на бассейн и статуи, вспомнила те, другие фигуры в кабинете Ларисы и торопливо пошла к воротам. Они открылись, когда Даша была от них на расстоянии двух шагов. «Меня видят из диспетчерской. А кто видит?»

Девушка обернулась, как будто могла увидеть того человека, который открыл ей выход, но увидела только пустой двор. И в дальнем конце этого двора, возле левого торца здания — чью-то фигуру в длинной одежде. Она сразу вспомнила Ларису и поторопилась выйти. Створки ворот сомкнулись за ее спиной.

Даша торопливо шла по дорожке, пробираясь к тому месту, где, как она помнила, остался ее ждать Игорь Вадимович. Дорожка шла вдоль ограды парка, и девушка, оступаясь в глубоком снегу, иногда хваталась за прутья рукой.

Сзади раздался хруст снега, мелькнула какая-то тень. Даша заметила ее краем глаза и резко обернулась. Никого. В безлунном сумраке тонули большие деревья, в их густой тени невозможно было ничего различить.

И все же она чувствовала чье-то присутствие — чувствовала кожей вдоль спинного хребта. «Спросить — кто тут? — мелькнуло у нее в голове. — Нет, глупо...»

Она пошла дальше по дорожке, стараясь держать голову так, чтобы видеть, что творится сбоку от нее. То, что делается сзади, она, конечно, видеть не могла.

Зато могла слышать. За ней кто-то шел, звучно похрустывая снегом. Или это были ее собственные шаги? Девушка снова обернулась, стараясь сделать это как можно неожиданнее, чтобы тот, кто шел за ней, не успел бы уйти в тень и она смогла бы его увидеть.

И она его увидела. Увидела золотое лицо с искаженными чертами, пустые глазницы, извивающиеся щупальца вокруг головы.

Она открыла рот. Крика не было. Протянула вперед руку, пытаясь его остановить. Но не остановила. Она слышала хруст снега под его ногами, видела его развевающийся широкий плащ — весь в золотых звездах. Он шел к ней спокойно, быстро и ровно, шел по снегу, как шел по площади Сан-Марко, — шел за ней, как уже шел за ним. И она побежала.

Она мчалась, не разбирая дороги, срываясь в снег, натыкаясь на ограду, как обезумевшая птица. Она уже не слышала чужой поступи — все заглушали собственные шаги да хрип, вырывающийся из груди вместо крика. Она уже не оглядывалась, потому что знала, что не сможет увидеть маску второй раз и не упасть замертво. У нее откуда-то брались все новые силы. Ужас подхлестывал ее, не давая остановиться.

Сама себя не помня, Даша вырвалась на набережную в ту минуту, когда дыхание у нее уже начинало прерываться. Она понимала, что дала большой крюк по снегу, уйдя в сторону от машины Игоря Вадимовича, и теперь думала только о том, чтобы найти ее.

Она лихорадочно оглядывалась. Мост был слева, значит, машину следовало искать справа. Она бросилась туда, но тут же замерла как вкопанная. С той точки, где Даша находилась сейчас, была видна вся набережная, в том числе и то место, где Игорь Вадимович оставил машину. Но там ничего не было.

Ровно блестел укатанный снег вдоль парапета, ловя свет далеких фонарей за мостом, чернело пространство залива. Даша была одна. Она отчаянно заметалась, думая, что потеряла место. Бросилась в другую сторону. Обогнув мост, обнаружила наконец знакомую машину, но пустую, закрытую. Она отчаянно стучала кулаками по деревцам, рвала на себя ручки — все было бесполезно. В машине никого не было. Даша, задохнувшись, припала лицом к металлу корпуса. Ей уже было все равно; где и как умереть. Она только не хотела больше видеть ту маску.

«Если он опять подойдет, я закрою глаза... Пусть уж так...»

— Храбрая амазонка! — раздалось совсем рядом. Даша измученно повернула голову. Игорь Вадимович удивленно оглядывал ее с ног до головы.

— А машину дашь открыть? Или ты решила умереть на дверце, как Александр Матросов?

— Где вы были? — стуча зубами, выдавила из себя Даша.

— «Где, где...» — проворчал он. — Ты бы еще дольше ходила, красавица...

— А... — протянула девушка.

Ее начинал разбирать истерический смех. Она отступила от машины и закрыла трясущимися руками лицо. Игорь Вадимович обиделся.

— Ничего смешного, я живой человек! — сказал он, отпирая дверцы. — А ждал тебя без всяких удобств.

— Ради Бога... — говорила она, захлебываясь смехом. — Ну, ради Бога...

•

ГЛАВА 11

Он завез ее в какое-то ночное кафе близ Невского, и Даша взахлеб рассказала ему все. Перед ней стыли сосиски, плавал лед в стакане с пепси, колыхался невыпитый коньяк в желтоватой рюмке, а она все требовала от Игоря Вадимовича, чтобы он стал на ее место. Наконец тому надоело слушать, и он легонько стукнул ее по руке:

— Хватит! Я все уяснил!

— А толку-то? — Даша поняла, что сочувствия не дождешься, и мало-помалу успокоилась. На сердце у нее было очень тяжело, однако мысли все больше прояснялись, пока перед ней не забрезжила очевидная истина: она вляпалась по уши и эти сосиски могут быть последними в ее жизни.

— Значит, тот же самый костюм... — задумчиво проговорил он, устремляя взгляд в зеркальный потолок.

Даша молча принялась есть сосиску, прихлебывая попеременно то пепси, то коньяк. В кафе было шумно, многолюдно, и ей вдруг подумалось: а не находится ли она сейчас в той же ситуации, что и Аркадий? Кафе в центре. Позднее время суток. Темнота за окнами. И тот, кто шел за ней еще полчаса назад. Тот, кто не догнал ее с первого раза, но со второго, может быть...

Удивительно, но те же самые мысли пришли в голову Игорю Вадимовичу, поскольку тот наконец заявил:

— Какое-то проклятье! Все точно так же!

Даша проглотила кусок хлеба и чуть не подавилась.

Он рассеянно хлопал ее по спине, а девушка в этот миг чувствовала себя маленькой и жалкой.

Наконец она прокашлялась, утерла выступившие на глазах слезы и произнесла:

— Вот я и думаю: а стоит ли дальше возиться? Все равно он меня найдет... Разве вы можете караулить меня все время?

— Вот это я тебе и предлагал, — раздраженно напомнил ее опекун. — Но ты отказалась, если помнишь.

Даша допила коньяк и почувствовала себя немного храбрее. В конце концов, сейчас, в данный момент, ей ничто не угрожало. Она была в освещенном месте, среди людей, и Игорь Вадимович не сделал ей ничего плохого, кроме как признался в своих чувствах.

«Согласиться, чтобы он обеспечил мне убежище? Ох нет. Я знаю, что тогда не смогу его отшить... А глазки у него нехорошие. То есть ничего дурного в них нет, но видно все, все, что он сделает со мной, когда я соглашусь... Черт бы взял мою красоту, из-за которой мне не везет! Хоть бы раз повезло, так нет! Постоянно на что-то напарываюсь!»

Она понимала, что возвращаться домой опасно, раз маска выследила ее и начала преследовать. Никакой засов не спас бы ее, потому что прежде, чем добраться до засова, ей придется миновать улицу, двор и подъезд. Даша слишком хорошо помнила рассказ Игоря Вадимовича о смерти Аркадия, да и пример Аллы отнюдь не внушал ей спокойствия за свою судьбу.

— Что мне делать? — напрямую спросила она.

— Разбить остальные восемь статуй, чтобы окончательно разругаться с председательницей, — хмуро ответил он. — По-моему, ты и сама прекрасно знаешь, что тебе делать. Ведешь себя глупее некуда.

Даша повесила голову.

— Тебе надо было войти в доверие, а ты вместо этого вызвала у нее подозрения на свой счет, — продолжал он уничижительным тоном. — Я просто поражаюсь твоей глупости.

— Ну, вы не очень-то! — попросила девушка, собираясь с мыслями. — Лариса не стала распространяться на эту тему. Видимо, статуя не представляла для нее особой ценности. Она сама сказала, что это просто болванка.

— Про статую? — Собеседник, казалось, вспомнил что-то. — Она назвала статую болванкой? Странно... А ведь заплатила за нее деньги, и, судя по всему, немалые... Оплатила обучение Аркадия и прочее... А теперь разочаровалась в своем заказе?

— Видимо, да. — Даша пожала плечами. — По-моему, она вдруг прозрела. Сначала очень разозлилась, когда увидела статую, а потом как будто потеряла к ней всякий интерес.

Игорь Вадимович хмыкнул, издевательски помахав рукой:

— Женская логика!

— Вы меня имеете в виду? — удивилась Даша, поскольку сама особой логики в своих словах не заметила и вообще была не способна к логическим рассуждениям в этот момент.

— Ее, — коротко ответил он и погрузился в молчание.

Даша все съела, выпила и затосковала, оглядывая кафе и его ночных посетителей.

«Какой шумный кабак. Боже мой, насколько тише и уютней было бы в баре клуба, хотя там и бродила Лариса со своими закидонами! Там, по крайней мере, были ворота, в которые не мог войти посторонний, и всегда был кто-то рядом... Там была ограда с опасными шипами наверху, фотоэлементами и комнаты для отдыха, которые можно было запереть... Отгородиться от всего мира, затаиться среди снегов и деревьев... Каждый там как на ладони и в то же время — полностью укрыт от посторонних глаз...»

И она вдруг поняла, что лучшей защиты для себя считает не свой дом и не убежище, которое ей предлагал Игорь Вадимович, а ту самую комнату для отдыха, которую она осмотрела перед уходом из клуба.

«По разным причинам... — вспомнила она слова Ларисы. — О, моя-то причина достаточно веская, чтобы я воспользовалась защитой клуба... Только предоставят ли мне защиту теперь, когда я опозорилась?»

— Алло! — окликнул ее Игорь Вадимович, и она очнулась. — Ты заметила, по крайней мере, когда за тобой пошла та маска?

— А? Маска? — Даша вздрогнула и отвела взгляд от темного окна. — Послушайте, но разве та маска может преследовать меня на улицах Питера? В Венеции это вполне нормально, но пусть кто-нибудь попробует в таком виде шататься по нашему городу! Сразу в милицию заберут!

— Боже мой, да ведь маску можно и снять! — втолковывал ей Игорь Вадимович. — Загадка в другом. Чтобы убить тебя, не потребуется маска. В Венеции это имело смысл, потому что делало убийцу неотличимым от тысяч других масок. Но каким расчетом убийца руководствовался здесь? Не понимаю... Разве какой-то маньяк...

— Маньяк? — Даша задумалась. — А может, это человек, который боится, что я его узнаю? Узнаю и убегу, как убежала сейчас? Ведь тогда ему конец. Я его сразу сдам милиции, смогу описать и прочее... А может быть — я его даже видела!

— О, это уж слишком! — замахал руками Игорь Вадимович. — Ты что — предполагаешь, что познакомилась с этим человеком и даже не догадываешься, что он и есть убийца?

— А что? — запальчиво воскликнула Даша. — Да если хотите знать — даже вы можете быть им!

Он вытаращил на нее глаза и спустя несколько секунд громко рассмеялся — так громко, что на них обернулись из-за других столиков.

— Абсурд! У тебя очень богатое воображение, вот что тебе вредит! Иначе ты давно бы поняла, что я не стал бы нянчиться с тобой, будь я убийцей, просто уничтожил бы тебя где-нибудь в темном переулке. Мало ездила со мной в машине? Мало мы были наедине?

Даша задумалась.

— Да вас я вообще не подозреваю... — сказала она наконец. — Хотя признаюсь, что вы мне были подозрительны. Где, например, вы были, когда я подбежала к машине? Ах да, знаю, знаю! — Она заметила досадливое движение Игоря Вадимовича, словно говорящее «это уж слишком!». — Знаю, что вы отсутствовали с благовидной целью и все такое прочее. Но я могла бы подумать, что в это время вы переодевались где-то в кустах, меняя широкий плащ со звездами на свой костюм... Впрочем, на таком морозе вы могли и не утруждаться так, а напялить плащ прямо на костюм. В таком плаще можно двоим спрятаться. И это еще один минус — не могу даже сказать, толстый это был человек или худой. Высокий или маленький — тут еще туда-сюда, лучи лучами, а рост можно угадать. Нормального роста или высокого. Выше меня, во всяком случае.

— А зачем бы мне переодеваться в кустах, когда я спокойно мог тебя догнать и прикончить прямо в маске? — перебил ее Игорь Вадимович. — Разве кто-нибудь пришел бы тебе на помощь там, на набережной?

— Да все понятно, — тоскливо сказала Даша. — Послушайте, так что же мне все-таки делать? Мне предложили оставаться там ночевать. Соглашаться или нет?

Он задумался.

— С одной стороны, там ты будешь в безопасности, — сказал он, пораскинув мозгами. — С другой... Мне не нравится, что я нахожусь в этом случае в полной изоляции от тебя. Как я войду туда, если понадобится тебе помочь?

— Я открою ворота с помощью своей карточки. Это как раз не проблема. А вот как вы узнаете, что мне нужна помощь? Например, если бумаги окажутся в сейфе, который мне ни за что не открыть?

— Тогда посоветуешься со мной на другой день... — Он, казалось, думал о другом. — Видишь ли, я не совсем уверен, что тебе следует там ночевать.

— Почему? Вы что-то знаете? Кстати, давно хотела узнать. Чем занимается ваш хороший друг Сергей Ветельников? Должна же я знать, с чьей легкой руки залетела в клуб на всех парусах. Если бы не он, меня бы вышвырнули оттуда в первый же вечер. У меня ведь не было никаких рекомендаций, кроме его имени... А этого оказалось достаточно.

— Ветельников... Так, ничем особенным он не занимается... Лечится от алкоголизма по большей части, а когда не лечится — работает во внешней торговле. Вот и все. А что касается ночевок в клубе... Я просто еще не составил определенного мнения на этот счет, а пока не хотел бы рисковать.

— Но я-то рискую! — взорвалась Даша. — Мне ваша политика непонятна! По-вашему, лучше будет, если меня пришьют в подъезде, в маске или без маски? Ну что вы молчите? Нет, я ни за что не поверю, что вам действительно есть до меня дело! Сначала вы говорите, что ввязались во все это из-за своей больной совести, а потом оказывается, что вы совсем не прочь меня подставить только потому, что не составили себе о клубе определенного мнения! Вам бумаги нужны или нет?

— Нам бумаги нужны. — Он подчеркнул слово «нам». — И тебе эти бумаги нужны куда больше, чем мне. Я просто поражаюсь твоей беспечности. Ведь Алла умерла не потому, что что-то знала, а потому, что ничего не знала и, возможно, не хотела знать об этом деле. Как ты не понимаешь, что убийца до сих пор на свободе!

— Говорите тише, во-первых! — осадила его Даша. А во-вторых, я прекрасно все понимаю. Уж то, что убийца на свободе и хочет меня пристукнуть, я усвоила! Но я до сих пор не уверена, что действую правильно. Может, он потому и закопошился, что увидел, как я пытаюсь выяснить, кто он может быть такой! А если бы я сидела тихо, он не тронул бы меня.

— Господи, да что же это такое! — Игорь Вадимович взбесился, и Даша притихла. — Ничего он не знает про тебя, понимаешь, ничего. Он не может знать, какого черта ты поперлась в клуб, зачем ездишь туда каждый день, не может вообще знать, что ты догадалась о насильственной смерти Аркадия. Он может только предполагать, что ты чем-то для него опасна. Хотел бы я знать, чего он боится...

— Что же тогда? Может, он боится самого факта моего существования?

— Не знаю, возможно. Но знаю, что, пока он только предполагает, пока только догадывается, он сделает все, чтобы тебя убить. Потому что если бы он знал наверняка, что ты для него безопасна, он бы даже не приблизился к тебе.

— Я сойду с ума, — закрыв глаза, сказала Даша. — Я не могу вернуться домой. Поймите: мне страшно. Он может напасть еще раз... Вы его точно не видели? Ну хоть краем глаза? Надеюсь, не считаете, что это моя больная фантазия?

— Совершенно уверен в том, что это не фантазия. Тем более что в Венеции сам имел возможность в этом убедиться. Или уж мы все рехнулись. Нет, я его не видел. А вот он, думаю, видел меня... Краем глаза или нет, но, увидев меня, он бросил тебя преследовать.

Понял, что без свидетелей ему тебя не убить. А одно дело — убивать посреди людной толпы, когда всем на все наплевать, и совсем другое — в заснеженном парке, когда третий человек непременно поинтересуется, кто это там кричит за деревьями... Нет, он хочет действовать наверняка. И до тех пор не снимет маски, пока не будет уверен, что его никто не видит, кроме жертвы...

Даша не отрывала руки от лица.

— Что ж, не вижу иного выхода, как принять услуги клуба... Там меня, по крайней мере, не достанет та маска... Слушайте, а вам все это не кажется дурным сном? В конце двадцатого века, в Питере... Такое чудище, словно вышедшее из средних веков.

— Из восемнадцатого века, если быть точным, — поправил ее Игорь Вадимович. — Теми маскарадными костюмами, которые можно сейчас видеть в Венеции, мы обязаны Казанове. Одна из его великолепных идей, только одна из многих. Но это для нас не важно. Важнее, что тебе действительно придется прятаться в клубе. Надо подумать, как тебе туда перебраться, хоть на время... В сущности, очень удобно вышло, что и убежище, и средство обнаружить убийцу находятся в одном здании. Тебе надо посмотреть бумаги, и как можно скорее.

— Бумаги, бумаги! — Даша резко поднялась из-за стола. — Сто раз слышала про бумаги! Уже поняла, что вы каким-то образом собрались по ним вычислить убийцу, но до сих пор не понимаю, как вы не боитесь подставить меня! Что случится, если меня застанут за этим «красивым» делом?

— Ничего, — хладнокровно ответил он. — Коньяка тебе пить не надо было. Перестань кричать, а то все подумают, что сутенер поссорился со своей девочкой.

Она изумленно посмотрела на него и замолчала. Ее все еще удивляли его неожиданно-грубые обороты речи, обычно рассчетливо-сдержанной.

«Как резко у него меняется и речь, и настроение. Ссориться с таким человеком — хуже нет. Ничего не подозреваешь, а он — бабах! И готов скандал...»

— Ладно. — Даша поджала губы, избегая вступать с ним в перепалку. — Поймете меня потом, если Лариса застукает, когда я буду рыться в ее бумагах. А теперь пора. Поздно.

Он больше не произнес ни слова до самого ее дома. Молча вел машину, молча курил, молча включил приемник.

Даша сидела рядом, нахохлившись и опустив капюшон на голову. Она тоскливо смотрела в окно и думала, что эти улицы не должны исчезнуть для нее, как не должен исчезнуть город, как не должна исчезнуть вдруг ее жизнь. И ей снова страстно захотелось оказаться в клубе, под защитой тамошних порядков и оград.

«Я все-таки полноправный член клуба», — думала она, украдкой нашаривая в кармане членский билет.

Спутник довез ее до дома и проводив, вверх по лестнице, до двери квартиры. Там они шепотом попрощались, уговорившись, что завтра он приедет за ней часикам к десяти и отвезет в клуб. Даша поняла наконец, что ей вовсе не обязательно приезжать так рано, чтобы жертвовать работой. Как ей показалось, настоящая жизнь в клубе начиналась именно в позднее время, после того как его покидали гости.

Она попрощалась с Игорем Вадимовичем, который тут же стал спускаться по лестнице, и открыла дверь, которую Настасья Филипповна, слава Богу, не заперла изнутри на засов. Старуха, по-видимому, уже легла спать. Даша заперла за собой дверь на все замки, дореволюционные и новые, задвинула засов, пошла в свою комнату и, не умывшись, упала на кровать и закрыла глаза.

* * *

— Ты пьяна! — с отвращением сказала Лариса, глядя на ярко-рыжую голову, лежащую у нее на столе.

Мутные глаза Леры ничего не выражали. Она молча посмотрела на Ларису, потом снова уронила голову на стол.

Председатель с силой оттолкнула ее. Лера оторвала руки от стола, возле которого она все это время стояла на коленях, и опустилась на ковер.

— Ты опять нажралась! — Лариса сощурила глаза так, что они превратились в две узкие ледяные щели, и закурила. — Я устала тебя просить, чтобы ты это делала не в баре! В конце концов, надо лечиться, раз не можешь совладать с собой!

Лера глухо вздохнула и потерла лицо руками. Попыталась подняться на ноги, но снова осела на пол. Больше попыток встать она не повторяла.

Лариса курила, глядя мимо нее, упершись взглядом в стену. Наконец она изрекла:

— Может, заказать боржоми? Сейчас принесут.

— Не надо, — хрипло отозвалась Лера. Ее глаза приобрели страдальческое выражение, ее мутило. — Дай полежать, что ли...

— Сейчас.

Лариса обошла стол, подхватила ее под мышки и почти внесла в смежную комнату. Дверь туда была распахнута. Через минуту председатель вышла из комнаты, подошла к двери кабинета, высунулась в коридор, посмотрела по сторонам и закрыла дверь изнутри, после чего вернулась к Лере.

Та лежала на том самом диване, на котором приходила в себя после мнимого обморока Даша. Ее глаза были закрыты, лицо в полумраке казалось еще бледнее. Ее можно было принять за мертвую из-за неподвижности и полной расслабленности мускулов лица и тела, если бы не хриплое дыхание, с трудом вырывавшееся из горла.

Лариса брезгливо посмотрел на нее и зажгла свет.

Та застонала и прикрыла лицо ладонью.

— Не надо! — заплетающимся языком выдавила она из себя. — Больно...

— Где тебе больно? — невнимательно отозвалась Лариса, расхаживая по комнате. Обломки статуи она подобрала и уложила рядышком на небольшой столик. Здесь они не так бросались в глаза. — Где тебе больно, чертова кукла?

Та, видимо, понемногу начинала приходить в себя. Во всяком случае, открыла глаза и взглянула на Ларису довольно осмысленно.

— Ты бы лучше продрала зенки и посмотрела, что случилось! — В отчаянии Лариса так повысила голос, что Лера схватилась за голову. — Посмотри, вот, на столе!

Рыжая с трудом приподнялась на локте и перевела взгляд на столик. Сперва она, видимо, не поняла, что там лежит, но вскоре ее взгляд посерьезнел и, казалось, даже протрезвел. Она несколько раз хлопнула ресницами и посмотрела на председателя.

— Лара, ты с ума сошла? Зачем ты ее разбила?

— Когда я тебя зову, ты всегда являешься на рогах! — вспылила Лариса. — Никогда нельзя добиться толку! Подумай сама, зачем мне ее было разбивать!

— Нет? — Лера села на диване и спустила ноги на пол. Ее синее блестящее платье сползало с одного плеча, но она даже не сделала попытки прикрыть свою костлявую ключицу, сильно выпиравшую под бледной кожей. — Ты не разбивала?

— Дура! — коротко отреагировала Лариса. — Конечно нет. Разбилось случайно.

— А... — только и протянула Лера. Она уже совсем пришла в себя, и ее взгляд внезапно стал злым. — Эта новенькая?

— Не болтай!

— Это ты ее тут гоняла. — Лера давилась от пьяноватого смеха, но ее снова стало мутить, и она замолчала.

— Идиотка... — Лариса сунула ей стакан с водой и подошла к столику, где лежали обломки. — Статуя разбилась случайно.

— Подай сюда, — слабым голосом попросила Лера.

— Встань и подойди! — повысила голос Лариса.

Рыжая, пересилив себя, поднялась с дивана и сделала несколько шагов по направлению к столику. Потом остановилась, немного не дойдя до него. Лариса ждала ее реакции, уперев руки в бока.

— Ах ты... — Лера выдала короткое ругательство.

— Как тебе это нравится? — ледяным тоном спросила Лариса.

— Это что такое? — Пальцы Леры потянулись к обломкам и торопливо ощупали один из них. — Что тут такое, черт возьми?!

— Свинец! — коротко ответила председатель. — Можешь погрызть его зубами, если не веришь... Я уже поскребла его со всех сторон и полила кислотой. Это свинец, говорю тебе.

Лера потрясенно смотрела на обломки.

— А где статуя, черт возьми? — спросила она, поднимая глаза на Ларису. — Лара, ты что? Соображаешь, что это такое?

— Ты меня спрашиваешь, — протянула та. — С себя спрашивай, дура! Ты ведь следила за всем!

— Да, я следила за всем, пока ты возилась со своей дохлой собакой! — вскинулась женщина, утратив последние остатки хмеля. — Сколько можно было возить ее везде за собой! Сплошная морока! И в Венеции ты мне устроила веселую жизнь из-за своей шавки! Спасибо — сдохла наконец!

— При чем тут собака... — Лариса снова принялась расхаживать по комнате. — Ты посмотри на статую.

— Что тут смотреть, нас надули, это понятно, — заключила Лера и снова опустилась на диван, поджав под себя одну ногу. — Мы в дерьме по уши.

— Ах, ты это понимаешь?! — Лариса раздавила сигарету в пепельнице и тут же взялась за другую. — Ты все провалила, он же не возьмет у нас восемь штук! Ему нужны все девять! И ты это прекрасно знала!

Лера высоко вздернула подбородок и пристально посмотрела на председателя. Теперь трудно было поверить, что еще пять минут назад она была совершенно невменяема.

— Ты следила за отправкой, и ты будешь отвечать, если он не возьмет у нас восемь статуй.

— Не буду! С какой стати? Я проследила за отправкой девяти статуй, девять и пришло. С меня больше нечего взять. Сама это знаешь.

— Но в мастерской! — отчаянно воскликнула Лариса. — В мастерской нас надули! Почему ты не заметила этого? Нам запечатали свинцовую болванку вместо этой долбаной золоченой бронзы, черт бы ее взял!

— Нечего было связываться с бронзой, — философски заметила Лера. — В этом ты ничего не понимаешь, я тоже, вот нас и надули.

— Свинец не отличишь от золота? — Лариса не удостоила ее дальнейшими возражениями и снова зашагала по комнате. — Можно было понять, что нас могут надуть... Мне не понравились итальяшки... Почему нас не пускали в мастерскую, почему не дали посмотреть на заливку? Все было сделано без нас...

— У них свои секреты... Черт, голова просто раскалывается... Что будем делать?

— Не знаю. — Лариса остановилась посреди комнаты и, сжав руки, посмотрела на оставшиеся статуи. — Может, и тут ничего нет?

— Все может быть... Дай мне сигарету. Сейчас я соображу.

Лера выкурила сигарету в молчании, не сводя глаз с уцелевших статуй. Наконец изрекла:

— В общем, случилось то, о чем я тебя предупреждала.

— Что ты имеешь в виду? — отозвалась Лариса. Она растеряла остатки своей воинственности и теперь казалась просто женщиной, сломленной большой неудачей.

— Теперь тебе интересно, а в Венеции не слушала, — напомнила ей Лера. — Я говорила тебе, что мы плохо контролируем ситуацию. Потому все и случилось, что мы не следили за всем, с первого шага и до последнего. Надо было торчать в мастерской и требовать, чтобы мы присутствовали при заливке.

— При ней никто не мог присутствовать. Ты сама знаешь, сколько крови я испортила с Джакометти. Старый осел!

— Он не осел, надо было хорошенько нажать на него. Впрочем, что я тебе рассказываю! Дело не в нажиме, а в деньгах, я думаю. Венецианцы все продажные твари... Надо было приплатить ему сверх оплаты заказа, и все было бы в шляпе.

— Дурацкое положение. — Лариса была возбуждена. — Когда я увидела болванку, чуть не умерла на месте. Такие деньги уплачены за эту проклятую бронзу! И покупатель был, и надежная мастерская, и все, все... И всему конец...

— Не переживай так. Может, они там по ошибке залили нам болванку вместо этой, как ее...

— Музы... — простонала Лариса. — Девять муз, Лерка, понимаешь ты — девять муз! Их не может быть ни восемь, ни десять. И он не возьмет у нас некомплект.

— Ну, может, еще и возьмет, — предположила Лера. — Пусть заплатит меньше. Деньги все равно вернем, и прибыль будет. Черт возьми, мы же купили почти наполовину дешевле, чем этот коллекционер предлагал за статуи.

— Ты ничего не поняла. — Лариса остановилась возле статуи, изображавшей восточного вельможу. — Ты не понимаешь, что девять — это число установленное, традиционное, ну как тебе еще объяснить! Если муз восемь — это уже ничто. Это уже не группа, это уже...

Она задохнулась от ярости и бессилия. Лера непонимающе моргала.

— Ну, одним словом, поверь мне, что он не возьмет у нас восемь статуй... — Лариса не сводила глаз с вельможи. — Ему нужен кабинетный набор. Девять муз работы Кановы.

— Казановы? — удивилась Лера.

— Господи, что ты за балда, — вздохнула Лариса. — И если бы ты первый раз слышала об этом. Кановы, Ка-но-вы. Это жутко дорого, вообще удача, что удалось купить их все в одном месте... И как все удачно совпадало. Все должно было выгореть.

Она закрыла глаза, и перед ней снова возник маленький зал в одном из венецианских запущенных особняков. У особняка были ободранные стены, сломанная канализация и славное прошлое. По преданию, именно в этом особняке бывал Вагнер. Его удостоил посещением Томас Манн.

Хозяин этого трущобного дворца был так же изящен и изношен, как его жилище. Маркиз Витторио Ассино — последний представитель древнего венецианского рода — сидел в этом зале у окна в кресле рококо с гнутыми ножками, манерно отставив в сторону руку с тонкой тростью. Казалось, без этой трости он немедленно развалится, как развалится Венеция, если из-под ее зданий выдернуть сваи, на которых они стоят. Его глаза неопределимого цвета, почти скрывшиеся в опухших веках, смотрели хитро и ласково. Голос звучал словно с того света.

Лариса начинала нервничать. Она сидела перед ним и битый час пыталась уговорить продать девять статуй работы Каноны, которые, как говорили, находятся у него. Маркиз упорно возражал, но она понимала, что дело в цене и что ему все равно придется уступить. У славного представителя рода Ассино не осталось ничего, кроме разрушенного дворца и долгов.

Лариса произносила короткие, просто составленные фразы по-английски и досадовала на голос маркиза, неузнаваемо искажавший его английские же ответы. Понимала она только одно — маркиз ломается, ему надо показать, что продает он эту семейную реликвию не из нужды, а по личной симпатии к русской гостье. И крепилась, чтобы не наорать на этого манерного аристократа, невыносимо раздражавшего ее.

Самую большую ошибку Лариса сделала, когда набавила в очередной раз цену и предложила решить вопрос немедленно, потому что она спешит. Маркиз смертельно обиделся. Он сказал тогда, что продавать вообще не собирается. Что синьора неверно информирована. Ассино не продают свои реликвии. Понимает ли синьора, что речь идет о работах Кановы, великого Кановы?

— Синьора все понимает, — заявила она тогда. — Я дам на десять тысяч долларов больше. Это последнее слово. Если желаете — продавайте, нет — прощайте.

Она сделала вид, что хочет встать и уйти. Маркиз поднял кончик своей трости и тихонько стукнул им в пол. Она замерла. Его глаза, казалось, созерцали неведомые миры. На его лице играли отсветы воды. В тот день в Венеции была прекрасная погода.

«Он безумен... — подумала она тогда. — Но я не могу уйти просто так... Хотя ушла бы, не будь у меня покупателя в Питере... Если бы не это!»

Маркиз зашевелился.

— Я много думаю о смерти, синьора, — сказал он потусторонним голосом. — Я ведь почти уже мертв. Я умру здесь, в Венеции, как Густав Ашенбах. Вы знаете Ашенбаха?

— Не пришлось, — коротко ответила Лариса.

— Это герой новеллы Томаса Манна... — тонко улыбнулся он. — Так вот, синьора, для меня Густав Ашенбах давно стал реальнее тех людей, которые меня окружают. Из этого я заключаю, что мне пора писать книги или умирать. Я не писатель, синьора. Бог не дал мне таланта. Значит, скоро я умру... — Его голос звучал так, словно он читал стихи. Лариса прикрыла глаза и приказала себе не волноваться. Маркиз вздохнул и завершил речь: — Так вот, синьора, я продам статуи. В конце концов, для меня это не имеет значения. В этом доме некому будет жить, когда я умру.

— Маркиз! — Она чуть не подскочила в своем кресле. — Прекрасно! Я счастлива, что вы решились!

— Но! — Конец тросточки снова ударился в пол, на этот раз намного решительней. — Вы прибавите еще двадцать тысяч, синьора!

Лариса чуть не выругалась.

«Для него уже ничего не имеет значения, скажите на милость! — злилась она про себя. — Томас Манн, как же!»

Лариса пыталась еще поторговаться, но у нее ничего не вышло. И она заплатила столько, сколько он запросил — и все равно почти наполовину меньше той цены, которую давал за эти статуи коллекционер в Питере.

Об этом коллекционере она узнала стороной, через одного своего знакомого, постоянно трущегося в этих кругах. Он сообщил ей, что есть человек, страстно желающий купить музы работы Кановы. И есть в Венеции человек, который может их продать, если не постоять за деньгами.

«Почему же коллекционер до сих пор не купил статуи?» — задала она вполне естественный вопрос. И получила не менее естественный ответ: «Статуи запрещено вывозить за пределы Италии...»

Так она впервые услышала об этом деле.

Но Лариса не думала в нем участвовать, пока к ней в клуб не явился поверенный самого коллекционера. Он напрямую спросил Ларису, не согласится ли та помочь ему в этом сложном деле.

«Мой клиент не имеет такой крыши, как вы, — втолковывал ей поверенный. — Но он все рассчитал. Есть возможность вывезти статуи из Венеции. Для этого существует один беспроигрышный способ...»

И он рассказал о Джакометти и изобретенном им способе: заливке в полые статуи неких предметов — любых, по желанию заказчика.

Лариса только пожала плечами: «Мне-то что до этого?»

Поверенный объяснил. Коллекционер не решался засвечиваться, ввозя статуи в страну. За ним всегда наблюдали. Он боялся грабителей. Поэтому он хотел, чтобы статуи были ввезены под чужим именем, для какой-нибудь организации.

«Вроде вашего клуба, — убедительно излагал поверенный. — Кроме того, всем известно, что вы обладаете хорошими возможностями, чтобы уладить возможные конфликты на таможне...»

Лариса спросила, что будет иметь с этого клуб. Поверенный ответил несколько загадочно: «разницу между закупочной и продажной ценами на статуи».

Она не поняла. Тогда он объяснил подробней: венецианский владелец статуй продаст их Ларисе по одной цене, а та перепродаст их питерскому коллекционеру по другой. Приблизительные цены были названы.

Лариса задумалась. Она предвидела, что клубу в ближайшем будущем понадобятся деньги, и решила попробовать. С одним условием: ей нужно убедиться, что статуи действительно имеют какую-то ценность. Она не может рисковать деньгами клуба. И такими большими деньгами.

Она в этом убедилась. Первый раз — в Питере, когда навела справки независимо от поверенного. Второй раз — узнав возможную цену, которую дадут за статуи аукционы — «Кристи» и «Сотби». Причем «Кристи», как она поняла, может купить статуи немедленно.

После этого оставался еще вопрос о подлинности статуй, которыми обладал венецианский маркиз. Уже в Венеции и этот вопрос был разрешен благополучно.

Так Лариса начала операцию, подготовленную на свой страх и риск. Она вложила в нее деньги клуба, которые пошли на то, чтобы заплатить скульптору, якобы выполняющему заказ для «Политеса», Джакометти, выполнявшему настоящий заказ, и маркизу Ассино.

Операция шла успешно. Статуи были куплены, доставлены в мастерскую. Ничего не подозревающий Демин выступал в роли прикрытия (поверенный коллекционера предупредил Ларису, что за непосредственным заказом от Джакометти могут слишком внимательно следить на таможне), он торчал в Венеции и, как и положено, ничего не делал.

Статуи были залиты, отправлены в Россию, и только теперь, когда оставалось встретиться с поверенным и передать ему статуи, получив взамен назначенную коллекционером сумму, — только теперь оказалось, что в одной из гипсовых фигур вместо музы свинцовая болванка.

Лариса предвидела свое объяснение с поверенным, реакцию членов клуба, узнавших о том, куда ухнули их деньги, и прочие милые последствия проваленной операции. И она была в полной растерянности.

— Слушай-ка! — Голос Леры вывел ее из оцепенения. — Слушай, подруга... — Лера закурила еще одну сигарету и задумчиво откинулась на спинку дивана. — А не спер ли статую Аркадий?

— Ты с ума сошла! — Лариса брезгливо скривила губы. — Он же ничего не соображал! Только кололся, больше ничего! И он ни о чем не знал.

Рыжая сделала значительное лицо:

— Но, в отличие от нас, он постоянно торчал там, в мастерской. Кто знает: может, он углядел там что-то? А углядел, так и спереть мог.

— Господи, какая чепуха! Зачем ему статуя! Если бы он и спер статую, то не мог не понимать, что продать ее будет невозможно. Кто у него купит?

— Наркоман мог не рассуждать так здраво, как ты, — язвительно заметила Лера. — Он вполне мог спереть статую. И я даже уверена, что он ее спер. На Джакометти ведь не подумаешь?

— Вряд ли... — Лариса кивнула, признавая справедливость слов подруги. — Это было бы глупо — так засвечиваться. Кроме того, он ведь промышляет такими делами. Если он при этом еще и облапошивает клиентов — туго ему придется. Нет, это не он.

— Значит? — сощурилась Лера.

— Это ничего не значит. — Председатель потрогала золоченые одежды статуи, перед которой стояла. — Красиво. Жаль будет разбивать...

— Разбивать будет сам коллекционер, он ведь поставил такое условие, — напомнила ей Лера. — А мы ему — такой вот подарочек. Хорошо еще, что раньше разбили это чучело. А то бы он нам устроил...

— Он и так нам устроит, — устало сказала Лариса.. — Как ты себя чувствуешь?

— Нормально! Послушай, что я только что вспомнила. Когда мы были в Венеции, дожидались отправки статуй, я узнала, что этот придурок отправил жене посылку.

— Ну так что? Все отправляют посылки своим женам. Тряпки, наверное.

— А я думаю — не тряпки... — хитро сощурила глаза рыжая. — Я думаю...

— Сумасшедшая! — Лариса взорвалась. — Да как он мог отправить статую обыкновенной посылкой! Ты соображаешь? Ведь их грабят! Даже простые, не то что такие вот...

— Я мыслю, как он — то есть без всякой логики, — пояснила Лера. — Он ведь был больной, совершенно чокнутый тип, такой мог спереть статую и отправить ее женушке с намерением потом приехать и спокойненько ее продать. В смысле — статую, а не жену.

Лариса закурила и уставилась на подругу.

— А то, что он отправил посылку, я узнала от Серджо, — продолжала та. — Единственный, кстати, нормальный парень в этой двинутой мастерской.

— Наркоман, — коротко прокомментировала Лариса.

— Однако он, и никто другой, увидел, как Аркадий отправлял посылку в Питер.

— Жене? — поморщилась Лариса. — Я с ума сойду. Не думаешь ведь ты всерьез, что там статуя!

— Ну раскинь мозгами, — потребовала Лера. — Джакометти взять не мог — побоялся бы, да и не тот человек. Профессионал своего дела, разве нет? Он это делал не в первый раз.

— Согласна. Но то, что этот придурок Аркадий мог спереть оттуда статую...

— А вот это как раз реально. Не хватает одной статуи. Вместо нее торчит какая-то чепуха. Выводы? Кто-то из тех, кто имел доступ к производству, залил туда болванку. Аркадия не подпускали, конечно, но он там жил! Он мог увидеть, украсть, подменить статую в заливке... Я настаиваю на том, чтобы проследить за его женой. Еще не поздно. Посылка была отправлена как раз перед самым концом заливки. Так сказал мне Серджо. Он по-русски не читает, но уверен, что отправлено в Питер. Слышал, как Аркадий называл адрес служащему на почтамте.

— Если он отправил статую посылкой — мы ее потеряли навсегда, — глухо сказала председатель. — Представляю себе, что испытал какой-нибудь вороватый служащий, когда открыл посылку и обнаружил там статую Кановы.

— Хрен он поймет, что это такое! — отмахнулась Лера. — Скорее всего, никто не нашел это сокровище. А нашел — так обратно положил. Не стал связываться. Говорю тебе — посылка придет его жене!

— Мне бы твою уверенность... Что я скажу этому чертову поверенному?

— Когда он позвонит? — живо поинтересовалась Лера. — Вы уговаривались?

— Конечно! На днях, я думаю. Я просила звонить после двадцатого числа... Статуи должны были дойти быстро... — Она даже слегка застонала. — Сколько я денег переплатила! Боже мой!

Лера молча слушала, покачивая опущенной на пол ногой. Наконец она прервала Ларисины жалобы на судьбу:

— Хватит причитать! Слезами горю не поможешь. Благодари Бога, что остальные статуи дошли.

— А ты откуда знаешь? — взвилась Лариса. — Черт, сердце прихватывает... — Она замолкла на миг, прислушиваясь к своим ощущениям. Потом заговорила тише: — Я бы хоть сейчас их все перебила! Не могу я продать ему свинец! Откуда он только взялся!

— Да постой ты переживать! В остальных-то — статуи, Аркадий не мог спереть все. Такого просто не могло быть. Успокойся! Тебе же плохо!

— А тебе зато хорошо... — Лариса отпихнула ее руки и пошла к выходу. — Я запираю комнату. Пошли.

Лера вышла за ней. Лариса заперла за собой дверь, открыла кабинет, и женщины вышли в коридор. Лера огляделась по сторонам.

— Никого, — прокомментировала она. — Слава Богу. Голова трещит от всех этих девиц.

Лариса, ничего не ответив, положила ключи в карман и пошла по коридору. Лера следовала за ней, на ходу говоря:

— Слушай, подруга, а ты, часом, сама не сперла статую, чтобы коллекционеру цену набить? Он же сейчас землю рыть будет, чтобы получить все девять!

— А, уяснила наконец, — проворчала Лариса. — Раньше надо было это понять и хорошенько следить за Аркадием. Задним умом ты очень крепка, как же!

Они вошли в одну из комнат отдыха. Рыжая тут же заперла за собой дверь. Председатель без сил опустилась на край широкой постели. Медленно, думая о своем, она расстегивала пиджак, снимала туфли, отшвыривая их в угол комнаты. Лера следила за ней, стоя у двери.

Наконец Лариса разделась, оставшись только в блестящей комбинации, крепко обтягивающей ее развитые плечи и высокую грудь. Она молча легла на постель, оставив место у стены.

Лера тоже принялась раздеваться, рывками стаскивая с себя чешую блестящего платья. Платье полетело в угол, к туфлям Ларисы. Белья под ним не было.

Лера забралась в постель, устроившись у стены и, прижавшись лицом к плечу Ларисы, жарко зашептала:

— Зачем тебе эта дурочка, а? Она же ничего не знает, не умеет! Только нос воротит!

Лариса лениво подняла руку и оттолкнула голову Леры. Ее пальцы, коснувшись растрепанных рыжих волос, словно зачерпнули яркую кровь и дали ей стечь.

Лера приподнялась на локте и, с ненавистью глядя на спокойное лицо подруги, продолжала:

— Она же страшная!

— Она красавица... — ответил ей сонный голос. — Хватит. Ты же знаешь...

Лера подцепила пальцем бретельку на плече Ларисы и стянула ее вниз. Обнажилась полная, вздрагивающая грудь с темным сморщенным соском. Лера припала к ней губами. Лариса открыла глаза и стала смотреть в потолок. Ее лицо расслабилось, возникла слабая, неопределенная улыбка. Она подняла руку и, нажав на плечо Леры, заставила ее спуститься ниже.

Та подняла голову:

— Ты сегодня спешишь...

— Помолчи...

Рука Ларисы все дальше отталкивала ее, и Лера покорно отползла к ее ногам. Подняла край комбинации, медленно раздвинула податливые бедра. Уткнулась лицом в русый холмик между ними.

Лариса вздрогнула и закрыла глаза.

— Постой... Погаси свет... — прошептала она.

Лера молнией метнулась к притолоке, и комната погрузилась во тьму. Только постепенно в нее проник слабый свет дворовых фонарей, отраженный снегом. В этом свете тело женщины, лежащей на постели с разведенными ногами, казалось заиндевевшим.

Лера бесшумно вернулась к кровати и снова устроилась рядом. Она поглаживала живот и промежность подруги, целовала ей грудь.

Та молчала.

Лера в отчаянии остановилась и подняла голову.

— Ты сегодня каменная, — сказала она.

— Тебе кажется... — раздался тихий ответ. Губы Леры снова нашли русые волосы, казавшиеся холмиком подтаявшего снега. Она опустила ресницы и приникла к телу, то вздрагивавшему, то расслаблявшемуся. Лариса застонала и протянула вниз руку, гладя волосы Леры. Та, не отвечая, прижалась еще теснее, охватив ее бедра цепкими руками. И вдруг вскочила, оттолкнув подругу. Лариса удивленно открыла глаза:

— Что такое?

— Ты... думаешь о ней? — свистящим шепотом спросила Лера.

— Дурочка. Иди сюда.

— Ты сейчас сказала ее имя!

— Тебе показалось... — Лариса села в постели, оправив на плечах и бедрах комбинацию. — У тебя нервы не в порядке. Ты много пьешь.

— Думаешь, я не вижу, какими глазами ты на нее смотрела? — Лера вскочила с постели и бросилась искать платье. — Иди к черту!

Лариса смотрела, как она одевается. Внезапно та включила свет, и обе женщины сощурились, часто заморгали, глядя друг на друга.

— И куда ты пойдешь? — спросила Лариса, увидев, как Лера возится с замками.

— В бар. Пойду опять надерусь. К черту тебя, твоих девок и твои статуи!

За ней с шумом захлопнулась дверь, щелкнул предохранитель замка.

Лариса снова откинулась на подушки, закрыла глаза. Опустила руку, чтобы поднять край комбинации, но тут же отдернула ее. Тогда она перевернулась на живот и уткнулась лицом в подушку.

— Самое время сойти с ума, — сказала она так тихо, что сама себя не услышала.

ГЛАВА 12

Никто никогда не видел Ларису спящей. Днем или ночью — она всегда появлялась в коридорах и комнатах клуба тщательно одетая и причесанная, как будто только что поправляла где-то свой туалет и макияж. Стук ее каблуков и повелительный голос раздавались везде — в баре, в библиотеке, в гостиных клуба и в зимнем саду среди пальм и рододендронов. Никто никогда не видел, как Лариса плачет, — и вообще не догадывался, плачет ли она.

Самым удивительным было то, что председатель сама этого не знала. Не плакала она очень давно и сильно сомневалась, что способна это делать сейчас.

Но сегодня был один из тех дней, когда ей почему-то хотелось плакать. Это желание, не найдя выхода, перешло в необыкновенную раздражительность и пало на головы членов клуба. Лариса отчитала барменшу, проверила счета на кухне, сделала головомойку двум уборщицам, явившимся утром в «Политес», и наорала на Любу — красавицу с лицом точно из голубоватого льда, зашедшую к ней в кабинет, чтобы попросить об оплате долга.

— С ума сойти! — Лариса швырнула ей в лицо бумажку, на которой ледяная Люба сделала подсчет своего долга. — Ты ведь не думаешь, что я способна оплачивать все твои нужды!

Люба невинно посмотрела сначала на бумажку, потом на Ларису и приподняла брови.

— Но что тут необычного?.. — протянула она, забирая бумажку и пряча ее в карман. — Ты же всегда платила. И сумма-то небольшая...

— Тысяча двести?! — почти взвизгнула Лариса. — Тысячу с лишним долларов ты считаешь небольшой суммой? Богато живешь, подруга!

— В таком случае, — холодно заявила Люба, — я буду вынуждена взять эти деньги из своего вклада. Очень жаль.

Председатель схватила сигарету и приказала себе успокоиться.

— Ты лишишься прибыли, если заберешь вклад. Надеюсь, ты понимаешь это? Никто не берет деньги накануне дела. Даже если тебе понадобилась новая шуба.

— Не в шубе проблема, тем более что скоро весна. И я прекрасно понимаю, что сама себе делаю хуже. Но мне больше неоткуда взять. Кроме того, мой вклад составляет куда большую сумму, чем та, которую я буду вынуждена взять. Повторяю — буду вынуждена.

— Я не дам денег, — сказала Лариса, пуская дым в потолок и сощуривая глаза в две щели.

Глаза были припухшие, усталые, но только потому, что она провела бессонную ночь. Никто не подумал бы, что председатель плакала. А зачем ей было плакать — не знал пока никто в клубе, за исключением Леры. Лера знала, но отсутствовала, и Лариса даже предположить не могла, где она находится.

Ей требовался совет. Она понимала, что не сможет долго скрывать от членов клуба, куда делись их деньги и почему она вынуждена урезать счета на кухне и отказывать в денежных ссудах.

Люба была первой ласточкой, залетевшей в ее кабинет с просьбой о деньгах, но Лариса понимала, что на этом дело не кончится. Любой член клуба мог потребовать от нее отчета в том, куда были вложены их деньги накануне весеннего сезона — сезона, когда клуб производил крупнейшие закупки некоего товара в Средней Азии.

Лариса, как председатель клуба, имела безусловное право распоряжаться вложенными в кассу деньгами по своему усмотрению с тем, чтобы к весне нарастить на них максимальную прибыль. И любой член клуба мог теперь узнать, что все деньги ухнули в рискованную аферу с девятью бронзовыми музами работы Кановы — с музами, ставшими нереализуемым товаром именно по той причине, что их было не девять, а всего восемь...

Восемь статуэток стояло в задней комнате кабинета Ларисы. Восемь гипсовых статуэток, на которые она теперь не могла смотреть иначе как с отвращением.

— Лариса! — Люба повысила голос, и та очнулась. — Я прошу тебя выдать часть моего вклада.

— Так не делается, — продолжала выкручиваться председатель. — Ты прекрасно знаешь, что деньги очень скоро понадобятся. Это повредит интересам клуба.

— Моим интересам очень повредит то, что я не могу расплатиться с этим проклятым долгом! — повысила голос Люба. — В конце концов, почему ты мне отказываешь? Если хочешь, я возмещу эту сумму... Ну, не знаю когда... Может, через пару недель.

— Через пару недель будет середина марта, и возмещать станет поздно, мы вложим деньги. Короче, я не думаю, что это целесообразно — брать деньги из кассы. Нет, Люба. Попроси у кого-нибудь другого.

Та фыркнула и встала. Она оправила широкую сиреневую юбку жестом королевы на приеме в Букингемском дворце и холодно изрекла:

— Хорошо! Тогда я поставлю вопрос о твоем отказе выдать мне мои собственные деньги на собрании членов клуба. Собрание сегодня вечером, если я не ошибаюсь?

Ларису прошиб холодный пот. Она знала, чем может обернуться такая постановка вопроса сейчас. Что началось бы, если бы члены клуба узнали, что их деньги пропали! По меньшей мере председательское кресло под ней даст сильный крен. И удастся ли ей удержаться в нем...

Она решительно подняла палец, призывая Любу к молчанию:

— Тише, Любушка! Я дам тебе свои личные деньги, свои, слышишь? Пойми и меня, я не могу поступаться принципами клуба ради интересов одного его члена. Если тебе так необходима эта сумма...

— Весьма необходима. — Люба все еще стояла. — Прошу заметить, я требую не твои деньги, а свои, свои! В этом нет криминала, я не ошибаюсь?

— Права, как всегда... — Лариса знаком попросила ее отвернуться и открыла сейф. Достав оттуда пачку долларов и отсчитав требуемую сумму, она заперла дверцу и протянула деньги: — На здоровье! И будь добра, не порть мне больше нервы и настроение подобными сценами... Ты ведь знаешь, что я не могу тебе ни в чем отказать.

Люба приняла деньги и кивнула:

— Я погорячилась. Ты душка, Лара. Спасибо.

Ее сиреневая юбка мелькнула в дверях, и ковры в коридоре скоро заглушили ее шаги. Лариса уткнулась в сложенные ладони и тихо, яростно засопела.

Из этого состояния ее вывел телефонный звонок. Она подняла трубку и сразу узнала голос, раздавшийся там.

«Одно к одному. Самое время позвонить, чтобы плюнуть мне в рожу!»

Звонил поверенный коллекционера, явно жаждавший услышать радостные новости.

— Вынуждена вас огорчить, — сказала Лариса, выслушав его первоначальные приветствия. — Нет-нет, ничего страшного, но... Одним словом, пока их восемь.

— Как — восемь? — Голос поверенного звучал недоверчиво. — Как это может быть?! Что-то случилось?!

— Разумеется, случилось, но не по нашей вине, — нервно ответила Лариса. — Нет, постойте, не кричите! Мы купили девять, отправили как будто девять, но получили всего восемь.

— Катастрофа! — послышалось после минутного молчания.

Во время этой передышки Лариса успела собраться с мыслями.

— Я уже знаю, по чьей вине произошло это досадное недоразумение, — торопливо заговорила она. — И скоро оно будет устранено. А пока... Пока я не получила девятую, может быть, вы купите восемь?

Поверенный, казалось, лишился дара речи. Потом он его снова обрел, но даже голос у него изменился. Теперь от его вежливости и восторженности не осталось и следа.

— Он на это не пойдет! Что это за фокусы? Вы все испортили! Если вы были не способны довести дело до конца, отказались бы сразу! Теперь нам никогда не найти ничего подобного! Подумать только! Ведь мы сами нашли его, сами все придумали, сами вас проинструктировали! Все было рассчитано совершенно четко, план должен был осуществиться! И вот — вы нам заявляете, что утратили девятую!

— Послушайте, я вам гарантирую, что не позже чем через неделю девятая будет у меня, — твердо сказала она. — Я слов на ветер не бросаю!

— Он — тоже, — откликнулся поверенный. — Знайте, если их не будет девять, слышите — девять! — он не согласится выплатить вам ни доллара! Разговора не получится!

— Повлияйте на него! — посоветовала Лариса самым сладким голосом. — Скажите, чтобы он не волновался, заказ будет выполнен согласно условиям. Я клянусь вам в этом всем, чем хотите.

— Не клянитесь, — раздраженно ответил собеседник. — Во всяком случае, это не имеет смысла, если вы все провалили. Ваши клятвы его не интересуют. Меня тоже. Не ищите во мне союзника своей глупости.

— Как? — ахнула Лариса.

С ней давно никто не разговаривал таким тоном, и она уже собралась было выложить этому мозгляку все, что о нем думает, но спохватилась, что находится не в лучшем для этого положении.

— Не говорите ему пока ничего, — сказала председатель примирительным тоном. — Дело все равно уладится. Позвоните мне на неделе.

— Хорошо, — угрожающе ответил тот. — Но если вы нас обманули и придерживаете девятую, чтобы мы подняли цену на весь заказ, — предупреждаю, что ничем хорошим это не кончится.

— За кого вы меня принимаете?! — запоздало воскликнула Лариса. Но в трубке уже слышались короткие гудки. Она бросила ее и закурила, невидящими глазами глядя в окно.

— Чудный день!

Этот голос заставил ее вздрогнуть. Она обернулась к двери. На пороге стояла Лера — хмурая, с отекшим лицом и нехорошо блестящими глазами.

— Особенно по тебе это заметно, — отозвалась Лариса. — Садись. Чудный день, как же! Знала бы ты...

— А что такое? — хрипло отозвалась подруга, закидывая ногу на ногу.

Вид у нее был такой, словно каждый жест и каждое слово даются ей с трудом. Лариса поняла, что вчера Лера недурно оттянулась. Но не стала ей выговаривать за это. Она всегда прекрасно чувствовала ту границу, за которой ей следовало помолчать и поумерить свою властность.

— Мне звонил поверенный нашего заказчика, — сказала она. — Он просил статуи, а я показала ему кукиш и попросила подождать, пока мы соберем весь комплект!

— Представляю, как он обрадовался, — прохрипела Лера и с трудом прокашлялась. — Слушай, у тебя нет, чем похмелиться? Бар почему-то закрыт.

— У них учет товара, — сказала Лариса, с тайным злорадством вспомнив, какую разборку она там учинила. — Доходы от бара падают. Мы слишком опустили планку цен для членов клуба и многих накормили в кредит.

— А, затягиваем пояс потуже, — пробормотала Лера. — Дай коньяку!

Председатель молча открыла ящик в столе и достала оттуда маленькую бутылочку, которую всегда держала при себе.

Лера жадно приложилась к ней, не дожидаясь стакана.

— Приходится затягивать... — Лариса с отвращением смотрела, как она пьет. — Не поперхнись.

— Ау? — произнесла Лера, косясь на нее блестящим, сразу ожившим и подобревшим глазом. — Ну, все. Теперь говори, что придумала!

— Это за меня все придумали, — яростно сказала Лариса. — Сегодня у меня была Любка и просила денег. Мне пришлось дать из своих. Ты представляешь, чем это может кончиться?

Лера только пожала плечами:

— «Чем-чем...» Тебя выкинут из этого кабинета! А для тебя это новость? Денежки-то тю-тю! Правда, пока никто об этом не знает.

— Узнают! Ты сама подумай, как я смогу это скрывать, когда нужно будет закупать товар? Что я буду им говорить? Откуда возьму деньги? Все, все вложено в эти проклятые статуи!

— Никогда не думала, что несколько золоченых болванок могут стоить столько же, сколько наш товар на весь сезон... И я была против, если ты помнишь. Всегда была против этого. Теперь наш товар скажет нам «ау»! И его купят ребята из «Сучьей слободки»!

Ларису передернуло. «Сучья слободка» висела у нее тяжелым камнем на душе, и ей уже несколько раз приходилось сталкиваться с тамошними деятелями на почве закупки дешевого товара в Средней Азии. Однажды у нее чуть не перекупили заранее заказанную партию, чем вызвали лихорадку цен в самом разгаре сезона.

И Лариса, досконально знавшая местную конъюнктуру в области покупки и продажи гашиша, понимала, что именно теперь клуб может лишиться основного источника дохода. К продавцам следовало обращаться только в том случае, если можно было соперничать в назначаемых ценах с самыми крупными конкурентами на питерском рынке наркотиков. Иначе доставалось самое плохое или дорогое. А сейчас Лариса не смогла бы закупить ничего. Ни самого плохого, ни тем более самого дорогого... Ничего вообще.

— Ты ничего не понимаешь в предметах искусства! — тем не менее возразила она Лере. — Это было прекрасное вложение капитала!

— Херня! — определенно отозвалась та. — Ты тоже ни хрена не понимаешь в этих самых предметах, и лучше бы ты вложила этот капитал себе в задницу!

— Заткнись! — бросила Лариса и надолго замолчала. Она ходила по кабинету, больше не присаживаясь, курила и то и дело смотрела в окно. Лера не выдержала этого молчания.

— Ждешь кого? — полюбопытствовала она. — А, новенькую? Аппетит не пропал?

— Какая чепуха, — процедила сквозь сжатые зубы Лариса. — Думай о деле.

— Чего и тебе желаю! — взорвалась рыжая. — Думаешь только о новых юбках! На свежатинку потянуло!

— Заткнись, говорю тебе! — монотонно повторяла Лариса. — Ох, заткнись!

— Да с какой стати? — невинно спросила напарница. — Я тебя уже не устраиваю? Ты предпочитаешь соплюшку с распухшими губами, которая даже не будет знать, как за тебя приняться? Или ты предпочитаешь сама ее...

Ее оглушила звонкая пощечина.

Лера быстро потерла щеку, нисколько не удивившись такому обороту дела. Видимо, пощечины не были для нее чем-то необычным. Она продолжала:

— Ладно, не хочешь признаваться — не надо. Только одно тебе скажу: ты крупно об этом пожалеешь!

— О девочке? — рассеянно спросила Лариса. Она остановилась у окна и пристально всматривалась в заснеженные глубины острова. — Смотри, кто-то едет...

— Мало ли кто! — отмахнулась от нее Лера. — Говорю тебе, сейчас надо думать не о девчонке, а о деньгах! Как ты собираешься их получить?

— Всякое бывало в моей практике... — медленно произнесла председатель, поворачиваясь к ней. — Всякое. Бывало, меня накалывали не хуже, чем сейчас. Бывало, меня тыкали носом в собственное дерьмо, все это мне не в новинку. Но вот никто еще не давал мне понять, что я полная дура, да к тому же еще и не своим делом занимаюсь. А ты именно это хочешь мне сказать?

Ее ледяные глаза сверлили Леру, и та пожала плечами, отводя взгляд.

— Понимай, как хочешь.

— А по-моему, ты просто метишь на мое место.

— Глупости.

— Посмотри на меня! — потребовала Лариса, и бунтовщица повернулась к ней.

— Ладно, если ты хочешь знать, я считаю, что ты сделала большую глупость, — вырвалось у Леры. — И теперь многие могут метить на твое место.

— О многих я тебя не спрашиваю. Мне хотелось бы знать, чего хочешь ты.

— Я? — Лера рассмеялась, закрыв лицо руками. — Ларка, у меня же никого нет, кроме тебя... О чем ты говоришь!

— И все же?

— Не будь дурой. Я хочу, чтобы ты выпуталась. — Лера немного успокоилась. — И еще хочу, чтобы у тебя прошла мания величия. А она у тебя есть, и уже давно.

— Давно? — Лариса прошла к столу и опустилась в свое кресло. — Как давно? Почему ты так считаешь?

— У меня есть причины.

— Например? — не отставала председатель, казалось и впрямь заинтересовавшись ее словами. — Скажи мне что-нибудь конкретное.

— Например... — Лера задумалась, подняв глаза к потолку. — Например, твоя беспечность в раздаче кредитов.

— Кредитов членам клуба?

— Кому угодно. Я давно замечала, что ты больше руководствуешься личными симпатиями, чем деловыми интересами... До сих пор помню, как та смазливая девка, которую, кстати, тоже подарил тебе Ветельников, смылась, не вернув кредит...

— Хорошо, это был мой промах. Согласна.

— Дело не в промахе, — поморщилась Лера. — Не в промахе, а в том, что ты расплатилась за личное развлечение деньгами клуба. Деньгами, которые так и не вернулись. Ты их восполнила во время летнего сезона, но факт остался фактом. Никто в клубе не знает, как ты расплачиваешься со своими новыми девками, только я... А все думают, что девочки лезут к тебе в постель по личной склонности. Да все молоденькие лесби в Питере давно знают, к кому им надо обращаться в случае материальных затруднений. Правда, ты очень разборчива, надо отдать тебе должное...

Лариса прикрыла глаза, как от удара, но когда она снова посмотрела на Леру, в них уже была улыбка.

— Продолжай, моя милая, — сказала она тоном, не предвещавшим ничего хорошего.

— Охотно. — Лера переменила позу и теперь уставилась прямо на Ларису. — А знаешь ли ты, во что нам обходятся твои ежегодные прогулочки на яхте? Яхту ведь тоже оплачивает клуб! Не знаешь? Я подсчитала. Могу принести тебе расчет.

— Мне сегодня предъявили достаточно счетов. — Председатель все еще улыбалась. — Твой будет самым интересным. Тем интересней, что ты сама принимала участие в прогулках с превеликим удовольствием.

— Когда это было! Последний раз ты меня не пригласила! Ограничилась этими девками-близняшками с какого-то вокзала!

— А, вот что тебя так уязвило. А иначе что бы заставило тебя взяться за карандаш и произвести подсчеты... А девочки были вовсе не с вокзала. Просто жили у вокзала. У Витебского, если память мне не изменяет. Еще что-нибудь?

Лера хмыкнула и вздернула плечи, показавшиеся в этот миг особенно острыми.

— Не знаю, что еще.... Или слишком много, или уж мне вообще надо заткнуться... Одним словом, ты напрасно расслабилась в последнее время. Может быть, у нас больше нет конкурентов? Весь питерский рынок наш?

— Ты прекрасно знаешь, что это далеко не так, — вздохнула Лариса. — О, я даже не претендую на это...

И нечего проводить тут политработу... Значит, ты считаешь, что эта история со статуями послана мне в наказание за грехи?

— А, да ну все это в задницу! — неожиданно заявила Лера. — Ларка, давай думать, как тебе выбраться из всего этого!

— Как нам выбраться, — поправила ее Лариса. — Потому что, если не выберусь я, и ты слетишь в два счета. Порвут, как жабу. Все знают, что ты всегда была моей правой рукой.

— Руку, бывает, и рубят первой, — вздохнула подруга. — Ларка, так ты что-нибудь придумала?

— Да что тут можно придумать? Придется тебе, моя милая, ехать в Венецию.

Лера осторожно взглянула на нее. Потом тряхнула огненными локонами, так что по ним рассыпались солнечные искры.

— Мне?

— Ну не мне же... — обреченно произнесла Лариса. — Мне никак нельзя сейчас исчезать из Питера. В клубе может начаться что-то непредсказуемое. Да и коллекционер этот чертов... Если он узнает, что я слиняла куда-то, может поднять шум. Он меня и так уже обвинил в том, что я сорвала ему классную операцию. И если разобраться — это так и есть. Я, я сорвала операцию! Подумать только! А все должно было выгореть только так... Конечно, сейчас он рвет и мечет. Когда еще ему могла представиться такая возможность — купить сразу, в одном месте эти статуи. Подумать только!

— А если он такой умный, путь бы сам их покупал, — возразила Лера. — Решил подстраховаться — и вот вам пожалуйста! Мужик прекрасно понимал, что дело рискованное, вот и подставил нас.

— Мужик прекрасно понимал, что обращаться ему следует к нам, — вздохнула Лариса. — Все он правильно сделал. Если бы не этот придурочный Демин, деньги уже были бы у нас, и с такой накруткой, что и не снилось никому. Аукцион «Кристи» сразу мог купить бы их у нас за пятьсот тысяч долларов! И это, думаю, еще не предел, если бы мы стали торговаться... Это раритет!

— Хватит бросаться учеными словами! Лучше скажи, что мне делать в Венеции? Насколько я поняла — тряхнуть старикана Джакометти, или как там его по матери...

— На Джакометти плохая надежда. И я вообще не думаю, что это он.

— Прекрасно. Не буду трясти почтенного старца, хотя по мне — он жулик самый натуральный. Вот увидишь, как только я к нему явлюсь — он достанет эту чертову статую из-под полы и запричитает, что она каким-то образом потерялась или еще что.

— Глупости!

— Да, и предложит нам выкупить ее за бешеные бабки! — веско заключила Лера. — Тебе это понравится?

— Мне уже ничего не понравится, даже если он ее даром отдаст. — Лариса закурила. — Я опозорилась перед этим коллекционером, как последняя дура... Слышала бы ты, как со мной говорил его поверенный! Чокнуться можно!

— Еще чокнешься, — пообещала подруга. — Вот даю тебе слово, мы еще раз оплатим эту чертову статую... Ладно, теперь дело только за тем, кто нам ее продаст по новой. А кто-то явно решил нажиться. Не Джакометти, так жена этого гнилого типа, скульптора.

— Да. Обязательно уточни на почтамте, ей ли была отослана та посылка... Боже, я с ума сойду, если они откажутся дать справку!

— Не откажутся. — Лера мрачно усмехнулась. — Ни за что не откажутся, если я им заплачу. Кстати о птичках, кто будет оплачивать поездку? Фонды, как я поняла, полностью исчерпаны?

— Нет, конечно. Но я сейчас боюсь их трогать. Мне надо чем-то располагать на тот случай, если кто-то захочет убедиться, что деньги у меня есть. Например, как Люба сегодня, будь она неладна.

— Селедка мороженая. Вот она кто, твоя дорогая Люба.

— Ну хватит, ты прекрасно знаешь, что она не моя! — раздраженно среагировала Лариса. — Всего какой-то раз, а ты уже... Так вот, я хочу сказать, что денег я трогать не могу.

— И что? — Лера пристально смотрела на нее. — Как мне это надо понять? Что в Венецию я должна ехать на свои кровные?

— Я прошу тебя, — поморщилась председатель. — Сколько раз я выкладывала свои кровные, чтобы доставить тебе удовольствие! А ты теперь выписываешь мне один счет за другим. Нет, плохо быть неудачницей! — философски вздохнула она. — Каждый может высказать все, что о тебе думает. Но ты учти, милая моя, что я ведь не всегда буду в таком положении!

— А ты учти, что я всегда высказывала тебе все, что думаю! Ладно, хватит! На свои деньги я поехать не могу, поскольку их у меня нет.

— Как? — взвилась Лариса. — Да куда вы все их подевали? Любка без гроша, ты тоже...

— Мы все их подевали туда, где они пропали! — Лера сделала вид, что машет пропавшим деньгам рукой. — В статуи мы их подевали, красавица моя! И пока я не найду статую, не могу заплатить даже за обед в столовке.

— Не паясничай, у меня сейчас очень тяжелое положение. — Лариса даже сгорбилась, произнося это. — Ну пойми меня! Я же не забуду того, что ты сделаешь. Выпишу тебе премию, в конце концов...

— Нет, Лара! Я поеду только на твои деньги. Твоя идея, твои деньги... Честно говоря, у меня пропало убеждение в том, что ты все делаешь верно. Может, я и ошибаюсь, но, во всяком случае, не хочу вкладывать деньги в твои предприятия...

— Вот как... — подавленно пробормотала Лариса. Она ожидала от сегодняшнего дня самого худшего, но не этого. Мнение Леры для нее всегда что-то значило, и, если подруга резко оценивала ее деятельность, значит, к тому были реальные причины.

— Да ты не расстраивайся. Я, скорее всего, просто преувеличиваю. Ну раскошеливайся, и я могу поехать хоть сегодня. Мне не терпится побывать в этом милом городке без твоей дохлой собаки.

Лариса пожала плечами:

— Когда я ее туда привезла, она была не дохлая. А билет и визу я тебе закажу. Сегодня к вечеру все улажу.

Лера ушла, потрепавшись еще немного о том о сем и все больше о неких молодых особах, проникающих в клуб с подачи этого поганого сводника Ветельникова, и Лариса наконец осталась в одиночестве.

Тогда она заперла кабинет, прошла в заднюю комнату, задернула занавески, отгородившись от солнечного света, расстегнула на груди блузку и легла на диван лицом вверх. Некоторое время она просто лежала с закрытыми глазами, потом шумно задышала. Плакать она не умела.

А Лера сидела в баре и энергично подбадривала сбившуюся с ног барменшу:

— Давай-давай! Подсчитывай! Сколько там у меня долгов накопилось?

— Я крупных должников в последнюю очередь буду считать, — хмуро отзывалась та. — Что она придумала, в самом деле? Всегда счета собираем в конце месяца, и точка! Так нет — ей сегодня понадобилось!

— Ничего, днем раньше, днем позже! — успокаивала ее Лера. — Считай-считай! А как до меня дойдешь — присчитай к моему счету хорошенький стакан виски с содовой.

Барменша неохотно выполнила ее заказ, и Лера уютно устроилась с высоким запотевшим стаканом в руке. Судя по ее лицу, женщина была совершенно довольна жизнью.

— А как тебе новенькая? — поинтересовалась она между двумя глотками виски. — Ничего, верно?

— Не в моем вкусе, — отозвалась барменша, не поднимая глаз от калькулятора, и Лера мрачно захохотала.

— Эх, подруга! — заявила она, отсмеявшись. — Да нашего вкуса тут никто не спрашивает! В клуб уже подзаборниц принимают...

— Точно, — последовал короткий ответ из-за стойки. Лера, увлеченная темой, продолжала:

— Хоть бы ее в уборщицы взяли или там еще куда в обслугу, а то ведь сразу — член клуба, с билетом и прочими привилегиями!

— Бесплатно, наверное, — прозвучало в ответ. — Как у нее водится.

— Ну, не совсем... — Рыжая сделала слишком большой глоток и поморщилась. — Задаром ничего не бывает на этом свете.

Барменша только хмыкнула и с головой ушла в свои подсчеты. От стойки только и раздавалось: «Что делают!», но относилось это уже, по-видимому, не к поведению председательницы клуба, а к его членам, часто и охотно ужинавшим в кредит, на запись.

Лера прислонилась головой к обшитой атласом стене и погрузилась в нечто, похожее на дремоту. При этом глаз она не закрывала, но очертания стойки бара, головы барменши и тускло горящих светильников становились все более смутными, таяли и расплывались. Сквозь них начинали проступать совсем другие картины.

Вот большая комната с неуютными стенами, выкрашенными казенной желтой краской. Двухъярусные нары, а на нарах — спящие девочки. В спальне темно, только над дверью горит тусклая лампочка. Рядом с ней висит лист бумаги под стеклом. Лера не различает букв, но она наизусть помнит его содержание. Это распорядок дежурства по спальне. Лера знает этот распорядок и ненавидит его. Она ненавидит все: и эти желтые стены, и жесткое холодное одеяло, и девчонок, сопящих на все лады и наполняющих спальню запахом своих нечистых ртов.

Лера лежит, свернувшись калачиком, и смотрит на дверь и на лампочку над дверью. Она хорошо знает, что сейчас произойдет. Лера все хорошо знает. В ее жизни давно нет ничего непредвиденного, в ней все происходит по расписанию — писаному и неписаному. Сейчас откроется дверь и войдет высокая светловолосая женщина в белом халате. Женщина пройдет по рядам между нарами, отыщет Леру, знаком прикажет ей вставать и идти за ней. И Лера встанет и пойдет.

Ей будет холодно в своем фланелевом халатике скучного синего цвета. Лера ненавидит этот халатик, ненавидит свою ночную рубашку, ненавидит свою стриженую рыжеволосую голову. Часто она думает о том, ненавидит ли женщину, которая приходит за ней по ночам? И не может ответить на этот вопрос.

Женщина входит, и Лера встает с постели. Она старается не шуметь, потому что некоторые ее соседки не спят, а только притворяются спящими. Когда Лера выйдет из комнаты, девчонки перегнутся со своих постелей друг к другу и начнут обсуждать ее, Леру, и суку Ларису. Она знает, что, когда вернется в спальню, девчонки начнут издеваться над ней, назовут ее легавой сучкой, а может быть, сделают ей темную. Они думают, что Лера ходит стучать на них. Но Лера не стучит. Лера не легавая.

Она просто идет за женщиной в белом халате, минуя освещенные коридоры, щурясь от яркого холодного света длинных белых ламп под потолком. Она входит вслед за женщиной в небольшую холодную комнату. В комнате стоят застекленные белые шкафы с медицинскими препаратами, две кожаные черные кушетки и письменный стол. Это — «больничка».

Женщина запирает за Лерой дверь и достает из холодильника, стоящего в углу, два подсохших пирожных на общепитовском блюдце, бутерброд с колбасой и наливает ей чаю. Лера молча ест, не благодаря за угощение. Ей не надо никого благодарить, потому что она ничего не делает даром. Лера никого никогда не благодарит, потому что она в конце концов за все платит. Она знает это и поэтому ест спокойно, с сознанием своей правоты. Она очень удивилась бы, если бы ей дали эти пирожные даром. Может быть, она тогда и не взяла бы их. Лера не знает, что бы она сделала в таком случае. Ей никто и никогда ничего не давал даром.

Она доедает пирожные и вытирает крошки с губ рукой. Женщина в это время уже не сидит напротив нее за столом и не смотрит, как Лера ест. Она уже присела на кушетку и расстегнула свой белый халат. Лера встает, потому что все уже съедено, больше тянуть невозможно и пора расплачиваться за угощение.

Она подходит к женщине, которая уже легла. Встает на колени рядом с кушеткой и с минуту молча смотрит на обнаженную грудь этой женщины, на ее круглый белый живот, на ее сильные бедра. Сама Лера кажется совсем заморышем по сравнению с ней.

Женщина приподнимает голову и говорит ей: «Ну?» Только «ну», всего только одно слово, но Лера тут же подтягивается головой к ее бедрам и находит кончиком языка то, ради, чего ее сюда и зовут. Она проникает языком между жестких курчавых волос, дотрагивается до горячих бугорков и ямок, потом начинает помогать себе руками.

Женщина сначала молчит, потом начинает потихоньку стонать. Лера помнит, как в первый раз она услышала этот стон с удивлением. Она не могла себе уяснить, как она может заставить стонать эту женщину, которой принадлежит страшное право — освобождать от работы несовершеннолетних преступников в колонии или посылать их на ненавистные швейные машинки...

Врачиха с такими холодными глазами, что даже самые отчаянные девки ее боялись, стонала, дергалась и прижимала голову Леры к своему животу, заставляя ее почти захлебываться в горячей слизи, вытекающей из нее.

Скоро Лера поняла, что ее ночное право заставить эту женщину стонать ничего общего не имеет с их дневными отношениями. Она даже не давала ей справки по освобождению от работы, если Лера не была больна. В сущности, она ничего не получала за то, что делала ночью, кроме двух-трех пирожных и ненависти соседок по спальне. Но отказаться было нельзя — да и зачем? Лера чувствовала себя слишком одинокой как в колонии, так и во всем мире.

У нее не было никого. Она сама себе сказала, что у нее нет никого, хотя у нее была мать. Мать! При этом слове у нее начинали кривиться губы. Мать-дворничиха, «лимита проклятая», как она сама себя называла, когда напивалась и не выходила разгребать снег. В такие дни (а их было немало) снег или опавшие листья должна была сгребать Лера.

Сначала она делала это, боясь побоев матери, потом перестала. Просто сунула как-то лопату за груду битых кирпичей на заднем дворе и убежала на улицу. Лера хорошо помнила, как она шла тогда по улице, сначала ничего вокруг не видя от испуга за собственный поступок, а потом понемногу начиная различать то, что творилось вокруг нее.

А вокруг Леры двигались, смеялись и разговаривали спокойные, чисто одетые люди. Они вели за руки детей (был тот час, когда детей забирают из детских садов). Сама Лера давно уже вышла из того возраста, когда посещают детский сад, но ей все равно тогда стало невыносимо обидно, что ее никто не ведет за руку, не разговаривает с ней, не улыбается, глядя на нее.

Она увидела, что очень плохо одета. Странно, но раньше она этого не замечала. В школе она была одета, как и все, в коричневую форму, и потому ее бедность никому не бросалась в глаза. И только тогда она поняла, что у нее нет ни одного хорошего платья. Да что там — хорошего! Самого нехорошего, но целого, нерваного нет...

Лера долго тогда бродила по улицам. Домой пришла поздно, специально дождавшись того часа, когда мать допивалась до такой степени, что встать уже не могла.

С тех пор Лера ни разу не взяла в руки метлу или лопату. Мать она посылала подальше, когда та пыталась ее усовестить, а если лезла в драку — просто убегала и сутками не приходила домой.

Спала она в подвале в соседнем доме. Мальчишки устроили там «штаб», где играли в войну. В подвале было тепло, темно и стояла большая старая кровать.

На этой-то кровати одиннадцатилетняя Лера как-то проснулась от чьих-то голосов. Она испуганно вскочила. Вокруг нее стояли мальчишки, но не те, что играли тут в войну. Другие, постарше и совершенно ей незнакомые. Лера сразу почуяла неладное и вскочила было, чтобы убежать. Но убежать ей не дали.

Двое мальчишек схватили ее и прижали к кровати так, что выскочившие пружины впились ей в тело.

Еще один стоял рядом и свистящим шепотом подначивал того, кто устроился между насильно разведенных Лериных ног и толчками впихивал в нее что-то твердое, острой болью отзывающееся в промежности и в животе.

Она не кричала, потому что рот ей заткнули ее собственной варежкой. Спустя какое-то время она перестала даже дергаться. Мальчишек было четверо, и все они делали с ней одно и то же, пока Лера не ощутила, что вся кожа между ног превратилась в одну сплошную ссадину. Ей уже было не важно, что с ней делают, как это называется и почему они так хохочут, глядя на ее ноги. Ей только хотелось, чтобы это скорее кончилось.

Как и когда все закончилось, она не помнила. Не знала, сколько времени прошло, когда снова открыла глаза и поразилась тому, что в подвальном окошке светит солнце. Она полежала минуту, сжимая в руке свою обслюнявленную варежку, потом тихо и хрипло завыла — один раз. Потом замолчала.

Молча вышла из подвала, молча пришла домой, молча помылась в общей ванной их коммунальной квартиры под бормотание пьяной матери о том, что она в ее годы не гуляла по два дня, нет... Молча легла на свою кровать и закурила одну из материных папирос. Та только ахнула, но папиросы отнять не смогла. Костлявая, но мускулистая Лера была сильнее своей ослабевшей от алкоголя родительницы.

Так началась ее новая жизнь. Днем она лежала на постели и курила, глядя в потолок, вечером уходила во двор. У нее появились новые друзья — все старше ее.

Лерка смешила их любовью к дракам, постоянным желанием выпить и покурить анаши. «Малявка» — так они ее звали. «Малявка» не обижалась. Она беспокоилась только об одном: как бы стянуть у матери папиросы или деньги на вино. В школу она больше не ходила.

К матери несколько раз приходил инспектор по делам несовершеннолетних, и Лерку в конце концов поставили на учет. Это ее совершенно не обеспокоило. У нее было уже несколько приводов за бродяжничество. Собственный двор оказался для нее слишком мал. Хотелось побывать там, где кончаются эти дворы, эти улицы с довольными вечерними людьми и их сытыми детками, ведомыми за ручку, там, где Лерка будет совсем одна.

Но одной ей остаться не позволили. Когда она стащила у соседки по квартире «похоронные» деньги, чтобы купить себе билет на поезд, шедший в Адлер, ее окончательно лишили права на одиночество и свободу, отправив в колонию для несовершеннолетних.

Там она и встретила Ларису Васильевну Игнатьеву, которая казалась ей старой, но которой тогда едва исполнилось тридцать лет. Врачиху.

Лариса относилась к ней в общем-то хорошо. Именно она впервые открыла Лере глаза на то, чем занимаются многие женщины на зоне, и это открытие девушка не могла назвать слишком неприятным. Во всяком случае, оно лучше того, что сделали с ней мальчишки в том подвале, а потом делали ее более взрослые друзья. И она поклялась себе, что никогда не позволит никому притронуться к себе.

При этом она имела в виду только мужчин, Лариса не была ей неприятна. Врачиха удивляла ее поначалу. Но когда Лера ко всему привыкла и всему научилась, то спокойно исполняла приказания Ларисы и радовалась даже, что всегда могла ей угодить.

«У тебя особый талант... — говорила ей врачиха, вообще-то очень скупая на слова. Она не любила обсуждать вслух то, чем так любила заниматься. — Язык у тебя — просто дар Божий!»

Лера не знала, дар это или нет, но, во всяком случае, язык ее в буквальном смысле слова кормил — она выглядела куда более упитанной, чем другие девчонки на зоне. Кроме того, она любила пить чай в амбулатории у Ларисы. Пожалуй, пить чай она любила куда больше, чем делать все прочее, зачем приходила сюда. Но раз без этого нельзя было обойтись — что ж...

Здесь, как ни странно, она впервые почувствовала нечто вроде уюта. Здесь было чисто, спокойно, тихо. Не то что в комнате матери или в общей спальне, не говоря уже о том подвале и прочих убежищах, где ей доводилось ночевать.

Лариса была тоже чистой, спокойной, даже заботливой. Она не баловала, никак не выделяла Леру на людях, но девушка всегда чувствовала, что та готова прийти ей на помощь или, по крайней мере, накормить ночью пирожными.

Они часто встречались и после того, как Лера вышла из колонии. Видимо, Лариса не зря ее хвалила. Лере по-прежнему было наплевать на мужиков, так она всем и говорила — всем, кто желал это услышать. Ларису это только радовало. При частых встречах она похваливала Леру — какая та стала разумная да рассудительная. Лера пожимала плечами. Сама она не считала себя ни особо умной, ни особо рассудительной. Но раз так говорила Лариса...

Лариса давно стала для нее высшим авторитетом в этом мире, и не столько из-за каких-то чувств, которые Лера питала к ней, сколько из-за того, что Лариса неплохо умела устроиться в жизни.

Она недолго проработала в колонии. Видимо, кто-то стукнул на нее, и ей пришлось с почетом уйти. Теперь она занималась совсем другими делами. Лера долго старалась понять какими, пока та не привлекла к ним и ее.

Теперь Лера хорошо одевалась, мылась каждый день и снимала однокомнатную квартирку на окраине. К матери она больше не наведывалась. Она не могла видеть ту комнату, в которую вернулась из подвала в свои одиннадцать лет. Ей почему-то казалось, что ее прошлое тут же схватит ее, как те мальчишки, засунет в рот слюнявый кляп и больше не отпустит, пока не сотрет в кровь ее тело, сердце и душу. Она боялась даже появляться в том районе, где раньше жила, хотя ее никто уже не смог бы узнать. Лера выросла.

Красивой она не стала, не стала и просто хорошенькой. Черты лица у нее были неправильные, кость широкая, рабочая, кожа бледная. Кроме того, она всегда была слишком худа. Рыжие волосы придавали ее бледному лицу что-то цирковое.

«Ну чистая лошадь на арене... — говаривала Лариса, запуская ей пальцы в волосы. Она любила их гладить и ворошить. — Чистая лошадка...»

Лера хмуро смеялась и смотрела исподлобья. К тому времени она успела влюбиться. Для нее давно настала пора, когда требовалось кого-то ласкать, с кем-то откровенничать, быть кому-то нужной. Она сама не догадывалась, насколько все эти потребности были в ней изуродованы и принижены, она просто действовала, повинуясь своему инстинкту.

Ко времени проявления этого инстинкта рядом оказалась Лариса — и она полюбила Ларису, как полюбила бы любого, не будь в ее жизни той ночи в подвале. Ларису было просто любить. Она не требовала верности, легко относилась к выходкам Леры, на которые та была горазда, прощала ее грубость и заносчивость. Или же просто не обращала на все это внимания, как догадывалась Лера.

Иногда ей даже казалось, что Ларисе на самом деле нет никакого дела до нее, что той совершенно все равно, будет жить рядом Лера или исчезнет. Но она никогда об этом не спрашивала напрямую, боясь показаться смешной. Лариса не любила выяснять отношения. Она вообще больше всего ценила молчание, повиновение и четкое исполнение ее приказаний.

Лера их исполняла как можно четче. Приказания были несложны: приехать в одно место, чтобы забрать там деньги, съездить в другое, чтобы взять там какие-то пакетики, приехать в третье и снова получить за пакетики деньги.

Лера ездила, возила все, что от нее требовалось, и не слишком испугалась, когда узнала от Ларисы, чем, в сущности, занимается. Она и сама давно поняла, что возит в пакетиках не сахарный песок. Ей было все равно. Полное равнодушие к собственной судьбе охватывало ее довольно часто, и тогда ничто не могло ее вывести из этого состояния. Немного помогал алкоголь, а еще лучше — папироса с анашой. Обоими средствами она и пользовалась в такие минуты, не слишком слушая увещевания Ларисы. Та никогда не пользовалась сама своим товаром и считала это первой гарантией того, что не попадется.

«Запомни, когда продавец начинает сам употреблять гашиш — ему конец...» — говаривала она. Лера только пожимала плечами.

Она ко всему относилась сравнительно равнодушно. Равнодушно отнеслась она и к переменам в своей судьбе и в судьбе Ларисы. В последние годы та нашла возможность привлечь более обширные средства для закупки и реализации товара и уже начинала осваивать широкий рынок торговли наркотиками. И это позволило ей открыть и содержать клуб, основным занятием которого была именно торговля наркотиками. Основным принципом клуба стало формирование его исключительно из женщин. Разумеется, Лариса пополняла состав членов клуба не на улице и не по объявлению в газете. В него прежде всего попадали лица, с которыми она уже имела дело, женщины, рекомендованные членами клуба, а также (тут равнодушие Леры как рукой снимало) молодые девицы, которых поставлял Ларисе один ее старый приятель, почти что единственный приятель мужского пола. Его звали Сергей Ветельников.

Он — бывший содержатель подпольного публичного дома на Охте, а ныне — довольно известный в питерских кругах коммерсант. Эти женщины, относящиеся к последней категории, не имели никакого отношения к торговой деятельности клуба и предназначались исключительно для ублажения Ларисы, ибо все они были очень молоды, красивы и готовы на все, чтобы поправить свое материальное положение. Их Лера просто ненавидела.

Она давно уже убедилась в том, что все любовницы Ларисы занимали ее недолго, и в конце концов та оставалась в каком-то смысле верна старой подруге. Но все равно Лера чувствовала жгучую обиду и ревность всякий раз, когда в клубе появлялась новая особа, рекомендованная Ветельниковым.

Но ее ревность только смешила Ларису. Лера всякий раз давала себе слово не принимать эти летучие романы слишком близко к сердцу, но из этого ничего не получалось — и она злилась, устраивала сцены и обычно напивалась в стельку, когда знала, что Лариса уединилась с очередной фавориткой. Потом все проходило, она шла на мировую, и жизнь вокруг нее снова обретала черты относительного покоя. И так всякий раз.

Сейчас же Лера, давно уже допившая свой коктейль, от покоя была очень далека. Она приходила в себя, и очертания бара не расплывались перед ней, но на душе было смутно и тяжело. Она обвиняла в этом Ларису и новенькую, появившуюся на днях в клубе, — невысокую смазливую брюнетку с волосами до пояса.

— Шлюха! — сказала она неизвестно в чей адрес и попыталась ответить себе на вопрос, ненавидит она Ларису или нет. И как всегда — не смогла.

●

ГЛАВА 13

— Вы мне нравитесь все меньше, — честно заявила Даша в лицо Игорю Вадимовичу. — Совсем уже не нравитесь.

— Но мне необходимо уехать! — Тот только пожимал плечами. — Что за сцены?

Он явился к ней этим утром, чтобы ошарашить сразу двумя сообщениями: во-первых, за Дашей снова следил некий человек. Он его заметил вчера, когда предусмотрительно не уехал из ее двора, отогнал машину в сторону, а сам занял наблюдательный пост в другом подъезде, напротив Дашиного.

Человек этот, по его словам, вошел в подъезд, ничем при этом не отличаясь от мирного обывателя, кроме того, что постоянно озирался по сторонам. Как только он вошел, Игорь Вадимович почувствовал неладное и решил было уже позвонить Даше и предупредить ее, чтобы она ни в коем случае никому не открывала: ни милиции, ни сантехнику, ни Святому Духу.

— Какие сантехники и святые духи в такое время! — поморщилась она. — А вот почему вы уверены, что это был тот самый, что следил за мной в первый раз? Ведь вы же того толком не разглядели!

— Я узнал его по осанке и походке. У него своеобразная походка — слегка подпрыгивающая.

Даша призадумалась:

— Но... Я ничего такого в его походке не заметила, когда он шел за мной... Тот, что в маске, я имею в виду... Он двигался ровно, плавно, как будто на лыжах ехал... Вы ошибаетесь. Это был не он.

Но Игорь Вадимович утверждал, что он. А то, что в его походке не было ничего странного, могло объясняться тем, что шел он тогда по глубокому, неутоптанному снегу, почти бежал, и Даша была в таком состоянии, что судить здраво о его походке никак не могла. С этим пришлось согласиться.

— И что же он делал? — спросила она, нервно расхаживая по комнате. Хуже всего было то, что Даша не догадывалась, за что он ее преследует. И иногда ей казалось, что все это ошибка, страшный сон, что она ничем не может быть опасна для убийцы, а следовательно — он не может ее убить...

— Постоял, видимо, в подъезде, потом вышел и перешел в соседний, — спокойно ответил Игорь Вадимович. — Я только успел испугаться, что он сейчас направится к тому подъезду, где стоял я сам, как он скрылся из виду и больше не показывался. Конечно, он стоял там и тогда, когда я уехал. Но мне уже стало ясно, что он не будет ломать дверь в квартиру и все такое прочее.

— Почему вам стало это ясно?! — воскликнула Даша. — Боже мой! Да вам совершенно наплевать на то, убьет он меня или нет! Мне хочется стукнуть вас по голове, так и знайте! Как я поняла, вы этого человека не разглядели тоже?!

— Лицо, конечно, нет. Он находился достаточно далеко.

Она сжала кулаки в бессильной ярости. Больше всего ее бесил загадочный тон Игоря Вадимовича и его постоянная привычка говорить не всю правду. С этим свойством она уже успела основательно познакомиться и теперь считала, что нельзя верить ни одному его слову. Она хотела бы отвязаться от опеки этого человека, и в то же время ей было страшно остаться совсем одной...

«Он все же не пытается меня убить и хоть что-то делает для моего спасения... — в который раз сказала она себе. — А то, что он такой лгун... Что ж... У каждого свои недостатки...»

Несмотря на такое смягчающее обстоятельство, она не могла избавиться от чувства неприязни к нему.

Это чувство усугубила еще одна новость, сообщенная им в то утро. Игорь Вадимович намеревался на несколько дней уехать, бросив ее в Питере одну».

Она слушала и не слушала его уговоры, его долгие рассказы о необходимости отъезда. Он собирался в Венецию, но это совсем ее не утешало. Она ходила по комнате быстрее и быстрее, в конце концов уже почти бегала, и он устало замолчал, исчерпав все аргументы. Даша остановилась и посмотрела на него полубезумными глазами.

— Но вы хоть понимаете, что он меня убьет?! — сказала она, сжимая руками виски, чтобы хоть немного успокоить шум в голове. — Поймите же, если он каждый вечер стал дежурить в моем подъезде, если он бегает за мной, переодевшись в свою дурацкую маску, — это значит, что на днях, буквально на днях ему повезет и, когда никого не будет рядом, он меня прикончит. Вы втравили меня в эту историю, вы во всем виноваты!

Даша тихо вскрикнула и опустилась на стул, закрыв лицо руками. Ее вдруг охватило невыносимое чувство полного одиночества и беззащитности перед лицом всего мира. Она понимала, что теперь ей будет очень трудно спастись от убийцы и что Игорь Вадимович на этот раз дает ему прекрасный шанс разделаться с ней. И еще ее бесило чувство, что она не может ничем ответить преследующему ее маньяку.

— Я не хочу быть безмолвной жертвой! — Девушка внезапно подняла покрасневшие, но сухие глаза и пристально посмотрела на него. — Я не хочу умереть. Дайте мне оружие.

— Мне это нравится! — усмехнулся он, и она снова уронила голову на руки. — Представляю тебя, милая моя, с пистолетом на изготовку! Да ты же, прости Господи, муху не убьешь!

— Вы мерзавец! — прорыдала она сквозь сомкнутые ладони.

— Дашенька, милая! — Ее опекун торопливо приблизился к ней и полуобнял ее вздрагивающие плечи. Она резко отстранилась и с ненавистью взглянула на него.

— Не смейте меня трогать!

— У тебя истерика, — довольно сухо заметил он и отошел к окну. — Ну вот что, Даша! Твои обвинения, может, в чем-то и справедливы... Я каюсь, что вовремя не вычислил того типа, и теперь мне приходится оставлять тебя практически наедине с ним...

При этих его словах Даша залилась густой краской и почувствовала непреодолимое желание его придушить. Но из последних сил сдержалась, только и прошипев в ответ:

— А, так вы все это понимаете! Что ж, по крайней мере будет кому надо мной поплакать! Когда вернетесь из вашей Венеции — не поминайте лихом!

— Ну, не все на свете так мрачно! — возразил он. — Я все больше склоняюсь к мысли, что мы просто недооценили помощи, которую может оказать клуб...

— Вот оно что... — протянула Даша. — Когда вы ничем не хотите мне помочь, когда вы убегаете, мне, оказывается, должен помочь клуб! Клуб, куда вы меня впихнули как шпионку, должен мне еще и помогать?! Прекрасное убежище! Нет, больше я никуда не пойду! Мне страшно, поймите же вы это! И я видела его там, там! У самой ограды!

Она вскочила и подбежала к нему, схватив за рукав твидового серого пиджака. Он холодно обернулся, и девушка заметила на его лице явное раздражение. Она отпустила его, и он демонстративно отряхнул пиджак. Даша обмерла и продолжала оцепенело смотреть на своего подельника. А тот покачал головой и отчетливо произнес:

— Ну и дура же ты, прости меня, Господи!

И неизвестно почему, ей стало намного легче от этих слов. Она перевела дух и спросила ослабевшим голосом:

— Но что мне теперь делать? Скажите, раз вы такой умный. Только в клубе я ночевать не буду. Пусть там ворота, но за ними бродит эта фигура! Он дожидался меня там, у ограды... Значит, ему все про меня известно: где живу, куда хожу, а может даже — зачем хожу... Конечно, ему очень должно было не понравиться, что я наведалась в «Политес». Ведь это прямая угроза... Нет, он слишком много знает обо мне... Надо спрятаться там, где он даже не догадается меня искать...

Она немного успокоилась и призадумалась, отойдя от окна и снова закружив по комнате. Внезапно ей в голову пришло, что убийца знает о ней так много, как никто. Не меньше, чем сам Игорь Вадимович.

«Он знает столько же, сколько этот человек... — Даша посмотрела на спину в твидовом пиджаке и в который раз сказала себе, что ничего ей об Игоре Вадимовиче толком не известно. — А может... Это и есть тот самый человек? Все в одном лице: и спаситель, который меня ни от чего не спас, и убийца, который меня пока не убил? Но почему не убил, раз собрался? Может, он просто играет мной, как кошка мышью? И это так похоже на него — ничего не говоря, молча, идти ко мне в темноте, по снегу... Молча, не обращая внимания на крики, на страх... Он был совершенно хладнокровен... Так, как всегда. Его ничто не может поколебать в этом хладнокровии, разве что, когда придет на ум изображать нежные или благородные чувства».

Она наконец поняла, кого ей напоминал иной раз Игорь Вадимович. Он напоминал плохого актера, который все время переигрывает, изображая разнообразные страсти, и никак не может найти верный тон, чтобы зритель ему поверил.

«Но ведь бывают и такие несчастные люди, у которых такой тон выходит сам собой, и без их намерения, хотя чувства у них при этом совершенно искренние. Несчастные люди, они никак не могут естественно объясниться в любви, или в ненависти, или там еще в чем... Я таких знала, и немало... И мужчины, и женщины. Все они были очень неприятны в общении. Может, и этот точно такой же? Может, он потому кажется мне таким подозрительным, что я встретила его в подозрительной обстановке и обстоятельства тоже были весьма неясные? Кто знает... Но сейчас он ведет себя подло».

Она сделала последнюю попытку добиться помощи:

— Зачем вам ехать туда, раз я сама все узнаю в клубе? Или я напрасно туда ходила? Я уже знаю, где находятся документы, дело за тем, чтобы их просмотреть... А в Венеции все равно ничего не скажут.

Он неожиданно ласково улыбнулся и протянул руку, чтобы погладить по голове. Она как раз стояла рядом и не отшатнулась только от неожиданности. Его пальцы коснулись ее гладких блестящих волос, и он провел по ним как будто удивленно.

— Чистый шелк, — задумчиво сказал Игорь Вадимович, глядя на нее отеческими глазами. — Дашенька, хватит злиться. Все уладится. В клубе тебе будет куда как лучше, чем здесь. А убежище тебе я предлагал, помнишь... Ты отказалась. А я не всемогущ. Остался клуб, и я не понимаю, почему ты боишься туда идти. Ведь маска не проникнет за ворота.

— Гарантий нет. — Даша с облегчением вздохнула, когда он убрал руку. Его прикосновения по-прежнему были ей неприятны, тем более что к самым разнообразным чувствам, которые он у нее вызывал, теперь очень существенно примешивался страх. — Он может войти туда, если придет в гости!

— Он мужчина! — напомнил ей Игорь Вадимович. — А это лучшая гарантия того, что в гости он не придет.

— Да, это верно... — сдалась Даша. — Это совсем исключено?

— Совсем! — твердо ответил он. — Я знаю, что советовать. Не хочу же я твоей смерти, Дашенька!

«А кто тебя знает? Боже, если бы я хоть догадывалась, кто носит маску!»

— Даша, я привезу хорошие новости, — уверенно продолжал Игорь Вадимович. — Джакометти должен кое-что знать, насколько я понял... Статуи в кабинете были совершенно не те, верно?

— Ну да! — подтвердила она. — Может, я не слишком во всем этом разбираюсь, но это были точно не они. Это были обыкновенные куклы.

— Массовое изделие, — констатировал он, — то, что поставляют во все уголки земли Джакометти и прочие ребята... Могу себе представить... Ладно, сейчас речь не об этом. Теперь я могу их хорошенько зацепить. Верни мне эскизы, кстати.

Даша нашла на столе папку и нерешительно протянула ему. В последний момент у нее мелькнуло желание не отдавать ее, оставить у себя, но она хорошо понимала, что эскизы могут ему понадобиться в Венеции.

Он взял папку, открыл ее и еще раз просмотрел. Вздохнул, указывая Даше на рисунок, изображавший восточного вельможу:

— Вот этот самый выразительный... Жаль, как жаль... Что они с ними сделали?..

— Да уж ничего хорошего... — мрачно ответила Даша. — Они все испохабили, как могли. Можно показать эти рисунки и потом статуи первому встречному, вам любой ответит так же... У меня такое чувство, словно это сделано нарочно. Будто они специально поиздевались над тем, что он нарисовал, понимаете?

— Все возможно, — ответил он, завязывая тесемки папки. — Так вот что, Даша! Сегодня же ты должна отправиться ночевать в клуб, иначе я ни за что не отвечаю. Поняла?

— Поняла, — ответила она, присаживаясь за стол и закуривая наконец взятую у него сигарету. — Но вот что мне там делать — ума не приложу. Наверное, меня убьют в конце концов, все равно кто...

— Глупости! — отрезал он, собираясь уходить. — Я заеду вечером, отвезу тебя в клуб. Собери необходимые вещи.

— Хорошо, — сказала Даша. У нее уже почти не было собственной воли. — Будь что будет... Но я ничего не стану там делать до вашего возвращения. Мне вовсе не улыбается, чтобы меня застукали в кабинете председательницы, когда я роюсь в бумагах, а вы не можете мне даже помочь. Так я не играю!

— Хм... — призадумался он. — Но мы потеряем массу времени.

— Надолго собрались? — прищурилась она. — Ах, на три-четыре дня?! Великолепно! Так вот что я вам скажу! Можете на меня больше не рассчитывать, даже если меня не пристукнут, больше вы меня не увидите. В конце концов, я свободный человек и могу сама распоряжаться своей жизнью. Спрятаться там — спрячусь, но не больше. Если вы отказались мне помогать, какой все это имеет смысл для меня?

— Удивительно! — Он едко усмехнулся. — А для тебя вообще имеет смысл, чтобы убийца был найден? Уж не говоря о том, что он угрожает и твоей жизни, ты ведь хотела за Аркадия рассчитаться.

— Я-то хочу рассчитаться за него... — протянула она, снова начиная нервничать и злиться. — А вот чего хотите вы — это для меня полная загадка.

— Повторить отгадку? — Игорь Вадимович приподнял брови, и она снова вспомнила о плохом актере, который пытается уверить кого-то в своей безмерной страсти.

— Да не надо. Черт! Выхода у меня нет... Вы, по крайней мере, свяжитесь там со мной, когда приедете. Я к тому времени попробую раскопать все до конца и освоиться в клубе, ну а уж вы, пожалуйста, посодействуйте, когда начну ворошить бумаги. Мне нужна страховка, иначе не получится.

— Ладно. Может, ты и права, что так осторожна. В тех комнатах отдыха, которые ты видела, был телефон?

Даша призадумалась и неуверенно ответила:

— Вроде да... Но я не могу утверждать наверняка.

— Это выясни! — распорядился он. — Лучше всего, если ты будешь жить в номере с телефоном, городским, разумеется. Когда узнаешь его номер и поймешь, что комнату менять уже не будешь — позвони мне...

Он порылся в карманах и достал уже знакомую Даше визитку.

— Вот! Позвонишь по этому телефону и скажешь, как с тобой связаться. Телефон запишут, я приеду и сразу позвоню. Я тебя не брошу, не бойся!

Она рассмотрела визитку. Телефон был тот же самый, что на визитке из «бардачка». Ничего нового девушка не узнала.

— Это ваш домашний телефон? — спросила она, чувствуя, однако, что ясного ответа все равно не получит. Так и произошло.

— По этому телефону меня всегда можно найти, — уклончиво ответил он. — Если что-то случится, в чем я очень сомневаюсь, мне дадут знать даже туда, в Венецию. Не впадай в панику из-за пустяков.

— Вам, конечно, пустяки... — Она положила визитку на стол. — Хорошо. Вечером приезжайте за мной, а пока... Пока я буду сидеть взаперти и никому не открою.

— И бабке прикажи, чтобы не отпирала кому попало, — велел он.

— Ей прикажешь! Но она и сама не откроет, смертельно боится воров. А вот как я на работу буду из клуба ездить...

— Все образуется, — пообещал он. — Могу дать совет: пользуйся городским такси, никаких частников, только такси. Будешь вызывать такси в клуб, когда соберешься куда-то, и из больницы, когда будешь уезжать в клуб. Я не думаю, что он переоденется таксистом и заимеет машину с «шашками» на борту...

— Пожалуй, так будет лучше всего, — кивнула она.

На этом они и расстались. Он уехал и уже откуда-то из города или из собственной квартиры (она не спросила об этом) позвонил и велел никуда не высовывать носа — за ней по-прежнему следят. Он видел машину и того человека. Машина уехала из двора прямо перед ним, и он не смог ее выследить — потерял в потоке общего движения где-то за Дворцовым мостом.

Она только вздохнула. Ни ужасаться, ни плакать, ни просить о помощи она больше не могла, да и не считала нужным.

«Помочь себе могу только я сама, — думала Даша, укладывая в дорожную сумку вещи. — И больше мне не на кого рассчитывать... Одна на всем свете».

Она вспомнила о матери.

«Но что мама может сделать для меня? Это я должна что-то делать для нее сейчас, когда получаю почти вдвое больше, чем она... Должна ей помогать и, во всяком случае, не создавать лишних проблем... Как она была бы счастлива, если бы я вышла замуж! Она только об этом и мечтает каждый раз, когда пишет мне письмо или звонит... Спрашивает: нет ли у меня кого, и осторожна ли я, и не собралась ли замуж... И не понимает, не понимает, что мне нужен был только он... Если из всех людей мне нужен был только он, то уже никогда... Никогда...»

Она с досадой швырнула в сумку черный свитер и юбку и призадумалась о том, как объяснить Ларисе свою неожиданную перемену в поведении.

«Она обязательно вспомнит, как я изо всех сил отпиралась от ночевки в клубе. Она ведь не дура, в самом деле. И вдруг я заявлюсь с такой вот сумчонкой и прошу убежища... Как мне объяснить это? Может, сказать, что у меня в комнате затеяли капитальный ремонт? Или что у нас отключили отопление и не обещают врубить в ближайшие дни? Все сгодится, если только она не вздумает проверять, так ли это в действительности... Кто знает? Она может и проверить, ведь у нее есть мой адрес. Ничего, обойдемся байкой об отоплении. Так бывало не раз, а батареи все равно плохо прогреваются... Даже если она вздумает позвонить Настасье Филипповне, чтобы спросить, правда ли это, та ответит ей, что, почитай, всю зиму не топят. И так ежедневно жалуется...»

Даша обрадовалась, что нашла такой выход, и направилась на кухню известить старуху о своем отъезде.

Та, как и следовало ожидать, не только не обрадовалась, что Даша уезжает, но, наоборот, завопила:

— А я?! Меня на кого же?!

Девушка привыкла к таким переменам в ее настроении. Когда Даша была здесь, рядом, старуха не упускала случая пожаловаться на нее кому-нибудь и обвинить во всех смертных грехах, в том числе — в лености, нечистоплотности, в том, что Даша не вворачивает вовремя перегоревшие лампочки в коридоре и отказывается платить за мойку окон на общей кухне.

Как обстояло дело реально, старуху нимало не волновало. Она продолжала утверждать, что земля еще не носила таких наглых и грязных девиц, как соседка, и она, Настасья Филипповна, уже совсем замучилась, прибирая за паршивкой. Но всякий раз, когда Даша намеревалась покинуть квартиру — обычно, чтобы уехать к матери, — старуха вставала на дыбы, немедленно соображая, что теперь некому будет мыть полы, выносить ведро и вкручивать все те же лампочки, часто становившиеся предметом раздора, ибо Настасья Филипповна обожала выкручивать их по ночам и вставлять свои собственные, только перегоревшие. Все попытки Даши уверить ее в том, что лампочка на кухне еще вчера была грушевидной, а сегодня, когда перегорела, почему-то оказалась круглой, никак не действовали. Настасья Филипповна в таких случаях просто утверждала, что Даша рехнулась и сама не знает, что говорит.

И Даша отступала, в душе проклиная и бабку, и ненавистную квартиру, но не осмеливаясь высказать всего этого вслух. Настасья Филипповна иной раз нагоняла на нее настоящий страх, особенно когда выходила на тропу войны.

Так все вышло и теперь. Старуха всплескивала руками, и ее желтый махровый чепчик колыхался на голове. Она причитала:

— На кого же ты меня оставляешь, Дашенька?! Кто же мне, старухе старой, ведро вынесет?

— Ваш сын, — веско отвечала Даша, уже начинавшая жалеть бабку, которая на самом деле была «невыходной»: лет пять, как сидела дома. — Пусть ваш сын, когда приезжает сюда, вместо того чтобы ломиться в мою комнату, выносит вам ведро и чистит унитаз, которым он, кстати, пользоваться не умеет.

— Как?! — Старуха даже задохнулась. — Да ты что — одурела?! Кто тут не умеет?! Это ты, деревня, прискакала сюда из своего сраного Пскова...

Даша громыхнула сковородой, которую отмывала металлической щеткой, и сверкнула на старуху глазами.

— Хватит, Настасья Филипповна! Мне неохота с вами ругаться всякий раз, когда я уезжаю. Если не можете обойтись без прислуги — наймите.

— На-нять?! — проскандировала старуха, трагически воздевая руки к закопченному потолку с отваливающейся штукатуркой. — А на какие шиши такие?! У меня-то нет такого хахаля богатого, как у тебя, прошмандовка!

— За оскорбление личности могу вас по статье притянуть, — хладнокровно отвечала Даша. Как-никак, а кухонные перепалки с Настасьей Филипповной хорошо ее закаляли, и иной раз казалось, что теперь ей ничего не страшно. В какой-то мере это даже помогало в жизни.

«Но как бы я хотела, чтобы такой опыт мне никогда не пригодился! — вздохнула она про себя. — А то не заметишь, как сама стервой станешь...»

— Скажешь тоже! Прислуга! — продолжала проповедовать Настасья Филипповна.. — Это ты, что ли, прислуга?! Пальцы вон какие белые!

— Уймитесь! — громко приказала Даша, и та, как ни странно, унялась. Причину этого послушания Даша сразу определила — ведь старуха даже не успела выяснить, куда отправляется ее соседка в такое необычное время. И точно — последовал вопрос:

— К мамочке поедешь?

Теперь ее голос звучал слаще некуда — прямо патока с медом. Даша поморщилась. Ей гораздо больше претили такие подхалимские подходцы Настасьи Филипповны, чем ее прямое хамство.

— Нет.

Старуха всполошилась:

— Нет?! А куда?!

— В санаторий. Почки лечить.

— Почки? — немедленно позавидовала та. — А у меня почки который год не действуют, прямо хоть помирай... Мочу гоню, гоню... Вчера два ведра выгнала... И все не помогает! Опять пухну и пухну... А тебе — молодой, здоровой — путевку дали! Ничего себе! Все вы, доктора, продажные... Вот были бы у меня деньги...

И она завела бесконечную песню, впрочем не слишком агрессивную. Даша слушала ее вполуха. За это время она перемыла всю накопившуюся посуду, протерла на кухне белый кафельный пол еще царской кладки. Девушка уже собралась вынести переполненное мусорное ведро, как вдруг вспомнила предупреждение Игоря Вадимовича и отменила это решение.

Настасья Филипповна, критически следившая за наведением порядка, немедленно отметила это:

— Даш, а ведро-то?

— А ведро — ваш сын вынесет, — ответила она и поспешно удалилась с кухни под фанфары разъяренной старухи.

А вечером того же дня Даша вошла в холл клуба и поставила на пол сумку. Как и прежде, Игорь Вадимович довез ее сюда на своей машине, все время чутко следя, не появится ли их преследователь. Преследователь не появился, и Даша даже расстроилась — ей очень хотелось увидеть его настоящее лицо хоть краем глаза. А кроме того, она могла бы остерегаться его машины, если бы знала, какая та из себя.

Игорь Вадимович по дороге показал ей «Жигули» такой же модели, что и у следившего за ней человека, но сказал, что у тех был цвет совсем другой. Так что толку вышло мало, тем более что девушка совершенно не разбиралась в машинах.

Расстались они очень холодно — Даша пожелала ему счастливого пути и поволокла свою сумку по заснеженной тропинке, не оборачиваясь и даже не давая себе труда проверить: уехал ли он или стоит все там же и смотрит ей вслед.

Ей пришлось довольно долго простоять у ворот, пока на звонок не открыли. Она удивилась этому, потому что уже привыкла, что попадает в клуб без всяких проблем. И еще ее поразило странное безлюдье в клубе. Ни в холле, ни в гардеробе, ни даже в баре не оказалось ни души. Все двери были открыты, но комнаты — пусты.

Она удивленно оглядывалась и прислушивалась, не зная, что ей делать со своей сумкой. Девушка решила, что может положиться на честность членов клуба, и поставила сумку в гардеробе, под той вешалкой, где висела ее дубленка и чья-то шуба из норковых пластин. Даша украдкой потрогала ее, подавленно вздохнула — не столько от зависти, сколько из чувства своей ущербности, и пошла по коридорам искать живую душу.

Но с душами было трудно — нигде не оказалось ни одной. Даша просто не знала, что думать.

«Прямо как после атомной войны, — недоумевала она, заглядывая в малую гостиную и снова отмечая полное отсутствие людей. — А может, тут что-то случилось? Может, уехали куда-то? Похоже на срочную эвакуацию. Такое чувство, что все попрятались перед бурей или после бури. Так тихо, что в ушах ломит!»

В большой гостиной она увидела пепельницу, в которой еще дымилась, дотлевая, чья-то сигарета. Но обладательницы этой сигареты поблизости не было заметно. Однако Даша приободрилась, наткнувшись на столь несомненный след человеческого присутствия. Она на всякий случай тихонько окликнула того, кто мог оказаться поблизости: «Эй?», и, не получив ответа, двинулась дальше.

Так в конце концов девушка дошла до витой лестницы из кованого железа, ведущей на второй этаж. В нерешительности остановилась, глядя наверх. Она не была уверена, что ей стоит идти туда, где, как она поняла, располагалась святая святых клуба — кабинет Ларисы, диспетчерская и то неизвестное помещение, где председатель оформила ей членский билет.

Она вспомнила об этом и нащупала билет в кармане. Ощущение твердого пластика под пальцами немного ее успокоило, девушка уже чувствовала некоторое право находиться в этих тихих коридорах и узнавать их тайны.

И Даша двинулась вверх по лестнице, стараясь не греметь каблуками и проклиная гулкое железо. На верхней площадке ей показалось, что она услышала какой-то звук, но поблизости по-прежнему никого не было.

«Хотела бы я знать, где они все?! Исчезли как раз в тот миг, когда я пришла к ним с миром. То есть с сумкой. Может, мне стоит просто-напросто вломиться в одну из этих комнат отдыха и самовольно там обосноваться, раз уж я член клуба? Нет, это уже было бы хамством. Надо кого-нибудь найти...»

Она прошла мимо кабинета Ларисы, предварительно прислушавшись к тому, что происходило за дверью. Та была плотно прикрыта, так что Даша могла расслышать только легкое «бу-бу-бу», производимое то ли двумя людьми, то ли одним человеком, разговаривающим по телефону.

Ей показалось, что говорит не Лариса, и она сказала себе, что это к тому же могло быть и радио. Не имело смысла подслушивать, раз ничего не разобрать, и Даша очень об этом пожалела, проходя дальше.

Следующая дверь была закрыта: она решилась нажать на ручку — и безрезультатно. Оттуда вообще не доносилось ни звука.

Еще одна дверь была отперта, но толку от этого оказалось немного — заглянув, Даша увидела компьютер с потухшим экраном, огромную белую махину, смутно напомнившую ей ксерокс, и большой железный шкаф.

Компьютером Даша пользоваться не умела, о предназначении белой махины могла только догадываться, а железный шкаф, все ручки которого она покрутила, а замки пощупала, оказался прочно заперт.

Девушка дошла до поворота, за которым начинались комнаты отдыха, и в нерешительности остановилась. Ей снова послышался какой-то звук. Она прислушалась и в конце концов поняла, что не ошиблась.

Этим звуком, раздававшимся все громче и громче по мере того, как она приближалась к первой комнате, был самый обыкновенный храп. Даша решила, что человек, который храпит так громко, наверняка не проснется, если она откроет дверь и посмотрит на него, и потому смело нажала на ручку. Дверь бесшумно приоткрылась, и она припала к образовавшейся щели.

Сперва девушка увидела опущенную штору ярко-лимонного цвета, подсвеченную настольной лампой. Еще она увидела кусок ковра и валявшийся на нем скомканный предмет, оказавшийся со второго взгляда розовыми дамскими трусиками.

Даша подумала, не стоит ли ей удалиться, чтобы не объясняться потом с их владелицей. При одной мысли о том, что это могла оказаться Лариса, ей делалось дурно. Она еще не успела обдумать до конца свою линию поведения с председательницей и надеялась, что решит все в боевой обстановке. Но теперь ноги у нее слегка задрожали.

Тем не менее она приоткрыла дверь еще шире и наконец увидела всю комнату. И в частности, постель. А на постели, уткнувшись носом в подушку, лежала Галя и заливисто храпела. Ее обнаженное тело, явно побывавшее в эту зиму на курорте или под кварцем, темнело на белизне простыней, скомканных и кое-как прикрывающих Галину поясницу. Ее стройные ноги — ноги бегуньи или теннисистки, были раскинуты в стороны, одна рука свешивалась с края постели, а вся поза говорила о большой усталости и полной отключке.

Даша с минуту смотрела на полудетское Галино лицо, сейчас бывшее очень серьезным, как будто та решала во сне сложную арифметическую задачу, на ее нежную спину с желобком посередине, на блики света, сделавшие ее волосы глянцевыми и текучими.

Она уже решила было закрыть дверь и уйти, как вдруг Галя резко перестала храпеть и испуганно подняла голову с подушки, уставившись прямо на нее. Даша оцепенела и не двинулась с места. Наступила минута молчания, во время которой девушки неотрывно смотрели друг на друга.

Первой опомнилась Галя. Она присела на кровати, даже не сделав попытки прикрыться простыней, совсем соскользнувшей с нее, откашлялась и произнесла:

— Привет, что же ты не заходишь?

— Привет, — пробормотала Даша и оглянулась, нет ли кого в коридоре. Никого по-прежнему не было, и она решилась и вошла в комнату, прикрыв за собой дверь.

Галя смотрела на нее то ли одобрительно, то ли насмешливо. Она кивнула гостье на кресло:

— Что же ты не сядешь?

— Я себя спрашиваю, что же вообще сегодня пришла, — в тон ей ответила Даша, опускаясь в кресло. — Никого ведь нет.

— Да ну?! — удивилась Галя, резко потряхивая каштановыми волосами. — Почему никого нет? Ах да! Собрание же...

Она сладко потянулась, отчего ее юная грудь напряглась и задрожала. Даша отвела глаза, чтобы не смущать Галю, хотя сама смущалась куда больше, глядя на нее.

— Собрание? — спросила она, стараясь, чтобы ее голос прозвучал как можно естественней. — А что за собрание?

Галя махнула рукой и состроила пренебрежительную мину.

— Да ну его! Там одни старухи! — Уловив недоуменный взгляд Даши, она пояснила: — Ну, старшие члены клуба, это они собираются. А мне не надо.

— Но ведь ты член клуба? — удивилась Даша. — Разве ты не должна ходить на собрания?

— Конечно нет! — возмущенно ответила Галя. — Я держусь подальше от таких дел.

— От каких? — осторожно спросила Даша, но девушка в ответ рассмеялась.

— А это ты у Ларисы как-нибудь спроси, она тебе расскажет. Но вот мой совет: лучше не ввязывайся ни во что, если еще не ввязалась, потом себе дороже выйдет. Вот я — свободна и чиста, как птица...

И Галя снова улыбнулась. Даша ответила на ее улыбку, но на сердце у нее стало тяжело.

«От этой ничего толком не узнать. А узнать необходимо. Она что-то имела в виду, но что именно? Не ввязываться ни во что? А я как раз собираюсь ввязаться, да по-крупному... Боже мой, что я делаю...»

Но отступать было некуда. Она хорошо помнила о том, кто ждал ее все эти дни то возле собственного подъезда, то у ограды клуба. Забыть о нем было невозможно, более того — опасно. И она скрепя сердце попыталась еще порасспросить собеседницу, мило улыбавшуюся ей из постели.

— А я, например, могу пойти на собрание членов клуба?

— Но зачем тебе? — Галя подтянула ноги и уперлась подбородком в колени, внимательно глядя на Дашу. В этой позе у нее открылось то, что Даша вовсе не желала рассматривать ни у нее, ни у кого другого, и она с трудом заставила себя остаться на месте, не выбежать отсюда. — Зачем тебе это нужно, раз у тебя нет права голоса? — продолжала Галя, ничуть не смущаясь тем, что сидит перед зрителем в столь откровенной позе.

Она даже слегка улыбалась, словно наслаждаясь Дашиным смущением. Та нашла бы ее поведение наглым, если бы Галя не была столь любезна и улыбчива.

«Просто она эксгибиционистка, больше ничего. Каждый имеет на это право в конце концов... Не надо быть ханжой!»

И она поинтересовалась:

— А почему у меня нет права голоса, ведь я тоже член клуба?

— Потому что ты — бесплатный член... — с удовольствием объяснила Галя. — Ты ведь ничего не платила Ларисе, и я ничего не платила... Мы с тобой члены клуба и можем присутствовать на собраниях, этого нам не запретят, конечно... Но зачем тратить время? Там решаются совсем не интересные вопросы, уверяю тебя. — И она пожала плечами. — Лучше выспаться как следует.

— Не буду тебе мешать. — Даша решительно поднялась. — Спи, прости, что разбудила.

Галя поменяла позу на более приличную, если это вообще было для нее возможно, и уставилась на нее.

— Ты что — обиделась?

— Да нет, просто у меня вещи внизу, — пояснила девушка. — Я собиралась тут переночевать. Я немного беспокоюсь, вдруг что...

— Переночевать? — Галя невыразимо оживилась. — Здорово! Тебя кто-то пригласил, или ты сама решила?

— Да и то и другое, — подумав, ответила Даша. — У нас дома перестали топить, вот я и перебираюсь сюда на парочку дней...

— Ясно! — лукаво кивнула ей Галя. — У меня вот тоже не топят. — И, поймав ее недоумевающий взгляд, весело рассмеялась. — Да шучу, шучу... Пойдем, я помогу тебе притащить вещи. Вот будет классно, мы устроимся рядом... Номер за стеной свободен.

Продолжая болтать, она запахнулась в синий шелковый халат, валявшийся рядом на стуле, и пошла вслед за Дашей по коридору, даже не позаботившись запереть за собой дверь. Видимо, в клубе все базировалось на взаимном доверии, и Даша отметила это с некоторым удовольствием.

Девушки спустились на первый этаж, и тут Галя неожиданно расхохоталась. Она даже остановилась и прижалась спиной к стене. Даша с изумлением смотрела на нее, потом по сторонам, не находя ничего такого, что могло бы подобным образом рассмешить ее спутницу. Отсмеявшись и приведя в порядок распахнувшиеся полы своего халата, та заявила:

— Прости, подружка, я просто подумала: вот будет здорово, если из твоей сумки что-нибудь сопрут!

— Что тут хорошего? — недовольно ответила Даша, ускоряя шаг. — Почему это будет так здорово, хотела бы я знать? И что — есть такая возможность?

— Возможность всегда есть, а вот желание может быть только у Любы. Она — фетишистка, намотай себе на ус, она может сперет что-нибудь незначительное — трусы, например, платок, желательно — лифчик... Так что белье держи в шкафу и запирай на ключ. А вообще она ничего... Нормальная баба.

— Если она фетишистка, то уже ненормальна, — сурово отозвалась Даша, преисполненная самых зловещих предчувствий. Нравы обитателей клуба все меньше приходились ей по душе. Она со страхом представляла себе общение с ними. — Почему ей не сделают внушение?

— Но за что? — удивилась Галя. — Ты что, подруга? Она ведь ничего дурного не делает! И щедрая, всегда денег одолжит.

— Я не привыкла, что у меня воруют вещи, — ответила Даша и замолчала.

В коридорах по-прежнему было пусто. Галя весело насвистывала, маршируя к гардеробу, и так же весело помогла Даше принести наверх сумку и показала ей номер рядом со своим. Номер оказался точно такой же, как у Гали, только и занавески, и обои были выдержаны в малиновых тонах.

— Тебе пойдет такой цвет, — сказала новая подруга Галя. — Мне больше идет канареечный... А дальше зеленая комната, и еще белая, и голубая. В голубой обычно спит Люба, когда вообще тут спит. У нее недавно завелся хахаль на стороне, и она сошла по нему с ума, хотя сходить не по чему... Но кто ее поймет? — Она пожала плечами и с интересом принялась следить, как Даша распаковывает вещи и укладывает их в шкаф и в стол. — А в белой — Лариса.

— Лариса? — Даша постаралась не выдать своим голосом охватившего ее волнения. — А она что же, тут и ночует?

— Почти всегда, — безжалостно ответила Галя. — Можно сказать, тут и есть ее настоящий дом. Одинокая баба, совершенно одинокая.

Даша отвернулась и уставилась в распахнутый шкаф. Перспектива постоянно ночевать рядом с председательницей не привела ее в восторг. Она поняла, что ночью ей придется хорошенько запирать дверь. Она вспомнила о некоей Любе-фетишистке, которая тоже должна была находиться рядом, и вздрогнула.

Чтобы как-то справиться с волнением, девушка закрыла глаза и заставила себя считать до десяти. А когда она их открыла, то увидела в раскрытой двери комнаты ту самую красавицу с ледяным лицом, с которой уже не раз встречалась. Красавица посмотрела на Дашу, слегка подняла русую бровь и прошествовала мимо. Галя хихикнула.

— Это она и есть — Люба! Ничего, да?

— Не знаю... — ответила Даша, тоскливо глядя в коридор.

— Почему? — несказанно удивилась Галя. — Ты что — не видела? Грудь, ноги, все на месте...

— Я с этой точки зрения о женщинах не сужу, — сухо сказала Даша, плотно прикрывая дверь. — Мне безразлично, какая у кого грудь, а какие ноги или там еще что...

— Ну ты это зря! — протянула Галя, качая головой. — Я знаю, что некоторым действительно все равно, но я с тобой не соглашусь. Это очень важно, понимаешь ли!

Она сделала некий жест, весьма неопределенный, но Даша поняла. И если у нее оставались еще какие-то сомнения насчет Гали, Ларисы и прочих обитательниц клуба, то теперь они развеялись полностью. Ее передернуло от омерзения, и она едва сдержалась, чтобы не нагрубить ничего не подозревающей Гале, продолжавшей весело делиться своим опытом.

— Я тебе удивляюсь! — щебетала та. — По тебе никак не скажешь, что тебе может быть все равно. Ты ведь очень красива, можешь быть и поразборчивее.

— Я разборчива, — ответила Даша, с головой уходя в шкаф. — Ты даже не представляешь себе — насколько!

Галя только хихикнула:

— Может, правда, не представляю. — Она поглубже забралась в кресло и прижала подбородок к поднятым коленям. — Кто тебя знает... А сколько тебе лет?

— Двадцать четыре.

— Я тебя старше, мне двадцать шесть, — почему-то грустно ответила девица. — Время бежит...

— Можно подумать, у тебя старость не за горами. Какая разница — двадцать четыре года или двадцать шесть?

— Некоторые на это очень даже смотрят, — пояснила Галя, и Даша снова ее поняла.

Вообще она с некоторых пор понимала почти все, что говорилось и о ней, и вокруг нее. И все, что она понимала, несло в себе угрозу или, во всяком случае, массу неприятных переживаний.

Даша сжала губы и ничего не ответила своей новой соседке. Та посидела еще пару минут и наконец ушла. Даша осталась одна.

Первым делом она заперла дверь на все замки. Замков было три: простая щеколда и два врезных, запирающихся изнутри без ключа. Это немного успокоило ее, и она повнимательней огляделась в комнате.

Откинув атласное покрывало на кровати, обнаружила стопку чистого белья. Девушка перебрала его и застелила постель, снова прикрыв ее покрывалом. Отдернула штору на окне и увидела там угол двора. Ворот отсюда не было видно, и она почему-то пожалела об этом, хотя никого в гости не ждала.

«Осталась одна как перст. И все теперь только в моих руках... А если не смогу?»

Но Даша опять подумала, что лучше сидеть в этой комнате, чем у себя дома, ежеминутно подвергаясь опасности. Грязь казалась ей не такой страшной, как смерть, а теперь она осталась именно перед таким выбором. Ничего другого судьба не предлагала.

Даша осмотрела и телефонный аппарат, стоявший на письменном столе. Такой же был и у Гали в комнате, видимо, в каждом помещении находился телефон.

Она подняла трубку и услышала долгий гудок. Потом, подумав, набрала номер собственной квартиры. Вышла какая-то чепуха — телефон запикал, потом вообще все стихло, и сквозь тишину прорвался все тот же долгий гудок. Даша удивилась, набрала свой номер еще раз и снова прослушала всю серию гудков, свидетельствовавших о том, что соединения не произошло.

Она положила трубку, и тут же телефон зазвонил. Девушка испуганно посмотрела на него и все же взяла трубку снова и ответила: — Да?

— Прости, Даш, но я забыла тебе сказать про телефон! — раздался веселый голос Гали. — Это внутренний. А список номеров — в ящике стола, по-моему... Можешь, например, позвонить в бар и попросить, чтобы тебе принесли сюда ужин. Классно, да?

— Здорово, — отозвалась она без восторга. — А как же в город звонить?

— А в город — снизу, из бара, или библиотеки, или от Ларисы, это поближе будет. А можно еще из диспетчерской, но это смотря кто там сидит... Люба пустит, а Лерка нет.

— Ясно. — Даша положила трубку, не желая продолжения разговора.

На душе у нее стало совсем погано. Теперь понятно, что в случае чего она даже не сможет дать Игорю Вадимовичу знать, что ее следует спасать.

«Пока я доберусь хоть до какого-нибудь телефона — меня сто раз прикончит та маска, — подумала она, кидаясь ничком на постель и закрывая глаза. — Раз маска была у ограды, почему бы ей не проникнуть в клуб? Нет, в клубе она слишком бросилась бы в глаза. Да и притом мужчина тут сразу будет заметен. Нет, сюда она не проникнет, я могу быть относительно спокойна. Но вот как мне связываться с внешним миром, да так, чтобы никто меня не подслушал?! А подслушивать наверняка будут. Как же — новенькая, интересно, о чем она может говорить таким взволнованным тоном... Звонить от Ларисы?! Нет, спасибо!»

Она ходила по комнате в поисках спасительного решения, но поняла, что сейчас ни на что не способна, и самым мудрым выходом будет лечь и выспаться как следует. Даша разделась, раскрыла постель и забралась в нее, укрывшись одеялом до подбородка, как любила с детства.

Она сама не помнила, как уснула. Снилось ей что-то смутное и страшное, и из всего сна она запомнила только, как бежала по снегу, очень глубокому, увязая в сугробах и с трудом выдергивая ноги. А за ее спиной все это время не умолкал скрип чужих шагов — неумолимый, мерный, все больше приближающийся. А Даша все боролась со снегом и все увязала в нем, пока шаги не стали раздаваться так громко, как будто преследователь был за самой ее спиной...

— Что?! — Ее так и подкинуло на кровати. Девушка села и, ничего не понимая, огляделась. Она была в темной комнате, только из-под двери пробивалась полоска света. Даша сразу вспомнила, где находится и почему она тут, и только-только собралась снова лечь, как раздался звук, который и разбудил ее, — кто-то осторожно поворачивал ключ в двери.

Девушка так и замерла. Не могла себя заставить ни крикнуть, ни пошевелиться, ни набрать какой-нибудь номер и попросить о помощи. Она могла только смотреть на дверь и слушать, как щелкает один замок за другим.

«Щеколда, — отметило ее сознание. — Дверь изнутри заперта на щеколду. Ее не смогут открыть...»

Неизвестно как, но и щеколда подалась, выйдя из гнезда. Перед этим какое-то время раздавалось странное царапанье по металлу. «Отодвинули», — поняла Даша. И так и осталась сидеть, даже не пытаясь сделать вид, что спит.

Фигуру, появившуюся в дверном проеме, она узнала сразу, еще до того, как ее глаза привыкли к свету. Это была Лариса. Она прикрыла за собой дверь и прошла прямо к постели, где сидела Даша. Присела на край, молча взяла горячие Дашины руки и сжала их в своих. Потом наклонилась, ища ее губы. Даша резко отвернула голову.

— Нет, пожалуйста, не надо, — бормотала она, но голоса у нее не было.

Лариса, не обращая внимания на ее просьбы, ловила ее подбородок рукой и наконец поймала.

Даша закрыла глаза, чтобы ничего не видеть, и ощутила прикосновение влажных, присасывающихся губ на своей шее. Она вздрогнула, и Лариса впилась в нее сильнее, почти до боли. Потом поцеловала ее в губы и прижала ее плечи к постели так быстро, что Даша даже не успела рвануться. Она попыталась это сделать в другой раз, когда колено Ларисы уже опустилось между ее ног и сильные руки прижали ее еще крепче.

— Пожалуйста... — прошептала она, чувствуя сильную дурноту.

Даша никогда не испытывала насилия и теперь не совсем понимала, что с ней происходит, что с ней может произойти.

Лариса не ответила, и ее молчание пугало Дашу больше всего. Она задрожала, когда губы Ларисы отправились в бесстыдное путешествие по ее телу, спускаясь все ниже и заставляя ее дрожать и корчиться.

— Не бойся, дурочка, — только и сказала Лариса, прежде чем окончательно умолкнуть, впившись долгим поцелуем между Дашиных ног.

Девушка оцепенела, но не от наслаждения, а от ужаса. Она казалась себе распростертой на операционном столе, где над ней совершалось какое-то унизительное, ненужное и постыдное действо. Пальцы Ларисы сильно сжимали ее дрожащие бедра, вмиг покрывшиеся испариной, не давая возможности пошевелиться, избавиться от ее ненасытных губ.

Даша тяжело дышала, точно в жару, раскрывала пересохшие губы и пыталась крикнуть. Крика не получалось. Она видела голову Ларисы, застывшую над ее животом, видела полосу света под дверью, смутные очертания предметов в комнате, и все это казалось ей чем-то нереальным, каким-то кошмарным сном, слишком страшным, чтобы он мог быть действительностью.

Потом Даша закрыла глаза и закусила губы. Во рту был привкус крови. Потом все исчезло.

●

ГЛАВА 14

В комнате было светло. Утренний луч, пропущенный сквозь шелковую штору, казался малиновым, закатным.

Простыня взмокла от пота и липла к ее обнаженному телу. К горлу то и дело подступала тошнота, во рту был такой вкус, словно она сосала металлическую дверную ручку.

«Надо встать, — вяло подумала Даша, но не пошевелилась. — Надо встать, одеться, уйти отсюда и никогда не возвращаться».

Рядом с постелью на столике стоял большой стакан с мутноватой жидкостью. Жидкость пахла лимоном и новогодней елкой. Даша приподнялась и села в постели.

«Как сюда попал стакан? — подумала она, словно сейчас это было самым важным. — Откуда здесь взялся этот чертов стакан?»

Теперь ей как будто вспомнилось, что перед самым рассветом Лариса встала, оделась и куда-то ушла. Потом она возвращалась, но Даша уже не помнила зачем. Она боялась вспомнить, что ночной ужас повторился еще раз. Но воспоминание явилось само. Итак, она возвращалась, как возвращается кошмарный сон, снившийся дважды за ночь. Снившийся столько раз, что казался уже бесконечным.

Даше было странно то, что теперь она одна. Ночью, в один из самых мучительных моментов, вдруг показалось, что ей уже никогда не избавиться от настойчивых губ Ларисы, вывернувших ее тело наизнанку.

«И тело, и душу. Душа тоже. Я вся грязная, с головы до ног... Если бы удалось забыть, но я не смогу... Нет, не смогу...»

Она протянула руку, взяла стакан и жадно напилась, узнав вкус джина с тоником. Напиток был тепловатым, и девушка поняла, что он стоял здесь уже давно.

«Я спала? Как я могла спать?»

В какой-то миг сознание просто отключилось, отказавшись воспринимать ужас унижения, отказавшись воспринимать происходящее с ней как нечто реальное. Но она знала, что реально было все. В том числе и слова Ларисы, сказанные ею перед тем, как уйти наутро: «Ты прелесть, но зачем все так воспринимать? Для тебя это в новинку?»

Даша тогда ничего не ответила, поклявшись себе, что больше не скажет ни слова этой женщине. Для нее все было кончено, в том числе и ее миссия в клубе. Она больше не могла тут оставаться.

«Немедленно уходи! — приказала она себе. — Чего ты ждешь?! Хочешь, чтобы она снова явилась сюда и ты не могла отбиться?! Как я ошибалась, когда думала, что меня никто никогда не сможет изнасиловать! Я думала, что любая изнасилованная женщина сама в этом виновата, потому что давала насильнику слишком слабый отпор, не сопротивлялась... А теперь сама лежала, как тупое бревно, только и могла, что плакать да просить, чтобы она ничего этого не делала... По-моему, и слезы ее только возбуждали... Где она может быть? У себя в кабинете? Мне придется пройти мимо него... Наплевать, мне уже ничего не страшно... В коридоре все же можно сопротивляться успешней, чем в запертой комнате... А кстати, комната закрыта?»

Она встала и проверила дверь. Комната была закрыта снаружи ключом, но изнутри Даша свободно могла ее отпереть. «Теперь — вон отсюда!»

Девушка торопливо оделась, вытащила из шкафа свои вещи, побросала их в сумку, досадуя на то, что взяла с собой так много барахла. Налегке ей было бы легче убежать, не привлекая внимания.

Дверь она открыла осторожно и так же осторожно высунула голову в коридор, чтобы убедиться, что никого не встретит. В коридоре было пусто и тихо. Даша поняла, что час еще очень ранний и ей предоставляется хорошая возможность скрыться.

Она прикрыла за собой дверь и почти побежала по коридору, от возбуждения не ощущая тяжести сумки, то и дело бьющей ее по ногам. Она проскочила мимо двери Ларисиного кабинета, спустилась по громыхающей лестнице, каждый миг ожидая за собой погони, и оказалась на первом этаже.

Здесь осторожность приходилось соблюдать вдвойне, из любой двери мог кто-то выйти. В библиотеке ей послышались голоса, и девушка ускорила шаг, насколько это было возможно.

Наконец она добралась до гардероба, бросила сумку на пол и принялась искать свою одежду среди чужих шуб и пальто. Мельком подумала, что очень странно, что здесь висит столько шуб.

«Все они ночуют тут, что ли? Ведь комнат отдыха всего несколько. Все они не могли там поместиться... Или явились в клуб спозаранку?»

Она не стала долго размышлять над этим вопросом, потому что тут же оказалась перед другим — ее одежда исчезла. Девушка перебрала все вещи, висевшие на вешалках, но дубленки среди них не было.

Она стояла словно в оцепенении и никак не могла постичь этого факта. Ей все еще казалось, что это недоразумение и дубленка отыщется, стоит только хорошенько порыться на вешалках. Но вскоре Даша уже окончательно поняла, что ее там нет.

«Почему? — тупо подумала она и вдруг осознала, в чем дело. — Ах вот как?! — Теперь от страха не осталось и следа, девушка кипела от ярости. — Прекрасно! Подождите же! Спрятали мою одежду?! Сейчас я вам покажу!»

Она, дрожа от негодования, оглядела вешалки заново, и ей в глаза бросилась чья-то роскошная норковая шуба. Голубовато-серебристая шуба, висевшая отдельно от других.

Даша сорвала ее с крючка и набросила на себя. Шуба доходила ей до пят, видимо, ее обладательница была куда выше ростом, чем она, но девушке было уже все равно. Какая-то веселая, отчаянная злость охватила ее и вселила желание действовать — действовать немедленно и энергично.

Она схватила сумку и двинулась через холл к выходу. Толкнув дверь, на миг опьянела от свежего воздуха и только тут поняла, какая тяжелая духота стояла в ее комнате всю ночь. От мысли, что к этой духоте примешивалось и жаркое дыхание Ларисы, ее снова замутило, и девушка выскочила во двор.

Быстро прошла к воротам, не давая себе труда оглянуться, чтобы убедиться, что ее никто не догоняет. Ее переполняло нервное возбуждение, и она даже не сразу заметила, что уже с минуту стоит перед воротами. Поняла она это только потому, что рука затекла от тяжести сумки.

«Сейчас откроют... Что они там возятся?! Уснули в своей диспетчерской?!»

Сумку пришлось поставить на снег, и это как-то сразу отрезвило ее. Ворота не открывались. Она велела себе подождать и не волноваться.

«Может, меня еще не видят, — думала Даша, переминаясь с ноги на ногу. — Но почему? А позвонить можно?»

Она обратила внимание, что на внутренней стороне ворот не было звонка, который мог дать диспетчеру понять, что кто-то хочет выйти...

«Для входа есть, а для выхода нет? — Даша все больше нервничала. — Боже, какая я дура, что не потребовала у Ларисы магнитную карточку для отпирания ворот! Ведь я приказывала себе ничего не предпринимать, пока не буду иметь ее в кармане... Ничего, сейчас отопрут... Ведь отпирали в те разы...»

Но она уже начинала понимать связь между исчезновением дубленки и закрытыми воротами.

И тут сзади послышались шаги.

«Если Лариса, умру...»

Она резко обернулась, досадуя на себя за то, что не выпросила у Игоря Вадимовича хоть какое-то орудие для защиты. Не пистолет, так газовый баллончик. Она лучше согласилась бы умереть, чем позволить Ларисе снова прикоснуться к себе.

Но это была не Лариса. Люба — Снежная Королева — стояла позади нее и смотрела не в лицо Даше, а на ее шубу.

— Красивая шуба, — сказала женщина, подняв наконец глаза на Дашу. — Тебе нравится? — Та промолчала. Сказать было нечего.

— Немножко велика для тебя... — продолжала Люба все тем же размеренным, равнодушным тоном. — Тебе не кажется?

— Да нет... — ответила Даша, набравшись смелости или наглости, что, впрочем, было в ее положении одним и тем же. — Меня устраивает.

— Меня тоже! — сообщила Люба. — Отличная шуба. Я всегда была ею довольна. Ты не расстраивайся! — Она усмехнулась так, что Даше стало холодно в жарких мехах. — С кем не бывает...

— Возьмите... — Девушка торопливо высвободилась из шубы и протянула ее хозяйке: — Простите меня.

Та покачала головой и, казалось, развеселилась.

— Да все понятно! — Она подхватила шубу на руки, но одевать не стала, несмотря на то что вышла во двор в легком шелковом костюме. Как настоящая Снежная Королева, она как будто и не мерзла. — Ты лучше скажи, что тут делаешь? Ждешь у моря погоды?

— Жду, когда откроют... — Даша едва справлялась с непослушными губами. Возбуждение проходило, и она чувствовала страшную слабость в ногах и во всем теле. Мысли путались, и она не успела придумать, что бы соврать.

Люба понимающе кивнула:

— Ждешь, значит? А кто тебе должен открыть?

— Диспетчер, — простучала зубами Даша.

— Попала в точку. — Люба неожиданно взяла ее под руку и почти насильно повела от ворот. — Да только диспетчер — это я.

— Вы?!

— Сегодня я, завтра еще кто-то... — Люба пожала плечами и прибавила ходу. — Да ты брось упираться, пойдем!

— Вы мне не открыли, потому что узнали свою шубу? А если бы я вышла в другой шубе — вы бы мне открыли? — Даша все еще не могла смириться с мыслью, что ей не удалось покинуть клуб.

— Шуба меня, конечно, удивила, — призналась Люба, приостановившись. — Но не сильно. Сколько ее ношу, столько ее и пытаются украсть. Не принимай на свой счет! — Она заметила умоляющие глаза Даши. — Брось расстраиваться. Я все понимаю. Шуба тут ни при чем, в конце концов, хотя в ней я бы тебя не выпустила. Но дело в том, что тебя вообще пока нельзя выпустить. И тебя не выпущу ни я и никто иной.

— Господи, почему?!

— Таков порядок! — авторитетно заявила Снежная Королева. — Не ты первая, не ты последняя. Ты разве не знала, что после вступления в клуб, то есть после ночевки в клубе, каждый обязан пройти здесь трехсуточный карантин?

— Каждый? Но как это возможно?! У меня ведь работа!

— С работой клуб разберется, — пообещала ей Люба. — Это не важно. А куда важнее то, чтобы ты привыкла к здешним порядкам и хорошенько разобралась, что к чему. А без постоянного нахождения в клубе это невозможно.

Даша молчала, шагая следом за ней. Она уже не чувствовала ни стыда, ни холода, ни ярости. Ею овладело тупое оцепенение, и сейчас девушка легко подчинилась бы любому, кто вздумал бы ею управлять. Но Люба, казалось, не собиралась этого делать. Она доверительно болтала, распахивая входную дверь и проводя Дашу через холл:

— Ты не переживай! Если есть какие-то проблемы в городе, мы их уладим. Тебе стоит только сказать Ларисе. Она этим займется.

— Не хочу, — вырвалось у Даши, едва она услышала имя председательницы.

— А, вот оно что... — протянула Люба, глядя на нее. — У тебя просто шок.

— Может быть. Но я не хочу оставаться здесь, тем более что у меня шок. Я не хочу сойти с ума.

Ее слова, похоже, несказанно удивили Любу. Та изумленно поглядела на нее своими фиалковыми глазами и заметила:

— Нервы не в порядке? Или еще что-то?

— Все не в порядке, — мрачно ответила Даша. — Я не могу оставаться здесь на таких условиях, вы сами знаете на каких.

— Не ожидала... — Люба снова вела ее по коридорам, и девушка вздрогнула, увидев перед собой лестницу на второй этаж. — Я отведу тебя в твою комнату.

— Нет, туда не пойду!

— Но почему?! — Люба внезапно выхватила у нее сумку.

— Не хочу.

— Тогда в свою, — мирно согласилась Люба, и Даше это показалось куда лучшим вариантом.

Идя за диспетчером, она пыталась вспомнить, что о ней рассказывала Галя, но не припомнила ничего, кроме фетишистских привычек. Но это ее как раз не пугало. Даша с радостью лишилась бы всех своих вещей, только бы не видеть Ларису. Люба казалась ей если не гарантией того, что председательница до нее не доберется, то хотя бы препятствием.

У дверей диспетчерской Люба остановилась и призадумалась:

— Мне нельзя покидать пост. Но и тебя в таком состоянии оставлять нельзя. Может, пойдешь со мной туда?

Даша охотно согласилась. Обстановка в диспетчерской, какой бы она ни была, казалась ей менее интимной, чем обстановка любой из комнат отдыха. Люба открыла дверь и пропустила девушку перед собой.

Первым делом Даша увидела ворота клуба. Ворота эти в черно-белом изображении мерцали на экране, рядом с которым находилось нечто вроде клавиатуры от компьютера. Был в комнате и компьютер с потушенным экраном, было несколько телефонов разных цветов и разного вида, был черный кожаный диван, как в кабинете Ларисы, а также вертящееся кресло и холодильник.

Даша опустилась на диван и откинула голову на мягкую спинку. Люба закрыла дверь и тут же подсела к экрану монитора.

— Я не имела права уходить... — несколько нервно сказала она. — Кто угодно мог явиться в гости, никто не открыл бы... Лариса взгреет меня, если узнает... Но не могла же я спокойно смотреть, как ты в моей личной шубе ошиваешься у ворот и ждешь, что я тебе открою!

— Простите меня еще раз, — отозвалась Даша, закрывая глаза.

— Нормально, ничего. Может, перекусишь?

— Не хочу.

— А выпить?

— Не надо. — Даша ответила резко и пожалела об этим. В конце концов, Люба не сделала ей ничего плохого.

— У тебя просто шок после Лары, — оценила ее состояние хозяйка диспетчерской, не отрывая глаз от экрана. — О, кто-то к нам катит... Спорю, что Лерке хвост прищемило...

Она с азартом наблюдала за экраном, потом вздохнула и потянулась, сидя в кресле, так, что хрустнули кости.

— Вот так и сидишь иногда, как сыч... Только и думаешь: кто это там едет да кого Бог принес. Скучное занятие. Мерси, что разделила компанию, хотя это запрещено.

Даша вспомнила слова Гали о том, что в диспетчерской есть городской телефон, и решила воспользоваться моментом.

— Простите, а можно мне позвонить?

Люба ответила коротким кивком.

— Маме? — только и спросила она, когда Даша принялась накручивать номер, давно уже выученный наизусть. — Мама-то знает, что ты здесь?

— Знает, — ответила Даша, злясь на разговорчивость своей новой знакомой, и прижала трубку к уху, чтобы той не было слышно, что будет ей говорить Игорь Вадимович. Сама она решила сообщить только самое необходимое. Ей ответили сразу же.

— Да? — раздался незнакомый мужской голос, и сердце у нее упало. Она все же рассчитывала услышать самого Игоря Вадимовича, хотя знала, что тот уже мог покинуть Петербург.

— Я хотела бы говорить с Игорем Вадимовичем. — Даша прикрыла мембрану ладонью, чтобы Люба не расслышала. — Можно его позвать?

— Боюсь, нет, — ответил голос. — В настоящее время его нет в городе. Что я могу ему передать?

— Передайте, что звонила Даша, и скажите, что телефона у нее нет.

— Нет телефона? — Голос, по-видимому, был в курсе дела. — Как же так? У вас нет возможности связаться с городом?

— Нет, — тихо ответила Даша, глядя, как Люба уставилась на экран.

Даже по ее сосредоточенному виду можно было понять, что она чутко прислушивается, тем более что пустой экран не требовал от нее такого внимания. Люба переигрывала, и девушка подумала, не является ли ее обязанностью также и подслушивать Дашины разговоры.

«Она могла нарочно допустить меня к телефону, чтобы понять, кому я звоню и что я из себя представляю... Неужели меня уже в чем-то подозревают? Она могла соврать насчет трехдневного карантина. Это может быть обыкновенной тюрьмой. Просто по-другому называется».

— Но как же вы мне звоните? — поинтересовался голос. — Вы же нашли возможность?

— Это временно. Постоянной возможности не будет. Я еще могу, но мне — нет.

— Неприятно... — резюмировал мужчина. — Что ж, будем искать другие пути.

— Какие? — полюбопытствовала она, но тот уклонился от прямого ответа.

— Вас не оставят без помощи, обещаю вам. Он скоро вернется и лично вас навестит.

— Когда вернется?

— На днях. Что-нибудь еще передать? Вы не подвергаетесь никакой опасности?

— Разве что моральной, — ответила она, начиная злиться. Мужчина говорил, как ей показалось, очень равнодушно и не испытывал ни малейшего участия к ее судьбе.

«Хорошую отмазку придумал Игорь Вадимович! Я буду до посинения звонить этому типу, а он будет говорить «ждите ответа». Чудно! Я в полной безопасности, как мне и было обещано!»

— Моральной опасности? — как будто удивился тот. — Что вы имеете в виду?

— Не важно. Я позвоню вам еще, когда что-то изменится. Пока я ничего не сделала.

Эти слова она произнесла как можно тише и положила трубку. Оглянулась на Любу. Та по-прежнему усиленно созерцала экран. Почувствовав на себе Дашин взгляд, обернулась.

— Нормально поговорила?

— Да, спасибо. — Даша никак не решила для себя, подслушала Люба что-нибудь или нет. Ей казалось, что она говорила очень тихо, но полной уверенности, что конспирация соблюдена, у нее все же не было.

Она вспомнила о вопросе, который ее очень волновал.

— В клуб может пройти гость? Ко мне, например?

— Как на это посмотреть, — уклончиво ответила Люба. — Ты же тоже пришла сюда как гость... В принципе — да.

— Может прийти любой, кто купит пригласительный билет? — продолжала Даша, стараясь сделать невинное лицо и не выдать своего жгучего интереса. — Ему ведь позволят сюда войти?

— Тебе же позволили. А вообще зависит от того, какой гость.

— А от пола зависит? Женщинам можно, а мужчинам нельзя?

— А ты решила пригласить сюда своего друга? Это будет трудновато. По своему опыту знаю. Я тоже как-то хотела, чтобы у меня пожил мой приятель, но меня обломали. С тех пор даже не прошу. Ничего не получится.

«Неужели она не лесбиянка? — удивилась Даша. — Мне казалось, тут все как на подбор...»

А Люба продолжала возмущаться:

— Это чистый произвол. Порядок варварский. Почему нельзя пригласить мужчину? С одной стороны, клуб у нас чисто женский, но ведь должны же быть какие-то разумные рамки... Не будет большой беды, если мы сможем приглашать тех, с кем чувствуем себя комфортно, верно? От этого клубу только польза. Лариса таких вещей не понимает. Она думает, что это нарушит атмосферу клуба. Ты, к слову, уже почувствовала эту атмосферу?

В ее голосе звучала неприкрытая ирония, и Даша удивлялась все больше. В ответ она осторожно кивнула:

— Да, почувствовала.

— И как тебе? Нравится или раздражает?

— Да как сказать... — нерешительно протянула Даша. Ей казалось неразумным жаловаться кому-то на порядки в клубе, раз уж она оказалась его пленницей. Любе она не доверяла до конца, хотя та располагала к себе куда больше, чем все остальные. — Меня она несколько... удивляет, что ли...

— И меня тоже удивляет, — отозвалась собеседница. — Удивляет, что Лариса не понимает прямой выгоды от того, что клуб будут посещать гости. Причем гости, которых будем звать мы, а не она. Она слишком узко понимает принципы организации, а никто не решается ей об этом сказать. Если скажу я — она решит, что я мечу на ее место, а если Лерка — просто даст ей по морде.

И Люба издевательски захохотала. Впрочем, она тут же оборвала смех и испытующе взглянула на Дашу.

— А ты не розовая, — уверенно сказала она. — Нет, не мотай головой, все равно меня не проведешь... Я все вижу. Я тоже.

— Не понимаю... — Даша не знала, куда ей деть глаза.

— Перестань! Все понятно без твоих оправданий. Случайно попала сюда? Деньги нужны, да?

Девушка молчала, боясь повредить себе ответом. Она предпочитала бы, чтобы Люба сказала как можно больше, чтобы как-то сориентироваться в порядках клуба и отвечать впоследствии на подобные вопросы, не боясь попасть впросак.

«Она думает, что я хоть как-то была осведомлена о том, что меня тут ждет, — поняла Даша. — Тем лучше. Ей вовсе незачем знать, что я пришла сюда совсем с другими целями».

А Люба заливалась соловьем:

— Сюда много девочек приходит за деньгами. Лариса щедрая, слов нет. Отказать никому не может. Да и как она откажет, если выматывает таких бедолаг, как ты, до такого вот состояния?.. Это было бы окончательным свинством. Ты не первая, кто от нее плачет. Мало кому под силу вынести ее темперамент. Она тебя замучила?

Даша пожала плечами и залилась краской. Люба кивнула ей и погасила улыбку, возникшую в уголках рта. Ее лицо стало серьезным.

— Не думай, что тебе все равно, с кем спать, чтобы заработать деньжат! — наставительно сказала она. — Мужчина и женщина — это разные вещи. Кому что, конечно. Некоторые мужиков просто не выносят, как Лерка. Насчет Ларисы ничего толком не скажу, потому что не знаю. Она, впрочем, на все способна. А что касается меня — я всех любила бы, не будь бабы такими скучными... — Она вздохнула. — Разнообразия-то никакого! Не сравнить с мужчинами.

На экране появилась еще одна машина. Люба, вглядевшись, нажала какую-то клавишу и ворота открылись. Даша смотрела, как машина въезжает во двор, и думала, что никогда еще не вымарывалась так основательно.

— Одно хорошо, — продолжала та разглагольствовать, поудобней устроившись в кресле. — Здесь можно спокойно отдохнуть. Когда я с мужем вторым развелась, клуб меня просто спас. Ко мне никто не лез, никто не выговаривал, что я сделала ошибку, никто не сочувствовал... Он был богатенький Буратино. — Люба криво усмехнулась. — Но вот захотел кого-то помоложе... Мне плешь проели тем, что я себя с ним неправильно веду — слишком гордая, видите ли... Могла бы и потерпеть, пока он с любовницей гулял, как многие терпят... Но я не могла. Ждала, правда, что он одумается, когда поймет, что я не шучу и на самом деле не держусь за его деньги. Но он этого не оценил...

Люба задумчиво смотрела на экран, потом вздохнула и поправила светлые, собранные в пучок волосы.

— Все вышло к лучшему, — проговорила она, словно возвращаясь из воспоминаний. — Теперь я это поняла. Мне не стоило вообще выходить замуж. Ты не замужем, конечно?

— Нет.

— Понятно, иначе и быть не могло. Ты слишком молода, чтобы расстаться с иллюзиями. Высшее счастье — выйти замуж за нормального человека, а еще лучше — за крутого! Выйти замуж и держаться за муженька, пока он будет плевать тебе в душу и водить домой дешевых девок, которые смотрят ему в рот и поют, что старая жена его недостойна! Скажешь — такое невозможно? — горько спросила Люба. — Еще как возможно, моя хорошая! Ни одну женщину еще не спасала ее красота. Придет момент — и тебя назовут и страшной, и глупой, и какой хочешь... Только ты сама можешь чего-то добиться в этой жизни. Ты, и больше никто. Не надо ни на кого рассчитывать, высшее счастье — это все-таки свобода...

— И все же вы хотели кого-то сюда привести? — напомнила Даша.

— А! — Люба рассмеялась. Настроение у нее мгновенно поменялось. — Это был так, один мальчик. Очень милый, не спорю, но такой глупенький... Меня всегда поражало, как могут нравиться дураки, хотя бы и красивые, и вот сама попалась... В глупости тоже есть своя хорошая сторона. До тех пор пока она не поворачивается к тебе плохой. Вся жизнь — сплошной парадокс. С возрастом начинаешь это понимать и уже не требуешь ни от кого слишком многого. Вот тут и становишься по-настоящему счастливой. Как ты думаешь? — неожиданно спросила она Дашу.

Та кивнула.

— Согласна, но на своем опыте пока не убедилась, что глупость — это такое уж счастье. Мне она мешает.

— Вот и сказала глупость! — торжествующе заключила Люба. — Ты говоришь о неудаче с Ларкой? Да это удача, дурочка! Она для тебя может очень многое сделать. Позволь заметить, что она на тебя смотрит совсем пьяными глазами. А она так смотрит не на любую барышню из тех, что являются сюда.

— Большое утешение! — вырвалось у Даши, и Люба посмотрела на нее очень внимательно. Девушка прикусила язык.

«Тут все думают, что ты проститутка, которая решила подзаработать таким вот способом, и в другой роли тебя не представляют. И это замечательно! Это могло тебя оградить от подозрений, а ты сама их вызываешь!»

И Даша виновато улыбнулась:

— Я, конечно, знаю, что все так и должно было быть. Но для меня это оказалось слишком большим потрясением. У меня нет никакого опыта в таких делах.

— Значит, я была права! — удовлетворенно заметила Люба. — Не знаю уж, что тебе и сказать. По правде говоря, можно было подумать, что ты ломаешься, чтобы набить цену. Вид у тебя был очень того... Недоступный. Такие птицы у нас редкость. Вот такие девочки, как Галя, — обычное явление. И не худшее, надо сказать... — Она как-то странно улыбнулась, и Даше подумалось, так ли она свободна от пристрастий к женщинам, как говорит. — Галя очень милая, добрая, внимательная девочка. Вы подружитесь, я думаю. Да вы уже подружились. Верно?

— Почти. Она прелесть. И все тут очень хорошо, удобно и прочее... Но мне тут плохо. Неужели нельзя уйти?

— Нельзя. Пойми, ты не в тюрьме, но если уйдешь, тебя больше сюда не пустят. Таков порядок. Он не мной заведен, но на этот раз не могу не признать его правильным.

— Но это ужасный порядок... — простонала Даша. — Я просто не могу тут оставаться! Поймите же меня, если можете!

— Могу-могу! — заверила ее Люба. — А насчет порядка скажу, что если бы не он — никого бы в клубе не осталось. Многие получают подобные травмы в первый день своего пребывания здесь, и все покидали бы клуб еще на рассвете, как и собиралась это сделать ты. Разве кто-то стал бы раздумывать? Все подчинялись бы мгновенному порыву и уносили ноги. А потом плакали у запертых ворот. В первый раз сюда попасть легко. Легче, чем многие думают. Но попасть сюда после того, как решить никогда не возвращаться, — невозможно. Дверь открывается один раз — для входа и другой — для выхода. Вторая попытка не положена. У тебя есть право уйти и больше не вернуться. Можешь им воспользоваться. Но ты умная девушка и не сделаешь этого. Пройдет боль, и обида пройдет, и твои чувства переменятся, останется только расчет. Клуб будет очень тебе полезен. Ты ведь и сама это знаешь.

— Знаю, — согласилась Даша. — Но разве я не могу отказаться...

— От Ларисы? — Люба тихо засмеялась. — А зачем? Ты привыкнешь, уверяю тебя, привыкнешь, как привыкают все. Это, в сущности, такая мелочь... Этого можно просто не замечать или относиться, как к чему-то неизбежному. Если уж тебе так неприятно, думай, что ты просто чистишь зубы или моешь голову...

— Как это?! — поразилась девушка. — Но это не одно и то же!

— Одно и то же, потому что все это — физиология, — мрачно сказала Люба. — Ты научишься относиться к этому проще, и тогда все пойдет как по маслу.

Даша почувствовала себя совершенно сломленной. Разумные советы, которые щедро давала ей Люба, она никогда не смогла бы применить на практике.

«Может, я просто дурочка, как она говорит, и не могу правильно относиться к жизни, но это просто невозможно... Невозможно смириться и думать, что я чищу зубы, когда Лариса...»

Ее снова начинало мутить. Она не стала дожидаться очередного философского ответа Любы, встала с дивана и подняла с пола сумку.

— На двери задвижка, видишь? — послышалось ей вдогонку.

— Да, спасибо...

Девушка на миг помедлила, но поняла, что больше ждать нечего. Люба теперь не обращала на нее внимания. Даша открыла дверь и пошла по коридору к комнатам отдыха.

В комнате Гали стояла утренняя тишина. Видимо, та спала. В ее собственной комнате была открыта дверь, разворошена постель и распахнут шкаф. Ничего не изменилось с тех пор, как она ушла. Даша заперлась, упала на постель и разрыдалась.

А вечером того же дня высокая рыжеволосая женщина ступила в раскачивающуюся на волнах гондолу. Пожилой гондольер подал было ей руку, но она оттолкнула ее со словами: «Не лезь!» Он не понял слов, потому что синьора говорила по-русски, но интонацию понял прекрасно и потому молчал все время, пока вез ее.

А она сидела спиной к нему на диванчике, обитом красным бархатом, поставив ногу на обитый таким же бархатом пуфик. Ее волосы почти сливались с цветом обивки, глаза зло блестели, когда женщина оглядывала проплывавшие мимо дворцы, а нога никак не могла найти себе покоя — скользила по бархату, взрывала его острым каблуком туфли, стучала по борту гондолы. Рыжеволосая ерзала на месте, пока не увидела Палаццо-Грасси.

— Останови! — приказала она.

Гондольер высадил ее, немного не доезжая Палаццо, и она поторопилась расплатиться и исчезнуть в переулке. Он посмотрел ей вслед и отплыл, решив не дожидаться ее возвращения, хотя сезон еще не начался и туристов в Венеции почти не было.

Лера прошла переулком и отыскала знакомый дом. Переговоры у дверей скоро увенчались успехом — ее впустили, и дверь за ней закрылась.

В мастерской она пробыла почти час. За это время Лера успела основательно поругаться с Джакометти, недавно вернувшимся из Милана и, казалось, еще больше распухшим. Неизвестно, кто был больше взбешен во время выяснения отношений. Но в конце концов хозяин мастерской начал задыхаться и сидел, тяжело поводя налитыми кровью глазами, так что женщина подумала, что его может хватить удар.

— Неслыханно! — свистел он, пытаясь набрать побольше воздуха, чтобы дать ей достойный отпор. — Да вы понимаете, что говорите! Меня все знают! Никогда, никогда меня не обвиняли ни в чем подобном!

— Подонок! — на ломаном английском ругалась Лера, роняя на его колено пепел своей сигареты. Она сидела рядом с ним, придвинувшись совсем близко и изогнувшись так, что напоминала пантеру, собирающуюся напасть. — Ты мне лучше скажи, как я отчитаюсь перед хозяйкой! Что я скажу ей?! Что ты просрал статую?! Это же ты все пыхтел над ней — Канова, Канова... А теперь — икру мечешь?! Нет, ты нам заплатишь! Ты отчитаешься за убытки!

— Невозможно... — Джакометти перешел на хрип. — Статуя пропала не по моей вине и не по вине кого-то из мастерской! Такого никогда не бывало! Мы ведь залили то, что вы нам дали! Как вы можете обвинять мастерскую, чья работа известна всему миру! Вы — необразованные, дикие плебеи!

Лера отвечала безо всякого смущения, наоборот — с большой страстью и удовольствием:

— Куда дел статую, идиот?! Старый пердун, куда ты ее спрятал?!

Итальянец разразился долгой речью, в которой было много слов типа «шлюха» и «дерьмо». Она угрожающе придвинулась к нему, но его спас стук в дверь.

— Войдите! — прокричал Джакометти. В щель просунулся Серджо, уборщик, который сразу заулыбался, увидев Леру.

— О, синьора! Добрый вечер! Как хорошо, что вы снова тут!

— Забери отсюда эту девку и больше не пускай ее ко мне, — быстро велел ему хозяин. — Подумать только — она обвинила меня в том, что я украл ее паршивую статую! Можно подумать, что она свалилась с луны! Я — украл?! Чего стоит моя репутация, если всякая свинья имеет право ее трепать...

— О, хозяин! — Серджо потрясенно разглядывал его и Леру. — Но статуя действительно пропала? Это те, бронзовые с позолотой, которые мы делали месяц назад? Какой ужас!

— Убери ее... — простонал Джакометти. — Да запри хорошенько дверь... Они повадились шляться ко мне, эти русские девки... Одна другой хуже... Та хоть соблюдала какие-то приличия... Если бы я знал, чем это обернется, никогда не стал бы брать этот заказ... Проклятье...

Лера, безмолвно следившая за переговорами, вдруг опомнилась и поманила к себе Серджо.

— Поди сюда, красавчик! — Звук ее голоса подействовал на Джакометти просто поразительно — он так и затрясся, словно только что вспомнил о ее присутствии в комнате. — Ну, поди-ка сюда!

Серджо осторожно приблизился, бросая на хозяина косые взгляды, словно испрашивая для себя разрешения убежать. Но Джакометти, собрав все силы, перекочевал в другое кресло, подальше от Леры, и теперь, задыхаясь, хрипел в относительной безопасности.

А Лера продолжала:

— Расскажи-ка мне, красавчик, куда делась статуя?

— Почему я, синьора? — бормотал тот, изображая на лице восхищение от встречи со столь приятной особой, как Лера, и в то же время потихоньку пятясь. Ему не хотелось оставаться слишком близко от нее. — Я ничего не знаю, моя прекрасная синьора... Это просто ужасно, что так получилось, вы знаете, как я сожалею... Это просто кошмар!

— Кошмар впереди! — пообещала Лера. — Впереди, мое золотце, а пока отвечай, где вы ее спрятали?! Я знаю, что она у вас! Сволочи! Мы вам недостаточно заплатили? Захотелось еще денежек?!

Серджо усиленно трясся, изображая почтительный страх и не переставая повторять:

— Синьора, это немыслимо! Синьора, прошу вас! Мы не могли украсть статую, какой ужас! Синьора, прошу вас — не волнуйтесь!

— Что ты говоришь с ней! — вступил в дискуссию Джакометти. — Сейчас я вызову карабинеров, и все будет кончено. Большая птица, подумаешь! Видали и не таких!

Лера резко повернулась к нему:

— Карабинеров вызовешь, старый хрыч?! А как насчет того, что я им расскажу, чем ты занимаешься тут под видом торговли статуями?! Тебе это очень понравится?

Как ни странно, он вдруг заговорил с большим спокойствием и достоинством:

— Синьора забывает, что главной фигурой в этом деле будет именно она, а не я. Синьора плохо оценивает ситуацию, иначе она не стала бы угрожать мне. Синьора совершила уголовно наказуемое действие, а я только половину его. Никто ничего не сможет доказать. А человек, у которого вы купили статуи, даст показания только против вас. Он скажет, что вы украли их у него. Вы плохо представляете себе обстановку, синьора. Мне жаль. Мне очень жаль. — Он повторял эти слова на все лады, все больше наливаясь кровью, и вдруг тяжело вздохнул, пытаясь набрать побольше воздуха, откинулся в кресле и захрипел.

— Мадонна! — Серджо бросился к нему. — У него приступ! Это может плохо кончиться...

— А идите вы все в задницу! — в сердцах сказала Лера и хлопнула за собой дверью.

Она снова оказалась на улице и теперь, ориентируясь по карте, пробиралась к центру. Прохожие ей встречались редко, заблудиться было очень легко, но она не заблудилась.

Лавочка с сувенирами появилась по правую руку от нее, и она туда вошла. После ожесточенного торга на пальцах с пожилым продавцом, бывшим одновременно и хозяином лавочки, она унесла с собой пару вееров, большую манильскую шаль в зеленых и фиолетовых разводах, несколько стеклянных безделушек и тяжеленную статуэтку льва Святого Марка. Статуэтку она зажала под мышкой, а все остальное запихала в объемистый пакет.

После этого Лера уже двинулась к почтамту. Там она провела около сорока минут и вышла взмокшая от царившей в нем духоты, венецианских нравов и своих тяжелых пакетов.

Пообедала она в обычной пиццерии, отказавшись от мысли посетить рестораны «До Форни», «Атисса Мартини» и «Бар Гарри» по той простой причине, что все они были закрыты и открываться не собирались.

Запивая пиццу пепси-колой, Лера смотрела на улицу через стеклянную дверь и думала, что все в жизни идет кувырком и ей никогда не удается почувствовать себя человеком, даже в Венеции. Все оборачивается хуже некуда. Но она хотя бы сделала все, что смогла. Можно было возвращаться в Петербург.

Она проглотила лед, таявший на дне яркого бумажного стаканчика, и на душе стало легче.

А Даша в это время лежала в комнате, которую так и не могла назвать своей, завернувшись в простыню, чтобы не чувствовать горячего тела Ларисы. Та спала рядом, притиснув ее к стене. Уйти она отказалась, хотя Даша просила оставить ее одну хотя бы после всего.

«Все» было почти точным повторением прошлой ночи, за одним лишь исключением — Даша не рвалась, не плакала и, сжав зубы, выносила все ласки Ларисы.

За эту ночь в ней что-то перегорело, и сопротивление показалось ей бесполезным. Немалую роль сыграли убеждения Любы. Она ясно понимала, что идти ей отсюда некуда, что за воротами ждет убийца — в маске или без маски. Поэтому она вытерпела эту ночь, поэтому сейчас лежала, не шевелясь и не пытаясь выгнать Ларису.

Перед тем как уснуть, та сказала Даше, что очень привязалась к ней, что сделает для нее очень многое. Она даже попыталась сунуть ей деньги. Даша отказалась, чем вызвала немалое удивление председательницы.

— Тебе не нужны деньги?

— Деньги у меня есть, — ответила Даша, стараясь не смотреть на соседку. — У меня все есть. Я у вас ничего не прошу.

— Ты обижаешься на меня? — Та по-прежнему ничего не понимала. — Но за что? Я сделала тебе больно?

— Нет.

— Но тебе ведь было хорошо? — допытывалась Лариса. — Приятно? Ну, сознайся же! Почему ты такая неласковая? У тебя что-то случилось? Что-то личное?

Даша, чтобы отвязаться, решила солгать:

— Да, у меня неприятности с моим другом. Он меня бросил.

— И поэтому ты обижена на весь свет. — Лариса, казалось, вполне удовольствовалась этим объяснением. — Но на меня обижаться не надо. Уверяю, я буду тебе лучшим другом, чем тот, которого ты потеряла. Ни один мужчина не даст тебе того, что я, можешь мне поверить. Ну, улыбнись! Мне нравится твоя улыбка!

И Даша улыбнулась. Она казалась себе марионеткой, которую дергают за ниточки, заставляя ломать какую-то жестокую комедию. Кто был автором этой комедии — она не знала, знала только, что вынуждена ее играть, чтобы остаться в живых.

Ее улыбка успокоила Ларису, и та тотчас же уснула, как провалилась. Во сне она спасалась от воспоминаний о статуях, о вчерашнем собрании, на котором Люба высказалась в ее адрес весьма нелицеприятно, хотя и не сказала ничего конкретного. Лариса чувствовала, что ее положение становится все более зыбким, но предпринять пока ничего не могла. Она измучилась, думая обо всем этом, и Даша была для нее словно глоток воды в пустыне. Близость с нею приносила Ларисе обманчивое успокоение.

Председатель проспала почти восемь часов и проснулась, только когда стало совсем светло. Она открыла глаза и протянула руку к стене. Рука нащупала пустоту. Даши не было.

Лариса села и огляделась. Вещи Даши были на месте, замки на двери не заперты, а в коридоре слышались чьи-то голоса. Она прислушалась и вдруг узнала голос Леры. Та что-то быстро говорила, и второй голос односложно ей отвечал. Это был голос Даши. Лариса поднялась, запахнулась в лиловый атласный халат и вышла в коридор.

Там на самом деле были Даша и Лера. Даша — пунцовая от смущения, а Лера очень бледная — от злости, как отметила Лариса. Она улыбнулась, чтобы разрядить неловкость, и кивнула Лере:

— С приездом! Пойдем поговорим.

— Да вроде не к спеху, — язвительно заметила та. — Ты ведь, как я вижу, ни о чем не беспокоишься!

— Перестань...

Лариса взяла ее под руку и через плечо послала улыбку Даше. Улыбка пропала впустую — девушка повернулась и скрылась в комнате. Лариса повела подругу по коридору в направлении своего кабинета, а та по дороге не переставала иронизировать.

— Честное слово, я не вовремя! Может, поспишь еще? Зачем вставать, беспокоиться о клубе?

— Перестань... — повторила Лариса. — Ты ведь знаешь, что клуб для меня прежде всего. Но этой ночью я все равно ничего не могла сделать. Почему же я должна отказывать себе даже в маленьких удовольствиях?

— И даже в очень маленьких! — фыркнула Лера, проходя за председателем в ее кабинет. — Девка-то совсем коротышка!

— Брось травить Дашу! — повелительно сказала хозяйка. — Девочка перед тобой ни в чем не виновата. Ты ведь знаешь, что в конце концов все остаются при своих интересах. Я не запрещаю тебе проводить время, как ты хочешь, и не заглядываю к тебе в постель. И ты меня от этого избавь ради Бога! Ну, рассказывай!

Лера насмешливо посмотрела на нее и сунула руку в карман замшевого пиджака.

— Угадай, что я привезла?

Лариса поморщилась.

— Говори дело, я с утра не понимаю шуток! — потребовала она. — Ты что-то узнала или проездила впустую?

— Я никогда не брала у тебя денег даром, — сказала Лера, внезапно погрустнев. — Ты же знаешь. Именно поэтому ты способна развлекаться, когда все горит синим пламенем. Ты знаешь, что я сделаю все, что смогу, и даже больше...

— Не набивай себе цену! Ты узнала, где статуя? Она у Джакометти?

— Не знаю, что там есть у Джакометти, кроме размягчения мозгов. Он про статую ничего не знает или говорит, что не знает, а это одно и то же. В полицию нам обращаться нельзя, и он это понимает. Мы крупно поговорили, и я уверена, что статуи у него нет.

— Рада за тебя, я вот ни в чем не уверена... — Лариса нервно закурила и уставилась на нее. — Выкладывай уж, что ты разнюхала?

Лера достала из кармана клочок бумаги и положила его на стол. Та жадно схватила его и вчиталась. Прочтя несколько раз, подняла глаза на подругу:

— Как тебе удалось? Заплатила большие деньги?

— Кое-что заплатить пришлось, а как же иначе! — Лера была чрезвычайно довольна произведенным эффектом. — Хотя служащий на почтамте ни за что не хотел искать квитанцию. Не знаю и сама, как я его уговорила.

— Он отослал жене посылку четырнадцатого февраля, — пробормотала Лариса, снова вчитавшись в квитанцию. — Все верно. Все, как ты и предполагала. Теперь надо пощупать эту посылку. Ну, Демин! Я от него не ожидала!

— Никто не ожидал, потому-то все и случилось. А теперь нельзя терять времени. Надо наведаться к его жене. Лучше всего будет предупредить ее заранее, что к ней придет посылка, которая на самом деле адресована нам. Это не должно быть очень сложно, особенно когда у нас есть квитанция. Все можно списать на почтовую ошибку.

— Ну что тебе сказать... — медленно, собираясь с мыслями, проговорила Лариса. — Ты — гений!

•

ГЛАВА 15

Бассейн был маленький и неглубокий — дно можно достать рукой. Вода казалась ярко-голубой, происходило это потому, что стенки и дно бассейна были выложены цветными изразцами. В воде развевались пушистые водоросли и мелькали золотые рыбки.

Даша сидела на бортике бассейна и неподвижно смотрела в воду.

«Если хочешь утопиться — найди место поглубже, — сказала она про себя, очнувшись от оцепенения. — А если хочешь до чего-то додуматься — встань и иди к Ларисе. Может быть, ее нет, и ты сможешь просмотреть бумаги. Может быть, она есть, и ты уговоришь ее дать просмотреть их. Все лучше, чем так сидеть. Но ведь опять придется с ней общаться.

При мысли об этом Дашу передернуло. Кончался второй день карантина, и за это время Лариса опротивела ей до невозможности. Теперь не удавалось заставить себя терпеть ее ласки — слишком велики были отвращение и усталость. И та, конечно, это заметила.

После обеда, когда она снова наведалась к Даше и опять настояла на своем, то попыталась поговорить откровенно:

— Послушай, ласточка... Если тебя так заботит история с твоим другом, посвяти меня в нее. Я помогу. Кто он?

— Нет. — Даша была вынуждена дать какой-то ответ, потому что Лариса не отставала. — Он мне стал безразличен. Я просто устала. Я хотела бы... Чтобы эти дни прошли поспокойней.

— Как тебя понять? — Председатель прикусила губу. — Я не должна к тебе приходить?

Даша кивнула.

— Да, мне хотелось бы немного отдохнуть... Хотя бы до конца карантина...

— Вот оно что... Ты с кем-то поговорила?— Лариса уставилась в потолок и, как будто найдя там ответ, уверенно сказала: — Ты говорила с Любой.

— Да, — была вынуждена признаться девушка. — Она сказала, что я не имею права покидать клуб в течение трех дней.

— Люба слишком много на себя берет. — Лариса, казалось, не слышала ее слов. — А больше она ничего тебе не рассказывала?

Даша пожала плечами.

— Ну, про меня, например? — допытывалась Лариса. — Про мой стиль управления? Про мое поведение?

Даша на все вопросы только качала головой: «Нет, нет, нет». Председатель как будто удивилась.

— Странно, обычно она не упускает случая оговорить меня перед кем-то... Но это ей еще аукнется... Люба — великая язва и метит на мое место. Запомни это и не связывайся с ней!

— Не буду! — пообещала Даша, и, к ее удовольствию, Лариса поднялась с постели и оделась.

Выходя, председатель в двух словах сообщила, что все, сказанное Любой-язвой, в какой-то мере правда и Даша должна немного пожить в стенах клуба, чтобы привыкнуть к нему и в дальнейшем не испытывать неудобств. А уходить в эти дни ей не рекомендуется. Ее слова как будто не заключали в себе угрозы, но Даше почему-то вспомнилось, что у председателя есть ее настоящий адрес и скрыться ей негде.

«Скрыться я могу только в одном месте, — грустно подумала она, тотчас же после ухода Ларисы принимаясь одеваться. — И это место — клуб. Здесь меня, по крайней мере, не убьют...»

Но эта мысль уже не давала успокоения. Иной раз думалось: не стоит ли плюнуть на безопасность и уйти отсюда, как и грозили ей, навсегда.

И она действительно ушла, но недалеко — всего лишь в зимний сад, обнаруженный в другом крыле здания. Здесь было совершенно безлюдно, и Даша смогла в какой-то мере чувствовать себя спокойно. Сквозь стеклянную крышу галереи пробивался вечерний свет, придавая зарослям субтропических растений фантастический, загадочный вид; теплый, душноватый, тоже словно тропический, воздух размаривал и навевал сон. Даша сидела на бортике бассейна и решила оставаться тут, пока ее кто-нибудь не найдет.

«Если получится, то и спать буду здесь! Все же лучше, чем в той проклятой комнате... Тут даже можно спрятаться. Вон какие кусты!»

Она решила заранее подыскать себе место, скрытое от посторонних глаз, и тщательно обследовала сад. Галерея оказалась проходной, что ей не слишком понравилось. Она предпочла бы, чтобы здесь был только один вход, за которым можно следить из своего убежища, в нужный момент затаить дыхание и скрыться в листьях и цветах.

Девушка открыла одну из дверей и осмотрела продолжавшийся за ней коридор, точно такой же, как тот, по которому она сюда пришла. Однако здесь было как будто больше пыли на полу и на окнах, и ковер поплоше. Это ее немного успокоило.

«Должно быть, здесь редко кто проходит. Может быть, меня не потревожат...»

Она вернулась в сад и скоро нашла подходящий уголок — настоящий шалаш из широких пальмовых листьев. Сзади Дашу прикрывала стена галереи, и, сидя на полу, девушка не доставала головой до низкого окна. Таким образом, с улицы ее тоже никто не увидел бы.

Даша безжалостно сломала несколько широких лопухов или что-то вроде них, постаравшись сделать это в разных частях сада, чтобы содеянное не бросалось в глаза, и устроила нечто вроде подстилки на каменном полу. После чего устроилась там с относительным удобством и поздравила себя с таким чудесным решением.

Глаза начали слипаться. Ее дурманили испарения, поднимавшиеся от цветущих растений и распаренной земли — сладковатый, экзотический запах, тяжелый и притупляющий все ощущения. Она сама не заметила, как задремала, склонив голову на грудь. За минувшие двое суток Даша практически не спала, каждую ночь переживая кошмар в объятиях Ларисы, а днем мучаясь от собственного бессилия и страха перед ней, перед убийцей, перед всем миром.

Глаза она открыла уже в сумерках. Все тело затекло, ноги казались деревянными, и девушка с трудом выпрямила их. Хотела было уже потянуться и зевнуть, как вдруг насторожилась — в дальнем конце галереи послышались голоса. Сердце у нее сильно заколотилось, и она сжалась в своем шалаше. Потом ей пришло в голову, что глупо так пугаться.

«Ведь мне ничего не сделают... — ободрила она себя. — Просто сиди тихо... Хватит волнений за все эти дни! Лучше послушай, что говорят...»

Голоса, приближавшиеся к ней, звучали незнакомо. Одно она определила точно — голосов два, и оба, разумеется, женские. Один, тот, что был пониже и поглуше, говорил:

— Как темно! Ты не знаешь, где выключатель? Ноги можно поломать!

Этому голосу отвечал другой — совсем юный и, на вкус Даши, излишне пронзительный:

— А зачем вам свет? Тут и так все видно! «Что ей видно, этой пискле?! — испугалась Даша. — Меня?!»

Но голос безмятежно продолжал:

— Я, наоборот, не люблю при свете. Ну этот выключатель!..

И обладательница писклявого голоса отпустила парочку крепких словечек.

Другая женщина откашлялась, и именно кашель выдал ее возраст. Судя по этому басовитому звуку, ей было никак не меньше пятидесяти лет.

Даша содрогнулась от омерзения, и ей на память пришла квадратная толстуха, как-то раз виденная ею в баре. Там эта дама сидела в компании молоденьких девиц и неподдельно наслаждалась их обществом.

«Гадина!» — подумала она тогда о толстухе.

Теперь Даша начинала кое-что различать в сумерках, и ей удалось разглядеть ее фигуру. Не было никаких сомнений — то была она.

«Мерзкая тварь! Почему девчонка идет на такое? Тоже какая-то беда, как у меня? Или... Просто деньги?»

Но она никак не могла уяснить себе, как можно заниматься чем-то подобным даже за деньги, однако все ее сомнения вскоре рассеялись.

— Ладно, устроимся здесь. Вы сможете меня видеть? — пропищала юная особа.

— Разденься... — прогудела толстуха. Ее голос звучал сыто и буднично и никак не вязался со смыслом произносимых слов. — Разденься, и мы устроимся на твоей одежде. Положи ее вот сюда...

— Почему на моей? — запальчиво спросила девушка. — Платье совсем новое!

— Перестань, будет тебе еще новее, — успокоила ее толстуха. — Гады, заняли все комнаты, негде отдохнуть!..

Даша видела точеную девичью фигурку в слабом свете, проникавшем сквозь стекла крыши. Та оказалась совсем молода — лет шестнадцати, не больше.

Это было видно по ее неразвитым бедрам, маленьким острым грудям и линии худеньких плеч. Ее лица Даша различить не могла, да и не испытывала такого желания.

Она охотно заснула бы снова, чтобы ничего не видеть и не слышать, но женщины повели себя так шумно, что об этом не стоило даже думать. Больше всего шума производила старшая. Она то и дело вскрикивала, стонала и осыпала свою юную подругу ласковыми бессвязными словами. Только и слышалось: «Киска, мышка, зайчик-попрыгунчик, ягодка, солнышко...»

«Весь зоопарк перебрала! — злилась в своем убежище Даша. — Когда с тебя будет довольно, курва ты несытая?!»

Вздохи, стоны и ласковые слова, исходившие от девушки, были явно деланными. Она просто время от времени испускала какой-то звук или вполне деловым тоном замечала: «Ой, как хорошо!» Точно так же она могла бы сказать, что погода сегодня плохая или у нее нет аппетита.

Но толстуху это не волновало. Девица делала свое дело, каким бы оно ни было, а все остальное для нее не важно.

Даша переждала этот поток эмоций, не давая себе труда затаивать дыхание и притворяться мертвой, как она собиралась раньше. Женщины были так поглощены друг другом, что не заметили бы ее, даже если бы она встала и прошла мимо их импровизированного ложа любви.

Наконец они замолкли.

«Спасибо вам! — Даша перевела дух. — Сил уже нет слушать... Какая гадость! И я точно так же должна выглядеть и слышаться со стороны, когда ко мне приходит Лариса... Хотя нет — я ведь ей не отвечаю тем же... Еще чего не хватало! Обойдется и без зайчика! Сволочи все!»

А девица тем временем одевалась уже почти в полной темноте и плаксивым голосом канючила:

— Надежда Степановна! А Надежда Степановна! Как же платье-то?

— Какое еще платье? — хрипло отвечала та, приводя себя в порядок. — Тьфу, ни черта не вижу! Может, еще что и обронила... Тебе не кажется? Вроде что-то стукнуло...

— Надежда Степановна, а как же подарок? — Девица, судя по звуку, поцеловала свою благодетельницу. — Вы же обещали!

— В конце месяца, — отвечала пожилая. — Когда закрою отчетную ведомость.

— Ну как же так?! — возмутилась партнерша. — Когда еще конец месяца, март только начался! Ну,. Надежда Степановна! Вы же обещали?!

— Я тебя когда-нибудь обманывала? — Та немного повысила голос. — Всегда платила. Просто немного придется подождать. Ситуация пока неясна. Может, будут проблемы с отчетом. Лара что-то землю роет...

— Это у Ларисы Васильевны весенняя лихорадка! — хихикнула девица. — Из-за ее любовницы. Как вам новенькая, кстати?

— Лапочка... — прогудела Надежда Степановна. — У Ларисы губа не дура! Где она таких берет?

— Ах, так вот почему вы мне морочите голову с этой ведомостью! Из-за этой девки? Вы что — решили на нее переключиться? Так Лариса скоро ее не отдаст!

— Брось трепаться, — раздалось в ответ. — Не из-за девицы, а из-за неопределенности. Можешь ты немного подождать, или тебе шило в зад воткнули?! Ну, идем!

— Нет, сперва на платье! — не сдавалась та. — А девке этой я всю рожу искалечу!

«Большое спасибо! Вот вам еще одна сцена из-за меня! Да я тут в моде! Хоть бы увидеть ее лицо, чтобы знать, кто мне собирается рожу искалечить! В темноте не различить... По голосу не узнаю...»

А женщины, продолжая препекаться, медленно шли к выходу. Даша все еще слышала их голоса:

— Ну, Надежда Степановна!

— У меня и кошелька с собой нет... — отвечала та совсем уже в отдалении. — Подождешь.

— И так всякий раз!

Их голоса замерли, хлопнула стеклянная дверь, и Даша не смогла сдержать смеха, давно рвавшегося наружу. В этом смехе оказалось куда больше горечи, чем настоящего веселья, да и природа у него была явно истерическая, но все равно он принес ей какую-то разрядку. Отсмеявшись, она переменила позу и снова задумалась.

Ей припомнились слова толстухи о том, что как будто что-то стукнуло, и она вспомнила, что действительно слышала нечто подобное во время их возни в проходе между зарослями. Негромкий шлепок, раздавшийся несколько в стороне от женщин.

Тогда ей подумалось, что это упал спелый плод с какой-то пальмы, но теперь она вспомнила, что на пальмах не было ничего, даже отдаленно похожего на плоды. Это было ею отмечено еще во время осмотра сада.

«Что это могло шлепнуться? Странно... А если... Если рискнуть и пошарить на полу?»

Эта мысль пришлась ей по душе. Ужасно надоело сидеть в полной неподвижности.

«В крайнем случае, если кто-то войдет, он меня не увидит. Тут темно, и я спрячусь прежде, чем включат свет... А может, и без света обойдется. Эти же обошлись!»

Она выбралась из шалаша и пролезла сквозь заросли на открытое место. Ее глаза уже достаточно привыкли к здешней темноте, и она могла осмотреть пол довольно тщательно.

И действительно, немного правее от нее возле подножия какого-то раскидистого растения что-то темнело. Даша торопливо пошарила там и нащупала кожаный предмет прямоугольной формы. Она подняла добычу и уставилась на нее. Не понадобилось много времени, чтобы узнать в этом предмете бумажник. Довольно пухлый бумажник из дорогой кожи.

«Это не может принадлежать девице. Это штучка Надежды Степановны. Как же так? Та сказала, что у нее нет при себе денег... Обманула девицу? Потеряла бумажник и решила, что не брала его с собой, когда ощупала карманы? Зачем бы ей выбрасывать его... Скорее всего, выронила случайно, когда резвилась на полу... Но довольно далеко отлетел. Ну и размах у бабы! Она должна за ним вернуться, если обнаружит его исчезновение... Наверняка она поймет, где его посеяла. Надо положить на место».

И вдруг ей в голову пришла странная, дерзкая мысль. Еще не успев осознать, что делает, Даша зажала бумажник в руке и юркнула с ним обратно в заросли. Уже в своем убежище, отдышавшись, она поняла, что просто-напросто украла его.

«И хорошо! Баба обойдется и без него, а мне он куда нужнее... Не валяться же ему тут. Эх, помирать — так с музыкой! Поздравляю тебя, Даша, это твоя первая в жизни кража! — Она усмехнулась. — Все получается как по писаному. Началось с лесбиянства, а кончилось кражей... Этак ты и на убийство окажешься способна!»

И она подумала, что в таком случае первой падет Лариса.

Девушка немного развеселилась и принялась осматривать свой трофей. В одном отделении бумажника оказались деньги. Она достала их и поднесла к слабому свету, падавшему из окна. Это были доллары и рубли. Триста долларов и пять тысяч рублей с небольшим.

Она расстегнула другое отделение. Там лежало что-то непонятное, поначалу принятое ею за проездной в пластиковой оболочке. Но эту мысль она тут же отвергла. Такая солидная дама, как Надежда Степановна, наверняка ездила на собственной машине.

Даша поднесла этот предмет к окну и долго на него глядела. И когда она поняла, что это такое, то возблагодарила толстуху, так щедро наградившую ее. Данный предмет нужен Даше куда больше, чем деньги. Это была магнитная карточка, с помощью которой, по рассказам Ларисы, отпирались ворота клуба. Даша держала ее в руках, вертела так и сяк и все не верила своему счастью.

«Это то самое, больше быть нечему! — убеждала она себя. — Господи, как повезло! Да ведь теперь я смогу выйти отсюда в любой момент! Выйти, поймать на мосту машину и уехать к чертовой матери! Хоть сейчас!»

Но тут она некстати вспомнила про своего преследователя, и настроение сразу испортилось.

«Я выйду, а он меня хап! И сожрет!»

Она уложила карточку на место и осмотрела третье, самое маленькое отделение. Там оказался совсем крохотный предмет, который никак не удавалось ухватить. Когда она все же извлекла его наружу, он показался ей колючим на ощупь. Подносить его к свету не потребовалось. Он сам нашел свет, впитал его в себя и заиграл, переливаясь в ее руке. Это была бриллиантовая серьга в виде трилистника.

«Красота какая... — Даша подержала серьгу на ладони и полюбовалась ею. — Никогда не держала в руках бриллиантов... А это настоящие, сразу видно... Почему она таскала с собой одну сережку?»

Она осмотрела серьгу повнимательней и обратила внимание, что замочек сломан.

«Ясно. — Даша спрятала серьгу обратно. — Она собиралась отдать ее в починку... Но теперь ей это не удастся...»

Но основательно обдумать происшедшее ей не удалось — в это время открылась дверь, та самая, в которую вышли женщины. В проходе раздались чьи-то торопливые шаги.

Даша замерла, прижав бумажник к груди обеими руками, сжав его так крепко, словно он был живой и мог подать голос своей хозяйке, вздумавшей его разыскивать. Но в проходе появилась вовсе не толстуха, уж это-то Даша могла разглядеть, а та самая девица, которая так и не дождалась от Надежды Степановны платы за оказанную услугу.

«Что ей тут еще понадобилось?» — удивилась Даша. Но удивлялась недолго. Стоило ей только увидеть, что девица присела на корточки и пустилась обшаривать пол, как ей все стало ясно.

«Ну, ловка! — восхищалась Даша, стараясь дышать потише, а то и вовсе не дышать. — Какова умница! Вытащила у бабы бумажник во время возни и отбросила его в кусты! Думала потом найти и сама с собой расплатиться! Здорово! И в краже ее не уличишь — ведь она не выносила с собой бумажника! А толстуха, если подозревала ее, наверняка обыскала. Вернулась, матушка! Ищи, ищи...»

А девица упорно копалась во всех кустах у обочины, и Даша уже забеспокоилась, не полезет ли та и подальше, чтобы отыскать запропавшую вещь. В таком случае девушки вполне могли оказаться лицом к лицу.

«От разрыва сердца она не умрет, — лихорадочно соображала Даша. — Даже если я сделаю страшную рожу. Да и не увидит она рожи в темноте... А вот крик поднимет... Что же делать?»

Наконец девица распрямилась и недоуменно огляделась по сторонам. Потопталась на месте, словно в нерешительности, и произнесла, как будто убеждая кого-то невидимого:

— Но ведь он должен быть здесь!

«Он и так здесь, — мысленно ответила ей Даша. — Знала бы ты — где!»

А девица, пнув задрожавшую пальму, сказала сквозь зубы:

— Дурдом! Ни хрена не видно!

«Утро вечера мудренее, — вполне согласилась с ней Даша. — Приходи сюда, когда будет светло, может, что и найдешь!»

Девица, словно услышав ее мысли, резко развернулась и двинулась к выходу, что-то при этом бормоча. Судя по всему, она была в ярости.

А Дашу душил смех. Ей все больше нравилось сидеть в засаде и наблюдать за обитателями клуба.

«Они куда милее, когда не видят меня, а я вижу их! Так я хотя бы могу смеяться над ними... Да и над собой...»

Ей снова послышался шум, и в галерее внезапно вспыхнул яркий свет. Даша от неожиданности оцепенела, ей показалось, что ее обнаружили и сейчас раздвинут заросли и вытащат ее. Но ничего подобного не произошло.

В проходе раздался дробный стук каблуков, и по этому стуку она поняла, что вошедших двое или трое. Стук каблуков внезапно оборвался, и неизвестные остановились, не дойдя до нее. Она сообразила, что вошли они с другого конца галереи, из того самого запущенного коридора, который представлялся ей необитаемым.

«Вот так сюрприз...»

Она мучительно старалась что-то разглядеть в зарослях, но это было невозможно. Из своего убежища Даша могла видеть только то, что происходило прямо перед ней. Все остальное закрывали перекрещивающиеся под разными углами растения. Зато слышно было превосходно.

«Их двое, — поняла Даша. — И одну я точно знаю!» Голос Любы она запомнила прекрасно, а именно этот голос сейчас звучал в нескольких шагах от нее.

— Сама видишь, что творится. Дольше ждать нельзя. Она всех нас погубит.

Голос Любы звучал очень сухо, по-деловому. Ее собеседница, голоса которой Даша не узнавала, отвечала в таком же тоне:

— Но сделать пока ничего нельзя. Надо подождать. Все станет ясно в конце марта.

— В конце марта мы все будем в заднице! — Люба говорила так, будто этими словами кого-то душила, и Даша очень удивилась. Ей казалось, что Снежная Королева вообще не способна на сильные эмоции.

— Не преувеличивай! — Ее собеседница говорила куда спокойней. Голос был молодой, ясный и красивый. Даше очень захотелось увидеть ее лицо. — Она ничего не погубит, ты ведь знаешь Лариску. Просто нужно выбрать хороший момент, когда ее можно будет застать врасплох. Она сама подставится, вот увидишь. Это не займет много времени.

— Времени нет вообще! — Люба застучала каблуками, наверно прохаживаясь туда-сюда. Но Даша попрежнему ее не видела. — Как ты не понимаешь, что медлить опасно! Она может выкрутиться.

— Что же ты предлагаешь? — спросил спокойный голос. — Потребовать, чтобы она дала нам полный отчет о деньгах клуба?

— Хотя бы, — резко ответила Люба. — И публично, перед всеми! На этом собрании она выкрутилась. Ты же видела, как она виляла хвостом! Она боялась, что я что-то скажу, но я промолчала.

— Вот это мне очень странно, — лениво заметила ее собеседница. — Не ты ли все время напоминаешь мне, что пора действовать? А сама пропускаешь одну возможность за другой! Может быть, ты думаешь, все возьму на себя я? Ты крупно ошибаешься. Я не шевельну и пальцем, если ты решила меня подставить.

— Мы не доверяем друг другу. — Голос Любы звучал примирительно. — Вот в чем наша главная беда. Мы не можем объединиться против нее. Она же крепко держится за Лерку. Вместе они кое-что из себя представляют. А у нас все наоборот.

— Кстати, как ты собираешься решить проблему с Лерой? Не думаешь ведь ты, что она воспримет эту новость с радостью? Она порядочная сволочь. Мне не хотелось бы оставлять ее за спиной. Она может крупно нагадить.

— С Лерой все может решиться очень просто. — Люба остановилась совсем близко от Даши, и она увидела край ее юбки. Сегодня юбка была салатного цвета, девушка ее сразу узнала, потому что уже встречала Любу этим утром. — У меня есть против нее кое-что. Но пока об этом рано говорить. Одно тебе обещаю — как только мы спихнем Ларису, Лерка вылетит за ней.

— Это опасно. — Голос звучал по-прежнему равнодушно. — Хочу думать, что ты сама понимаешь, насколько опасно. Стоит недооценить их — и мы пропали. Ты знаешь, на что они способны.

— Мне все равно, — мрачно сказала Снежная Королева. — Любое дело опасно. Если не захочешь помочь, я найду кого-нибудь другого. Но тогда учти, что к разделу пирога ты не попадешь.

— Не закусывай удила! — посоветовал ей голос. — Мне нужно подумать. Я не отказываюсь.

— А я хочу, чтобы ты согласилась, и как можно скорее! — Люба, казалось, потеряла терпение. — Я не могу допустить, чтобы разборки начались вместе с сезоном. Мы потеряем деньги. Сначала надо сменить власть, а потом покупать товар. А не наоборот.

— Рисковать не надо, — не согласилась собеседница. — Лучше выждать еще месяца два.

— Ты с ума сошла? — Люба внезапно перешла на визг, и Даша оторопела. Она никак не ожидала от нее такой реакции. — Два месяца?! За два месяца она провернет операцию, и ее авторитет снова укрепится. Никто не захочет голосовать против человека, который дал всем заработать. Надо поторопиться. У меня есть способ доказать, что она халатно распорядилась нашими деньгами. Мне кое-что известно.

— То, что известно тебе, известно каждому второму, — холодно ответили ей. — Никого этим не удивишь. Деньги скоро будут. У нее есть покупатель.

— У нее никого нет!

— Как это? — У собеседницы проснулся интерес. — Ты что-то узнала?

— Это что-то — бомба, динамит! Я гарантирую успех! Ты должна поторопиться! Можешь не соглашаться, но я хочу предупредить...

— Все усвоено, мне не дадут пирога. — Неизвестная женщина слегка усмехнулась. — Хорошо. Но сперва расскажи.

Снова раздался стук каблуков, и Даша в отчаянии поняла, что женщины тронулись с места и пошли к выходу. Бежать за ними, скрываясь в зарослях, она не могла, а расслышать с такого расстояния то, что Люба хотела сообщить своей неведомой собеседнице, было невозможно. Хлопнула дверь, и свет снова погас. Даша закрыла глаза.

«О чем они говорили? — задумалась она, как нельзя больше сожалея о том, что услышала так мало. — Ясно одно — Люба, такая спокойная, ледяная Люба, хочет дать Ларисе пинка под зад, Ларисе и Лере. Ну, это одно и то же — дать пинка Ларисе или Лере. Кажется, они крепко связаны... Но что она имела в виду, когда говорила о какой-то операции, о динамите? «У нее есть покупатель», «У нее ничего нет». О чем шла речь? Мне никогда не понять. В сущности, надо узнать одно: какое отношение имел к истории со статуями Джакометти... А вдруг я напрасно тут сижу, и Игорь Вадимович все уже узнал там, на месте? А вдруг все мои мучения напрасны?»

Даша поерзала в своем уголке и вытянула онемевшую ногу, едва не упершись ею в какой-то ствол, неясно различимый в темноте. Устроившись таким образом, вздохнула.

«Ничего я не сделала, ничего. Если бы кто знал, стал бы смеяться надо мной... Задаром вымаралась в таком дерьме, что теперь никогда не отмоюсь... Надо посидеть еще немного и попытаться не уснуть. Может, еще кто придет и скажет парочку слов».

А пока, в ожидании того, кто придет и просветит ее, Даша принялась искать место, куда спрятать бумажник. Она понимала, что держать его при себе рискованно.

«Лариса все время норовит меня раздеть, а моя комната, кажется, может быть открыта кем угодно... Ни черта не помогают эти замки... Похоже, у всего клуба есть ключи от них! Значит, ни на себе, ни в комнате прятать его нельзя. Спрятать надо в таком месте, чтобы я в нужный момент могла вытащить его и убежать.

Да, он непременно понадобится мне при побеге, ведь там карточка, а без нее...»

Бумажник она спрятала в кадку из-под какого-то засохшего растения, которую обнаружила совсем рядом со своим убежищем. Кадка стояла у самой стены, и вряд ли в нее собирались что-то посадить в ближайшее время. Похоже было на то, что об этой кадке все забыли.

«Буду надеяться, что садовница тут не слишком дотошная и не будет сеять укропчик по весне... — сказала себе Даша, упрятав бумажник в комьях сухой земли. — И дождя тут тоже не будет... Так что ни деньги не пропадут, ни магнитная карточка... Хотя ведь кто-то должен поливать растения? Ой, что-то я перемудрила с этим садом! Вовсе тут не так тихо и безлюдно, наоборот — постоянно кто-то выясняет отношения... Стоп! Кто это еще?»

На этот раз открылась дверь, которая вела в более обжитой коридор. В проход упала длинная полоса света, а на этой полосе отчетливо вырисовывалась тень. Разумеется, тень женщины.

Даша видела ее преувеличенно высокую, стройную фигуру, ее ноги, открытые узкой юбкой выше колен, неестественно высокие каблуки. Эта тень превосходила ростом и изяществом самую знаменитую манекенщицу, и Даша в первый миг подумала: кто же здесь имеет подобную фигуру, и только мгновение спустя поняла, что судить о фигуре по ее тени нельзя.

А тень тем временем поколебалась, вытянулась на каменных плитах прохода и, стуча каблуками, двинулась вперед. То есть каблуками стучала не тень, а ее обладательница, но ее Даша по-прежнему не видела, несмотря на то что всматривалась изо всех сил. Ее утешало только одно — как бы то ни было, но эта тень никак не могла принадлежать тучной Надежде Степановне, а значит, та не явилась отыскивать свой бумажник. У девушки было предчувствие, что уж Надежда Степановна свое добро отыскала бы хоть в старой кадке, хоть у Даши в руках.

Тень приблизилась настолько, что девушка перестала ее видеть. А где стояла хозяйка тени, она все еще не понимала. Ей казалось, что она совсем близко и ее можно рассмотреть чуть левее от себя, но в то же время это ей не удавалось. Она затаила дыхание.

«Что-то она скажет, эта Клаудиа Шиффер? Зачем она сюда явилась? Очередное свидание или очередной заговор? Ну, тут что-то грустное... Вон она как вздыхает!»

Женщина действительно вздохнула. Даша не узнала ее по этому звуку, но зато узнала, когда неожиданно близко прозвучали следующие слова:

— Выходи уж!

«Это мне? — Сердце у Даши замерло, но она и не собиралась откликаться. Тем более что совсем не была уверена, что женщина имела в виду именно ее. — Может, она пришла встретиться с кем-то, а эта ее пассия тут спряталась, или она просто думает, что она спряталась... Отзываться по меньшей мере глупо... Лучше вообще не дышать, тогда она решит, что ошиблась... Может, я просто шевельнулась тут, и она меня услышала?»

А женщина, прослушав тишину, нарушаемую только плеском воды в бассейне, где играли золотые рыбки, продолжала:

— Я ведь знаю, что ты здесь. Больше тебе негде спрятаться. Зачем ты это сделала?

«Что я сделала? — в смятении подумала Даша. — Если тут кто-то что-то и сделал, то это были толстуха с девицей и Люба с неизвестной дамой. Только я ничего не делала, кроме того, что спрятала бумажник. Но она не может знать об этом, если только не видела меня по какому-нибудь устройству, вроде того что в диспетчерской... Нет, она не обо мне говорит!»

Но ее надежды на это рассеялись, когда женщина, окончательно потеряв терпение, повысила голос. Теперь он прозвучал совершенно официально и очень холодно:

— Если тебе нравится играть в молчанку — пожалуйста! Но будь добра — покажись! Мне вовсе не улыбается лазить за тобой по кустам. Тебе звонили и звали к телефону.

При этих словах Даша, поняв, что дольше скрываться невозможно и не имеет никакого смысла, обреченно встала и выбралась на открытое место. Сердце у нее билось сильно и неровно, когда она шла навстречу Ларисе.

Та ждала, засунув руки в карманы синего пиджака, высоко закинув тщательно причесанную голову и храня на лице высокомерное и замкнутое выражение. По всему было видно, что она глубоко уязвлена, что Даша вздумала от нее прятаться.

Некоторое время она хранила молчание, оглядывая в слабом свете, падавшем в открытую дверь, измятую и запачканную одежду Даши и ее измученное, бледное лицо. Наконец нарушила тишину, произнося как-то свысока:

— Ну и что это значит?

— Вы о чем? — почти беззвучно сказала Даша. Она разом растеряла всю свою изобретательность и уже не знала, что ответить Ларисе, когда та начнет допытываться, что она делала тут, в галерее. Все подготовленные ответы показались теперь малоубедительными.

— Если тебя не устраивала твоя комната, ты могла просто сказать мне об этом, — продолжала Лариса.

Она вытащила из кармана пачку сигарет, закурила сама и протянула сигарету Даше. Той не слишком хотелось что-то брать у нее, но этот жест как бы говорил, что Лариса сохраняет дружелюбное отношение к ней.

Даша взяла сигарету и прикурила от зажигалки председательницы. Прикуривая, девушка обратила внимание на кольцо на ее безымянном пальце. Это было бриллиантовое кольцо с трилистником из маленьких, но очень красивых, словно влажных камней.

«Что оно мне напоминает? — подумала Даша, отстраняясь и вдыхая дым. — О... так ведь это тот же самый узор, что и на сережке толстухи! Они носят одинаковые украшения? Похоже, что эта серьга, точнее, серьги и кольцо составляют единый комплект.

Может, покупали порознь и просто так совпало? А может... Может, эта серьга тоже Ларисина?! Тогда толстуха ее украла! Нет, нашла, точно, нашла, потому что застежка сломана... Серьга могла выскочить у Ларисы из уха, а толстуха ее подобрала, наверное, хотела продать. Тоже не слишком красивое поведение... А в конце концов, кто здесь ведет себя красиво?»

У нее было время подумать обо всем этом, поскольку Лариса только и делала, что дымила, щурила глаза и молча рассматривала пол у себя под ногами. В конце концов она сказала:

— Ну, что же мы будем делать?

— А что? — эхом откликнулась Даша.

Принять какое-либо радикальное решение в настоящий момент она не могла. Девушка очень хорошо помнила об убийце и так же хорошо — о назойливых ласках Ларисы. И пока она колебалась между этими двумя удовольствиями, Лариса сказала, как отрубила:

— Если не хочешь со мной жить — не надо! А если да, то не устраивай мне таких вечеров!

— М-м-м... — промычала Даша. Она уставилась на свои ноги и старалась не встречаться глазами с Ларисой. — Я ничего плохого не хотела... Я просто устала... Я решила отдохнуть...

— Я могу тебе предложить отдых получше! — раздраженно сказала та. — Почему ты молчишь, когда тебе что-нибудь нужно? Ты стесняешься меня?

— Нет, — тихо ответила Даша. Она и в самом деле не стеснялась Ларисы. Она ее ненавидела.

— Будь попроще... — попросила тем временем хозяйка, и ее рука мягко легла Даше на плечо, притягивая к себе. — Будь моей милой девочкой, какой ты впервые вошла сюда... Знаешь, я сделала ошибку, что молчала обо всем... Ты, наверное, не стала бы так сторониться меня, если бы я сказала, что люблю тебя... Ты слышишь?

— Слышу... — приглушенно пробормотала Даша.

— Ты мне веришь?

На этот вопрос Даша не ответила, он показался ей издевательством.

«Изнасиловать меня и потом требовать нежных чувств! — Все в ней так и закипело от возмущения. — Может, еще и я должна признаться ей в любви?!»

Но Лариса, по-видимому, говорила очень серьезно. И когда Даша подняла голову, то увидела в ее глазах настоящую нежность. И голос ее стал нежен. Теперь Лариса говорила почти растроганно, все теснее прижимая девушку к себе:

— Когда я увидела тебя, то сразу поняла, что ты совершенно необычна... Ты была так не похожа на других девушек, которых мне доводилось знать, что я даже удивилась. Подумала, не ошиблась ли ты адресом. Чего бы ты могла искать в моем клубе?

«Потом узнаешь чего...» — мрачно думала Даша, уже ощущая прикосновения Ларисиных пальцев на своей груди. Правда, пока между кожей Даши и пальцами Ларисы существовала преграда в виде свитера, но он оказался так тонок, будто его не было вовсе.

Лариса продолжала уговоры и поглаживания, все чаще обдавая Дашу горячим дыханием.

— Я не знаю, почему ты пришла во второй раз... Тебе понравилось, верно? Когда я увидела тебя, то решила, что сделаю все, чтобы удержать тебя тут... Пойми, это была любовь. Настоящая романтическая любовь. С первого взгляда.

Дашу одолевал нервный смех, но она приказывала себе сдерживаться. Девушка понимала, что, если рассмеется в такую минуту — наживет себе смертельного врага в лице Ларисы. И она только кусала губы и все плотнее прикрывала глаза.

Лариса, должно быть, принимала все это за признаки возбуждения и тесно прижимала Дашу к себе.

Это уже было самое настоящее объятие — сильное и страстное. Ее колено уже вклинилось между ног Даши, а рука заползла под свитер. Глаза ее помутнели, видно было, что ей трудно стоять.

— Глупенькая, — прошептала она, касаясь губами горячей Дашиной щеки. — Пойми же, что я хочу сделать для тебя очень много... Ты совсем еще девочка, глупышка... Ты прелесть! Любимая моя! Маленькая!

У Даши болезненно сжалось горло. Слова Ларисы пробудили в ней некие смутные воспоминания.

Вот Аркадий обнимает ее в Летнем саду, на обходной аллее жаркий июньский день, Карпин пруд блестит, как зеленое треснутое зеркало, и многочисленные лебеди продолжают наносить на него все новые трещины и борозды... Вдоль пруда — заросли петуний, розовых, синих, лиловых. На скамейках — старушки, мамаши с младенцами, такие же влюбленные, как Даша и Аркадий, которым больше негде встречаться или просто не хочется сидеть сиднем в кафе или в комнате.

Он целует ее — нежно и осторожно, как будто играет губами с едва раскрывшимся цветком, заставляя его лепестки раздвигаться все шире. Даша обнимает его и долго стоит так, прижавшись к нему всем телом, позабыв обо всем на свете. Когда они отстраняются друг от друга, то замечают, что на них все смотрят.

«Мы красивая пара! — гордо говорила она. — Мы созданы друг для друга!» — «Конечно! — Он соглашался со всеми ее словами. — Конечно, да так и будет! Я чувствую! Прелесть моя! Любимая! Маленькая!»

— Я прошу вас... — Даша почувствовала, что у нее закружилась голова. — Я прошу вас... Мне немного нехорошо... Простите...

— Ты бледненькая... — свистящим шепотом отозвалась Лариса. — Зачем ты тут сидела? Пойдем, я отведу тебя в твою комнатку...

«И изнасилую, — продолжила про себя Даша. — Нет, я там больше не сплю... Пусть устраивает мне сцены, пусть признается в какой угодно любви, пусть даже делает это в тех же самых выражениях, проклятая стерва! Но спать я с ней больше не буду!»

И она вздохнула, проводя по глазам рукой:

— Я что-то не хочу лежать... Мне хотелось бы посидеть в баре... Это можно?

— Тебе все можно, — немедленно ответила председатель. — Ну, пошли! Тут очень тяжелый воздух, растения испаряют слишком много влаги... Я тут пять минут, и мне тоже нехорошо. Нам надо выпить по чуть-чуть... Но много я тебе не позволю, это может плохо кончиться... Ты натура нервная, увлекающаяся, а такие спиваются... Я не хочу этого.

— Я тоже...

Даша покинула галерею с некоторым сожалением. Все же здесь ее никто не беспокоил, никто к ней не приставал, и если бы не явилась Лариса, она вполне могла бы тут и переночевать.

Теперь же она снова оказывалась у всех на виду. В том числе на глазах у обворованной толстухи и у Любы, чью тайну она ненароком узнала. Не говоря уже о Ларисе, ни одна из тайн которой пока не была ей известна. И ей снова приходилось изображать простушку, которая всем верит, всего боится и всеми восхищается. А это было трудно, и с каждым разом все труднее.

В баре оказалось немного народу. Только тут Даша поняла, что час уже был поздний. Видимо, она провела в галерее больше времени, чем думала. Ее спутали темнота, тишина и собственный сон, который мог длиться гораздо дольше часа. Даша немного передохнула и теперь надеялась просидеть в баре всю ночь.

«Главное — не поддаваться уговорам Ларисы и не возвращаться в мою комнату. Пить буду мало, а лучше — ничего. И не буду вообще ее слушать... А то даже дышать трудно, так она мне противна...»

Лариса усадила ее за угловой столик и сделала заказ. Официантка была та же самая, что и в первый Дашин визит в клуб, но теперь она как бы потеряла часть своей приветливости. Смотрела угрюмо, переминалась с ноги на ногу и лениво чиркала карандашиком.

Ларису это рассердило.

— Ты что это, моя милая? — спросила она, поднимая на девушку прозрачные глаза. — Мало каши ела? Или помер кто?

— Простите, задумалась, — сухо ответила та, и Даша вдруг узнала голос.

«Не может быть! — воскликнула она, конечно, про себя. — Собеседница Любы! Бог ты мой! Она уговаривалась с официанткой, чтобы свергнуть Ларису?! Что же это делается?! Октябрьская революция?!»

А официантка бойко приняла заказ, как будто вдруг переродилась на глазах, слетала туда-сюда, и перед женщинами оказался вмиг накрытый стол.

Лариса с удовольствием посмотрела сначала на него, потом на Дашу.

— Ешь, голубушка. Ты совсем у нас отощала... Почему ты не ходила сюда? Стеснялась? Так можно с голоду умереть...

— Мне не хотелось есть, — угрюмо ответила Даша, жадно принимаясь за бифштекс. Ее одолевал волчий голод. В сущности, за последние два дня она толком ничего не ела.

Лариса молча наблюдала за ней, не прикасаясь к своим столовым приборам. А потом, приблизив голову к Дашиной тарелке, тихо произнесла:

— А что, телефонным звонком ты не интересуешься? — Даша чуть не подавилась. Она совсем забыла о том, что сказала ей Лариса в саду, — так велико было тогда ее оцепенение. Лариса действовала на нее, как удав на кролика: в ее присутствии у Даши замедлялись мысли и пропадала способность принимать решения. Сейчас ей ничего не оставалось, как спросить, обливаясь потом от страха:

— А кто звонил?

«Если скажет, что Игорь Вадимович — я большая дура, что пряталась, — быстро соображала Даша, стараясь не попасть под холодные фары Ларисиного взгляда. — А если это тот самый Ветельников... Тогда я дура вдвойне, что согласилась назвать его имя...» А Лариса молчала. Она все так же смотрела на Дашу, задумчиво и бесстрастно. Потом как будто улыбнулась, хотя губы при этом не принимали никакого участия. Так улыбаться умела только она.

— Ладно, прости меня, — произнесла председательница, расплывшись уже в настоящей улыбке. — Я пошутила.

ГЛАВА 16

На следующий день она проснулась только после полудня. В первый раз ей удалось выспаться — Лариса не стала приставать к ней этой ночью. Они расстались еще в баре, когда к ним подсела Лера и принялась острить насчет испачканной одежды Даши.

«Видимо, она всерьез считала, что мы занимались любовью в саду под пальмами, — подумала Даша, сладко потягиваясь в постели, казавшейся ей теперь такой широкой и удобной. — Лера мне враг, еще какой враг... Как она смотрит на меня! Ей кажется, что я уведу у нее любовницу... Да я и увела Ларису, если здраво рассудить. Правда, без умысла. Она сама увелась...»

Девушка поднялась с постели, умылась в закутке перед дверью, где был умывальник. Душа в комнате не было, и она подумала, не стоит ли ей поискать место, где можно хорошенько помыться. Даша надела махровый халат, взяла пакет с умывальными принадлежностями и вышла в коридор. Дверь за собой она не закрыла: во-первых, потому, что давно поняла — никакие запоры ее не спасут от постороннего вмешательства, а во-вторых, прятать ей было нечего, все ее самое ценное имущество теперь хранилось в кадке с сухой землей.

Ванную комнату она нашла тут же — ей пришлось пройти дальше по коридору. За комнатами отдыха, через маленький промежуток, следовали две двери. Первая вела в туалет, которым Даша уже пользовалась. Вторая и оказалась ванной комнатой.

Сейчас там слышался тихий плеск воды. Сквозь матовую стеклянную дверь было заметно какое-то движение. Даша еще успела подивиться тому, что дверь, ведущая в столь интимное помещение, застеклена, и уже собиралась уйти в свою комнату и подождать, пока ванная не освободится, как ее оттуда окликнули:

— Зайди, не заперто!

Даже через дверь и плеск воды Даша сразу различила, что голос не Ларисин. Это разом сняло все сомнения, и она приоткрыла дверь и скользнула туда, предварительно оглядев коридор. Хотя, как она подумала мельком, обитательниц клуба вряд ли можно было удивить тем, что одна женщина приглашает другую навестить ее во время принятия ванны.

В ванной была Люба. Даша снова поразилась ее красоте; сейчас, в душном помещении, наполненном горячими парами воды, Снежная Королева как будто оттаяла.

Лицо сделалось более мягким и домашним, может быть, потому, что на нем сейчас не было и следа косметики. Фиалковые глаза блестели и как будто смеялись. А ее щеки, плечи, плещущиеся в воде руки утратили свой белоснежный вид и слегка порозовели.

Люба смешливо щурилась, глядя на Дашу, обливаясь водой и взбивая ногами пену. Ванна была широкая и длинная, в ней свободно могли бы купаться сразу двое, о чем Даша сразу и подумала.

«Наверное, это место тут очень ценится в смысле любовных игр. Вот и зеркало над ванной, до самого потолка... Все можно видеть... Почему вчера толстуха и девица не воспользовались ванной? Или и тут кто-то был? Тогда на всех напала любовная лихорадка! Но Люба позвала меня, я думаю, не по этой причине...»

Она поздоровалась и нерешительно оглядела помещение. Люба кивнула ей на пуфик, одиноко стоявщий у окна, забранного таким же матовым стеклом, что и дверь.

— Садись там, подожди, пока я вылезу... Долго не задержу, только вот погреюсь... Замерзла жутко... — Заметив Дашин удивленный взгляд, Люба пояснила:

— Я только что из города... Оделась слишком легко. Шубу что-то не хотелось надевать.

Она засмеялась, упомянув про шубу, а Даша покраснела. Ей до сих пор было стыдно, что она так опозорилась перед единственным симпатичным человеком в клубе. В ее присутствии она чувствовала относительное спокойствие.

«Люба могла бы помочь мне, если бы я умела повернуть дело, — подумала девушка, присаживаясь на пуфик и ставя на подоконник свой пакет. — Если сделать так, что это будет как бы против Ларисы... Ведь она хочет убрать Ларису, значит, пойдет на все... Ах, если бы она просила о помощи не ту официантку, а меня!»

Она совсем ушла в свои мысли, когда Люба, наплескавшись и несколько раз уйдя под воду с головой, внезапно окликнула ее:

— Чем расстроена, Дашенька? — В ее голосе девушке почудилось искреннее участие, и она не могла удержаться, чтобы не пожаловаться:

— Да так, что-то на душе нехорошо. — Люба перестала плескаться.

— Что-то вышло с Ларисой? — спросила она, пристально вглядываясь в нее. — Да ты скажи, легче будет... Она может довести кого хочешь...

— Но, наверное, не вас! — вырвалось у Даши.

— Почему ты так решила? — Люба заулыбалась, как будто Даша сказала что-то чрезвычайно смешное. У нее был такой вид, словно она говорила с ребенком-вундеркиндом, то и дело удивляющим своего взрослого собеседника. — Ты думаешь, я не способна расстраиваться из-за ее выходок?

— Вы очень независимы, — тихо сказала Даша. — В отличие от меня.

— Но хамство и самодурство одинаково противны и зависимым и независимым.

Люба обеими руками собрала пышную пену, плавающую по поверхности воды, и облепила ею грудь. Теперь могло показаться, что она сидит в снежном сугробе или в боа из страусовых перьев. Пена колыхалась от горячего воздуха и дыхания Любы, в ней медленно появлялись проплешины и ямки. Насидевшись в таком одеянии, она снова окунулась и, помолчав, сказала:

— Я продолжаю тебе удивляться.

— Почему?

— Потому что ты могла бы совершенно иначе поставить себя при Ларисе. Например, ты могла бы кое-что у нее попросить.

— Я боюсь, — призналась Даша. — Я боюсь что-то просить, потому что мне кажется, что она мне откажет... Как-то не производит она впечатления очень сговорчивой...

— Это смотря о чем зайдет речь. Ну, скажем, если ты хочешь себе парочку колечек или шубку, она тебе ни за что не откажет. Нипочем не откажет, сколько было тому примеров, уж прости за сравнение... Ее любовницы всегда жили припеваючи, пока не надоедали ей.

— А что с ними было потом? — Даша опять покраснела, теперь уже оттого, что ее причислили к любовницам Ларисы. — Их было много?

— Их было много, — подтвердила Люба. — А что до их дальнейшей судьбы... Не могу сказать, чтобы они складывались как-то особенно плохо или хорошо... Конечно, Лариса помогала каждой из них — и после общения с ней им жилось полегче... Очень многие были в стесненных обстоятельствах, когда приходили сюда, а уходили в куда более лучших...

Но никто не разбогател, если тебя волнует именно это.

— Перестаньте! — неожиданно вырвалось у Даши. — Я не собираюсь разбогатеть таким образом...

— Тогда, я думаю, собираешься разбогатеть другим? — жестко спросила Люба. — Ладно, хорошая моя! Я ведь не без глаз, все вижу. Выкладывай, что тебе здесь понадобилось?

— Мне? — забормотала Даша, поднимаясь с пуфика и машинально хватая свой пакет с подоконника. — Почему вы решили... Мне ничего...

— Постой же! — осадила ее Люба. — Ну не глупи! Я же не могу погнаться за тобой, сама видишь... Останься и сядь. Поговорим спокойно.

Даша обреченно села. Ноги у нее ослабели, голова слегка закружилась.

«Она знает или часть правды, или всю правду... Если так, я погибла. Или спаслась».

А Люба говорила, не сводя с нее глаз:

— Ветельников тебя не рекомендовал. Это я знаю.

Даша подняла на нее взгляд и только и смогла прошептать:

— А Лариса знает?

— Она не знает ничего. Она даже не удосужилась это узнать. Хотя могла бы. Почему ты солгала?

Даша молчала.

— Ладно, можешь не отвечать, — вздохнула Люба. — Лгут очень многие, почти все. Одна говорит, что у нее мама потомственная дворянка и они очень нуждаются, строит из себя такую недотрогу, что глядеть совестно, а в конце концов оказывается обыкновенной шлюхой с Московского вокзала. Другая долго изображала страдалицу, говорила, что у нее дома двое некормленых детей. А у нее не было ничего, кроме триппера. Лариса кляла ее потом, на чем свет стоит. И так далее, и тому подобное... Но вот ты! Ты же не брала у нее денег?

— Я ничего у нее не брала.

— Значит, надеешься в конце концов взять больше? Политика в общем-то верная... Ты ведешь себя правильно, ее всегда разжигало, когда сопротивлялись... — Люба вдруг помрачнела. — Могу даже сказать тебе, что именно из-за этого она долго преследовала меня, хотя в клубе мы оказались почти одновременно... Я никогда не давала ей повода так приставать ко мне, никогда не афишировала своей склонности к женщинам... Но она не оставляла меня в покое. Ты себе не представляешь, какой она может быть навязчивой! В конце концов пришлось уступить. Это было только раз, больше не повторялось. Она прекрасно поняла, что радости ей от этого будет немного, да и я дала понять, что в случае повторения домогательств устрою ей большие неприятности... Так что нельзя сказать, чтобы между нами была большая симпатия... Я не могла покинуть клуб, чтобы избавиться от нее. Иначе я оказалась бы без средств к существованию. Она поставила меня в безвыходное положение, и я этого никогда ей не забуду... Так никто до нее не смел со мной обращаться.

Люба внезапно умолкла, словно решила, что сказала достаточно. Даша слушала, подперев щеку кулаком и не сводя с нее глаз.

«Вот как! Значит, даже такие, как она, не могут противиться... Что же говорить обо мне? В присутствии Ларисы я едва не теряю сознание. Как я могу что-то сделать, чтобы избавиться от нее?»

Люба прервала ее размышления, попросив приоткрыть дверь и посмотреть, нет ли кого в коридоре. Она сказала это быстро и тихо, почти одними губами. Даша исполнила ее просьбу и успела заметить в коридоре какое-то движение. Она плотнее прикрыла дверь и вернулась к Любе.

— Сейчас там никого нет, но возле комнат кто-то бродил.

— Ты видела кто?

— Нет. Вы думаете, это не случайно? Нас могут подслушивать?

— Вполне... — Люба открыла кран и пустила в ванну струю горячей воды. — Пусть шумит, а ты садись рядом. Буду говорить тебе на ухо. Если кто заглянет, советую обнять меня.

— Зачем? — Дашу бросило в жар. — Ведь могут подумать, что мы...

Люба повелительным жестом указала ей место рядом с ванной, и Даше ничего не оставалось, как переместиться туда вместе с пуфиком. Люба схватила ее за руку и, притянув к себе, зашептала под шум воды:

— Куда лучше, если подумают, что мы с тобой целуемся, чем говорим о чем-то. Конечно, и поцелуи с тобой не улучшат моих отношений с Ларисой, но это все же будет меньшим злом. Я его и выбираю. А ты?

— Я тоже, — прошептала Даша, глядя на нее. — Что уж думать о моей репутации...

Люба тихо рассмеялась:

— Глупенькая, здесь ни у кого нет подходящей репутации! Придется тебе приспособиться. Расскажи о себе. Прежде всего, что тебе надо от Ларисы?

Даша замялась. В данной ситуации надо было говорить правду или не говорить ничего. Она понимала, что Люба в состоянии проверить все, сказанное ею, как проверила она миф с Ветельниковым. И в то же время откровенничанье с одним из членов клуба могло завести ее слишком далеко. Она молча смотрела на Любино внимательное лицо, потом вздохнула и пожала плечами.

— Вы мне поверите, если я скажу, что попала сюда чисто случайно? — спросила она. — Так и было. Я вам клянусь.

— Не поверю, — тут же ответила Люба. — Ничего случайного на свете не бывает. Даже если ты ничего от Ларисы не хочешь, попала ты сюда с каким-то умыслом. В обратном ты меня не убедишь, кто тебе дал пригласительный билет?

— Больной, — упрямо сказала Даша. Ей было легче придерживаться уже созданной легенды. — Мой больной, который выписался. Он захотел меня чем-то отблагодарить, а подарки я брать не люблю. Тогда он сказал, что подарит мне билет в театр. Я сказала, что не надо, потому что это может совпасть с дежурством. Тогда он принес этот пригласительный билет и сказал, что сюда можно прийти в любой свободный вечер и я останусь очень довольна.

— Девочка моя, ты несешь сущую чепуху! — решительно заявила Люба. — Не мог тебе подарить этот билет человек, не имеющий понятия о клубе. А если он его имел, то не мог отправить сюда девчонку, не имеющую никаких склонностей к известному пороку. Это было бы просто скандалом.

— Скандалом?

— Ну да, ты устроила бы скандал, когда до тебя дошло бы, куда ты попала, — пояснила Люба. — Он, этот твой больной, либо жестоко подшутил над тобой, либо разглядел в тебе такие склонности, которых у тебя не было, либо преследовал какую-то свою цель, отправляя тебя сюда... Я склоняюсь к последнему. Для шутки билет стоит слишком дорого, да и не думаю я, что кто-то мог так тебя возненавидеть. Розовыми наклонностями в тебе и не пахнет, если можно так сказать. Слепой бы понял, что сильный пол тебе куда милей. Остается третье.

— Я не знаю, — пробормотала девушка. — Ничего не могу вам сказать... Я совсем ничего не понимаю.

— Он ничего тебе не сказал? — упорствовала Люба. — Даже не намекнул, зачем посылает сюда? Ты мне лжешь.

— Нет, уверяю вас, — беспомощно лепетала Даша. — Я не знаю, как сделать, чтобы вы мне поверили. Все вышло совершенно случайно! Я пришла сюда, ничего не зная! Я не собиралась стать любовницей Ларисы! Я просто в отчаянии, что не могу выпутаться из всей этой истории. Вы же знаете — меня не выпускают!

— И потому ты украла бумажник у милейшей Надежды Степановны? — мягко спросила Люба.

Даша вскочила и вырвала руку из ее мокрых пальцев. Люба, впрочем, и не пыталась ее удержать. Она задумчиво посмотрела и сказала следующее:

— По твоему поведению я могу заключить одно: ты, хорошая моя, явилась в клуб с единственной целью — обчищать нас, грешных. Моя шуба, ее бумажник... Это многовато за два дня! — Это ужасно... — Даша покрылась мертвенной бледностью. Она едва находила слова для оправдания.

— Это ужасно, что вы так думаете... Я знаю, все должно выглядеть именно так, но я не воровка...

«Не воровка? — мелькнуло у нее в голове. — Ты самая настоящая воровка, и Люба говорит правду. Бумажник к тебе не с неба свалился, и нечего оправдываться! Неясно только одно — как Люба нашла его? Неужели она знала, где я прячусь?»

А вслух она сказала:

— Это было чистой случайностью! Я сидела в галерее, думала передохнуть там от потрясений... Сами знаете каких. Вы же говорили! Поймите меня! Я не могла никого видеть! И вдруг являются эти двое... — Тут Даша вдруг заплакала. Слезы брызнули сами, и она говорила все быстрее, отирая их руками: — Они пришли, занялись любовью на полу. Потом Надежда Степановна сказала, что ей кажется, будто что-то стукнуло. Они ушли, а я поискала на полу и нашла бумажник! Но клянусь вам, я ничего не крала! Он сам попался мне в руки!

— И ты его тут же припрятала, — заключила Люба. — Хоть бы прятала лучше, что ли. Воровать не умеешь, а туда же. У нас бывали такие девочки. Но эти тут задерживались меньше всего. К слову, одна из них тоже не брала у Ларисы денег. До определенной поры. Потом она взяла все, что у председателя было в тот день при себе. Что-то около тысячи долларов. Лариса как раз собралась что-то купить. Может быть, даже для этой самой девчонки.

— Я уверяю вас...

— Перестань! — оборвала ее Люба. — Может быть, все было именно так, как ты мне рассказала, но меня это не волнует. И никого не будет волновать, если об этом узнают. Мало тебе не покажется...

— Вы мне угрожаете? — Даша была шокирована. Слезы у нее тут же высохли, и она уже злилась на себя, что испытывала симпатию к этой женщине.

«У тебя не может быть здесь друзей! — сказала она себе. — Пустилась в жалобы, как же! Она тебя пожалеет! Первая сдаст Ларисе на растерзание! Я чуть не рассказала ей все! Хороша бы я была! Принесла бы себя на блюдечке!»

— Так, значит, вы решили, что я воровка? Что же вы намерены делать? — уже вызывающе спросила девушка.

— Ничего, — ответила Люба. Она была спокойна, румяна, то ли от жары, то ли от своей изобличительной речи, и казалась веселой. — Я ничего не буду делать, но только в том случае, если ты ответишь мне тем же.

— Что вы имеете в виду? — Даша совсем перестала понимать эту женщину, которая то угрожала, то сменяла гнев на милость. — Я чего-то не должна делать? Но я не собираюсь!

— Вчера в галерее мне послышался какой-то шум, — сказала Люба, словно пропустив ее слова мимо ушей. — Я поняла, что кто-то здесь есть. Свалить все на кошку или собаку не смогла по той простой причине, что в клубе нет ни одного животного. Для золотой рыбки ты шумела слишком громко. Я не стала продолжать известной тебе беседы и ушла. Потом я решила вернуться и посмотреть, нет ли там кого до сих пор. «Я тебя вижу, а ты меня — нет». Я пришла туда с фонариком и обнаружила твою лежанку. Я сразу поняла, чья она, — кроме тебя, под кустами в этом клубе прятаться некому.

— Но я ничего не слышала и никого не видела. Я спала там. Можете не волноваться!

Люба с жалостью посмотрела на нее.

— Всему-то тебя приходится учить! — покачала она головой. — Ну, зачем ты мне говоришь, что ничего не слышала? Тем самым ты только подчеркиваешь то, что разговор был очень значимым. О незначительном разговоре ты не стала бы так говорить. Но мне это не важно. Может, ты хотела донести о нас Ларисе? В виде особой милости она могла бы сократить срок твоего карантина. Я знаю, что многие ради этого идут на все. Или она оказала бы тебе другую услугу, но какую — я не знаю, моя хорошая. Так вот что я тебе скажу! Поскольку ты вела себя очень подозрительно, я на всякий случай обыскала все вокруг твоего укрытия и, конечно, порылась в кадке. Чей это бумажник, я поняла сразу. В боковом кармашке была фотография ее сына. Она мне ее как-то показывала. Красивый парень. Тебе понравился?

— Было темно, я не видела никакой фотографии. Мне было не до этого. Я никому ничего не скажу. Вы правы — я все слышала. Но не видела. И той, кто с вами был, не знаю. Хотя и в это вы можете не поверить, но мне все равно. А Ларисе я вас сдавать не собираюсь. Хотите — верьте, хотите — нет. Больше мне сказать нечего.

Люба задумчиво глядела на нее, потом решилась на что-то и вздохнула:

— Черт с тобой! Верю я тебе или не верю — это вопрос третий. А вот Ларисе правда ничего говорить не советую. Иначе я сделаю одну штуку, которая тебе не понравится.

— С меня достаточно штук. Я от них устала. Скажите, что это такое, чтобы я хоть знала, на что еще способна моя судьба.

— Не плачься на судьбу, во всем виновата одна ты, — оборвала ее Люба. — А штука простая. В твоей комнате этой ночью я спрятала бумажник. Я знаю там один тайничок. Сама однажды пользовалась. Кое-кто поопытней тебя искал очень тщательно, да не нашел. Не найдешь и ты. Так что в случае чего я сразу говорю Ларисе, что ты банальная воровка и украла, во-первых, ее серьгу, которую она ищет с того самого дня, как ты первый раз появилась в клубе, а во-вторых — деньги и карточку Надежды Степановны. Хотя серьгу украла Надежда... — Тут Люба рассмеялась. — Ну, та стащит все, что плохо лежит... Правда, делает это поумней твоего. Ну, вот и все! Запомни и помалкивай.

— Спасибо на добром слове. — Даша нервно раздвинула ворот халата и погладила себе горло. То ли от духоты, то ли от волнения ей трудно было дышать. — Надеюсь, что вы не вздумаете погубить меня просто так, за здорово живешь.

— Перестань! Сядь и послушай. Я не стерва. Губить тебя даром не собираюсь. Ты мне нравишься. Да не дергайся! Нравишься не как женщина, дура, а как... Да ладно! — Люба с досадой поморщилась. — Что я тебе объясняю! Сама уже ума лишилась в этом борделе! Словом, я тебе помогу. Я вижу, что тебе нужна помощь. Только сперва ты должна мне все рассказать. Иначе я могу вырыть яму самой себе. Что тебе здесь нужно?

Даша решилась. Скрывать что-либо от Любы она не видела никакого смысла. Та знала о ней слишком много, чтобы поверить ее байкам о случайном проникновении в клуб.

— Мне нужно увидеть одну бумагу, — сказала она, борясь с волнением. — У Ларисы.

— Что за бумага? — молниеносно отреагировала собеседница, ничуть не удивившись такому странному желанию Даши. — К чему она относится?

— К статуям, — ответила девушка, чувствуя, как земля уходит у нее из-под ног. Теперь слова лились сами, ей не надо было пересиливать себя. — Это пустячная бумага, но для меня она имеет огромное значение. Это связано с гибелью моего друга.

— Так-так-так... — быстро говорила Люба. — Кто был твой друг?

— Он выполнял заказ для клуба. Его кто-то убил. Когда я увижу эти бумаги, мне станет ясно, какие основания были у того человека, которого я подозреваю, убить его. Для вас, для вашего клуба все это не имеет никакого значения.

Глаза Любы потеряли выражение. Она уставилась на Дашу так, что та решила, будто сморозила страшную глупость и теперь последует оскорбление, отказ, а то и донос на нее.

— Если я хочу слишком многого — так и скажите, — виновато произнесла девушка. — Но мне нужно увидеть эту бумагу. Иначе не стоит жить.

Люба наконец опомнилась. Она часто-часто заморгала и плеснула себе воды в лицо. Отфыркиваясь, она произнесла:

— А скажи, пожалуйста... Тьфу... кого ты подозреваешь? Если не секрет, конечно?

— Джакометти, хозяина той мастерской, где работал мой друг. Эти бумаги должны прояснить отношения между ним, хозяйкой и клубом.

Она с надеждой посмотрела на Любу, а та отвела взгляд и уставилась себе на грудь. Помолчав минуту, сказала:

— Я все поняла, но по-прежнему не могу связать эту историю с твоим появлением здесь. Разве бумаги можно просмотреть так просто? Неужели ты на это надеялась?

— Да. Это очень наивно, но другого выхода у меня нет.

— Ты что, так его любила? Постой, я его, кажется, даже видела... В клубе так редко бывают мужчины, что всякий бросается в глаза... Такой худой блондин с красивыми глазами?

— Верно. — Даша разволновалась. — Боже мой, ведь он был совершенно безобиден, никому не смог досадить так, чтобы его могли убить! Это убийство просто ужасно! Это все равно что убить ребенка!

— Ты его любила... — уверилась в своей мысли Люба. — Надо же, это был твой парень! Да сядь ты, дай подумать! Значит, ты считаешь, что, найдя бумаги, ты найдешь убийцу?

— Да. Ничего другого мне не остается. Я могу поклясться, что когда я доберусь до бумаг, то не прочту ни одной из тех, что меня не касаются. Только эту!

Люба исчезла под водой с головой и оставалась там секунд пять. Наконец она вынырнула и принялась ополаскиваться под душем.

Даша молча следила за ней, не решаясь продолжить разговор. Ею овладело чувство полной опустошенности. Выдав тайну, она перестала волноваться за собственную судьбу.

«Может быть, я подписала себе смертный приговор, и меня сейчас же выкинут на улицу. Но теперь мне все равно. Человек не может так долго молчать и быть один. А я совсем одна. Совсем».

Внезапно Люба протянула руку в ее сторону и поманила к себе. Даша подошла так близко, что брызги щедро летели ей на лицо и халат, но она не отходила, чтобы не упустить ни одного из слов Любы. А говорила та быстро, негромко, закрыв глаза и подставив лицо под струи воды. Даша слышала ее с трудом, а тот, кто вздумал бы подслушивать, не понял бы вообще ничего.

— Все бумаги переводятся в компьютер. Он стоит у Ларисы. Ты видела? Прекрасно. Ты включишь его, нажмешь для этого две кнопки — на процессоре и на задней панели экрана. Разберешься?

— Я никогда... — начала было Даша, но Люба оборвала ее:

— Ничего, это всякий сумеет! Компьютер включится, загорится экран, по нему пройдет текст на языке программирования, но ты его не читай, он тебе не нужен. Потом текст остановится. Появится надпись по-русски: «Введите код». Ты напечатаешь буквально следующие слова: «Мария-Антуанетта 1987». Тогда экран поменяет цвет и станет голубым. Вверху увидишь русские слова «Загрузить», «Печатать», «Отменить» и прочее. Тебе все это не нужно. Нажимаешь на пробел и подводишь белый квадратик-курсор к слову «Выход». Когда он покроет его, нажми «Ввод». Не ошибешься, это самая широкая клавиша на клавиатуре. Экран снова поменяется, и перед тобой окажется список названий. Среди них найди сокращение латинскими буквами «М-А 1987». Это то же самое, что «Мария-Антуанетта». Подведи к этому названию курсор с помощью клавиши со стрелкой и снова нажми «Ввод». Тогда перед тобой появятся те самые бумаги, которые ты так хочешь просмотреть. Прочти их и выключи компьютер теми же кнопками, какими включила. Это все.

— Я не запомнила... — отчаянно прошептала девушка. — Я не умею обращаться с компьютером. Вы не могли бы пойти туда со мной?

— Ну вот еще! — Люба выключила душ и попросила у Даши полотенце. Та живо подала его. Теперь она смотрела Любе в рот и ловила каждое ее слово. — Я не хочу, чтобы меня потом обвинили, что я открыла тебе доступ к личному компьютеру Ларисы. Никто не умеет его загружать, потому что никто не знает кода.

— А вы?! — восхищенно спросила Даша.

— Я все знаю, — холодно ответила Люба, покрыв голову полотенцем и энергично вытирая волосы. — И еще я знаю, что попадаться тебе там не стоит. Прочти побыстрее и уходи. Я сказала, как найти именно тот текст, который тебя интересует. Больше ничего не скажу. Хватит. Я достаточно сделала для тебя, хотя ты для меня не сделала почти ничего. Ну, кроме того, что подслушала мой личный разговор.

— Я все для вас сделаю! — пообещала Даша. — Только вот я хотела бы еще раз прослушать, как мне надо все это нажимать. Это хуже лабиринта. Я сразу запутаюсь. Нельзя ли все это записать?

— Хорошо. Зайди ко мне ближе к вечеру. Я все запишу, и ты просто выполнишь все по инструкции. Это будет не слишком сложно.

— Спасибо вам... — Даша подала ей руку, когда та вылезала из ванны. — Я не ожидала, что вы поможете мне. Я вам так благодарна!

— Постой благодарить. — Люба, казалось, задумалась о чем-то. — Ты сделаешь это сегодня?

— Да. А что?

— Сегодня легче всего, потому что вечером Лариса будет внизу, — загадочно пояснила Люба. — В кабинет можно будет пройти. Я отопру тебе обе двери — и внешнюю, и внутреннюю. Но меня там не будет, даже не надейся! И если тебя вдруг обнаружат, ври что-нибудь, но на меня не ссылайся! Не смей, иначе я найду что сказать в свое оправдание, а тебе будет несладко, когда найдут сережку и бумажник. Кстати, о карточке... Она не поможет тебе бежать.

— Не поможет? — растерянно спросила Даша. — Но почему? Она ведь отпирает ворота?

— Отпирала, — уточнила Люба. — Как только было заявлено о ее пропаже, с замка сняли цифровой код этой карточки и ввели туда новый. Новый номер присвоен и новой карточке, которую уже вручили Надежде Степановне. Так что если ты понадеялась на свою находку и попыталась бы с ее помощью убежать, ворота не открылись бы, а тебя бы застукали с поличным. Каждый решил бы, что ты украла бумажник и потому хотела смыться.

— Спасибо вам за все.

Даша смотрела, как Люба одевается, но потом устыдилась своего пристального взгляда и отвернулась, боясь, что та может неверно ее понять. Здесь, в клубе, она начинала бояться самых простых вещей.

Чтобы заняться чем-то, пока Люба уйдет, она ополоснула кипятком ванну и пустила туда струю горячей воды. Девушка стояла и смотрела, как наполняется ванна, а когда обернулась, то увидела, что Люба уже ушла.

Даша заперла дверь изнутри, разделась и опустилась в горячую воду, чуть не застонав от наслаждения.

«Все, слава Богу, кончится... — мечтала она, перебирая в воде руками и гоняя горячие волны по всему телу. — Все скоро, скоро кончится...»

А в клубе весь день наблюдалось странное оживление. Ларису трудно было застать на месте — ее видели то в кухне, то в гостиных, то в видеозале, где она перебирала кассеты в шкафчике, то в машине, выезжающей из ворот клуба. Лера тоже суетилась и, как всегда, то поднимала слишком много шума, то замыкалась в своем обычном угрюмом равнодушии и пускала все на самотек.

Если бы Даша соизволила выйти из своей комнаты, то обнаружила бы, что в клубе энергично готовятся к какому-то значительному событию. Но она не выходила. Беготню и голоса в коридоре Даша почти не ощущала — и, во всяком случае, не давала себе труда их объяснять.

Ее уже не волновало ни то, что делается в клубе, ни то, придет ли к ней Лариса этой ночью, ни то, приехал ли Игорь Вадимович из Венеции. Она даже не попросила у Любы привести ее к какому-нибудь городскому телефону.

Возбуждение, охватившее ее еще в ванной, все увеличивалось и к вечеру превратилось почти в исступление. Она то замирала, уходя в себя, то смеялась тихим счастливым смехом, то плакала, вспоминая об Аркадии.

К Любе девушка зашла, когда уже начался закат, и застала ее в комнате. Та сидела перед зеркалом и тщательно расчесывала длинные светлые волосы. Увидев Дашу, она кивнула на постель:

— Под подушкой. Возьми и уходи, нечего тебе тут мелькать.

— Когда? — прошептала Даша. — Когда мне туда входить, скажите время!

— После десяти, уходи же!

Люба сверкнула на нее таким взглядом, что Даша опрометью вылетела вон. Только у себя в комнате она развернула листок, вытащенный из-под подушки, и прочла все то, что говорила ей Люба про обращение с компьютером. Какое-то время она пыталась вникнуть во все премудрости, но скоро оставила эти попытки.

«Разберусь на месте! Я все пойму, мне бы только увидеть эту штуку в действии. В конце концов, и дурнее меня умеют с ним обращаться».

Она зазубрила листок наизусть, переоделась (весь день проходила в халате) и решила поискать тайник, о котором рассказала ей Люба.

Тайник упорно не отыскивался. Даша уже посмотрела везде, где, по ее мнению, можно было спрятать вещи такого формата, как бумажник или сережка, и отказалась от дальнейших поисков.

За весь день она ни разу не вспомнила о Ларисе. Это было тем более странно, что предстояло идти в ее кабинет. Но Даша думала только о компьютере, с которым она не умеет обращаться, об Аркадии и об убийце, которому уже не удастся ее настигнуть.

«Все с ним будет кончено, как только я узнаю про неустойку! — думала она, глядя в окно и молясь, чтобы поскорее стемнело. — Конечно, это мог быть не сам Джакометти, но убийца должен быть нанят им. Теперь им кранты».

В дверь громко стукнули, и, не дожидаясь ответа, в комнату влетела Галя. Даша с изумлением посмотрела на нее. Ее соседка сегодня была очень нарядна: красное обтягивающее платье с низким вырезом, туфли на невероятных шпильках, по-особенному блестящие глаза и волосы, губы в алой помаде...

Даша почти обрадовалась, увидев Галю. Сейчас она была так возбуждена, что чувствовала настоятельную потребность пообщаться с кем-то, чтобы разрядить напряжение. Выпивку, для того чтобы успокоиться, Даша не могла себе позволить: до десяти часов вечера оставалось совсем немного времени и ей следовало быть наготове.

Галя почти тотчас же принялась щебетать:

— Здорово, что ты здесь! Я тебя потеряла! Слышала — Надежду обокрали?

— Надежду? — деланно удивилась Даша. — А кто это такая?

— Одна старая стерва, у нас она вроде бухгалтера... — пояснила Галя и бросилась смотреться в зеркало: — Здорово! Как помада лежит, а? А ты почему не готова? Что это за вид?

Даша оглядела свой скромный наряд — теплую кофточку и юбку — и недоуменно спросила:

— А что тебе не нравится? Не люкс, конечно, как у тебя, но ничего страшного...

— Ты что, так и пойдешь?! — возмутилась Галя. — Нет, не позволю! Может, у тебя плохое настроение, но зачем портить его другим? В кои-то веки у нас гости, так надо встретить их по-человечески! Даже мужчины будут!

Она произнесла слово «мужчины» так, словно говорила о крокодилах, которых вдруг пригласили на званый прием. Даша присела на кровать и смотрела, как гостья охорашивается возле зеркала. Когда до нее дошло сказанное Галей, она растерянно произнесла:

— Так здесь будут гости... И мужчины тоже...

— Можно подумать, тебя это не радует? Тут ведь тоска зеленая, по себе знаю. Ну, давай, одевайся! Нечего рассиживаться! Сейчас Лариса приедет и всех привезет!

— Постой... — Даша наконец все поняла. — Так сегодня в клубе будут посторонние люди?

— Ну да! — радостно подтвердила Галя. — Наконец-то! Знаешь, говорят, что Лариса придумала это, чтобы против нее не болтали всякой чепухи, ну вроде того, что она устроила тут женский монастырь и ущемляет всякие там права. Но все это глупости! Она никого не ущемляет и баба классная! Это Лерка — стерва!

— Ради Бога, но зачем все это?! — Даша вскочила с постели и прикрыла дверь в комнату, которую беспечная Галя оставила открытой. — Почему сюда пригласили посторонних, ведь тут это не заведено?

— Лариса боится перевыборов и потому пошла на это! — сообщила Галя конспиративным шепотом, округлив глаза. — Под нее многие копают, ну это наши дела, и вот она решила кое-что переменить. Теперь мы сможем приводить гостей, когда захотим, конечно, за плату, и они могут даже оставаться на ночь, если это члены семьи!

И пока Галя восхищалась переменами, Даша быстро обдумывала создавшееся положение.

«Клуб теперь открыт на все стороны света, всякий может привести кого угодно. Среди гостей может быть и мой убийца! Здесь было безопасно, пока сюда никто не мог попасть, но теперь все кончено! Может быть, еще сегодня...»

Даша оказалась перед лицом смерти. Она уже не слушала Галю, которая продолжала весело болтать, а только прикидывала в уме разные варианты спасения. Самым разумным ей казалось поговорить по душам с Любой, но для этого прежде всего требовалось ее найти и заставить себя выслушать.

«А захочет ли она говорить? Она так беспокоится каждый раз, когда я прихожу к ней! Вот сейчас просто выгнала меня... Она боится за себя; в сущности, ей важно только то, чтобы я ни о чем не проболталась... Да уж, если меня прикончат, я ни о чем не проболтаюсь...»

Тут до нее дошел смысл действий, производимых Галей. А та давно уже стояла перед ней и распоряжалась ее волосами, перебирая их в руках и прикладывая крупные пряди к вискам и ко лбу Даши.

— Что ты делаешь? — Даша раздраженно убрала ее руку. — С ума сошла? Чучело мастеришь, что ли?

— Глупая, я смотрю, какая тебе пойдет прическа! Послушай, тебе нужен парик! Блондинистый парик, такой, знаешь, классный... У меня есть! Я могу принести! И платье дам! По-моему, тебе очень пойдет голубое длинное платье. Я его носить не могу, мне немножко коротко, только до щиколоток. Это не совсем то! А тебе будет как раз до пола!

— Ужас! — сказала Даша, представив себя в таком виде. — Меня же никто не узнает!

Внезапно, пораженная какой-то мыслью, она уставилась на Галю, энергично убеждавшую ее в обратном. Даша оборвала ее и заявила:

— Я согласна! Это будет просто замечательно! Где твой парик?

Галя помчалась за платьем и париком, помогла Даше переодеться.

Когда был нанесен последний штрих макияжа, расчесан последний локон парика и застегнута последняя пуговица на спине, Даша, посмотревшись в зеркало, не узнала себя. Каблуки прибавили ей росту, голубое платье откровенно подчеркивало формы груди и бедер, а парик придал лицу совершенно новое освещение и выражение. Галя ахала от восторга.

— Ты прямо как Мадонна!

— Серьезно? Нет, правда меня нельзя узнать?

— Клянусь! Я бы не узнала, если бы сама тебя не нарядила! — уверяла Галя. — Да тебя никто не узнает! Пойдем в бар! Наши все уже там! Я ведь за тобой пришла! Что ты тут сидишь как старый пень, в самом деле? Лариса скоро вернется! Пойдем!

И она потащила подругу в коридор. Даша, что-то наскоро соврав Гале, вернулась за инструкцией Любы и сунула ее за резинку трусиков, для этого пришлось до предела задрать подол блестящего голубого платья. Даше подумалось, что она будет довольно нелепо выглядеть в этом наряде перед компьютером, особенно когда полезет за шпаргалкой.

«Впрочем, в этом платье я всюду буду выглядеть ужасно... Тем лучше! Убийца меня не узнает, если не будет долго присматриваться... Кто же он? Буду избегать мужчин, буду общаться только с известными мне лицами... С женщинами, конечно! Они тут хоть и с придурью, но все же не убийцы, а свои, какие-никакие...»

Девушки вошли в бар, убранный по-праздничному ради гостей. На всех столах стояли маленькие букеты живых цветов, скатерти накрахмалены, и Даше показалось, что столовые приборы из серебра. Уточнять она не стала, тем более что их с Галей сразу перехватили.

Перед ними встала женщина с необыкновенно изящной фигурой, казавшейся еще тоньше в черном вечернем платье. Женщина эта улыбалась одними губами, беспокойно их оглядывала и пускала им в лица дым своей длинной сигареты.

— Галечка, кого это ты пригласила к нам? — спросила она, оглядывая Дашу. — Сегодня бы не стоило, ты уж меня прости...

— Да это же Даша! — расхохоталась Галя. — Дашу не узнали?! Нет, правда?

— Даша? — удивилась женщина. — Действительно, большая перемена! Садитесь за мой столик, я сегодня одна. Или Даша сядет к Ларисе?

— Даша сядет, где захочет, — ответила сама Даша, разозлившись от бесцеремонного обращения женщины. — Пока я не хочу нигде садиться.

Дама пожала плечами, отвернулась и уселась за свой столик, а Галя испуганно зашептала Даше на ухо:

— Ты что ей грубишь, она знаешь кто?! С любой женской болезнью к ней, лучший специалист!

— Неплохая профессия для члена клуба, — таким же шепотом ответила ей Даша, и Галя, оценив ее слова, прыснула. — Не хочу я с ней сидеть, и женских болезней у меня нет. Пойдем лучше к стойке, сядем на табуреты.

— Несолидно, войдут гости, а мы — как птицы на насестах, — шептала Галя, оглядывая зал. — Слушай, вон Люба! Она такая милая, пойдем к ней!

Даша, вспомнив, как та от нее шарахалась, возразила:

— Не понимаю, почему тебе все время хочется с кем-то сесть! Я не хочу сидеть с твоей Любой! Сама с ней сиди! А я буду одна, у стойки!

— У тебя ужасный характер! — Галя, казалось, обиделась. — Ну и сиди одна, я же как лучше хочу... Сейчас сюда набежит толпа народа, тебя затолкают у стойки! Я к Любе пошла.

С этими словами девушки разминулись — Даша взобралась на высокий табурет у стойки бара и попросила у барменши стакан воды. У нее пересохло в горле, язык казался ватным, ноги изредка начинали дрожать.

«Я простудилась вчера в саду, — думала она, зябко ежась в своем легком платье. — Зачем я сняла кофту... Зачем я пошла сюда, сидела бы у себя спокойно, а после десяти отправилась бы прямо к Ларисе... Голова болит...»

Барменша заметила ее состояние и тихо спросила, наклонившись:

— Тебе что — плохо? Дать чего-нибудь?

— Нет-нет, спасибо... — быстро отвечала Даша. — Немного холодно, вот и все!

— Здесь жарко! — возразила барменша, глядя на нее еще внимательней. — Тебе лучше пересесть за стол. Здесь неудобно. Ты вся дрожишь, я через стойку чувствую.

— Хорошо, я сейчас, — согласилась наконец Даша. Она осмотрелась... Вокруг еще были свободные столики, хотя почти все знакомые ей члены клуба уже расселись по местам. Она видела Надежду Степановну, вырядившуюся в невообразимое платье и настоящие жемчуга, и с ней — вертлявую девчонку в простом белом платьице.

Видела врача-гинеколога в черном и дым сигареты, клубившийся вокруг ее головы. Видела Любу, спокойно разговаривающую со смеющейся, оживленно болтающей Галей.

Люба повернула голову и, как показалось Даше, слегка кивнула ей. Но это могло ей только показаться.

Часы над головой барменши показывали девять без нескольких минут. Даша уже собиралась слезть с табурета и пойти поискать себе место, как в коридоре послышался гул приближающихся голосов и шагов, и в дверях бара появились сначала Лариса и Лера, обе в почти одинаковых белых платьях, за ними следом — гости: женщины и мужчины.

ГЛАВА 17

— Сегодня мы нарушаем традицию, сложившуюся в нашем клубе, и зовем к себе гостей после установленного часа. Многие назовут это забвением обычаев. Я же назову это новым стилем жизни. Консервативность никогда не была мне присуща... — Тут Лариса вежливо улыбнулась и переждала редкие хлопки, раздавшиеся с мест.

Дольше всех аплодировала Люба. Она сидела очень прямо и равномерно била в ладоши, глядя на Ларису с издевательской улыбкой. Эти хлопки, раздававшиеся в тишине, заставили всех обернуться в ее сторону. Некоторые с трудом подавили злорадный смех, мельком глянув на Ларису. Иные поморщились, словно осуждая такое поведение в присутствии гостей.

Сама Лариса и бровью не повела. Она встретила взгляд Любы и раздвинула губы в улыбке еще шире, дожидаясь тишины.

Наконец та опустила руки и сложила их на коленях. Она была в очень простом розовом платье, открывающем плечи и колени, волосы были туго стянуты в узел и заколоты шпильками из слоновой кости, пальцы без колец сами сверкали, как драгоценности. На Дашу она не смотрела, словно не узнавая ее. А Даша, совсем забыв о своем маскараде, удивлялась, почему Лариса так беспокойно на нее поглядывает.

«Напрасно я взгромоздилась на этот табурет. Выставилась на всеобщее обозрение, словно для того, чтобы меня получше разглядели... Она привела с собой пятерых мужчин и трех женщин. Отгадай загад-

¹/₂13*

ку: кто из них хочет тебя убить и хочет ли кто-то это сделать вообще?»

Чтобы удержаться на табурете, который, казалось, медленно поворачивался под ней, она положила локоть на стойку и приняла далеко не торжественную позу. Девушка чувствовала на себе взгляды гостей и членов клуба и говорила себе, что смотрится просто скандально.

Лариса наконец кончила речь. К этому времени ее перестал занимать вопрос, что это за блондиночка качается на табурете у стойки бара. Дашу она узнала не столько по лицу, сильно измененному макияжем и париком, сколько по очертаниям ее фигуры, которую успела основательно изучить за прошедшие ночи.

А Даша тем временем слезла с табурета и неверными шагами пошла куда-то в глубь бара. Наткнувшись бедром на чей-то столик, она машинально присела за него. Перед ней оказался бокал с чем-то шипучим. Она выпила и узнала вкус шампанского. Пузырьки защипали горло и язык, и это немного привело ее в себя.

«Мне нужны аспирин и постель... — подумала она, ежась в своем легком платье. — Как тут шумно. В ушах ломит. Как они все кричат! Неужели нельзя говорить потише, потише...»

— Здесь очень уютно, — раздался рядом чей-то голос.

Она подняла глаза и увидела сидевшего рядом мужчину. На вид ему было лет тридцать пять, он был худощав, смугл и элегантен. Даша впервые сидела рядом с человеком в смокинге и заинтересовалась им, несмотря на то что ей было так плохо.

«Как дирижер... Он довольно симпатичный. Кто-то из гостей... Почему он сидит один?»

— Простите, что я к вам села, но я просто не видела, что тут кто-то есть...

Мужчина засмеялся, голос у него был приятный.

— Это не очень меня радует. Значит, вы сели ко мне случайно?

— Да. — Она слегка поежилась и умоляюще взглянула на него. — Скажите, тут холодно или мне кажется?

— Вам кажется. — Он несколько поумерил любезную веселость и внимательно разглядывал Дашу, ничуть не скрывая этого. — Здесь очень тепло, очень уютно, и вы прекрасны! Вы член клуба?

— Да. — Девушка увидела, что он долил шампанским стоящий перед ней бокал, и рассмеялась. Она уже немного захмелела от своего жара и вина. — Я член клуба, самый настоящий. Вы мне не верите?

— Вы для этого слишком красивы... — Мужчина понизил голос и огляделся по сторонам. — Я никогда не думал, что здесь может появиться что-то подобное. Я довольно хорошо знаю клуб, но вас никогда не видел. Вы стали членом клуба недавно?

— Несколько дней, как стала. Совершенно случайно, тут вы правы... Может, я и не вписываюсь сюда, но пока об этом не знаю. Мне еще никто этого не говорил. Вы первый!

— Упаси Боже, никому не говорите, что я вам такое сказал! — Он ласково заулыбался. — Особенно Ларисе? Она оторвет мне голову! Обещайте молчать, хорошо? И давайте знакомиться — меня зовут Сергей.

— Даша. — Она заметила его выжидательно протянутую руку и подала свою.

Слегка привстав с места, он приложился к ее руке губами и снова сел. Ее почему-то перестало знобить. То ли от разговора, то ли от выпитого шампанского она согрелась и немного оживилась, ей хотелось разговаривать, смеяться, кокетничать. Но Даша не забывала смотреть на часы и следить за минутной стрелкой. Через десять минут Люба должна покинуть бар и отпереть ей дверь Ларисиного кабинета. Даша молилась про себя, чтобы все вышло именно так, как они задумали.

А ее новый знакомый тем временем задавал самые разнообразные вопросы:

— Где вы работаете? Вы замужем? Есть ли у вас ребенок? Как попали в клуб?

Это начинало ее раздражать, и она ответила довольно резко:

— Честное слово, вы очень много хотите знать! Вы спрашиваете такие вещи, словно хотите меня в партию принять. Или еще в какой-нибудь клуб!

— Почти угадали! — кивнул он. — Только не совсем клуб, так сказать...

— Болтаете? — раздался над Дашиной головой голос Ларисы. Спустя секунду та уселась за столик, не спросив позволения. Ее белое платье туго натягивалось на груди от прерывистого дыхания. Лариса выглядела очень возбужденной, глаза блестели необыкновенно ярко. Она казалась моложе своих лет. — Ну, Сережа, как ты находишь мою подопечную?

И она ласково погладила Дашу по плечу. Та замерла и постаралась не выдать своего отвращения к прикосновению этой руки. И Лариса ничего не заметила. Она оставила руку у Даши на плече и принялась болтать:

— Сегодня она немного переменила внешность, так что для тебя это было неожиданностью, верно? Я думала, ты ее не узнаешь!

Тот пристально смотрел на Дашу, пока той не стало казаться, что совершается нечто странное. Сергей и Лариса как будто говорили о чем-то известном всем троим, но Даша на самом деле ничего не поняла.

— А, вот оно что! — протянул он наконец. — Волосы, да? Это парик?

— Догадался... — ласково сказала Лариса. — Не могу сказать, что я в полном восторге, но, в конце концов, каждый развлекается, как может! Даша, не расстраивайся, тебе очень идет...

— Что-то с памятью у меня... — Мужчина быстро-быстро заморгал глазами, вглядываясь в Дашу. — Как вы, женщины, умеете меняться! Где мне все упомнить! Лара, как ты поживаешь?

Лариса принялась толковать с ним о чем-то своем, и Даша предпочла встать из-за столика и начать осуществлять свой план. На часах уже было ровно десять. Любы в баре уже не было.

К этому времени за столиками уже поглощался роскошный праздничный ужин, хлопали пробки шампанского, в бокалах вздымалась и опадала пена, и все чаще раздавался чей-то заливистый, полупьяный смех.

Толстуха раскраснелась, что-то втолковывая своей соседке — худой как жердь даме, одной из приглашенных. На морщинистой шее у дамы сияло колье с какими-то красными камнями, и камни эти произвели на Дашу жуткое впечатление. Они глядели на нее, словно налитые кровью глаза. Девчонка, сидевшая рядом с толстухой, вожделенно глядела на колье гостьи и тоже вставляла словечки в их беседу. Словечки, видимо, были глупые, потому что дамы — и толстая и худая — начинали при этом визгливо хохотать. А девчонка была очень этим довольна. На Дашу она посмотрела с неприкрытой ненавистью, и та поняла, что именно эта особа собиралась изуродовать ей лицо.

«Больше нам не придется свидеться, — сказала Даша про себя, отводя от нее взгляд и направляясь к выходу. — Больше никого из вас не увижу, и слава Богу! Сейчас же покину клуб! Люба, конечно, поможет мне выйти!»

Уже в конце бара ее нагнала Галя. Она была совершенно пьяна, едва стояла на ногах, ее лицо непрерывно подергивалось, словно пенка на молоке. Глаза смотрели тупо и неосмысленно.

«Да она же настоящая алкоголичка! — поняла вдруг Даша, глядя на нее. — Боже мой! Совсем опущена! Сколько она успела выпить?»

У нее не было ни времени, ни охоты разговаривать с пьяной Галей, и она попыталась от нее избавиться:

— Мне надо в туалет, знаешь ли! Вернись в бар, я потом к тебе подсяду.

— Все-все знаю... — Галя игриво погрозила ей пальцем, и этот жест не вязался с бессмысленным выражением ее глаз. — С Любой трахаться пошла? Люба — да, Люба любит... блядство, Люба очень любит сладенькое...

Ее шатало, и Даше пришлось схватить и прислонить девушку к стене, чтобы она не упала на входившего в бар господина. Этот мужчина, пожилой, седой как лунь, осмотрел девушек с легкой усмешкой в глазах и прошел, ничего не сказав им.

Даше было почти хорошо, и голова понемногу прояснялась. Свое недавнее состояние она теперь списывала на сильное нервное возбуждение, а не на простуду. И сейчас, когда пришло время действовать, недомогание прошло, как будто его и не было. Единственным препятствием к выполнению плана была невероятно пьяная Галя.

Даша попыталась вразумить ее:

— Слушай, вернись туда. Что ты так напилась? Когда успела? Я вовсе не на свидание иду, почему ты так думаешь? Иди, прошу тебя! И я приду через десять минут.

Галя закатила глаза и принялась икать. В какой-то миг Даша испугалась, что та задохнется, но Галя немного оправилась и с трудом произнесла:

— Она со всеми так... Она не сказала, что хочет тебя трахнуть?

— Что?! — Даша тряхнула ее так, что та стукнулась головой о стену. — Повтори, что ты сказала? Она хочет меня...

— Ты наивная ду-роч-ка... — выдавила из себя Галя. — Тьфу, как мне плохо... — Она сделала попытку съехать по стене на пол, но Даша не дала. — Почему ты меня держишь? — капризно спросила она. — Я не хочу, чтобы ты меня держала. Др-рянь!

Даша растерянно оглянулась. Бросить сейчас Галю она не решалась, а сдать ее с рук на руки было некому.

— Хватит материться! Стой прямо и шагом марш в бар! Иди, выпей еще!

— Я тебя ненавижу! — вдруг зарыдала Галя. — Я ее люблю! Суки! Суки!

— Слушай, Дездемона! — Даша потеряла всякое желание ей помогать и отпустила руки. Галя тем не менее осталась на ногах. — Иди-ка ты! Нужна мне твоя Люба, как я не знаю кто! Целуйся с ней сама, я иду в туалет, поняла? Отстань от меня!

Она пошла по коридору и еще успела услышать, как Галя прокричала ей вслед:

— Она тебя все равно трахнет! Вот увидишь! — И снова рыдания.

Даша была вне себя, она не поверила пьяному бреду Гали, но в то же время на сердце стало тяжело. Девушка даже замедлила шаг, когда добралась до лестницы и стала подниматься.

«Тут никому нельзя верить, — думала она, все же заставляя себя идти вперед. — Почему она сказала, что Люба меня... Она просто дура, пьяная, глупая... Может, она правда влюблена в Любу, но это вовсе не значит, что та имеет какие-то виды на меня... Какая гадость!»

Она подошла к двери в кабинет Ларисы. Прежде всего постучалась — на всякий случай. Она не могла допустить, чтобы кто-то застал ее за этим занятием — самовольным проникновением в кабинет. Но ей никто не ответил.

Тогда Даша нажала ручку, предварительно убедившись в том, что коридор пуст, и почувствовала, как дверь мягко подалась. «Открыто!» — поняла она и с этой минуты уже безоговорочно поверила в успех.

В кабинете никого не было. Прежде чем открыть другую дверь, Даша снова постучалась. В ответ она не услышала ни звука. И эта комната была отперта и пуста. Горел неяркий свет. Даша отметила отсутствие статуй.

«Их убрали. Вовремя, иначе я перебила бы их напоследок. Компьютер? Вот он!»

Она нервно нажала обе кнопки, и экран медленно осветился. В процессоре что-то загудело, и Даша испугалась, что производит слишком много шума. Кроме того, она боялась, что свет в комнате может привлечь чье-нибудь внимание.

Девушка торопливо погасила настольную лампу, которую, видимо, оставила для нее включенной Люба, и решила довольствоваться светом экрана. Его было вполне достаточно.

По экрану бежали странные надписи на тарабарском языке, и в конце концов все остановилось, и перед Дашиными глазами появилась фраза, написанная обычными буквами, по-русски: «Введите код».

Даша быстро достала шпаргалку, чуть не разорвав при этом платье, и вчиталась в нее. Потом, робко прикасаясь пальцем к клавишам, набрала следующие слова: «Мария-Антуанетта 1987». Она ждала, но цвет экрана не менялся, ничего не менялось.

«Неужели я что-то напутала?»

Даша ткнула пальцем в клавишу «ввод». Шпаргалка Любы вещала, что это самая важная клавиша, с помощью которой можно уладить все проблемы.

На экране внезапно появилась надпись: «Неправильно набран код».

«Как неправильно? — возмутилась Даша. — Все верно!»

Но, перечтя набранный ранее код, она убедилась, что сделала ошибку в слове «Антуанетта» — написала его с одним «т». С замиранием сердца набрала код заново.

На этот раз сработало. Экран очистился и принял насыщенный голубой цвет. Она выполнила все операции, записанные в шпаргалке, радуясь каждый раз, когда на экране что-то менялось. Когда он поменялся в последний раз и перед ней возник печатный текст, Даша чувствовала себя так, словно нашла выход из лабиринта.

Наклонившись над экраном, она торопливо читала, глотая строчки и не сразу понимая их значение.

«Договор, заключенный числа... Заказчик обязуется выплатить Исполнителю сумму непосредственно перед отъездом Исполнителя на место работы... Исполнитель обязуется выполнить весь объем работ в заранее установленный срок, согласованный с Заказчиком... Работу считать оконченной после отправки изделий Заказчику... Законченность изделий и их качество определяются независимым экспертом, выбранным Заказчиком из числа работников мастерской. В качестве эксперта может выступить любой мастер... Мастерская не несет материальной ответственности за невыполнение заказа, за несоблюдение сроков работ... Все претензии Исполнителя к Заказчику и Заказчика к Исполнителю решаются в судебном порядке... Исполнитель:

Демин А.Н. Заказчик: Игнатьева Л.В. Дата подписания...»

Прочтя все это, Даша нажала кнопку, которая должна была перелистнуть страницу и выдать на экран последующую часть текста. Так следовало из Любиной записки. Экран очистился. Теперь он сиял ровным голубым светом, словно на нем никогда ничего и не было.

«Текст кончился, — поняла она. — Текста больше нет. Голова болит. Что там сказано? Мастерская не несет материальной ответственности... Ни за что не несет материальной ответственности... Я сейчас умру... Как все глупо... Из-за этого я сюда пришла? Никто не виноват. Никого нельзя поймать за руку. Все — полная чепуха. Ты круглая дура...»

Она протянула руку и выключила сначала экран, а потом процессор. Все звуки, производимые компьютером, тут же смолкли, а экран еще долго фосфоресцировал в темноте. Внезапно ей пришло в голову, что срок ее карантина закончен.

«Я здесь три дня и три ночи. Последний день кончился сейчас, а последняя ночь была сегодняшняя. А этой ночью я уже свободна. Меня никто не сможет задержать. Это конец. Значит — надо уходить...»

Девушка прошла к двери и распахнула ее, собираясь выйти. Она уже сделала шаг, как вдруг ее внимание привлекло мерцание в углу кабинета. Ей показалось, что это большие позолоченные часы, но она тут же все же вспомнила, что в том углу не стояло ничего подобного. А теперь там что-то было — высокое, блестящее и неподвижное.

«Пустяки», — сказала себе Даша и собралась было сделать шаг вперед, как блестящее полотно отстранилось от стены и сделалось гораздо определенней. И она узнала пустые глазницы, золотые щеки, сведенные судорогой, издевательскую ухмылку. Где-то пониже засверкало золотое солнце.

Даша закричала. На этот раз ей удалось закричать так, как она уже не раз кричала про себя, когда представляла свою очередную встречу с маской, — пронзительно, отчаянно, громко. От этого крика у нее зазвенело в ушах, и ей показалось, что она кричит беззвучно. Она не слышала сама себя.

Маска двинулась к ней, хотя поначалу слегка вздрогнула. Даше показалось, что та не ожидала такой реакции. Продолжая кричать, девушка бросилась обратно в комнату и плотно прикрыла дверь, налегая на нее всем телом.

Через мгновение она почувствовала мощный нажим с той стороны — маска пыталась открыть дверь. Даша изо всех сил сопротивлялась. Ноги у нее ослабли, сердце колотилось. На миг дверь приоткрылась, и Даша прижалась еще сильнее, сильно, как только могла. В голове у нее мелькнуло, что маска почему-то не может совладать с дверью.

«Он не сильнее меня», — решила девушка.

Дверь снова закрылась, и ей показалось, что натиск ослаб, а то и вовсе исчез. Она приняла это за тактику маски и продолжала держать дверь, готовясь к очередной попытке ее открыть.

Так продолжалось то ли несколько секунд, то ли несколько часов — время для Даши перестало существовать.

Вдруг в кабинете прозвучали шаги — она слышала их совершенно отчетливо. Стучали высокие женские каблуки, и она поразилась этому.

«Почему каблуки? — спросила она себя, сильней налегая на дверь. — Господи, если бы я могла запереться!»

— Это просто смешно! — раздалось в кабинете, и она узнала голос Ларисы. Ей отвечала Лера, и Даша просто не знала, что и думать. Куда делась маска и откуда здесь вместо нее явились две женщины — ей было совершенно непонятно.

А Лера говорила, нервно похохатывая:

— Что я тебе говорила?! Это говно пролезло сюда без его участия!

— Я не могу в это поверить. — Лариса говорила громко и возбужденно, видимо, она выпила. — Ветельников не имеет о ней никакого понятия! С ума сойти! Он не узнал ее! И сказал, что дело тут не в парике.

— Этому коту парик не помеха, — злобно подтвердила Лера. — Он узнает своих подруг в любом виде. Просто она не имеет к нему отношения... И подумать только — об этом тебе говорит не кто иная, как Любка! Это надо же! Если бы она не подсела к вам, когда вы смотрели друг на друга, как два барана, и не объяснила все, как было, вы никогда бы не разобрались, что девка вас надула! Представляю, как наслаждалась она, когда втолковывала тебе и Ветельникову, что в клуб попасть очень просто без всякой рекомендации!

Даша едва не упала в обморок, слушая их диалог. Она перестала налегать на дверь и теперь просто опиралась на нее, чтобы не свалиться замертво. Ноги плохо держали ее.

«Люба? — огненным пунктиром проносилось у нее в голове. — Люба все про меня сказала? Что это такое? Она специально заманила меня и выдала им? Теперь они откроют дверь и вытащат меня... А что они со мной сделают? Компьютер! Отпечатки моих пальцев! Они смогут доказать, что я туда лазила! Мне конец!»

— Твоя идиотская прихоть! — между тем кричала Лера. Лариса при этом молчала, что очень удивило Дашу. — Твоя дурацкая прихоть — взять эту девку в клуб! Она пришла неизвестно откуда, а ты сразу приняла ее! Невероятно, как ты до сих пор держалась за свое место! Ну теперь кончено! Даже не надейся, что тебя оставят в покое! Разборка была у всех на глазах, тебе это понравилось?!

— Перестань! Не трави душу! И так хватило... Такой скандал... Напрасно мы ушли! Надо было остаться и дать ей по морде...

— Уже надавалась! Ты уже всем дала по морде и все тебя ненавидят!

— Помолчи, прошу тебя... Мне плохо.

Голос Ларисы звучал так слабо и подавленно, что Даша не узнавала его. Она пыталась понять, что было причиной такого состояния Ларисы: то, что она обнаружила обман, или публичная ссора с Любой. Одно девушка понимала совершенно ясно — Люба предала ее, использовав в личных целях всю информацию, которую ей удалось добыть.

На сердце у нее стало очень тяжело. Тяжело и пусто одновременно, как уже бывало за последнее время.

«Когда я выберусь из всего этого, то окончательно перестану верить в людей. А может быть, я никогда не выберусь...»

В кабинете раздался звон стекла, журчание льющейся жидкости. Видимо, Лера давала подруге что-то выпить. Некоторое время там царила тишина, потом раздался глубокий вздох Ларисы:

— Мне надо вернуться. Неизвестно, что она там проповедует.

— Известно, — язвительно, но уже без прежней злобы ответила Лера. — Говорит, что ты занимаешь свое место просто по привычке. Говорит, что ты провалила начало сезона закупки.

— Я умру! Среди гостей — партнер, — простонала Лариса. — Он ее слушает, эту курву...

— Зачем ты убежала? — сурово спросила Лера. — Ты неслась по коридору, будто за тобой черти гнались. Чуть не сбила меня с ног. Интересно, почему же ты оставила партнера объясняться с Любкой? Она ему наговорит! Она еще скажет, что у тебя денег нет!

— Мерзавка! — прошипела Лариса, и Даша не поняла, к кому это относилось. — Мерзавка, обе вы мерзавки! Любка думает, что меня так легко подсидеть! Пусть там распинается, но, когда дойдет до дела, все будут иметь его только со мной! Меня все знают! Я еще никогда не провалила сезона! Никогда! И он тоже это знает!

Она задыхалась, тогда как голос Леры прозвучал очень спокойно, разве что мрачней обычного:

— Все тебя знают, в том-то и дело. Тебе следовало быть осмотрительней. Эта история с маленькой сучкой всем показала, что тебя можно водить за нос. Ты сама понимаешь, что здорово сглупила с ней. Все решат, что ты просто старая дура.

— Как ты сказала?!

— Старая дура, — монотонно повторила Лера. — Это не я сказала, это все они так скажут. Я думаю иначе. Ты просто глупая влюбленная дура. Но еще не старая, нет, не старая...

Даша, позабыв на время о своих проблемах, слушала их затаив дыхание, но те вдруг замолкли.

«Почему они молчат? Наверное, Лариса сейчас прибьет Леру...»

Но вскоре она расслышала слабый, но удивительный звук — Лариса плакала.

Она плакала тяжело, навзрыд, а Лера почти испуганно ее утешала:

— Ну что ты, брось! Перестань, говорю! Могут войти и увидеть!

— Пусть входят и видят! — рыдала Лариса. — Я больше не могу!

— Перестань! — теперь уже просила Лера. — Перестань, прошу тебя! Что с тобой такое... Ну, пусть Любка изощряется, это ее последняя гастроль! После такого мы не будем с ней особо церемониться! Пусть берет свой вклад и катится на катере к едреной матери! Ну, брось убиваться! Это не последний день! Все устроится! Скоро мы получим статую, обратим ее в деньги и купим товар... Ну? Ну что ты?

Она уговаривала ее точно мать больного ребенка, а Лариса, не унимаясь, лила слезы и кричала в истерике:

— Мне все равно, все равно! Я все равно выгоню Любку, все равно продам этих золоченых болванов и куплю товар, все равно, понимаешь ли ты, все равно! Все у меня получится, потому что всегда, всегда получалось!

— Так что же ты плачешь? — немного растерянно спрашивала подруга.

— Дура ты и ничего не понимаешь... — Лариса говорила глухим, каким-то не своим голосом, но больше не всхлипывала, и ее речь слышалась яснее. — Просто годы мои идут, а ничего нет, ничего.

— Я не понимаю, — как-то деревянно ответила Лера. — У тебя ведь все есть. Деньги, клуб. Работа. Все, что хочешь.

— Ты пойми, что меня правда любят только за деньги, — тихо сказала Лариса. — Вот эта маленькая девочка — зачем она сюда пришла? Ветельников ее мне не подсовывал, значит, денег она от него не получила. От меня тоже не хотела. Но она чего-то хотела и скоро сказала бы — чего. И я бы сделала то, зачем она сюда пришла. Понимаешь? Но она пришла сюда не ради меня. Чего бы она тут ни искала, это была не я! И ты права. Я стала старой дурой. У меня нет семьи, нет ничего. Нет никого на свете.

Лера откашлялась и немного погодя спросила, как бы извиняясь:

— Лара... А как же я?

— Ты? — Лариса вздохнула. Пол в комнате заскрипел — видимо, одна из женщин расхаживала по кабинету из угла в угол. — Ты? Ты же знаешь...

Они замолчали, и Даша поняла, что долго у двери она не выдержит. Ее постоянно мучило чувство, что Лера или Лариса откроют дверь или просто захотят удостовериться, заперта она или нет. Девушка мечтала спрятаться, но куда — не знала. В то же время ей хотелось дослушать их разговор. А больше всего на свете она желала оказаться вне клуба и как можно дальше от него.

«Раз они все знают, мне тут больше нечего делать. Кроме того, и я все узнала. Все, то есть ничего. Все и было ничем. Никто не несет ответственности. Джакометти не должен был убивать его. И клубу не было нужды разбираться с Аркадием в судебном порядке, потому что статуи все-таки пришли из Венеции... Столько, сколько надо. Почти такие, как надо. А какие они должны были быть — не знал никто. Это знаю только я. И еще это знает Игорь Вадимович, которого сейчас нигде нет. А может быть, есть?»

Она уже начала обдумывать, как ей покинуть клуб, чтобы не попасть никому на глаза, как в кабинете раздался усталый голос Ларисы. Видимо, та окончательно превозмогла свою истерику и теперь говорила сдержанно, почти сурово:

— Ты была у его жены?

— Да, — ответила Лера. Ее голос звучал глухо, видимо, она стояла у дальней стены. Даша замерла, прислушиваясь и боясь даже переступить с ноги на ногу. При каждом движении паркетный пол потрескивал. — Я была у нее, но ее не оказалось дома.

— Надо было дождаться... — Лариса помолчала. — Почему я должна думать обо всем? Это я поручила тебе. Нельзя было так просто уходить оттуда. Время не ждет. В клубе творится полная чертовщина. Ладно. Обещай мне, что завтра ты ее дождешься.

— Хорошо, я буду караулить у ее дома, сколько скажешь. А сейчас пойдем туда.

Даша припала ухом к двери и услышала, как в замке кабинета повернулся ключ.

Ее заперли.

* * *

Комиссар Арицци мирно курил и любовался, как в воде играют солнечные зайчики. Вода плескалась прямо за окном — при желании ее можно было зачерпнуть рукой, перегнувшись через подоконник. Неделю назад он перевелся в другое отделение полиции и теперь блаженствовал — его дом оказался совсем рядом, и он мог ходить туда обедать.

Это сослужило ему хорошую службу — Фульвию все чаще можно было застать дома. Сегодня он видел, как она играла с малышом. Мелочь, обычное дело! Но ему было приятно это видеть, приятно смотреть на смеющуюся Фульвию, на ее рыжие волосы, которые дергал малыш. За последний месяц она посвежела, стала немного полнее и как будто спокойнее.

Арицци все это очень нравилось, но он не мог понять причины такой перемены в жене. «В сущности, зачем искать причину?» — лениво думал комиссар, стряхивая пепел за окно. Он с интересом смотрел, как пепел, падая в воду, темнеет и превращается в маленький черный комочек.

«В сущности, зачем все портить? Раз все наладилось, значит, для того были причины. Глупо тревожить женщину, если она успокоилась. Да к тому же ей может не понравиться, что я интересуюсь такими вещами. Все в порядке, а это главное! Если так продержится еще неделю, приглашу ее мать в гости. Пусть лучше она ездит к нам, чем Фульвия к ней».

Блаженные мечты Арицци прервал телефонный звонок. Он взял трубку и несколько раздраженно сказал:

— Алло! — Комиссар не любил, когда его беспокоили незадолго до конца дежурства. Это всегда грозило задержкой, а задерживаться он не хотел, особенно в последнее время. Миновала та пора, когда служебный кабинет казался ему уютнее, чем собственный дом. Теперь он все чаще мечтал об отставке или о более спокойной профессии.

Ему звонил Нино. После перевода Арицци он никак не мог успокоиться, звонил каждый день, словно для него разлука с комиссаром была невыносимой. Арицци же звонки бывшего сослуживца раздражали, вызывая неприятные воспоминания об инциденте с Фульвией.

— Комиссар? — Нино, казалось, переполняли родственные чувства. — Ты не занят?

— Да как тебе сказать, дружок, — пробормотал тот. — Я тут раздумывал, не стоит ли мне попросить у начальства повышения и перевода для тебя. Ты гниешь заживо в Венеции. Этот город не для твоего размаха. Что ты мне звонишь?

— Ох, комиссар... — Нино вздохнул. — Спасибо, что ты думал обо мне, да только это невозможно. Мне дали такого волка!

— Что ты говоришь? — оживился Арицци. Ему было чрезвычайно интересно услышать от Нино отзыв о его новом начальнике.

Этого комиссара, который пришел на место Арицци, звали Таджио Андзотто. Нрав у него был крутой, самолюбие непомерное, а лицо — зверское. Видимо, предки его добывали себе пропитание, встречая в темных переулках незадачливых кавалеров, выходящих из игорных домов с карманами, полными золота.

Но Таджио Андзотто делал себе карьеру иначе. Он прославился тем, что нещадно муштровал подчиненных, невыносимо долго и тщательно разбирал каждое дело, даже самое незначительное, и пользовался любой возможностью, чтобы выказать свою личную храбрость.

Арицци, задумав перевестись в другой район, долго выбирал и выбрал его. Андзотто же с восторгом согласился перевестись на это место. Он давно мечтал показать себя в центре.

Арицци же переехал в более спокойный квартал. На новом месте его больше всего грела мысль о том, что Нино сейчас вертится, как на раскаленной сковороде. Он исполнил свое намерение и отомстил Нино, как мог.

«Убивать его было бы глупо! — пожимал он плечами, каждый раз кладя трубку после разговора с ним. — А оскорбить — мелко. Андзотто будет моим ангелом смерти. Нино либо уедет из Венеции, либо утопится в канале, и выберет самый вонючий. Такой же, как его совесть».

Пока Арицци злорадствовал, Нино смиренно жаловался:

— Это ужасно, комиссар, этот человек ненормальный! Он сделал мне выговор за непришитую пуговицу. Боже мой, когда мне ее пришивать, если я целый день мотался по его глупым поручениям!

— Как, Нино, ты носишь форму?! — изумился комиссар. — С каких же пор?

— С тех самых, как он пришел на твое место, друг, — мрачно ответил Нино. — Это чудовище, у него черная душа, такого я еще не видел! Мне вчера даже некогда было пожрать, клянусь, даже пиццу не мог съесть! Он насмотрелся фильмов про полицию, чтоб ему лопнуть!

«Хорошо его разобрало! — с удовлетворением подумал Арицци. — В сущности, даже к лучшему, что он мне звонит! Все-таки испытываю какое-то моральное удовлетворение... А то и месть не была бы местью...» И сочувственно спросил:

— Так скверно, да? Что же он, совсем неподступный? Поищи к нему подход, дружок! К каждому человеку можно найти подход!

— К нему — нельзя, потому что это не человек! — Нино в своих претензиях к Андзотто дошел до крайности. — У него просто нет души, комиссар. Таких надо сразу убивать. Я просидел в катере на ветру, без куртки, целый день и не мог уйти, потому что этот негодяй опрашивал в доме каких-то, видите ли, свидетелей! А на меня глазели мальчишки и показывали мне свои грязные задницы! Честное слово, комиссар, никогда я еще не чувствовал себя настолько полицейским, как вчера. Это было просто ужасно!

— Постой-постой... — Арицци искренне развеселился. Ему уже не было досадно, что Нино позвонил в конце дежурства. Он закурил другую сигарету и сощуренными смеющимися глазами стал смотреть в окно, одновременно разговаривая. — Почему ты был без куртки? Он что, и куртку у тебя отобрал?

— Нет же, комиссар... — Голос Нино звучал так, словно он сомневался в умственных способностях Арицци. — Куртку я снял сам, она ведь форменная. Я надеялся, что так не буду бросаться в глаза, но нет! В результате на меня напал жуткий насморк. Сейчас я принял две таблетки аспирина, но он все равно меня не отпустил...

— Аспирин или насморк?

— Тот, чье имя я не хочу называть вслух! — злобно ответил Нино. — Андзотто! Он хочет, чтоб я сдох. Комиссар, скоро я не выдержу и пошлю его ко всем чертям! Тогда меня вышибут из полиции, и пусть!

— Что ты говоришь? — Арицци не верил своему счастью. — Куда же ты тогда денешь свой ум и свою силу? Пойдешь в актеры?

— Шутишь, комиссар, — обиделся Нино. — Найду себе занятие получше, и прежде всего уеду отсюда.

Арицци благостно вздохнул. Это было даже больше, чем он ожидал. Теперь он чувствовал даже какую-то симпатию к Нино.

«Как-никак мы с ним неплохо работали вместе, пока не случилась эта нелепая история... Бедный парень!»

И еще он подумал, что Фульвии никогда не расскажет, как вынудил бедного парня уехать из Венеции.

«Забыто и кончено! Скоро его тут не будет...»

Комиссар сам себе не признавался, что все еще ревновал и готов был оборвать телефонный провод в своей квартире, чтобы в его отсутствие Нино не позвонил жене. Но это была бы глупость, недостойная мужчины.

— Тебе чертовски не повезло, что и говорить. Если бы я знал, что так получится, еще подумал бы, прежде чем переводиться... А что вы расследуете? Убийство?

Он решил поговорить из вежливости еще пару минут и отправляться домой. Нино же принял его интерес за чистую монету и возбужденно заговорил:

— Непонятно, комиссар! То ли убийство, то ли самоубийство.

— Что ж, обычное дело. В таких случаях можно заключить пари. Ставлю на то, что это самоубийство.

— А я думаю, что убийство, — возразил Нино. — Комиссар, да ты ведь знал того парня! Помнишь уборщика из мастерской Джакометти?

— Что-то помню, — нехотя признал комиссар. Все, что относилось к тому периоду его жизни, он не слишком любил вспоминать. — Кажется, Серджо. Такой доходяга, он?

— Да, комиссар. Тот страшный доходяга. Он был наркоман и здорово причастился в последнее время. Слопал столько, что не каждому под силу.

— Скатертью дорога, — отозвался Арицци. — От этого и помер?

— Не совсем так. Его нашли на Канале-Гранде. Красовался прямо на фарватере. Портил весь вид. Ну и парочка ссадин на руках, словно он дрался, и еще рассечена скула. Так что его могли и столкнуть. Никто ничего не видел, никто ничего не знает. Так что я стою за убийство.

— А что думает твой комиссар? — ехидно поинтересовался Арицци. — Он за что стоит?

— Он стоит за то, чтобы сжить меня со света. Сегодня мы опять там были и опрашивали весь квартал. Ему нечего больше делать, как возиться с этим несчастным.

— Что же, желаю успеха. — Арицци решил закругляться. — Да, будешь еще там, передай мой привет Джакометти.

— Как, комиссар? — удивился Нино. — Вы не слыхали? Но он ведь умер! Еще неделю назад или чуть меньше. Об этом и в газете было.

— В самом деле? А он-то отчего?

— Приступ. Сердце, кажется, отказало... Помер прямо в своем кресле, в мастерской... Бедняга, хотя и порядочная сволочь.

Как ни странно, комиссар при этом сообщении почувствовал нечто вроде огорчения.

«Таких людей, как Джакометти, становится у нас все меньше, — подумал он, вспомнив колоритного хозяина мастерской. — Скоро их совсем не останется, и тогда Венеция будет просто каменным трупом. Без людей она мертва, туристы ей не нужны, хотя они ее кормят. Ее люди — это ее кровь. Последний венецианец умрет в последний день Венеции. Она его не переживет. Тогда слетятся стервятники со всего света и расклюют ее по кусочкам... Никто не вспомнит о нас...»

Он погасил сигарету и сказал Нино почти дружески:

— Позвони мне еще, когда что-нибудь будет ясно. Бедный старик! Мастерскую теперь закроют?

— Нет, его брат приехал из Милана. Так что все в порядке. Марка останется та же. Марка — это деньги. Ведь Джакометти знали все. Комиссар, можно принять твою ставку?

— Господь с тобой, на что я поставил? — испугался комиссар.

— На Серджо, — напомнил Нино деловитым тоном. — Ты стоишь за то, что это самоубийство, а я думаю, что убийство. Сколько записать?

— Запиши прощальный ужин. Когда ты будешь уезжать, я дам тебе ужин, если проиграю. А если выиграю — ты меня угостишь.

— Здорово! — обрадовался Нино. — Посидим по-мужски, вспомним старое!

— Это точно, по-мужски, — невесело усмехнулся комиссар. — Женщины все портят.

Он положил трубку и посмотрел в окно. Погода была чудесная, и комиссар решил пойти прогуляться с Фульвией и малышом.

«Парню следует больше бывать на воздухе. Он слишком бледен. Как все венецианские дети, впрочем...»

Так они и сделали. Сперва погуляли, потом посидели в кафе, глядя на красные цветы в кадках, расставленных вдоль набережной канала. Малыш все тянулся поиграть с ними, Фульвия смеялась, хватая его ручонки и притягивая к себе, а сам Арицци сидел с таким спокойным и уверенным видом, словно для него никогда не существовало неприятностей и проблем.

Домой они вернулись, когда малыш начал клевать носом. Фульвия уложила его и пришла в спальню. Арицци ждал, лежа в постели, укрывшись до подбородка шелковым одеялом. Фульвия разделась, неторопливо складывая вещи на стуле, поглядывая на себя в зеркало и откалывая одну шпильку за другой от своих роскошных рыжих волос.

Арицци терпеливо наблюдал за этим знакомым представлением. Ей всегда доставляло удовольствие помедлить, прежде чем лечь с ним. И он приказал себе не интересоваться больше, так ли она медлила, прежде чем лечь с кем-нибудь другим. Думать об этом было невыносимо.

Она скользнула к нему под одеяло и прижалась всем телом. Он снова обратил внимание на то, как она пополнела, и сказал ей об этом. Она засмеялась, ничуть не огорчившись, целуя ему шею и висок, и зашептала что-то на ухо. Выслушав, Арицци, не поворачивая головы, спросил:

— И давно?

— Месяца два.

— Этого не может быть! — Арицци схватил ее за плечи и сильно потряс. — Я не трогал тебя! А если и трогал, то предохранялся! Это не мой ребенок!

— Глупый, — нежно сказала Фульвия. Ее глаза смотрели ласково и ясно. — Ребенок твой. Я могу поклясться жизнью сына. Он твой, только твой. У нас было один раз без предохранения. Ты просто забыл. А женщины такого не забывают.

Он задохнулся от ненависти. Задохнулся и решил встать и отойти от нее подальше.

«Иначе я сделаю глупость и убью эту шлюху».

— Клянусь тебе, — снова начала она, видя, что ее доводы не оказывают на него должного воздействия. — Он твой. Клянусь жизнью сына!

— Не клянись жизнью невинного ребенка, шлюха! — вскричал Арицци. Теперь он стоял у окна и дрожащими пальцами доставал из кармана пиджака сигареты. — Не смей клясться его жизнью, иначе ты его больше не увидишь. Убирайся отсюда! Все эти дни я гадал, почему ты стала такая шелковая, и вот — пожалуйста! Это ублюдок Нино, и ты должна лежать в его постели, а не в моей. Ты все перепутала. Заведи себе записную книжку и больше так не ошибайся. Спи с отцами своих детей, наставляй им рога, рожай им ублюдков! Но меня из этого списка вычеркни!

— Негодяй! — Она все еще лежала в постели. На ее смуглой щеке проступило бледное пятно, как всегда в минуты волнения. — Негодяй! Ты никогда не будешь счастлив! Ты недостоин того, чтобы иметь семью! Ты меня больше не увидишь!

— Убирайся!

Он отвернулся к окну и стал слушать, как она вылезает из постели, открывает шкаф, вытаскивает из-под кровати свой чемодан... Все, как было тысячу раз. Но этот — последний. Он не выдержал, схватил в охапку свою одежду, вошел в комнату малыша, оделся там, поцеловал его, сонного, и ушел в ночное кафе. Оттуда он отправился прямо на службу.

Погода снова испортилась. Можно было подумать, что опять вернулся февраль. Арицци так и думал, маясь над чашкой кофе и запутанным отчетом, в котором какой-то идиот сделал бессмысленные карандашные пометки. Время от времени Арицци тушил одну из своих бесчисленных сигарет и пытался позвонить домой. Никто не брал трубку.

«Уехала к матери, — думал он, слушая гудки. — Или ушла к Нино. Будь они все прокляты!»

Нино позвонил ему после полудня.

— Комиссар! — взахлеб заговорил он, едва Арицци сорвал трубку и прижал ее к уху. — Комиссар, ты выиграл!

— Что?! — заорал Арицци.

— Я говорю, что это было самоубийство! Одна старуха видела, как он прыгнул в канал. Правда, она почти слепа и всему району известна как сумасшедшая, но это все-таки показание, первое во всем деле, и Андзотто немного поутих! В сущности, он просто дотошный парень... Так что если я соберусь уехать отсюда, то приглашаю в кафе! Правда, пока я уезжать не собираюсь...

В голосе Нино что-то переменилось, и Арицци, прекрасно уловив это, крикнул, чуть не плача от бессилия:

— Идите вы все к черту!

И, не дожидаясь оправданий Нино, бросил трубку.

●

ГЛАВА 18

Солнечный луч медленно крался к Даше по паркету. Спустя минуту он захватил ее туфли, заиграл на подоле блестящего голубого платья, взобрался по руке и осветил лицо. Она заморгала, вздохнула и подняла голову. Встала, опираясь о стену, качнулась на каблуках, обернулась, бросила взгляд на окно.

Солнце ее ослепило, и усталые глаза начали слезиться. В эту ночь она не спала, да и не смогла бы уснуть в закрытом кабинете, зная, что в любой момент к ней могут войти и учинить расправу. Все это время она находилась в состоянии дурной полудремоты, в каком-то нервном оцепенении. Больше она ни на что не надеялась.

Тут ей в глаза бросился телефон, стоящий на столе Ларисы. Странно, но всю ночь она не обращала на него внимания — может быть, потому, что была слишком потрясена всем случившимся.

«Можно позвонить кому-нибудь, — вяло подумала она. — Можно позвонить... Господи, ведь наконец можно позвонить Игорю Вадимовичу! Телефон! Его телефон!»

Она отчаянно порылась в памяти, которая первое время отказывалась выдать заученный номер, но наконец воспроизвела его. Торопливо набрала дрожащими пальцами комбинацию цифр и прижала трубку к уху. Теперь время для нее помчалось быстро. Она молилась, чтобы никто не отпер дверь, пока она будет говорить, молилась, чтобы Игорь Вадимович оказался на месте и приехал за ней.

«Ведь я все узнала! — умоляла она кого-то неведомого, слушая гудки в трубке. — Ведь я все узнала, все сделала, о чем он меня просил! Теперь он должен мне помочь! Неужели он просто хотел погубить меня и затеял ради этого всю историю?! Неужели нет дома?»

Наконец кто-то снял трубку. В первый момент ей показалось, что голос принадлежит Игорю Вадимовичу, но потом сердце у нее упало — отвечал тот же мужчина, что и первый раз.

— Алло? — сказал он несколько сонным голосом. — Я слушаю.

— Это Даша, мне нужен Игорь Вадимович. Он должен приехать за мной сюда, в клуб! Немедленно!

Мужчина, похоже, страшно удивился, услышав ее голос. Сон с него как рукой сняло.

— Вы — Даша? Вы звоните из клуба?

— Да откуда же еще! Ведь вы в курсе дела! Я прошу, позовите его! Поскорее! Он ведь вернулся?

— Нет, его нет в городе, — твердо ответил голос. — Но я могу ему что-нибудь передать, оставьте для него информацию, я запишу и передам, как только он вернется.

— Боже мой, это невозможно! — Даша перешла на шепот, у нее перехватило горло. — Почему его нет?! Он обещал мне, что вернется через пару дней, а его нет уже три дня!

— Я вас плохо слышу, — обеспокоенно сказал мужчина. — Вы не можете говорить?

— Я могу... — Даша еле выдавливала из себя слова. — Послушайте, он в Венеции?

— В Венеции? — Мужчина удивлялся все больше и больше. — Почему вы так думаете? Я об этом впервые слышу. Его просто нет, он в командировке. Когда он вернется, я передам ему, что вы звонили. Что-нибудь еще?

— Как, он не в Венеции? — Даша была вне себя. — Он что — обманул меня?!

— Девушка, я вас прошу! — Мужчина посуровел. В то же время в его голосе явно прозвучала усмешка. — Я вас прошу — все претензии к нему самому. Когда он вернется, я все передам.

— Вы... Вы... Вы не смеете так говорить со мной!

Это было все, что она смогла сказать. Она ослабела так, что едва удерживала трубку возле уха. Круговое предательство, казалось, отравляло ей кровь. Ужаснее всего было чувство бессилия и неосведомленности. Она начинала понимать, что теперь, в конце этого дела, знала о нем едва ли не так же мало, как в его начале.

«Глупая овца. Таких, как ты, можно убивать просто ради забавы... Чем все и занимаются в эти веселые дни... Почему ты раньше этого не просекла?! Поздно ты умнеешь, девочка моя, очень поздно!»

А мужчина в это время говорил ей:

— Оставьте информацию о себе. Вы в клубе, я вас правильно понял? У вас какие-то проблемы?

— Мне надо выйти отсюда.

— Так выходите! — Он очень удивился, услышав эти слова. — Вас там никто не принуждает оставаться!

— Я не могу. Я заперта, и ворот открыть не смогу. И все это случилось по вине вашего друга. Он подставил меня, да будет вам известно! Пока я не знаю, кому пожалуюсь на него, но я найду, обещаю вам! Мне больше не нужна его помощь! Когда он вернется, передайте ему, что я умерла!

Она бросила трубку, не дожидаясь ответной реакции. В этот миг ей показалось, что скрипнула дверь кабинета. Даша резко обернулась.

— У меня глюки! — само собой вырвалось у девушки — так велико было ее изумление.

В углу, у двери, на том самом месте, где она вчера вечером увидела маску, лежала ее дубленка и стояла ее сумка — судя по виду, полная.

— Кто здесь? — спросила она на всякий случай, хотя сама видела, что никого нет. Даша могла поклясться, что этих вещей тут раньше не было. Не веря своим глазам, она подбежала к ним и схватила дубленку.

— Моя! — лихорадочно зашептала она, оглядывая ее и ощупывая карманы. — Боже мой, вот мой проездной! Моя жвачка! Я ее положила в карман, купила в последний день, перед тем как ехать в клуб... Сумка!..

Она расстегнула «молнию» и убедилась, что сумка набита ее вещами, которые до этого лежали в шкафу в ее комнате. Даша посмотрела на дверь, и тут ее осенила странная, почти неправдоподобная мысль. Она протянула руку и слегка нажала на дверь. Та легко подалась, приоткрыв щель в коридор.

«Господи! Неужели тут было не заперто! Я же помню, что они закрыли дверь, когда ушли... Кто же ее отпер?! Когда?! Ночью, пока я тут дремала?! Или сейчас, когда поставили мои вещи?!»

Она подумала о предательнице Любе и рассердилась на себя, когда почувствовала к ней благодарность.

«Она сволочь хорошая, но все равно это могла сделать только она... Но хватит благодарить! Я слишком много всех благодарю!»

Она сорвала с себя парик, стянула платье, чуть не разорвав его ворот. Все это швырнула в сумку. Оттуда достала первую попавшуюся кофту и юбку, оделась, переобулась в ботинки, предусмотрительно положенные кем-то в пакет и лежавшие поверх вещей в сумке. Туфли она тоже положила к своим вещам, накинула дубленку, застегнула «молнию» на сумке и, подхватив ее, быстро вышла в коридор, плотно прикрыв за собой дверь.

В коридоре не было ни души, как всегда в столь ранний час, и она подумала, что скоро привыкнет убегать из клуба по утрам.

На первом этаже пришлось пережить несколько неприятных мгновений: в библиотеке послышался чей-то голос, и она бегом припустилась по коридору, стремясь поскорее скрыться с глаз того, кто мог в любую минуту посмотреть в ее сторону.

Пулей она вылетела в холл, ударом ноги открыла входную дверь и оказалась на крыльце. В этот раз она действовала куда наглее и увереннее, чем при первой своей попытке к бегству.

Маршевым шагом пересекла двор, все убыстряя темп, по мере того как приближались ворота, и совершилось еще одно чудо! Они открылись за несколько мгновений до того, как она подошла к ним вплотную — медленно, беззвучно, как в сказке.

Больше она не колебалась, поняв, что кто-то ее выпускает и следит за каждым ее шагом, одобряя побег. Была ли это Люба — ее больше не интересовало.

Она выскочила за ворота, подхватила сумку поудобнее и вдруг замерла: за ее спиной раздался странный, искаженный, чуть хриплый женский голос:

— Порядок?

Она ахнула и обернулась. За спиной у нее никого не было, никого не было и за воротами, успевшими уже закрыться, и во дворе, и на крыльце, и даже окна клуба смотрели на нее как-то равнодушно, словно она уже исчезла из поля зрения. Но голос между тем продолжал раздаваться. Его сопровождало легкое потрескивание и какой-то странный шорох, отчего он и казался хриплым.

— Ты меня прости, хорошая моя, но каждый соблюдает свою выгоду. Мой тебе совет — никогда больше не суйся в чужие дела. Особенно когда не понимаешь, что это за дела. Ты еще совсем маленькая.

Даша наконец узнала этот голос и в тот же миг поняла, откуда он доносится. Над воротами слева находился маленький черный динамик. Раньше она принимала его за деталь фотоэлементов. Этот динамик и говорил с ней голосом Любы.

— А теперь — марш-марш отсюда! — сказал этот голос. — Хватит мутить воду. Ты мне в чем-то помогла, и спасибо. Я тебе тоже, но ты забудь об этом. Мы квиты. Пока!

Голос смолк, в динамике что-то щелкнуло, а Даше вдруг захотелось смеяться. На душе у нее стало легко-легко, и так же легко ноги понесли ее прочь по утоптанной дорожке. Спиной она еще чувствовала взгляд Любы и мысленно отмечала, что та будет видеть ее еще десять шагов. Еще восемь... Еще пять... Когда до поворота, который был самой дальней точкой видимости на мониторе в диспетчерской, оставалось два шага, беглянка обернулась и помахала рукой. Ответа не было, да она его и не ждала.

Больше Даша не оборачивалась, пока не добежала до моста. Там она поймала машину, предварительно удостоверившись, что это не «Жигули», в которых разъезжал ее преследователь, уселась рядом с молодым мужчиной (на заднем сиденье сидел его маленький сын) и попросила отвезти ее в город, на Московский вокзал.

Сумку она поставила себе на колени и, пока машина неслась по улицам и мостам, быстро проверяла ее содержимое.

Даша обнаружила свои деньги и документы в целлофановом пакетике во внутреннем кармане сумки. Она погрузилась в изучение содержимого пакетика и, перебрав краешки долларов и рублей кончиками пальцев, стараясь сделать это так, чтобы водитель не заметил, обнаружила, что у нее на триста долларов больше, чем было, когда она пришла в клуб с деньгами Игоря Вадимовича.

Девушка подумала, что ошиблась, но при проверке убедилась, что посчитала правильно. Какое-то время она не могла понять, откуда взялась эта сумма, но что-то в ней показалось очень знакомым.

«Это же деньги Надежды Степановны! — воскликнула Даша про себя, едва удержавшись, чтобы не сказать это вслух. — Люба сделала мне подарок на память! Боже мой! А я-то их искала у себя в комнате, думала, куда она их спрятала, чтобы меня подставить! А они были вместе с моими деньгами, где я и не собиралась их искать! Так это что же получается?! Люба просто пугала меня? Ах, да все равно! Да здравствует Люба! Правильно она сказала: как можно меньше соваться в чужие дела, особенно когда не имеешь о них понятия! Это и мешало мне всю жизнь — моя глупая доверчивость. Теперь с ней будет покончено».

— Барышня, вас к самому вокзалу или можно здесь остановиться? Мне тут удобней развернуться... — Водитель указывал ей на стоянку возле Московского вокзала. — Если сумка тяжелая, могу поднести.

— Спасибо, мне не тяжело, остановите, где вам удобней. — Даша выдернула две купюры из рублевой пачки и протянула ему. — Пожалуйста!

Она подошла к кассам и встала в очередь. Когда перед ней оказалось окошечко, сказала:

— Один билет до Москвы, купе.

— Номер поезда? — раздалось в динамике. Даша растерялась. Номера она посмотреть не успела.

— Любой, тот, который отходит сейчас.

Кассирша замолчала и какое-то время смотрела на дисплей компьютера. Потом изрекла:

— На ближайший поезд купе нет. Есть плацкарта — боковые верхние и сидячий вагон.

Это Даше не понравилось — она хотела ехать за закрытой дверью.

— Тогда на следующий! Мне обязательно купе! А можно... Можно спальный вагон? В двухместном купе?

— Поезд вам безразличен?

— Да, но поскорее...

— Есть СВ на «Березку». Возьмете?

— Во сколько отправление? — Даша сжала деньги в кулаке и приготовилась платить. — Скоро?

— В двадцать часов тридцать две минуты. Раньше СВ нет. Берете?

— Я беру! — заторопилась Даша, просовывая деньги в окошко.

Кассирша набрала что-то на клавиатуре компьютера, сунула бланк в принтер, быстро отпечатавший текст, приняла у Даши деньги и просунула ей билет и сдачу. Даша сгребла все это и отошла в сторонку.

Сдавать сумку в камеру хранения она не захотела, ей было куда спокойней знать, что она находится под рукой, точнее, в руке. Было тяжеловато, но зато безопасно.

Ей вспомнилось, как она впервые приехала в этот город к отцу. Тогда она тоже шла по улице с тяжелой сумкой в руках, с интересом рассматривала здания и прохожих и чувствовала себя такой чужой и лишней среди этой суеты и многолюдья. Она была полна надежд и уверенности в себе и радовалась каждому взгляду, обращенному в ее сторону. Эти взгляды словно подтверждали ее красоту и молодость, ее право на новую, красивую и хорошую жизнь.

Теперь она боялась взглядов и ничего не рассматривала. Умылась и подкрасилась в платном туалете возле Блоковской библиотеки, тут же, на Невском. При этом она чувствовала себя настоящей бродяжкой, у которой нет иной возможности привести себя в порядок.

«Да я и есть бродяжка! — думала она, осмотрев в зеркале свое осунувшееся, очень бледное лицо. Румяна, нанесенные онемевшей от тяжести сумки рукой, легли плохо и казались слишком яркими для ее кожи.

Глаза смотрели испуганно и устало, а волосы ей не удалось как следует расчесать. За ночь они сильно свалялись под париком, и у Даши теперь было такое чувство, словно парик все еще у нее на голове. — Я бродяжка, у которой больше нет дома. И был-то не ахти какой, а теперь и того нет».

Она зашла в маленькое кафе в одном из переулков, ведущих от Невского, взяла двойной кофе и пиццу. Ела машинально, не чувствуя ни вкуса, ни запаха. Она чувствовала только то, что голод становится слабее, а время, оставшееся до отхода поезда, сокращается. Теперь каждое свое действие она ощущала только как сокращение времени.

Время шло слишком медленно. Она то и дело посматривала на свои часы, которые завела еще на вокзале, и убеждалась, что остается еще несколько часов, которые совершенно некуда деть. Кроме того, ее начинало клонить в сон.

Чтобы развеяться и не привлекать внимания бармена своим долгим присутствием, она переменила кафе, благо они были на каждом шагу. Теперь она сидела в низком зальце, стилизованном под баварскую пивную, за столиком в углу. Перед ней стояла кружка пива, которую ей навязали у стойки бара, стакан апельсинового сока, тарелка с двумя дымящимися сардельками «по-швабски» и лежала пачка сигарет.

Она курила, отхлебывала попеременно то пиво, то сок, пытаясь разнообразить ощущения и как-то взбодриться, но достигла совершенно обратного эффекта, чтобы держаться в вертикальном положении, ей пришлось облокотиться на стол и подпереть ладонью щеку.

Вид у нее был совершенно пьяный, взгляд — полубезумный. Посетители время от времени поглядывали на нее, и она замечала, что один из них явно желал завязать с ней знакомство.

Это был высоченный белобрысый парень с отвисшими, мокрыми от пива губами. Он смотрел на нее не отрываясь, только изредка наклоняя голову на бычьей шее, чтобы отхлебнуть из своей кружки. Наконец он встал и направился к ней. Не дожидаясь, пока он подойдет, она вытащила из-под стола сумку и пошла к выходу. Парень застыл как вкопанный, на его лице расплылась идиотская улыбка. Даша обогнула его великанскую фигуру и вышла из погребка. Парень за ней, к ее облегчению, не пошел.

Она поняла, что шататься по кафе весь день не сможет.

«Мне надо осесть где-то в одном месте, так, чтобы не уходить... Пойти в кино, что ли...»

Подходящий кинотеатр она знала — бывала там не раз с Аркадием в первое время их знакомства. Он находился неподалеку от Литейного проспекта и назывался «Спартак». Там всегда можно было попасть на старую комедию и посидеть в уютном, маленьком, всегда пустом зале.

До кинотеатра она дотащилась, совсем обессилев. Сеанс должен был начаться через полчаса. Она купила билет, даже не вникая, какой должен был идти фильм. Глаза у нее слипались, и ей было все равно.

В ожидании сеанса она сидела внизу, в фойе, и сонно моргала. Кроме нее, тут не было никого, если не считать билетерши, которая тоже отчаянно зевала и вязала носок с помощью невообразимого количества спиц.

Даша смотрела сначала на нее, потом на стену напротив и вдруг увидела телефон-автомат. Ей в голову пришла мысль — позвонить Настасье Филипповне, чтобы научить ее, что она должна сказать, если Даше начнут звонить из больницы.

«А вдруг мне придется вернуться в Питер? Где я тогда буду работать? Если я прогуляю без причины, меня выкинут вон... А что я могу делать, кроме своей работы?»

Она оставила сумку возле кресла, где сидела, подошла к телефону и набрала номер собственной квартиры. Долго ей ждать не пришлось — Настасья Филипповна оказывалась чрезвычайно резвой, когда надо было подойти к телефону. Ее надтреснутый голос почти умилил Дашу — ведь и с ней теперь приходилось прощаться.

— Дашенька?! — Настасья Филипповна как будто очень обрадовалась, услышав, кто ей звонит. — Голубушка, ну где же ты?! Мы тебя прямо заждались!

— Кто это — мы? — тут же напряглась Даша.

— Ну, я да сын мой, — обиделась старуха. — Я же тут без всякой помощи, одна, а он все работает, редко может приходить... Ведро второй день воняет, невынесенное, мыши одолели...

— Скоро я вернусь, Настасья Филипповна! — с милосердием медсестры утешила ее Даша. — Лучше скажите — никто мне не звонил из моей больницы? Про меня не спрашивали?

— Никто-никто, — успокоила ее старуха. — Они ведь знают, наверное, что ты лечишься?

— В том-то и дело, что не знают. Вы, если они вам позвонят и спросят, почему я не хожу на работу, скажите, что пришлось уехать на юг, что приеду, справку привезу — по болезни.

— Так ты с юга звонишь? — поразилась старуха. — А звонок-то городской!

— Вам показалось, — соврала Даша, и это вышло у нее вполне естественно — за время пребывания в клубе она недурно научилась морочить голову. — А мама моя не звонила?

— Нет, Дашенька, не звонила... Ах, звонили же тебе! Еще сегодня!

— Кто?!

Настасья Филипповна замялась. Память на звонки, адресованные Даше, у нее всегда была скверная. Как правило, старуха забывала передать, что ей кто-то звонил, и то, что она вспомнила об этом сейчас, можно было считать чудом.

— Женщина, Дашенька, дама! — разродилась наконец она. — Точно, дама, и совсем недавно. Очень просила тебя к телефону. Я ей сказала, что тебя в городе нет, а она что-то смеялась да сказала, что тебе очень надо быть в городе и она тебя будет ждать...

— Кто она?! — Даша перехватила трубку покрепче — руки у нее запрыгали. — Как ее зовут?

— Лена! — неуверенно ответила Настасья Филипповна. — Вроде Лена.

— Не знаю я никакой Лены... Может, по-другому звать?

— А, Люся! — обрадовалась Настасья Филипповна. — Точно, Люся!

— Может, Люба? — спросила Даша с почти остановившимся сердцем. — Вспомните, пожалуйста, это очень важно для меня!

— Конечно, Люба! Точно, она! — Настасья Филипповна на этот раз говорила куда уверенней. — Ты меня не ругай, Дашенька, память у меня сама знаешь какая! А тут я еще одна, совсем с ума сошла... Мыши так и скачут, одна у меня в комнате родила, в горшке с фиалкой... Цветок выкинула прочь, а сама там родила... Я ее трогать боюсь — вдруг укусит?! Она, знаешь, такая бешеная...

— Настасья Филипповна, я вернусь — всех мышей выведу! — прокричала Даша в трубку. — Люба хотела со мной встретиться? Так вы сказали? Где? Когда?

— А сегодня вечером, в восемь часов, — спокойно отвечала Настасья Филипповна. — Сказала — на Смоленском кладбище, прямо за воротами.

— Как —на кладбище?! — испугалась Даша. — Почему?

— А мне почем знать? — возмутилась соседка. — Может надо ей так или близко живет... Ты в городе или нет? Как ты с юга поедешь с ней встречаться?

— А я позвоню ей, Настасья Филипповна! — вдохновенно и радостно врала Даша. — Скоро я вернусь, может, даже на днях! Спасибо вам!

— «Спасибо» твое мне ни к чему, — проворчала старуха. — У меня пол на кухне черный, и мыши одолели... Ты бы меня не бросала так — посреди зимы, ни к селу ни к городу... Учти — я подохну, сын мой заселится, тебе же хуже будет!

Но Даша уже не слушала ее. Она положила трубку, вернулась к своей сумке и посмотрела на часы. Ей в голову пришло, что она вполне успеет подремать в зале, потом съездить на вокзал сдать билет и вовремя успеть на кладбище. Восемь часов — это было время, когда запирали ворота, значит, ей следовало приехать туда пораньше.

Теперь она полностью одобрила идею Любы встретиться с ней именно в таком месте и в такое время. Народу там в этот час не бывает, место тихое, уединенное, рядом с проезжей частью, так что Люба доберется туда на машине, если таковая у нее есть. Помешать их разговору никто не мог.

«Конечно, она поняла, что мне грозит большая опасность, — думала Даша, беря свою сумку и с первым звонком заходя в зал. — Она не могла меня так бросить. Ей не все равно, что со мной случится. Если бы ей было все равно, она не открыла бы мне кабинет, не принесла бы одежду... Она даст мне лучший совет, какого можно желать. Не с Игорем же Вадимовичем мне советоваться!»

Ему она твердо решила не звонить. Больше ей обсуждать с ним было нечего.

Даша выбрала себе местечко подальше от экрана, проследила за публикой, которую составляли трое бомжей и один старичок почтенного вида, и, удостоверившись, что больше никого не будет, оперлась руками о спинку кресла перед собой, положила на них голову и уснула, не дождавшись даже, когда на экране покажется название фильма.

Она проспала весь фильм и проснулась только во время его последних кадров, взяла сумку, страшно надоевшую ей за этот день, и вышла на улицу.

Чтобы добраться до кладбища, располагавшегося вдоль Малого проспекта, она взяла такси. Было начало восьмого, и она надеялась оказаться там раньше Любы. Ее очень интересовало, как они выберутся оттуда, когда будут закрыты ворота, но она решила, что Люба и об этом подумала.

Поэтому она бестрепетно вышла из машины, дождалась, пока та отъедет, чтобы таксист не обратил внимания, куда войдет девушка с сумкой, и прошла в ворота, убедившись в отсутствии свидетелей. И еще раз оценила, как верно Люба выбрала место для свидания.

Здесь было тихо, темно и совершенно безлюдно. Могилы начинались дальше, за чередой потемневших от старости берез, и ей было совсем не страшно ждать Любу, отступив чуть в сторону от дорожки, скрывшись в тени большого дерева.

Некоторое время спустя она увидела сторожа. Он вышел откуда-то с боковой аллеи, запер ворота и, меланхолично загребая ногами снег, отправился обратно. Вскоре он совсем скрылся за деревьями, и она больше не слышала ни звука.

Она начинала мерзнуть и посмотрела на часы. Было пять минут девятого. И только она успела подумать, что Люба запаздывает, как услышала вдали чьи-то шаги. Кто-то шел к ней по утоптанной дорожке, звонко вонзая каблуки в окаменевший снег. К вечеру ударил легкий морозец, и все звуки слышались ясно и разносились далеко.

Даша подхватила сумку и вышла на открытое место, чтобы Люба сразу увидела ее. Она и сама теперь видела женскую фигуру, быстро приближавшуюся к ней. Эта фигура мелькала в тени деревьев, становилась все отчетливее, и Даша удивилась, почему Люба не надела свою роскошную светлую шубу. Сейчас на ней был короткий полушубок из какого-то темного меха.

Наконец та вышла на открытое место и направилась прямо к Даше. Только теперь девушка узнала ее.

Лера остановилась в нескольких шагах, ее рука вылезла из кармана полушубка и направила на Дашу длинный массивный предмет. Лера улыбалась — какой-то замерзшей, равнодушной улыбкой. Улыбалась и молчала, а предмет в ее руке все изменял свое положение, пока не оказался направлен прямо Даше в голову. Тогда та поняла, что это такое.

— Нет, пожалуйста! — Она вытянула вперед руку, словно пытаясь защититься. — Я не виновата в этом!

— В чем? — Голос Леры прозвучал невыразимо издевательски. — В чем ты не виновата, моя милая?

— В том, что Лариса... Вы не знаете, я не хотела, чтобы она... — Даша все еще держала руку перед собой. — Она меня заставила... Я сопротивлялась!

— Девочка, не думаешь ведь ты, что я ревную! — Лера покачала головой. Ее волосы в темноте казались почти черными. — Меня не касаются твои шашни с Ларисой. С ней только ленивый не спит!

— А почему же тогда вы... — Даша задохнулась, глядя на пистолет. — Ради Бога! Чем я перед вами виновата?

— Чем? Когда ты явилась в клуб, я сразу все поняла.

— Но что?!

— Да то, что ты хочешь сдать меня. Зачем еще могла явиться в клуб любовница Демина? Я не собиралась тебя трогать, пока ты не пришла к нам. Невинная овечка! Глупая невинная овечка решила меня заложить!

— Я не понимаю... — прошептала Даша, хотя все уже поняла.

Пистолет ее гипнотизировал, не позволяя ни закричать, ни двинуться с места, а еще больше одурманивал голос Леры — резкий, насмешливый, безжалостный.

Та говорила, кривя губы и время от времени поправляя пистолет, чтобы он смотрел прямо Даше в лоб:

— Чего ты там не понимаешь, когда все понятно! Я вот не понимаю, откуда ты узнала про клуб! Он тебе рассказал? Хахаль? Ну и дурак же он был, прямо под пару тебе! Он всерьез думал, что кому-то нужны его идиотские статуи! Даже скандалил с Джакометти. Про Джакометти тоже знаешь?

Даша никак это не подтвердила. В голове у нее вертелась все одна и та же бесплодная мысль: «Куда делась Люба?»

А Лера язвительно продолжала, словно надругательство над своей жертвой доставляло ей неизъяснимое наслаждение:

— Твой мудак даже чего-то там пытался делать... Если бы он понял, что нужен нам только для прикрытия, то сразу отбросил бы копыта, даже без укола!

— Вы его укололи? — У Даши вдруг прорезался голое. — В маске, это были вы?

— Нет, папа римский! Нет, ты что — совсем тупая?! Ты не знала, что это я?

— Я на вас не думала...

— Ври больше. — Пистолет подпрыгнул в ее руке. — Сейчас ври, что хочешь. Я тебе все грехи отпущу. Неужто не знала?

— Нет... А Аллу... Тоже вы...

— Кого это? — Лера поморщилась. — Жену его? А, ты ее тоже знала?

— А к ней вы... В маске? — Даша как-то жалко улыбнулась. — Ко мне вот без маски... Почему же? Раз вам так нравится... В маске вы куда симпатичней. Носите ее всегда.

— Не дерзи мне перед смертью — плохо помрешь, — отрезала Лера. — Что я, дура, по Питеру в маске гонять?! Ее я без маски, да для этого маски и не надо... а вот в клубе интересно было за тобой гоняться... Ну и рожа у тебя была, красавица Мальвина! Особенно когда я на улице за тобой погналась!

— Я была для вас неопасна. Вас я даже не подозревала. Если бы вы мне не сказали сейчас, я бы не узнала никогда.

— Да брось! Такая дрянь, как ты, до всего докопалась бы... Что же ты в клуб пролезла, если за мной не охотилась? Я сразу поняла, что ты за мной пришла! Потому и решила тебя убить. Сама себе ты могилу вырыла. Сидела бы у себя в больнице и не пикала.

— А зачем вы убили его? — У Даши срывался голос. — Что он вам плохого сделал?

— Он ничего не сделал и именно поэтому поднял много шума, — пояснила рыжая. — Хотел пожаловаться, что ему не дали работать! Будто это кому-то было нужно! Псих он был самый натуральный! Мы ему платили за то, чтобы он не работал, а ему, видите ли, очень хотелось сделать заливки по своим картинкам!

— А заливки сделали вы! — До Даши начинало кое-что доходить. — И напихали в них свинца?

— Умная, а все-таки дура! — торжественно заключила Лера. — Заливки делались не ради свинца, моя милая! Там были хорошенькие фигурки, уж получше тех, что нарисовал твой хахаль! Натуральный антиквариат!

— Все ясно... Это контрабанда?

— Додумалась наконец! Ты же сама расколотила одну статую! Оказала мне медвежью услугу, кстати!

— Почему?

— Потому что ты умудрилась разбить именно ту, где был свинец! Во всех остальных были настоящие фигуры, а ты выиграла в лотерею, идиотка... Лариса и начала рыть землю... Я рассчитывала, что она не узнает какое-то время, а она сразу подняла шум, и все — из-за тебя! Ты ведь нарочно ее кокнула?

— Нечаянно. — Даша видела, что Лера ей ничуть не верит, но ей уже было все равно. — Значит, вы убили его, чтобы он не мешал вам отправлять контрабанду? А почему там был свинец?

— Его туда положила я! — гордо сказала Лера. — Вот в чем фишка! Мы купили девять штук, и приготовлено было девять гипсовых форм. Они должны были пройти таможню без проблем. Так считала Лара, и так вышло на самом деле. Но одну фигурку я украла еще до заливки. Был там один нормальный парень, который думал не только о своем паршивом хозяине. Тоже наркоман гнилой. Он выкрал эту статую для меня и туда сунул свинцовую болванку, такую же по весу! Поняла?

— А зачем это вам? — Даша уже устала удивляться.

— Дура! Кто же купит восемь статуй, когда заказывали все девять? Коллекционер в Питере и уперся всеми копытами — не возьму да не возьму! А ты понимаешь, сколько денег было вложено в эти золотые штучки? Ты понимаешь, что теперь все эти деньги пропали? Ты понимаешь... Да ничего ты не понимаешь! — Она фыркнула, словно досадуя на Дашину недогадливость. — Теперь сделка накрылась. А мне это и было нужно.

— Но зачем, зачем?! Какое мне дело до всего этого, какое мне дело до вашего клуба?! Зачем вы мне все это рассказываете?!

— Да, — невыразимо печально произнесла Лера. Никто не сможет оценить моей работы... Ты слишком глупа для этого, а Люба тоже хочет стать председателем и крутить всеми деньгами. Не ей же мне все это рассказывать!

— А, так вы просто решили стать на место Ларисы? — Даша не выдержала и рассмеялась. У нее было что-то вроде истерики, и остановиться она не могла — так и продолжала тихо и коротко похохатывать, глядя на Леру. — Вы просто боролись за власть и потому убили его? И Аллу? И теперь убьете меня?

Лера поморщилась.

— Что ты болтаешь, красавица! — сказала она очень сердито. — Его бы и так убили, просто выбор пал на меня. Аллу же я убрала потому, что ей должна была прийти посылка... — Тут рыжая рассмеялась. — Но она ее не получит.

— Посылка?

— Посылка, которую ей никто не посылал! — туманно заметила Лера. — Когда Лариса обнаружила пропажу, я сказала ей, что Демин посылал из Венеции посылку жене, и предположила, что статуя там. Она клюнула, и мне удавалось держать ее на крючке. Пока Лариса ждала посылку, я могла быть в безопасности — она не подозревала, что статую украла я. Алла могла знать, что муж ей ничего не посылал, и если бы Лариса вздумала сама поговорить с ней, то сразу бы все поняла. Но поговорить с ней она уже не могла.

— Вы чудовище, — твердо сказала Даша. — Вы убили двух людей просто ни за что.

— Убивают и за меньшее. Ты еще скажи, что и тебя я убиваю просто так.

— Меня вообще для забавы. — Дашин страх куда-то исчез, осталось только чувство недоумения.

Смерть была слишком нелепа, слишком незаслуженна, чтобы она могла всерьез в нее поверить. Поэтому она расспрашивала Леру, пытаясь найти основательную причину для того, чтобы она, Даша, сейчас умерла. Пыталась найти причину — и не могла.

А Лера продолжала:

— Все было выстроено великолепно. Она послала меня в Венецию, чтобы я отыскала на почтамте свидетельство тому, что Демин действительно посылал что-то жене. Это свидетельство — почтовую квитанцию — я ей предъявила. Я сама послала его жене посылку, запихав туда какого-то гипсового пса, потому подписалась за Демина — его подпись я научилась подделывать по образцу на договоре, а дату отсылки замазала и поставила другую — четырнадцатое февраля. Потом пропустила квитанцию через ксерокс. Лариса даже не заметила, что я показала ей не подлинник, а ксерокопию квитанции, и поверила окончательно. Меня она больше не подозревала. Все было бы хорошо, если бы в клубе не ошивалась ты. Ты стала мне как бельмо в глазу и не говори, что проникла туда не ради меня!

Даша открыла было рот, чтобы возразить, но сказать ничего не успела — Лера, чрезвычайно возбужденная собственной исповедью, тараторила как из пулемета. Пистолет так и прыгал в ее руке, и Даша подумала, что она может выстрелить, не окончив рассказа.

— Есть еще одна интересная подробность. Демин выслал посылку в Питер, это не было ложью, но выслал он ее тебе. Это я узнала, еще когда он был жив, но меня это не колыхало — ведь там ничего интересного быть не могло. Но так оказалось легче придумать мою версию.. Так что тебе придут итальянские сапоги, но ты их уже не примеришь.

— Обойдусь без сапог, уже весна, — ответила Даша, глядя на пистолет.

Лера хрипло рассмеялась. Она говорила все быстрее, слова сливались так, словно между ними не было никаких промежутков. Она как будто произносила одно бесконечное слово, и это слово означало для Даши только одно — «смерть».

— Я бы не тронула тебя, не явись ты в клуб. Дура набитая! Ты уж получила бы свою посылочку. Не знаю, как тебе в голову стукнуло, что ты можешь расправиться со мной! Да если бы ты знала, с кем будешь иметь дело, вряд ли бы туда полезла!

— А с кем я имею дело? — Даша вызывающе посмотрела на нее. — Пока я вижу только уродливую бабу, злую, больную и сумасшедшую!

— Но эта сумасшедшая баба, красавица моя, придумала гениальную историю! — Лера, казалось, нисколько не разозлилась, напротив — повеселела. — Ах, если бы ты знала! Золотая идея! Ведь как я вывезла из Венеции свою статую! Ни одна собака не узнала! То есть собака-то как раз и узнала, но было поздно... — Она искренне смеялась. — У Лары сдохла ее любимая сука. Сдохла в Венеции. Я сделала ей укольчик, и она отдала концы у Лары на руках. Лариса оставалась там, чтобы присмотреть, как пройдут статуи через таможню, а я взялась привезти труп собаки в Питер. Псину я распорола и запихала туда эту золотую девицу с лирой в руках. Как раз вошла. Аккуратный такой был гробик! И сейчас она там, где ее не найдут ни Лариса, ни коллекционер, ни Дух Святой! На собачьем кладбище! Под хорошим черным обелиском! Памяти суки Фортуны, чистокровного ризеншнауцера, дочери европейской чемпионки Марии-Антуанетты!

— Марии-Антуанетты? — Сознание Даши слабо зацепилось за эти слова. — А при чем тут год 1987?

— А говоришь, что ничего не знаешь! — упрекнула ее Лера. — Это год рождения Марии-Антуанетты. Лара носилась с родословной Фортуны, как дурень с писаной торбой! Старый что малый, а Лариса изрядно сдала... Нет той подвижности, нет новых идей... Все по старинке. Сколько интересных сделок она пропустила мимо рук! Но у меня все будет по-другому! Я им покажу кузькину мать!

— Верю, — просто сказала Даша. — А что будет с Любой?

— Карачун с ней будет, — пообещала Лера. — А что она тебя так волнует?

— А скажите, вы, когда звонили мне, назвались ее именем? — задала Даша давно мучивший ее вопрос.

— Я назвалась своим, — вздохнула Лера. — Но старуха у тебя совсем тупая. Твоя бабка? Будет кому поплакать. Тут и похоронит свою красавицу внучку.

— Тут давно никого не хоронят, — возразила Даша. Пистолет в руке у Леры поднялся и занял исходную позицию. Даша смотрела на него, а потом прикрыла глаза. То, что Лера сейчас выстрелит, она поняла не по ее лицу и словам, а по виду пистолета. Он, казалось, изменил выражение, словно решил, что хватит его хозяйке болтать.

— Для такой красавицы тут сделают исключение, — услышала она голос Леры, а потом раздался выстрел.

•

ЭПИЛОГ

«Это все?» — только и подумала Даша, услышав негромкий шлепок. Звук был такой, словно крепкий снежок ударился о ствол дерева. А чувство было такое, словно ей, как в детстве, удалили расшатавшийся до предела молочный зуб — без всякой боли, мгновенным рывком. Она, как и тогда, ждала дикой боли, мучения, всего, чего угодно, но испытывала только удивление, что все уже кончилось. Боли не было. Не было ничего. Только тишина.

«Это не может быть смертью», — поняла она наконец и открыла глаза. То, что Даша увидела вслед за этим, было так непонятно и удивительно, что ей показалось, будто она все же умерла. Лера, только что стоявшая напротив, теперь лежала на снегу, скорчившись, спрятав голову в воротник полушубка и как-то неестественно вытянув ноги, отчего они казались чрезмерно длинными.

А рядом, на тропинке, стоял Игорь Вадимович.

— Пойдем скорее. — Он протянул к ней руку, приглашая подойти, но она осталась стоять как вкопанная. — Пойдем же! Нечего тут караулить!

— Нет, — вдруг сказала она, отступая на шаг и оглядываясь. Она до сих пор не понимала, что произошло, но при этом меньше всего хотела услышать от него объяснение случившемуся. — К вам я не пойду.

— С ума сошла? Решила тут остаться? Идем-идем! Не ровен час, набежит кто-нибудь. Тогда с тобой будут разговаривать по-другому. Ну?

Он насильно схватил ее за руку и повел в глубь кладбища. Даша то бежала следом, подстраиваясь под его размашистую походку, то начинала упираться и вырывать руку. Наконец ему это надоело, и он повернулся к ней. Лицо у него было злое, или это ей казалось в тени разросшихся деревьев. Она испугалась, глядя на него.

— Куда вы меня ведете? — задыхающимся голосом спросила Даша. — Что вы хотите со мной сделать?

— Ничего, дурочка, я хочу увести тебя отсюда, — сказал он и потащил ее дальше.

— Куда?!

— Да не на смерть, не дрожи так! — Игорь Вадимович перехватил ее руку крепче, и ей ничего не оставалось, как следовать за ним.

Они углублялись все дальше, огни Малого проспекта давно исчезли за деревьями, вокруг было тихо, снежно и темно. Даша понимала, что, даже «если она вырвется, убежать не удастся — дороги она не знала и хорошо помнила о том звуке, который раздался, когда она стояла с закрытыми глазами.

«Он выстрелит мне в спину, если я не пойду за ним, — думала Даша, точнее, пыталась думать, меся ногами снег. — А если все сделаю, как он хочет, тогда не выстрелит? Может, он просто решил отвести меня подальше, чтобы прикончить в другом месте? Откуда он тут взялся?»

— Вы ее убили? — спросила она, снова пытаясь затормозить. — Застрелили?

— Да. Если бы я этого не сделал, она бы убила тебя.

— Это мне ясно. — Даша снова пошла, вернее, поскакала вслед за ним. — А откуда вы знали, что она хочет меня убить?

— Глупый вопрос, у нее был пистолет. — Он слегка обернулся назад. — Поторапливайся! Я боюсь, что туда явится сторож, а тогда начнется. Ты достаточно натоптала там, на снегу. Тебе лучше было стоять на дорожке, там почти не остается следов.

— Опять вы со своими запоздалыми советами! — рассердилась она, в то же время почувствовав некую радость от того, что он не изменился за время своего отсутствия. — Если вы все так хорошо знаете, могли бы предупредить меня, чтобы я сюда не приходила! Где вы были?! Я вам звонила, и мне сказали, что вы не уезжали в Венецию! Вы мне лгали и подставили меня в клубе!

— Во-первых, в клубе тебя никто не подставлял, а во-вторых, сцены оставь на потом! — заявил ее спутник, убыстряя шаг. — Давай ходу! Скоро придем!

Она увидела впереди огни на какой-то улице, и на сердце у нее стало легче.

«Значит, он не собирается убивать меня, во всяком случае — здесь! Умирать на кладбище — это уж слишком!»

Больше она ни о чем его не спрашивала, пока они не вышли из какой-то калитки, которая оказалась открыта, и не уселись в его машину, оставленную несколько поодаль, у бензоколонки. Тут было уже совсем светло от голубого и розового неона вывески, на трех языках сообщающей, что здесь продается бензин.

В машине Игорь Вадимович быстро закурил, сунул сигарету Даше и поспешно покинул эту улицу, так что та опомниться не успела, как они оказались в самом конце Малого проспекта.

Оттуда он свернул на Наличную и поехал по направлению к Гавани. Даша разломала сигарету на мелкие кусочки и усыпала ими пол машины, прежде чем сообразила, что делает. Она отряхнула дубленку и повернулась к нему.

— Куда мы едем?

— А ты не изменилась! — воскликнул он почти весело. — Все тот же цыпленок! Всегда тебе нужно знать, куда мы едем и что вокруг делается!

— Не хамите! — злобно сказала она. — Я была слишком уж глупым цыпленком и вам это было на руку! Вы вертели мной, как хотели, но я до сих пор не понимаю — почему?! И какого черта вы меня запихали в клуб?! Я узнала все, что вы мне сказали, но это ноль, это ничто! Если бы Лера не вызвала меня на это свидание, я бы никогда не узнала, что убийца — именно она. Вам интересно знать, что Джакометти не нес никакой материальной ответственности за выполнение заказа?!

— Очень было бы интересно, но это я уже знаю, — засмеялся он. — Дашенька, сиди смирно! Все кончилось, тебе ничто не грозит! Ты меня боишься, как и раньше, да?

— Нет, я вас не боюсь, я вас ненавижу! Остановите машину!

— Успокойся, ты не пожалеешь, что поехала со мной, — спокойно сказал он. — Тем более что пока я кое в чем не уверен. Все выяснится к полуночи, я думаю.

Даша была вне себя, ей хотелось накинуться на него и вырвать у него руль из рук, расцарапать ему лицо, избить его, искусать, и в то же время смертельно хотелось пожаловаться на все, что она пережила в клубе. Разрываемая этими чувствами, девушка теряла нужные слова и несла всякую чушь:

— Негодяй! Вы знали, вы знали, что он не виноват, и все же послали меня туда! Зачем? Боже мой, вы ее убили! Ее найдут!

— Конечно, ее найдут, — хладнокровно ответил он. — На то и трупы, чтобы их находили. Думаю, что найдет ее сторож.

— Он ушел!

— Тогда он найдет ее утром, когда пойдет открывать ворота. Женщина застрелилась на кладбище, ужасное происшествие! Будет рассказывать своим приятелям-алкашам, а те будут качать головой и не верить.

— Как же она застрелилась, когда вы ее застрелили!

— Я оставил ей свой пистолет, отвинтив, конечно, глушитель, а себе забрал ее. Кстати, у нее почему-то был без глушителя. Как она представляла себе подобный грохот рядом с проспектом, да еще притом, что сторож мог уйти недалеко — не понимаю... Вроде бы умная баба была...

— Значит, она специально ждала, чтобы сторож ушел подальше. — Даше неожиданно стало интересно, хотя еще минуту назад она говорила себе, что ничего не хочет больше знать об этом кошмаре. — Потому и болтала со мной вместо того, чтобы меня убить!

— А проспект — что, тоже должен был уйти подальше? — поднял бровь Игорь Вадимович. — Нет, Дашенька, болтала она с тобой только потому, что хотелось похвастаться. Пожалуй, такой хвастливой особы мне еще встречать не приходилось!

— Вы все слышали? Где вы были? И почему туда пришли? — засыпала его вопросами Даша.

Он рассмеялся и снова протянул ей сигарету. На этот раз она взяла ее, прикурила.

— Я все слышал, потому что был рядом, это верно, — говорил он тоном хорошо пообедавшего человека. — А пришел я туда потому... Ну, словом, потому, что не мог же я допустить, чтобы тебя убили!

— Алло, это меня не устраивает! — отозвалась она. — Такие сказки я уже слышала. Послушайте, я, конечно, дура, цыпленок и все такое, но когда я пыталась добиться вашей помощи в клубе, я все поняла. Вам ведь, в сущности, наплевать на то, что со мной случится. И не надо врать теперь, когда все уже ясно. Вы этим только унижаете себя.

— В твоих глазах? — заметил он.

— Вообще, — мрачно сказала Даша и настойчиво повторила: — Раз уж я так пострадала от ваших фокусов, то имею право знать правду! Почему вы там оказались? Вы следили за мной?

— Да, признаюсь, я следил за тобой, хотя это мне было нелегко! — вздохнул он, сбрасывая скорость и выезжая на набережную. — И даже взял билет на тот же поезд, в котором собралась уехать ты. И он до сих пор у меня в кармане. А, признаться, ты придумала неплохо. Только что бы ты стала делать в Москве? У тебя там есть родня?

— Никого.

— Отчаянная девка! — с восторгом произнес он. — Нет, все эти события пошли тебе на пользу. Признаться, первый раз, когда я тебя встретил, ты была какая-то уж очень домашняя, тихая... Дитя совсем.

— А зато теперь я бездомная, злая и грязная! — заявила Даша. — И всем этим я обязана вам! Скажете мне наконец, за что я пострадала?!

— В обмен за рассказ дай накормить тебя, напоить кофе и хорошенько умыть! — попросил он. — На тебя страшно смотреть, ей-богу! Все понимаю — повзрослела, но не до такой же степени!

— Что за разговор! — разозлилась Даша. — Вы меня собрались умывать?! Вот спасибо! Вот чем все это должно было кончиться, да?

— Спокойно! — Машина взлетела на мост Лейтенанта Шмидта и, оказавшись на другом берегу Невы, углубилась в сеть набережных и переулков.

Даша не узнавала из окна машины тех мест, которые часто видела, гуляя пешком, и занервничала сильнее.

— Я требую, чтобы вы сказали, куда меня везете! Иначе я открою дверцу и выпрыгну! Мне уже все равно!

— Какие крайности! — обреченно вздохнул он. — Ладно, нервная особа, я тебя везу к себе домой, но не для того, чтобы изнасиловать, поверь мне! Я детей не трогаю!

— Так, по-вашему, я уже не дитя!

— По-моему, ты грязное голодное дитя, только и всего. А раньше было сытое и чистое. Вот и вся разница.

— Разница куда значительней, чем вы думаете! — Внезапно она поняла, что ее злость только смешит и забавляет его, и сменила тон на более спокойный. — Я говорю вам, что мне теперь безразлично, что будет со мной. Вы мне так уже удружили, что теперь мне плевать вообще на все! Жить мне не хочется, понимаете вы это?!

— Знал я одну женщину, — задумчиво заговорил он, глядя прямо перед собой, а не на Дашу. — Знал я одну хорошую женщину, которая как-то сказала мне то же самое. Слово в слово. Правда, она называла меня на «ты» и плакала при этом...

— Давайте, хвастайтесь, как из-за вас однажды плакала хорошая женщина! — насмешливо сказала Даша. — Вы что же, думаете, что я буду плакать перед вами?!

— О нет! Я. не набиваю себе цену... — пробормотал он, нисколько не обидевшись и по-прежнему не глядя на нее. — Скорее, вся та история не делала мне чести, да я и поплатился за нее в свое время... Как обычно и бывает. А вот потом... Потом эта женщина пришла ко мне и сказала совсем другие слова... — Он тихо рассмеялся, и Даша с удивлением услышала в этом смехе какую-то восторженную нежность. Она не думала, что Игорь Вадимович способен на такие тонкие оттенки чувств. — Тогда-то и началась одна история...

— Что за история? — не выдержав, спросила Даша. Она почему-то очень заинтересовалась его рассказом. — Что с этой женщиной было потом?

— Только хорошее... — мгновенно отозвался он. — И знаешь, в этом была только ее заслуга. Ее личная заслуга, не моя... Раньше она была совсем другой, не мыслила себя без чьей-нибудь поддержки, часто плакала по самому ничтожному поводу. Устраивала мне сцены на пустом месте... И вдруг так переродилась! И я ей при этом никак не помогал! Это до сих пор меня удивляет! Как такая женщина могла найти в себе силы жить без чьей-либо помощи? Почему она так изменилась? Загадка, честное слово. И сейчас я ее просто не узнаю.

— Мне кажется, я тоже встречала подобную женщину, — тихо проговорила Даша. — Конечно, ею можно восхищаться.

— Можно и нужно! И вот, Дашенька, что удивительно. Глядя сейчас на тебя, я думаю, что история повторяется.

— Вашими устами... — пожала плечами Даша и молчала до тех пор, пока машина не остановилась. Она почему-то перестала бояться за свою жизнь после того, как услышала эту сентиментальную исповедь, хотя и говорила себе, что это может быть очередной обман.

«Исповедоваться он может сколько угодно и может при этом врать нещадно, но теперь это не важно! Я должна все узнать, иначе дальше жить не смогу. Как жить, если вылезла из такой заварухи и даже не знаю, какую играла в этом роль? Это будет совсем уж несправедливо».

Кроме того, у нее постепенно вызревало намерение потребовать с Игоря Вадимовича компенсацию за моральный ущерб. Слишком накипело у нее на сердце, особенно когда она пыталась вызвать его в клуб на помощь.

Он остановил машину где-то за Обводным каналом. Названия улицы она не заметила, да и не собиралась его замечать. Ни слова не сказав, вышла из машины и вместе с ним поднялась на второй этаж небольшого зеленого особняка, ярко освещенного висевшим перед ним фонарем.

Этот дом выгодно отличался от своих соседей — угрюмых безликих зданий, выстроенных когда-то для живших здесь рабочих семей. Он казался перенесенным из аристократического центра, и она подумала, что в случае нужды легко найдет потом этот дом и не зная точного адреса.

Игорь Вадимович отпер высокую двустворчатую дверь и пригласил Дашу пройти вперед. Она вступила в прихожую, залитую мягким золотистым светом настенного светильника, сразу отметив и евроремонт, видимо произведенный совсем недавно, и стильную мебель. В глубине квартиры слышалась музыка, и это ее насторожило.

— Вы не один? — Она резко повернулась к нему. — Здесь кто-то есть?

— Проходи, проходи, — ответил хозяин, возясь с многочисленными замками. — Больше тебе нечего бояться.

Даша прошла по коридору мимо двух дубовых дверей с витражами, которые, должно быть, чудесно смотрелись, когда в комнатах горел свет. Но там было темно. Свет падал только из приоткрытой двери третьей по коридору комнаты, и туда-то она и вошла.

— Ну, здравствуй, беглянка!

— Здравствуйте, — ответила, ничуть не смешавшись, Даша и спросила себя, кого же еще она ожидала тут увидеть.

Навстречу ей из кресла поднялась Люба — спокойная, улыбающаяся, очень похорошевшая с тех пор, как Даша в последний раз видела ее в клубе. Одета и причесана та была очень просто, но внешность ее, казалось, и не нуждалась в прикрасах — больше всего ее оживляли и молодили блестящие глаза и мягкая улыбка.

Люба протянула к Даше руки и, когда та подошла, схватила ее за плечи и крепко обняла.

— Ты меня простишь? — прошептала она Даше на ухо.

— Но за что? — Девушка немного отстранилась и внимательно посмотрела на свою спасительницу. — Я должна только благодарить вас. Сегодня утром я совсем было пропала.

— Нет, не спеши меня благодарить! — Люба отпустила ее плечи и подвела к тому креслу, где только что сидела сама. — Иначе потом ты об этом пожалеешь.

— Почему? — только тут Даша заметила, что Игорь Вадимович тоже находится в комнате и слушает их.

Она посмотрела сначала на него, потом на Любу, которая, казалось, была чем-то очень смущена. А Даше вдруг захотелось рассмеяться.

— Значит, вы... — только и сказала она, и не выдержала — захохотала.

— Я же говорил, она очень изменилась, — заметил Игорь Вадимович. — Она может смеяться над тем, что случилось, значит, так и есть.

Люба вздохнула, переведя взгляд на Дашу, которая тщетно пыталась успокоиться.

— Ладно, — сказала она. — Лучше принеси нам чего-нибудь выпить и поесть. Хочешь есть? — Даша отрицательно покачала головой:

— Спасибо, я целый день только и делала, что ела. За всю свою жизнь не посетила стольких кафе, как сегодня. А вот выпить не откажусь.

— Джин с тоником? — Люба подмигнула Даше. — Как мы пьем у нас в клубе?

Веселость с Даши как рукой сняло. Она насторожилась:

— Вы находитесь тут из-за клуба? Или по своей инициативе?

— Сегодня вечером это одно и то же... — успокаивающе улыбнулась Люба, делая знак Игорю Вадимовичу. Он удалился из комнаты и зазвенел бокалами в кухне. — Моя инициатива и инициатива клуба — близнецы-братья.

— Как это?

— Сегодня вечером у клуба появился новый председатель.

— Вы?! — Даша так и подскочила.

В этот момент в комнату вернулся Игорь Вадимович, неся поднос с тремя бокалами. В двух была уже знакомая Даше мутноватая смесь джина с лимонным тоником, а в третьем, судя по цвету, — коньяк. Он предложил ей джин, она схватила бокал и заметила при этом, что ее рука сильно дрожит. Даша сама не ожидала, что эта новость так ее взволнует, хотя о Любиных карьерных устремлениях уже была осведомлена.

— Вы стали председательницей? Сегодня? Но ведь еще утром ею была Лариса! Как же она? Неужели она ушла без боя? У вас ведь что-то произошло вчера?

— Вчера ничего не произошло, кроме скандала, — покачала головой Люба. — Произошло только сегодня, и по большей части с твоей помощью.

— С моей?!

— Не волнуйся и пей! — Люба прошлась по комнате, посмотрела в темное окно и опустила штору. — Видишь ли, я не хотела такого исхода... Но так получилось.

— Что именно получилось? С ней что-то произошло? Ради Бога, скажите! Ведь не думаете вы, что я питала к ней какие-то нежные чувства! Я ее ненавидела и теперь говорю это вам вовсе не затем, чтобы подлизаться! Вы и раньше это знали!

— Я в этом не сомневаюсь. — Люба как-то криво улыбнулась. — Тем более что твои чувства мне очень даже понятны. Она была законченная сволочь. Я вытерпела от нее поменьше, чем ты, но только в одном-единственном отношении. Во всех других она меня травила нещадно.

— Она умерла? — догадалась Даша.

— Самоубийство, — ответила Люба, и в комнате стало тихо.

Тише всех сидела Даша. У нее перед глазами снова возникла скорченная фигура Леры на снегу. Ей казалось очень странным то, что она до сих пор там лежит. Все случившееся теперь виделось ей очень давним, почти нереальным. Она посмотрела на Игоря Вадимовича, и тот пожал плечами.

— Ты веришь, что я не убивал ее? — спросил он. — Ведь меня там не было. В это время я ехал за тобой к кладбищу. Кстати, Люба, когда это случилось?

— Да часа два назад, — спокойно ответила та. — Все вышло именно так, как мы с тобой и предполагали. Она не вынесла. Все поняла и решила не дожидаться, когда ее порвут на части.

Даша не решалась спросить, чего именно не вынесла Лариса, которая, казалось, могла вынести все что угодно, но Люба сама сочла нужным ей объяснить:

— Игорь уже рассказал про статуи? Ах, тебе рассказала сама Лера... — Она слегка поморщилась. — Мерзавка. Я думала на нее с самого начала, но как я могла доказать! Так ты знаешь, что в гипсовых фигурах у Ларисы в кабинете должны были быть бронзовые статуи Кановы?

— Да, — ответила Даша. — Но в одной статуи не было. Я ее случайно разбила, и там оказалась свинцовая болванка.

— В остальных тоже! — махнула рукой Люба. — Когда Лариса об этом узнала, то не сказала больше ни слова. Вышла из кабинета, никто ее не удерживал, прошла в малиновую комнату и там застрелилась. Комната, кстати, была та самая, которую занимала ты, почему она не пошла в свою — кто знает...

— Была излишне чувствительна, — откликнулся Игорь Вадимович, смаковавший свой коньяк. — Конечно, все это ее добило. Так что не считай Любу убийцей, — обратился он к Даше. — Она, слава Богу, чиста как ангел.

— Но как же так? — Даша залпом допила свой джин и уставилась на них. — Почему там был свинец? Лера сказала мне, что там должны быть статуи! Она украла только одну! Кто же украл остальные?

— Не мы! — почти хором ответили сообщники и одновременно рассмеялись, глядя друг на друга. Даша продолжала недоумевать:

— Но куда же они делись?

— Да они и не должны были там быть... — отсмеявшись, сказала Люба. — Игорь, позволь, я все ей расскажу! Это будет по-честному! Она должна знать.

— Ради Бога, я только «за»! — Он поудобнее устроился в кресле и закурил. — Тебе она поверит охотней, чем мне. Конечно, я давно уже утратил Дашино доверие. Иначе и быть не могло.

— Даже не могу сказать, как это началось и кто первый подал идею... — задумчиво говорила Люба.

Свет в комнате был притушен, горела только настольная лампа, и из сумрака отчетливо выделялись одни ноги Любы, скрещенные на светлом ковре, огонек сигареты Игоря Вадимовича и золотые блики в распахнутом шкафу. Шкаф этот был открыт по просьбе Любы, и Даша уже успела рассмотреть его содержимое. Теперь, потрясенная и заинтригованная, она ловила каждое слово и забывала пить из своего бокала, который снова был полон.

— Идею подала ты, а статуи хотел купить я, — напомнил Любе Игорь Вадимович. Голос его звучал добродушно, по-домашнему, и Даша с трудом его узнавала. — Так что авторов этой истории было двое.

— Ну, потом их оказалось куда больше! — улыбнулась Люба. — Лариса, Лера, Даша... Особенно Лера! Она спутала нам все карты! Видишь ли, Дашенька, Игорь давно сговорился с одним венецианским аристократом, чтобы тот продал ему уникальную кабинетную коллекцию — девять муз работы Кановы, из позолоченной бронзы... Они тебе понравились?

— Очень красивые, — согласилась Даша, глядя в шкаф. — Хоть для Эрмитажа!

— Ну, Эрмитаж теперь скорее продает, чем покупает, — вздохнул Игорь Вадимович и надолго умолк. А Люба рассказывала:

— Этот венецианец продал статуи посреднику Игоря, и тот подыскал им место в Венеции, где они должны были храниться до тех пор, пока не найдется возможность их вывезти. Вывозить открыто было невозможно, ничего не поделаешь! Игорь искал безопасный способ, и когда мы встретились, кстати, совсем не поэтому поводу, и он рассказал мне об этой проблеме, я сразу заинтересовалась ею. Для тебя, Даша, не секрет, каково было мое положение в клубе. Мне нельзя было дольше находиться в подвешенном состоянии. Надо было либо уходить оттуда, чтобы не загрызла Лариса, либо сесть на ее место. Середины быть не могло. Лариса — человек не слишком сговорчивый, да и я тоже. Вместе мы существовать там не могли. Я искала любую возможность, чтобы цивилизованным путем заставить ее уйти. Но это было очень непросто! — Она вздохнула и отпила из своего бокала. — Иногда мне начинало казаться, что это просто невозможно! Она крепко приросла к этому месту, она, что ни говори, все это создала и долго этим управляла, и многие не мыслили себе клуб без ее руководства. Нужен был такой вариант ее ухода, чтобы все в клубе, все до последнего, поняли, что как председатель она больше не годится. Лера, кстати, тоже это понимала... О, она давно копала под свою любимую госпожу, но это казалось всем таким невероятным, что никто не верил. А на самом деле надо было смотреть беспристрастно, забыв о ее нежных чувствах к Ларисе. Да и чувства эти давно уже не были нежными... — Люба пожала плечами. — Я видела, что все их единовластие очень шатко, и достаточно умелого толчка, чтобы они обе свалились. И Игорь дал мне прекрасную возможность сделать этот толчок.

— Прекрасную — хотя в какой-то момент мне показалось, что все пропало! — проворчал он из своего угла. — Помню, я чуть не умер, когда выяснилось, что одна статуя пропала!

— По порядку, милый! — успокоила его Люба и снова обратилась к Даше. — Не буду слишком вдаваться в подробности, но клуб должен был проворачивать коммерческие сделки, чтобы к определенному времени получить с них прибыль. Этим клуб и жил. Ларисе всегда удавалось делать это, не слишком рискуя деньгами клуба. Ей везло, хотя в последнее время она слишком полагалась на одну только удачу. Катастрофа должна была произойти рано или поздно, сам стиль ее управления говорил об этом... Но каюсь, что не стала дожидаться, пока Ларису свергнет ее судьба, и помогла совершиться этой катастрофе... Падающего толкни! И я предложила Игорю одну интересную сделку.

— Гениальную! — отозвался он. — Это было слишком просто, чтобы прийти в голову мне самому! Тут нужен женский ум!

— Существования которого у женщин ты раньше просто не признавал, — ласково заметила Люба. — Да и за что тебя винить? Худшие враги женщин — сами женщины! Я сама была виновата во всем, что со мной случилось. Ну, не об этом речь! Игорь сказал мне, что знает в Венеции одного господина, в мастерской которого производятся подобные опыты по маскировке предметов искусства, которые хотят вывезти за рубеж. Но Игорь боялся связываться с ним, не будучи уверен в том, что груз пройдет таможню. Статуи стоили очень больших денег, да и стоимость их состояла не в этом, а в их уникальности, неповторимости! Таким набором кабинетных статуй Кановы не мог бы похвастаться никто. Во всяком случае, никто из тех, о ком мы знали. В России они бы стоили еще дороже! Тут нашлось бы много любителей, желающих приобрести нечто подобное за любую цену! Но пока Игорь думал о том, чтобы доставить их к себе. Я увидела, что он находится в тупике и никак не может решиться отослать статуи в Россию. Тогда я предложила ему провести один интересный опыт. Его посредник обратился в «Политес» и предложил Ларисе очень выгодное участие в сделке. Она должна была закупить эти статуи в Венеции, залить их в мастерской Джакометти и отправить в Россию. Там он обещал их купить у нее по любой цене — слышишь, Даша, — по любой! Лариса мялась с ответом, но недолго. Я уже говорила, что она излишне верила в свою счастливую звезду. Я на ее месте никогда не пошла бы на такую сделку. Она согласилась...

— Но ведь статуи уже были проданы? — удивилась Даша. — Ведь Игорь Вадимович уже купил их?

— Ну да, купил и снова продал, — невозмутимо ответила Люба. — Точнее, продал их Ларисе его итальянский посредник, один ловкий человечек, который прекрасно изобразил настоящего хозяина статуй — маркиза Ассино, и даже в том же доме, где жил маркиз, правда, в другом крыле, которое маркиз был вынужден сдавать внаем. Но всякий подтвердил бы Ларисе, что дом тот самый! Он поговорил с Ларисой, поторговался с ней и продал ей статуи.

— Поддельные? — У Даши в голове все спуталось. — Он продал ей подделки?

— Да зачем же — настоящие! — вмешался Игорь Вадимович. — Ведь их оценил для Ларисы эксперт, которого она нашла сама, — мы не могли рисковать. Да и какая нам разница — поддельные продать ей статуи или настоящие, если в мастерской они вернулись к нам!

— Ничего не понимаю! — призналась Даша, умоляюще глядя на Любу. — Я чувствую, что это гениально, но почему — убейте, не пойму!

Люба довольно рассмеялась и похлопала Дашу по руке.

— Все проще простого, просто как апельсин! Джакометти принял два совершенно одинаковых заказа — от Ларисы и от нас. Для нас он должен был залить в гипс настоящие статуи, а для Ларисы — свинцовые слитки. Конечно, она не подозревала, что ее так надурят, поэтому и была уверена, что в остальных восьми статуях у нее в кабинете — настоящая бронза, да и Лера ничего не знала, верно? — Игорь Вадимович кивнул.

— А деньги за купленные у маркиза статуи вернулись к нам от Ларисы, — торжествующе закончила свою речь Люба. — Понимаешь? Игорю эти статуи достались вообще даром! Он получил за них от Ларисы практически столько, сколько заплатил маркизу, а небольшую разницу взял себе тот поверенный, что играл Ассино для Ларисы. Он был вполне доволен. Таким образом, исчезла половина риска, связанного с деньгами. Даже если бы статуи пропали на таможне, деньги Игорь не потерял бы. Но вот с другой половиной было похуже...

— Да, когда я узнал, что одна статуя пропала, понял, что деньги были не самым важным, — вздохнул Игорь Вадимович. — Чувство было такое, что я погубил что-то очень ценное и редкое... Разлучить статуи — значило погубить их. Некомплект ценится уже в половину цены, не говоря уж о художественной ценности... Да это все уже не то!

Он снова закурил и продолжал:

— Обе партии гипсовых статуй заливались в мастерской Джакометти. Мои сделали в первую очередь, но когда я пришел посмотреть на работу, то обнаружил, что гипсовых фигур всего восемь. Джакометти рвал и метал, вытряс душу из всей мастерской... Я был в отчаянии. Сперва я думал, что одну статую по ошибке залили в фальшивую партию для Ларисы, но когда проверили ее, подтвердилось, что там везде свинец. Эта партия пошла через таможню первой... Люба надоумила меня сделать так, чтобы проверить, действительно ли этот способ перевозки безопасен. Если бы прошла партия Ларисы, прошла бы и моя вслед за ней... Фальшивые статуи не вскрывали, и это меня устроило как нельзя больше. Я отправил вслед и свою неполную партию, а сам остался в Венеции, чтобы найти пропажу. Надежд у меня было очень мало — с Джакометти больше нечего было взять, а обращаться в полицию... — Он покачал головой. — Тогда-то, Даша, и произошел мой разговор с Аркадием. Не буду врать, что случайно встретился с ним в кафе. Я его туда пригласил, но он здорово опоздал и пришел в совершенно невменяемом состоянии. Мы до тех пор не виделись, и представляться я ему не стал, разумеется. Я не знал, что они решили его убить...

— И я тоже... — тихо сказала Люба. — Поверь мне, мы не знали, чем обернется для него наша операция. Лариса сама наняла его. Когда-то он покупал у Леры наркотики. Совсем молодым парнем. Лера его и убила.

— Продолжайте. — Даша поставила бокал на столик и уселась так, чтобы ее лицо было в тени. — Я верю, что вы не допустили бы его смерти, если бы знали о ней. Я вам верю.

Люба вздохнула и посмотрела на Игоря Вадимовича. Тот пожал плечами и тоже вздохнул.

— Я не рассказал тебе всего, — обратился он к Даше. — Я ведь встретился с ним только для того, чтобы узнать, не видел ли он чего в мастерской. Я был в безвыходном положении. Если статую украл Джакометти, его люди ничего бы не рассказали. А Аркадий мог что-то знать. Но я, по правде говоря, думал, что он тоже в связке с ними. О его полном неведении я ничего не знал. И кое-что он мне действительно рассказал. О статуях он не имел никакого понятия. Очень переживал, что ему не дали работать. Он пытался, но его не допускали к делу. И он вспомнил, что видел однажды какую-то золотую или позолоченную статую, по описанию похожую на одну из моих. Эту статую запаковывала в заднем помещении мастерской какая-то высокая женщина. Она была в джинсовом костюме и в черной маске. В самой обыкновенной маске, какие носит вся Венеция во время карнавала. Он не смог описать даже цвета ее волос — маска закрывала всю голову, оставляя открытыми только шею и уши. Тогда он не обратил на это особого внимания, но мне-то сразу стало ясно, что моя статуя ушла налево. Эта высокая женщина пробудила во мне некоторые ассоциации. Я видел издали и Ларису, и Леру, и обе они были высокого роста. Обе они имели отношение к делу, и если кто-то мог поиметь статую в мастерской Джакометти, то наверняка одна из них. Но кто? Этого я не знал. Я знал только, что в данный момент обе находятся в Венеции. Меня они никогда не видели и очень бы удивились, что коллекционер, для которого они проворачивают всю эту сделку, — не кто иной, как муж Любы...

— Бывший муж, — подчеркнула Люба со своей очаровательной улыбкой.

— Но и нынешний тоже. Ведь так?

Они с минуту молча смотрели друг на друга, пока оба не заулыбались.

Даша отвела глаза, взяла свой бокал и выпила все, что в нем было. Ей стало грустно, но на душе воцарился какой-то неожиданный покой. Она думала об Аркадии и снова представляла его себе идущим по площади Сан-Марко. Он шел, все больше удаляясь от нее, почти скрываясь из виду, и ни разу не обернулся. И она подумала, что в конце концов самым горьким было то, что ей больше не на кого смотреть так, как смотрели сейчас друг на друга Игорь Вадимович и Люба. Смотреть и улыбаться.

Люба опомнилась первой и окликнула Дашу:

— Прости... Тебе, конечно, тяжело все это слышать. Но сейчас-то и начнется самое неприятное. Знаешь, если бы я хорошо знала тебя, то не стала бы подвергать такой опасности...

— О чем вы? — Даша очнулась от своих воспоминаний и удивленно посмотрела на нее. — Вы не стали бы меня подвергать опасности?

— Да, я... Именно я и заварила всю эту кашу, и мне пришлось ее расхлебывать, — призналась Люба, пряча от нее взгляд. — Ведь статуя пропала в какой-то мере из-за меня. Я тоже думала, что ее украла Лера или Лариса. Я-то удивлялась, почему они украли статую у самих себя? Чтобы сделать это, они должны были по крайней мере знать, что вся их партия фальшивая... А так выходила полная бессмыслица! В клубе я кое-что выяснила. Лариса была совершенно спокойна за судьбу этой сделки. Она была уверена, что все статуи начинены настоящей бронзой. Значит... Значит, она могла унести эту статую, чтобы в заливку пошла одна фальшивая. Она думала, что все остальные — подлинники, и таким образом надеялась поднять цену на весь комплект. Расчет самый банальный. Лариса на такое была способна. А Лера... Лера могла украсть одну статую с той же целью, с какой я украла все! Она хотела провалить сделку Ларисы с коллекционером и в последний момент выйти на сцену и взять клуб в свои руки, доказав таким образом бесполезность Ларисы. Оба варианта годились, и ни один мы не могли проверить. Разумеется, та, что сперла статую, ни за что бы не призналась в этом никому, даже под пыткой. Для Ларисы это были бы деньги, для Леры — власть. Надо знать этих женщин... И тогда... Тогда, прости, я подумала о тебе...

— Обо мне?

Даша оцепенела. Только теперь она кое-что начинала понимать. В голове как будто сцеплялись какие-то клочки, сводились воедино разрозненные факты и наблюдения. Но общая картина была такова, что она с трудом могла поверить в нее.

«Люба?! Люба, милая, добрая Люба?! Моя спасительница?!»

Но не верить этому она не могла — Люба уже рассказывала:

— Аркадий действительно дал Игорю твой адрес. Я долго думала, кто должен выйти на убийцу Аркадия, кто должен выяснить личность вора... Та баба в маске, которая запаковала золотую статую, вроде бы заметила Аркадия, и убить-то его могла только затем, чтобы он никому ее не описал. Так что стало ясно, что убийца и воровка — одно и то же лицо... Я решила, что наилучшей приманкой для убийцы могла быть женщина, связанная с Аркадием. Если бы такая женщина появилась в клубе, убийца сразу бы стала охотиться за ней. Я не знала, кого для этой цели выбрать — тебя или его жену. Но ты сама сказала Игорю во время вашей первой встречи, что Аллу на днях убили. Тогда мне стало ясно, что я на верном пути. Маска боялась даже таких свидетелей, которые в момент преступления были далеко. Она боялась звонков Аркадия домой, его контактов с женой или еще с кем-то... И она убила ее...

— Убила не совсем из-за этого, — вмешался Игорь Вадимович. — Но в принципе, все так и есть... Лера боялась, что Алла даст Ларисе ненужные сведения о ней...

— Послушайте! — Даша страдальчески поморщилась. — Я очень ценю вашу честность, но неужели вы не подумали о том, что маска и меня убьет? Особенно после того, как узнали про смерть Аллы? И зачем вы сплели для меня эту историю с документами, которые я должна увидеть?

— О, это просто! — Люба оживилась, что можно перейти от моральной стороны дела к технической. — Ты должны была искать документы, касающиеся Венеции, а это выглядело самым подозрительным для убийцы! Мы надеялись, что маска на тебя нападет, тогда-то мы ее и схватим! Или она сама признается!

— Как и вышло... — подхватил Игорь Вадимович. — Спрятать статую на собачьем кладбище, в могиле Ларисиной собаки! Это надо додуматься! Как бы мы иначе узнали об этом, если не от самой Леры в минуту ее искренних признаний? А кому она могла признаться в этом? Только своей жертве, человеку, который вот-вот умрет.

— Но про меня, про меня вы не подумали? — Даша не выдержала и встала. Сидеть она не могла и стала ходить по комнате из угла в угол, не реагируя на Любины просьбы сесть и успокоиться. — Ничего себе — хорошенькая история! Я начинаю думать, так ли уж я обязана вам своим спасением!

Она в упор посмотрела на Любу, и та выдержала ее взгляд. На миг в ее фиалковых глазах мелькнула какая-то тень, но тут же пропала, голос ее звучал спокойно:

— Конечно, ты мне ничем не обязана. Это я кругом обязана тебе и постараюсь не остаться в долгу. Постой! — Она заметила негодующий жест Даши и прикусила губу, что-то обдумывая. — Я могу предложить тебе очень интересное дело...

— Нет, спасибо! — Даша с размаху опустилась в кресло и сцепила руки на коленях. — Лучше расскажите, как вы играли мной в клубе! Это действительно интересное дело, куда интересней всех прочих!

Игорь Вадимович молчал, и Люба, вздохнув, продолжала:

— А больше нечего рассказывать. Ты все знаешь сама. Ты пришла в клуб, и маска тут же напала на тебя. Но ее что-то спугнуло. Либо Игорь, либо я... Я ведь тоже была там, но с другой стороны ограды... Мы бы не дали тебе погибнуть, пойми! Это Лера думала, что ты беззащитна!

— И я тоже так думала, — угрюмо ответила Даша. — Вы, наверное, очень расстроились, что она меня не схватила!

— Да, что уж душой кривить, — призналась Люба. — Мы хотели как можно скорее узнать, где находится статуя. Время поджимало... Мне нужно было стать на место Ларисы, и, пока статуя была у нее или у Леры, я не могла этого сделать... Во второй раз маска настигла тебя в кабинете. Я специально направила туда тебя, каюсь. Но я была рядом, и я не дала бы тебе погибнуть... Попытка кончилась неудачей — в коридоре раздались чьи-то шаги, мне пришлось скрыться в диспетчерской, а когда я снова выглянула, то увидела Ларису и Леру, выходящих из кабинета вдвоем. Я не могла понять, кто из них только что был в маске. Вообще они постоянно находились рядом друг с другом, поэтому вариант с нападением на тебя в клубе оказался для нас неудачным. Тогда я выпустила тебя...

— Спасибо!

— Ради Бога... — поморщилась Люба. — Послушай меня! Игорь следил за тобой, а я — за Лерой и Ларисой. И тогда я увидела, что Лариса остается в клубе, а Лера — уезжает. Я знала, что убийца сразу станет преследовать тебя. Теперь я узнала, кто это... Я осталась в клубе, собрала всех и разбила все статуи в кабинете у Ларисы... Что было дальше — ты знаешь! Это был ее полный крах... А Игорь следил за тобой. Я дала ему знать, что Лера выехала из клуба и станет искать тебя...

— Я приехал сразу после тебя, но ты была так поглощена собой, что не заметила, как я вошел в ворота, — вступил в разговор Игорь Вадимович. — Я ждал Леру в сторонке, в тени деревьев. И пока она говорила, я ждал момента, чтобы убить ее сразу после главных слов. Я не стал бы подвергать тебя такому переживанию, но она говорила так долго! Но, слава Богу, сказала все... Она так увлеклась своей речью, что мне удалось подойти к ней сзади буквально вплотную. Прости, что я не вмешался раньше! Представляю, какие минуты ты пережила!

— Но теперь все кончено!

Люба встала и подошла к Даше. Склонилась над ней и сделала попытку погладить ее руку. Даша руку отдернула и посмотрела на нее так нехорошо, что та только вздохнула и отошла.

Люба снова постояла у окна, отведя штору и глядя на улицу, потом, не оборачиваясь, произнесла:

— Прости, если можешь. Ты будешь не последним человеком в клубе. Я сделаю для тебя все, что смогу! Я все понимаю, ты не ответишь прямо сейчас, но подумай. Подумай хорошенько!

Даша встала и оглядела их обоих. Игорь Вадимович курил и с интересом глядел на нее. Люба водила по губам кончиками пальцев и, казалось, о чем-то напряженно думала.

И Даша решилась:

— Скажите мне, пожалуйста... Вы согласны с тем, что я понесла большой ущерб из-за вашей игры?

— Разумеется, — тут же ответил Игорь Вадимович. Люба молчала.

— В таком случае я хочу получить за него денежную компенсацию, — твердо сказала Даша. — Я оцениваю свои убытки в десять тысяч долларов.

— Во сколько? — переспросил Игорь Вадимович. А Люба, разжав губы, только и молвила:

— Почему не одиннадцать?

— Не хочу вас разорять. — Даша смотрела только на Игоря Вадимовича. — Вы согласны заплатить мне эти деньги?

— Да, — не задумываясь, ответил он. — Почему же ты не хочешь принять нашу помощь? Деньги деньгами, но мы можем неплохо устроить тебя в этой жизни.

— У меня слишком хорошая память, — возразила Даша. — Видите ли, я все помню. Это большое неудобство, когда хотят заново устроить жизнь. А вы, простите уж, будете вызывать у меня не самые приятные воспоминания. Лучше я получу компенсацию деньгами.

Игорь Вадимович молча встал и вышел из комнаты. Пока Люба и Даша оставались наедине, они не промолвили ни одного слова.

Наконец он вернулся и протянул Даше длинный конверт из простой коричневой бумаги:

— На, возьми. Жаль, что ты уходишь вот так... Но если надумаешь — звони.

— Вашему другу? — спросила Даша, доставая деньги и тщательно их пересчитывая. Это очень не понравилось Игорю Вадимовичу, но ей было все равно. Сосчитав деньги, она сунула конверт в карман и огляделась в поисках своей дубленки и сумки.

— Твоя одежда в прихожей, я отнес, — сообщил Игорь Вадимович. — А сумка в машине. Пойдем, я подвезу тебя до дому.

— Я поймаю такси. Теперь мне никто не грозит или я ошибаюсь? Может, кто-то ожидает меня у подъезда?

— Ты уже догадалась, что это была моя мистификация, иначе ты бы не осталась ночевать в клубе. Пойдем, я хоть в такси тебя посажу... Не дай Бог — какой хмырь попадется...

Даша вышла из комнаты, не попрощавшись с Любой. Следом вышел Игорь Вадимович.

Люба осталась одна. Она села в кресло, где весь вечер сидела Даша, и приняла ее позу — сдвинула вместе колени и сцепила поверх них пальцы. Так она сидела, глядя себе под ноги и о чем-то думая, когда вернулся Игорь Вадимович.

Он вошел в комнату, налил себе коньяку и залпом выпил. Потом подошел к Любе и нежно обнял ее за плечи.

— Устала?

Она отрицательно покачала головой, по-прежнему не глядя на него.

— Расстроилась?

Она снова помотала головой. Он обеспокоился и присел на корточки перед ней, заглядывая в лицо.

— Ну а что тогда?

Игорь Вадимович протянул руку и осторожно погладил ее по щеке.

Люба внезапно усмехнулась и встретила его взгляд.

— Скажи, я очень постарела? И наверное, стала грубее, хуже?

— Глупенькая... — Он начал целовать ее лицо, изредка отстраняясь, чтобы снова увидеть ее глаза. — Ты куда красивей, чем она. Ты что — позавидовала ей?

— Завидовать тут нечему, сама такой была. — Женщина положила голову ему на плечо и прикрыла глаза. — Она уехала?

— Да. Я посадил ее в такси, и она махнула мне ручкой. Сердитая стала девочка.

— Большая, — сонно сказала Люба. — Теперь она начнет расти очень быстро. И никогда не будет такой, какой мы ее видели.

— Ты очень много думаешь о ней, — сказал он, несколько раздражаясь. — Она еще позвонит и вернется. Когда обдумает твое предложение.

— Я очень много думаю о себе, — тихо возразила Люба, гладя его серебристые виски. — Она не позвонит и не вернется. Я знаю. Теперь ей надо пожить одной...

— Прости. — Мужчина снова прижал ее к себе. — Прости меня.

— Да ладно. Кто старое помянет...

Извещение о посылке Даша получила через неделю, когда уже и думать о ней забыла. Девушка начинала считать эту посылку вымыслом или ошибкой Леры, но теперь, когда она стояла на Главпочтамте в отделении иностранной корреспонденции, сердце у нее сильно билось.

— Распишитесь, — сказали ей, и Даша расписалась.

Потом она взяла тяжеленный картонный ящик размером с коробку от магнитофона и понесла к выходу. Ей пришлось взять такси, чтобы добраться до дому. Миновав кордон Настасьи Филипповны, которая не закрывала рот ни на минуту после того, как узнала, что Даша собралась разменивать свою комнату на отдельную квартиру с доплатой, она заперлась у себя и, даже не сняв дубленки, бросилась распаковывать ящик.

А упаковано было на славу. Она разрезала бечевки, отдирала ножом ленты скотча, вынимала амортизацию из пенопласта, и каждый раз, когда исчезала очередная преграда между ней и содержимым посылки, сердце у нее замирало. И по мере того как она приближалась к цели, ей становилось ясно, что цель эта — не сапоги, как говорила Лера, и не одежда.

Наконец Даша взялась пальцами за последний покров — толстый слой вощеной гофрированной бумаги.

— Ну, все! — сказала она вслух и сдернула бумагу. Наклонилась над ящиком, всмотрелась и торопливо стала вытаскивать наружу то, что увидела там, в глубине. А когда вытащила и поставила на стол, засмеялась и заплакала одновременно.

— Милый мой, дорогой мой... — шептала она, глядя на содержимое посылки. — Как же ты меня любил!

Перед ней стояла маленькая гипсовая статуя, изображавшая девушку с обнаженной грудью, украшенной морскими звездами и гирляндой водорослей. Эта грудь — полудетская, наивная в своей наготе, как будто медленно поднималась и опускалась под грузом своих украшений. Нежные руки девушки прижимали к бедрам складки тяжелого синего платья, ткань которого выглядела влажной. Эта юная венецианка, или жительница моря, казалась покрытой тысячами поцелуев — или полита слезами.

А лицо — лицо Даши, с ее зелеными глазами, с ее юным ртом, то ли смеялось, то ли плакало.

Девушка долго смотрела на нее. Слезы скоро высохли, и она незаметно для себя начала улыбаться, разглядывая статую. В том, что она была сделана самим Аркадием, Даша не сомневалась. «Но где и когда?» — спрашивала она себя. Девушка обыскала ящик, надеясь найти письмо, но ничего не обнаружила. И она поняла, что когда он отсылал ей эту статуэтку, просто был не в состоянии писать.

— Но где и когда? Где и когда? — спрашивала она, дотрагиваясь до лица венецианки и пристально разглядывая его. — Не все ли равно... Не все ли равно...

Литературно-художественное издание

Анна Витальевна Малышева

НЕЖНОЕ ДЫХАНИЕ СМЕРТИ

Роман

Издано в авторской редакции

Ответственный за выпуск *Л. Захарова*
Технический редактор *Т. Тимошина*
Корректор *И. Мокина*
Компьютерная верстка *М. Поташкина*

ООО «Издательство Астрель»
129085, г. Москва,
пр. Ольминского, 3а

ООО «Издательство АСТ»
667000, Республика Тыва,
г. Кызыл, ул. Кочетова, 28

ОАО «ЛЮКС»
396200, РФ, Воронежская обл.,
п. г. т. Анна, ул. Карла Маркса, 9

Наши электронные адреса:
www.ast.ru
E-mail: astpub@aha.ru

Отпечатано с готовых диапозитивов в типографии ФГУП
«Издательство «Самарский Дом печати».
443080, г. Самара, пр. К. Маркса, 201.
Качество печати соответствует качеству предоставленных диапозитивов